RAJ KAMAL JHA

Die durchs Feuer gehen

Buch

Die indische Stadt Ahmedabad steht in Flammen – Tausende fallen innerhalb weniger Wochen bei Ausschreitungen zwischen Muslimen und Hindus einem grausamen Feuertod zum Opfer. Aber Mr Jay nimmt die Apokalypse kaum wahr, denn er wartet in einem Krankenhaus auf die Geburt seines ersten Kindes. Dort gelangt unter mysteriösen Umständen ein Foto in seine Hände, das drei Gegenstände zeigt: ein verbranntes Buch, eine zerbrochene Armbanduhr und ein blutiges Handtuch. Noch ahnt er nicht, welche Bewandtnis diese Dinge für sein Leben haben. Für ihn beginnt eine Odyssee durch die Schwärze der Nacht, in der Zärtlichkeit und Terror ebenso nah beieinander liegen wie Sterben und Wiedererstehen. Am Ende wird er einer erschreckenden Erkenntnis gewahr, lernt auf diesem Wege aber auch, die Welt mit neuen Augen zu sehen …

In kraftvollen Sequenzen von ungeheurer Intensität zeichnet Raj Kamal Jha ein Bild von der politischen Zerrissenheit im gegenwärtigen Indien. Auf eindringlichste Weise erzählt der Autor vom Wahnsinn des Krieges und stellt die Frage nach der Schuld eines jeden Einzelnen. Dabei gelingt es Raj Kamal Jha dank seiner meisterhaften Prosa, die sich mühelos zwischen albtraumhafter Gewalt und traumgleicher Schönheit bewegt, den Leser hineinzuziehen in einen Kosmos von Bildern und Begebenheiten, die ebenso verstörend wie anrührend sind. »Die durchs Feuer gehen« ist ein furioser Roman, dessen Faszination einen lange nicht mehr loslässt.

Autor

Raj Kamal Jha wurde 1966 geboren und verbrachte seine ersten achtzehn Lebensjahre in Kalkutta. Er studierte Journalismus an der University of Southern California und arbeitete für verschiedene Zeitungen in Los Angeles und Washington. 1992 kehrte er nach Kalkutta zurück, seit 1994 lebt Jha in New Delhi, wo er als Redakteur des »Indian Express« tätig ist. Seine beiden bisher erschienenen Romane zeichneten ihn als einen der maßgeblichen zeitgenössischen Autoren Indiens aus und erhielten renommierte literarische Preise.

Von Raj Kamal Jha ist im Goldmann Verlag außerdem lieferbar:

Wenn du dich fürchtest vor dem Fall. Roman (46299)

Raj Kamal Jha

Die durchs Feuer gehen

Roman

Deutsch
von pociao und Eva Kemper

GOLDMANN

Die Originalausgabe erschien 2007
unter dem Titel »Fireproof« bei Macmillan, London.

FSC
Mix
Produktgruppe aus vorbildlich
bewirtschafteten Wäldern und
anderen kontrollierten Herkünften

Zert.-Nr. SGS-COC-1940
www.fsc.org
© 1996 Forest Stewardship Council

Verlagsgruppe Random House FSC-DEU-0100
Das FSC-zertifizierte Papier *München Super* für Taschenbücher
aus dem Goldmann Verlag liefert Mochenwangen Papier

1. Auflage
Taschenbuchausgabe Dezember 2008
Wilhelm Goldmann Verlag, München,
in der Verlagsgruppe Random House GmbH

Umschlaggestaltung: Design Team München
Umschlagmotiv: Corbis/Ralph A. Clevenger
Th · Herstellung: Str.
Druck und Bindung: GGP Media GmbH, Pößneck
Printed in Germany
ISBN 978-3-442-46845-4

www.goldmann-verlag.de

Für meine Eltern Munishwar Jha und Ranjana Jha
Zum Gedenken an C. R. Irani (1930–2005)

Was bleibt zurück, zwei Monate nachdem ein ganzer Wohnblock in Brand gesetzt wurde? Nachdem viele, die dort lebten, umgekommen sind? Und die Überlebenden auf den Schwingen der Angst davonflogen, um nie wieder zurückzukehren?

Nicht viel.

Gerade mal vier Polizisten in einem Hauseingang, einer davon fest eingeschlafen.

Die leeren Hüllen der Häuser, wo einst Eltern mit ihren Kindern, Männer und Frauen, Brüder und Schwestern, Freunde und Fremde lebten.

Schwarzbraune Streifen an den Wänden.

Striche, lange und kurze.

Flecken, große und kleine.

Fenster mit verbogenen Gittern, das geschmolzene Metall zu schwarzen Eisenklumpen geronnen wie Ausschlag.

Das Gerippe von etwas, das ein Auto war. Noch in einer Einfahrt geparkt.

Und überall Trümmer.

Als hätte man eine Tonne schwarzer Blütenblätter im Hof verstreut, um Geister willkommen zu heißen.

Und so sieht es an einem Nachmittag im Mai des Jahres 2002 im sozialen Wohnbaukomplex Gulbarga der Stadt Ahmedabad aus. Fast vierzig Grad, der Himmel steht in Flammen.

Am Abend des letzten Tages im Februar war hier der Mob auf die Straße gegangen, hatte die Gebäude in Brand gesetzt und achtunddreißig Bewohner bei lebendigem Leib verbrannt – zwölf gelten bis zum heutigen Tag als vermisst. Das Gulbarga-Massaker, so wurde es später in der Presse genannt, gehörte zu einer Serie von Ausschreitungen, die den ganzen Bundesstaat Gujarat erschütterte und mehr als tausend Männer, Frauen und Kinder das Leben kostete, siebzig Prozent davon Moslems. Es hieß, es sei eine Vergeltung für den Tod von neunundfünfzig Hindu-Fahrgästen beim Überfall auf einen Zug durch eine moslemische Menschenmenge am Tag zuvor gewesen.

An diesem Nachmittag im Mai liegt ein Kinderbuch im spärlichen Schatten des Hofs, halb verborgen unter Fetzen von verbranntem Stoff und Schnipseln angekokelten Papiers. Es heißt *Learning to Communicate* (erschienen bei Oxford University Press, New Delhi).

Eine braune Stelle in der oberen linken Ecke – möglicherweise das Werk von Feuer und Wasser, Sonne und Licht – hat sich durch alle hundertvierundzwanzig Seiten hindurchgefressen. Es ist ein Englischlehrbuch für die Unterstufe, die Blätter sind mit einer eindeutig kindlichen Handschrift und Kritzeleien bedeckt. Alles mit Bleistift. Das Vorsatzblatt, wo das Kind vermutlich seinen Namen, die Adresse, vielleicht eine Telefonnummer eingetragen hatte, ist verschwunden. Herausgerissen.

Auf Seite dreiundvierzig steht ein Gedicht, »Das Stadtkind«; es ist unterstrichen. Zeile für Zeile, Absatz für Absatz.

Es beginnt so:

Ich wohn in einem großen Haus
Da gehn die Menschen ein und aus
Die Häuser stehen dicht gedrängt
Die Fenster sind vom Rauch verhängt.

Ich hab nur einen großen Wunsch
Das ist der Himmel über uns
Der hat viel Platz in seinem Bauch
Für Wolkenschlösser und mich auch.

Der letzte Eintrag des Kindes findet sich auf Seite vierundachtzig.

Wie viele Kinder in Gulbarga ums Leben kamen, ist nicht bekannt – die Polizei sagt, die Leichen seien zu sehr verkohlt gewesen, um sie identifizieren zu können.

All das sind Tatsachen.

Und alles, was folgt, ist erfunden.

Prolog
(Die einleitende Erklärung)

Wir, die Unterzeichnenden, bestätigen in dieser, unserer einleitenden Erklärung Ihnen, dem Leser, feierlich das Folgende:

1. Dass wir Ihnen unsere Namen leider nicht nennen können.
2. Dass Sie uns, wenn Sie auf irgendeine Identifizierung bestehen, nach unseren jeweiligen Rollen nennen können, die im Anschluss an diese Erklärung aufgeführt sind.
3. Dass Sie uns alternativ jederzeit mit einem oder mehreren der folgenden Begriffe bezeichnen können: Vogel Vieh, Schwarz Blau, Hindu Moslem, Moslem Hindu, Feuer Eis, Schwanz Möse, Lied Tanz, Gesundheit Krankheit, Brücke Fluss, Radio TV, Katze Hund, Nacht Tag. So weiter und so weiter.
4. Dass wir Sie mit weiteren solchen Optionen versorgen könnten. Unbegrenzt und unermüdlich. Bis die Stunden verstreichen, bis die Nacht in den Tag übergeht. Wochen verfliegen, Monate dahingehen, Jahreszeiten wechseln. Bis die Stadt anschwillt, die Straßen bersten, die Erde bebt.
5. Dass uns das unter anderem deshalb möglich ist, weil wir alle Zeit der Welt haben.

6. **Dass dies so ist, weil wir tot sind.**
7. Dass wir vom frühen Morgen des 28. Februar 2002 an einzeln oder zu zweit, manchmal in Gruppen von drei oder vier umgebracht wurden. Manchmal dreißig, vierzig, fünfzig, sechzig, siebzig, achtzig auf einmal. Einmal sogar neunzig.
8. **Dass man einigen von uns den Hals aufgeschlitzt hat, dass manche von hinten, andere von vorn niedergestochen wurden. Die meisten von uns aber verbrannten.**
9. Dass wir in unseren Häusern und in unseren Straßen getötet wurden. Bei der Arbeit und beim Spielen. Im Schlaf oder wach, im Dunkeln und im Licht. Und in den düsteren, schlecht erleuchteten Räumen dazwischen.
10. **Dass es einer Zählung nach tausend von uns gibt. Nicht sehr viele, nicht sehr wenige. Wenn jeder von uns nur etwas mehr als einen Fuß groß wäre, würden wir fast so hoch in den Himmel aufragen wie die Zwillingstürme des World Trade Centers. Vielleicht könnten wir dann die zerstörte Skyline einer Stadt, die drei Ozeane und drei Kontinente von uns entfernt liegt, wiederherstellen. Ein Turm aus Fleisch und Blut. (Das ist nebenbei bemerkt nur ein Gedanke, der etwas illustrieren soll. Man darf ihn keinesfalls als Absicht missverstehen. Wir suchen nicht die Auseinandersetzung.)**
11. Dass wir nach unserem Tod Begabungen entdeckten, von denen wir vorher nichts ahnten. Wir haben ein Zuhause weit oben im Himmel gefunden, der – so wie es der Dichter in dem Kinderbuch beschrieb –, viel Platz in seinem Bauch hat. Wir können uns an Rauchschwaden

klammern und über die Stadt fliegen. Wir können am Regen emporklettern, bis zu den Wolkenschlössern, und sie rot, gelb oder in jeder beliebigen Farbe anmalen. Und wenn wir oben sind, können wir sogar den Mond blank putzen oder die Sonne anfeuern, wenn ihre Hitze nachlässt. Unsere Kinder können unter der Wasseroberfläche auf den Spitzen der Pflanzen tanzen, unsere Fische können fliegen, unsere Vögel schwimmen. Kurz, wir können alles Mögliche. Nur nicht ins Leben zurückkehren natürlich.

12. **Dass es in den Stunden, in denen wir umgebracht wurden, in der Welt sehr geschäftig zuging. Aus den Werbebroschüren des Commonwealth-Gipfels in Australien wurden die Abbildungen der nur mit Bikini bekleideten Mädchen gestrichen, aus Respekt vor »religiösen und kulturellen Gefühlen« der Teilnehmer. Ein Institut in Chicago gab bekannt, dass sich eine dreiunddreißigjährige Amerikanerin zum ersten Mal in der Geschichte der Medizin eine »nach wissenschaftlichen Kriterien« befruchtete Eizelle hatte einsetzen lassen, um sicherzugehen, dass ihr Baby nicht wie sie selbst an Alzheimer erkrankte.**

13. Dass unterdessen hier bei uns das ganze Land Pandit Ravi Shankars dritten Grammy und die erste Nominierung eines indischen Films für die 74. Academy Awards feierte. Die Zollbehörden beschlagnahmten vierzehn Tonnen gefährdeter Meerestiere, die illegal von den Andamanen und Nikobaren ausgeführt worden waren. Die Arbeiten an den vierspurigen Highways, Traum unseres Premierministers, gingen voran, der gläserne Innenhof des neuen Einkaufszentrums wurde fertig gestellt. Worauf wir hinauswollen, ist Folgendes: Unser Tod markierte keineswegs das Ende

der Welt. Denn woanders amüsierten sich die Leute, lachten und hofften auf eine bessere Zukunft.

14. **Dass wir in Anbetracht all dessen entschieden, dass der Tod kein Vorwand für Untätigkeit und der Schmerz kein Ersatz für Faulheit sein darf. Dass es vielleicht an der Zeit war, uns selbst Hoffnung auf eine bessere Zukunft und vielleicht auch ein wenig Gerechtigkeit zu machen, statt zu versuchen, das Feuer mit unseren Tränen zu bekämpfen.**
15. Dass diese Geschichte davon erzählen soll, wie wir es anstellten.
16. **Dass der Erzähler jedoch keiner von uns, sondern ein Lebender ist. Ein Mann, der auf die Nachricht von der Geburt seines ersten Kindes wartet, und dessen Frau sich im Kreißsaal desselben Krankenhauses befindet, wo wir in jener Nacht lagen, tot oder sterbend in einer brennenden Stadt.**

Unterzeichnet (in loser Reihenfolge unseres Erscheinens auf den folgenden Seiten)

Oberschwester
Doktor Nr. 2
Miss Glas
Krankenwagenfahrer
Das Buch
Das Handtuch
Fernsehleiche
Kanalarbeiter

Doktor Nr. 1
Stationswachmann
Eingangswachmann
Alte Krähe
Die Uhr
Taxifahrer
Obstverkäufer

17. Wir werden nicht alle auflisten. Es tut nichts zur Sache, weil Sie uns auf den folgenden Seiten ohnehin begegnen werden. Einige von uns werden an den Seitenrändern ein und aus gehen, sich zwischen den Zeilen verlieren, in den Fußnoten wieder auftauchen. Wo wir in Kleinschrift flüstern, Satzzeichen abschaffen und nicht einmal zum Atemholen innehalten. Denn wir haben keine Zeit zu verlieren. Fangen wir also gleich an, beginnen wir mit jener Nacht.

■ ■ ■

TEIL EINS

Jene Nacht

KAPITEL EINS

Die Geburt und die Übergabe

Hören Sie nicht auf die Toten, bitte hören Sie nicht auf die Toten – was immer Sie Ihnen erzählen, egal, mit welch fantasievollen Namen oder Nichtnamen sie sich schmücken und wie verführerisch sie Ihnen ins Ohr flüstern; wenn Sie ihnen einmal Gehör schenken, werden sie an Ihrem schlechten Gewissen nagen, sich von Ihrem Mitleid nähren, Sie komplett verschlingen, von Kopf bis Fuß, machen Sie sich nichts vor. Deshalb muss ich Ihnen gleich zu Anfang sagen, dass es nur an einer Sache dieser Geschichte so gut wie keinen Zweifel gibt, besser gesagt, gar keinen, nicht den Hauch eines Zweifels. Und das ist die Tatsache, dass, wie sie in ihrer einleitenden Erklärung behaupten, alles in jener Nacht begann.

Jene Nacht, es war jene Nacht.

Der gesamte Rest, alles andere, was folgt, neunundneunzig Komma neun neun Prozent davon, sollten Sie anzweifeln, anfechten, abwandeln, abstreiten.

Vergraben.

Bedecken Sie es mit Kies, welkem Laub, verschrumpelten, trockenen, zerfallenen Blättern. Klopfen Sie die Erde flach, schlagen Sie die schmutzigen Hände gegen die Hosenbeine, und dann gehen Sie und kommen nie wieder. Niemals.

Oder aber, wenn Sie sich die Hände nicht dreckig machen wollen, trommeln Sie die kleinen Jungs zusammen, die an einer

Verkehrsampel zwischen Rot und Grün an Ihre Fensterscheibe klopfen, lassen Sie sie alles aufstapeln, dann holen Sie einen Kanister Kerosin, den Treibstoff des armen Mannes – nur neun Rupien pro Liter – und sprenkeln es darüber. Zünden Sie ein Streichholz an, setzen Sie alles in Brand. Und dann pusten Sie.

Pusten, pusten, pusten.

Wie der Nordwind im Märchen pustet.

Oder aber, wenn Ihnen das Gegenteil lieber ist und Sie es aufheben wollen, um später noch einmal darauf zurückzukommen, vergessen Sie das Feuer, nehmen Sie Eis.

Frieren Sie es ein. Kalt, hart, massiv, weiß.

Suchen Sie sich eine Stelle wie die, die in jener Nacht im Fernsehen zu sehen war. Unter einem Gletscher nördlich von Himachal Pradesh. Dreiundzwanzig Jahre lang hatte er die Leichen einer Frau namens Marin Bjornhaden, Einwohnerin der schwedischen Stadt Göteborg, und ihres Verlobten Lars im Eis eingeschlossen. Es waren Touristen, Trekker, die sich verirrt hatten, doch keiner von beiden war verletzt oder entstellt. (Ihr goldenes Haar war von Eis durchzogen und funkelte wie die Sonne im Schnee. Selbst ihre Kleidung wirkte unberührt, der Stoff war hart und spröde geworden, aber alles saß perfekt, und die weißen und blauen Karos auf Marins Hemd waren kein bisschen verblasst. Dasselbe galt für die Fransen ihres roten Schals. Oder die Aufschläge der pelzgefütterten Jacke, die Lars trug.)

Kurz, machen Sie, was Sie wollen.

Denn es spielt keine Rolle, die Toten werden mich am Ende doch erwischen. Komme, was wolle, egal wie.

Und deshalb ist der Anfang etwas, dem man nicht ausweichen darf. Der Anfang der Nacht, als man mir erklärte, meine Frau habe unser erstes Kind zur Welt gebracht.

Ein stark missgebildetes Baby.

An dem knapp sechsundzwanzig Zentimeter kleinen Körper hatten die Seltsamen, Geheimnisvollen Kräfte, welche sichtbar oder unsichtbar und für solche Dinge verantwortlich sind, allein die Augen verschont. (Gleich werden selbst die Ärzte des Krankenhauses stolpern, wenn sie die 36. Auflage von *Gray's Anatomy* aus dem Regal nehmen, das Kapitel »Embryologie« auf Seite hundertachtundsiebzig aufschlagen und die Abschnitte überfliegen, die sie im ersten Jahr ihres Medizinstudiums angestrichen haben, um sich in Erinnerung zurückzurufen, wann ein Fötus welche Organe ausbildet … doch lassen wir das für später.) Beide Augen des Babys waren perfekt geformt und völlig funktionstüchtig. Auch seine Brauen waren perfekt. Als hätte ein talentierter, empfindsamer Künstler sie gezeichnet, der alle Zeit der Welt hatte und nur zwei Dinge, um den Sinn seines Lebens zum Ausdruck zu bringen: diese beiden Linien.

Der Rest des Babys war ein einziger Schlamassel.

Und zwar in diesem Ausmaß: Wenn alle Teile aller Babys der Welt, schwarz, braun, weiß, gelb – suchen Sie sich Ihre Farbe aus, mischen Sie ein bisschen von diesem und ein bisschen von jenem darunter –, wenn alle Babys, die je empfangen oder erträumt wurden, geboren werden sollten oder geboren worden waren, die halb fertigen, die halb unfertigen, die abgetriebenen, die toten aus Gegenwart, Vergangenheit und Zukunft, durch alle Zeitalter der Babygeschichte hindurch Teile eines Alphabets einer Babysprache wären und jedes normale Baby ein Satz, der einen perfekten Sinn ergäbe, dann hätte unseres so geheißen:

Zd^hjd srty!lks. op*fhT)

Vielleicht kürzer, vielleicht weniger Worte. Aber trotzdem unlesbar.

Verdrehte Punkte, unterschiedliche Schriftarten, unvollständige Klammern, gepunktete Kommas, miteinander verschmolzene Doppelpunkte, verirrte Sternchen. Die Buchstaben in verschiedenen Größen, an den falschen Stellen verschweißt oder getrennt, die Wörter verstümmelt und unvollständig.

Ohne diese Augen und Augenbrauen hätte das Personal in der Entbindungsstation des Holy Angel Nursing & Graduate Hospitals in der Mahatma Gandhi Road Nr. 1607 ihn womöglich als »Wucherung« bezeichnet. Oder als Geschwulst. Als Klumpen. Oder wie auch immer der medizinische Ausdruck für Schlamassel lautet. Man hätte ihn in einen kalten, glänzenden Behälter gelegt, damit seine Eltern, meine Frau und ich, uns selbst hätten überzeugen können, falls wir es gewollt hätten. Um die Nachricht zu bestätigen, dass es kein Baby gab, tut uns Leid, nur eine Wucherung. Es war ein *Es*, kein *Er*. Und wenn wir vom Krankenhaus aus nach Hause gefahren wären, hätte man es/*ihn* im Ofen des Krankenhauses verbrannt. Oder, falls es einen Stromausfall gegeben und der Generator nicht funktioniert hätte, einfach auf dem Boden liegen lassen. Im Gang der Entbindungsstation, ein an die Wand gelehntes Bündel. So dick mit Gaze und Bandagen umwickelt, dass man es/*ihn* für schmutzige Wäsche hätte halten können, die jemand abholen sollte, um sie zur Wäscherei zu bringen. Ein streunender Hund, der zufällig von der Straße hereingelaufen war, hätte es/*ihn* beschnuppern und mit der Nase anstupsen können. Angelockt vom Geruch eines Neugeborenen, eines Neugestorbenen.

Doch es/*er* hatte Augen, und die waren lebendig.

Es*er* hatte Wimpern. Es*er* hatte Brauen, die sich bewegten.

Eser (lassen wir die Kursivschrift weg) war mein Baby. Und mein Baby konnte sehen.

Nein, das reicht nicht, das ist zu schwammig, Schummelei mit Worten.

Denn vor dem Ganzen kann man nicht weglaufen, sich vor dem Wesentlichen nicht verstecken.

Je mehr ich versuche, einer genauen Beschreibung des Babys auszuweichen, je angestrengter ich versuche, die Einzelheiten in ein paar Zeilen abzuhandeln oder sie zwischen trügerisch vage Sätze zu quetschen, umso stärker drängen sie gegen die Wände meiner Sprachlosigkeit. Und bevor sie sie ganz eindrücken und in einem Schwall kopfüber fußüber herauspurzeln – zusammen mit unzähligen anderen Details, die jetzt nicht wichtig sind, sondern nur noch mehr Verwirrung stiften würden –, muss ich das Baby beschreiben. So genau ich nur kann. Wie heißt es noch? Klinisch kühl.

Genau wie das Krankenhaus in dieser Nacht.

Dazu brauche ich das gnadenlose Licht der Vernunft. Anders gesagt, ich muss alle adjektivischen Neonlichter, das weiche Gelb, das grelle Weiß, das kalte Blau und das warme Rot abschalten.

Eins nach dem anderen. Klick, klick, klick, klick.

Aber nur abschalten reicht nicht, ich will die Leitungen herausreißen, trage schwere Schuhe, knöchelhoch, mit dicken Sohlen, um die Füße zu isolieren, ich will die Lampen zerschmettern und auf den Scherben herumtrampeln, bis alles auf dem Fußboden zu Glasstaub wird, feinem Staub, der nichts reflektiert. So, jetzt habe ich das Licht zerstört und die Schatten verbannt, die es wirft. Von Kummer oder Schmerz. Tragik oder Terror. Nur die Vernunft bleibt. Keine Gefühle, nichts.

Damit kein Muskel in Ihrem Gesicht zuckt, wenn Sie es lesen, zufällig aufschnappen oder bewusst hören. Keine Braue sich hebt, keine Träne fließt, keine Stirn sich runzelt. Hier also folgt Eine Kurze Beschreibung Von Ithim, Meinem Kleinen Sohn:

Die Stirn über den perfekten Augen und perfekten Brauen war nur ein schmaler Streifen Fleisch, weniger als ein Fingerbreit, faltig und an mehreren Stellen dunkel, wie verkohlt, der etwa einen Zentimeter aus dem übrigen Gesicht hervorstand. Wie die schmale Krempe eines winzigen Huts aus menschlicher Haut, die so stark verfärbt und geschädigt war, dass man sie unmöglich wieder herrichten konnte. Mit dieser Stirn begann der Kopf, eine winzige oben abgeflachte Kugel; die Oberfläche war uneben und an mehreren Stellen eingedellt, wo die Schädelknochen noch nicht richtig zusammengewachsen waren und es vielleicht auch nie sein würden. Wenn man die Hand darauf legte, konnte man unter den gezackten Rändern eine Bewegung im Innern spüren: ein Knirschen, ein Summen, ein Flattern. Als wären Insekten oder Würmer, Lebewesen mit harten Panzern und schuppigen Flügeln durch die Zwischenräume der Knochen gefallen, säßen dort in der Falle und schlügen mit den Flügeln, auf der Suche nach einem Riss, wo sie sich durch die Haut meines Babys bohren und sich alle wieder herauswinden könnten.

Herauskriechen und wegfliegen.

Seine Nase war ein winziger Knubbel mit zwei Löchern in der Mitte des Gesichts. Ein Klümpchen Haut, das man mit einer Nadel zwei Mal durchstochen hatte, so klein, dass man Mühe hatte, es überhaupt zu erkennen. Da, wo ein Mund hätte sein müssen, gab es nur einen Schlitz. Wie ein Messerschnitt, eine Kerbe. Das rechte Ohr fehlte. Es hatte keinerlei Spur hinterlassen, nur straff gespannte Haut, die in das nasenlose, mundlose Gesicht und den Hinterkopf überging. Das linke Ohr war da, hatte jedoch nichts mit einem Ohr zu tun, sondern war nur ein winziges Hautläppchen, das an einen Trichter erinnerte, mehr abstrakt als körperlich. Denn im Großen und Ganzen war es formlos und beinahe durchsichtig. Mehrfach ineinandergefaltet, wie der Wirtel einer exotischen rosa Blüte. Krank, als wartete es nur darauf, von seinem fleischigen Stängel abzufallen.

Mein Baby hatte weder Arme noch Beine. Nichts, gar nichts, weder rechts noch links. Nicht einmal Stummel. Nur vier dunkle Flecken, um anzudeuten, was es hätte haben müssen, keine rauen Kanten, keine Mulden. Damit es aussah, als fehlte nichts und als wäre allein die Suche nach seinen Armen und Beinen dumm und obendrein gefühllos, Ausdruck einer tief sitzenden Voreingenommenheit. Als wäre es völlig normal, so geboren zu werden, als wäre dieses Kind der Vorreiter einer ganz neuen Generation ohne Arme und ohne Beine. Oder als hätte es unzählige Geschwister auf dem Globus, die genauso zur Welt gekommen waren wie es selbst und damit glücklich und zufrieden bis an ihr Lebensende lebten. In einem Apartment in Mumbai mit Blick auf das Arabische Meer vielleicht, in einer Hütte in Tierra del Fuego, dessen Küste vom Pazifik umspült wird, in einem Schlafzimmer in Grönland, wo Polarlichter Tupfer auf ihre Körper zeichneten. Oder in einem Haus in Kabul, dessen Fenster und Türen der Krieg zerstört hatte.

Wie alle Neugeborenen hatte es fast keinen Hals, aber es hatte auch kein Kinn, denn da weder eine ausgeprägte Nase noch ein Mund vorhanden waren, besaß sein Gesicht so gut wie keine Form. Unter dem vorspringenden Teil der Stirn fiel es übergangslos ab bis zur Brust.

Die Brust selbst war gerade und hätte wie die Augen und Augenbrauen als makellos gelten können, hätte sie nicht so abrupt geendet. Stellen Sie sich einen Gartenpfad vor, sauber angelegt, zu beiden Seiten von weichem Gras und frisch erblühten Blumen gesäumt, der Pfad selbst glatt und klar zu erkennen, und dann bricht er unvermutet ab und verschwindet. Fällt ab in eine Schlucht, deren Grund durch das dichte Laubwerk zu beiden Seiten verdeckt ist. Genau das war mit seiner Taille passiert.

Dort verschwand die Brust, und statt des Unterleibs eines Babys, dieser weichen kleinen Wölbung, verlief hier ein weiterer Streifen faltiger Haut, wie ein Spiegelbild des anderen auf der Stirn. Nur dicker und dunkler. Er zog sich ganz herum, wie ein Band, das sich um die Mitte des Körpers schlingt, ein mit der Haut verwachsener Gürtel. Wie eine Stange aus Haut, die unter einer Lötlampe geschmolzen und dann auf seinen Körper getropft war, wo sie erstarrte und sich verhärtete.

Darunter der Penis, nicht größer als der Nagel meines kleinen Fingers, und noch tiefer zwei Fleischfalten, die sich über den Anus schoben, der wiederum von einem Stück Haut bedeckt war – kaum mehr als ein Hautlappen, den man mit der kleinsten Berührung anheben oder senken konnte.

All das, so detailliert und noch deutlicher, sah ich erst später, als ich meinen Sohn zum ersten Mal an mich drückte, als wir ins Taxi stiegen und ich ihn nach Hause brachte. Mein erster Eindruck von ihm hingegen war lediglich …

… der eines weißen Bündels auf dem Arm einer großen Frau, die ebenfalls weiß gekleidet war.

Auf ihrem blauen Namensschild stand OBERSCH ESTER,

das W war abgewetzt und hatte nur eine kleine weiße Stelle hinterlassen. Obwohl ich den ganzen Abend im Wartezimmer der Entbindungsstation gesessen hatte und wusste, dass meine Frau die Einzige war, die an diesem Abend entbinden sollte – ihr Name stand mit Kreide auf der Schiefertafel draußen, die Patientennummer lautete 110742 –, obwohl ich wusste, dass das nächste Baby, das aus dem Kreißsaal gebracht würde, meins wäre, sah ich die Oberschwester nicht, als sie mit dem Bündel herauskam. Ich verlor sie in dem Gewusel der Menschen, der verhaltenen Eile der Patienten, ihrer Angehörigen und des Krankenhauspersonals, im Gewimmel derer, die rannten, um den Aufzug zu erwischen, oder die Treppen hinauf- und hinuntergingen, die zum Haupteingang im Erdgeschoss führten. Ich verlor sie zwischen den Gestalten auf dem Boden, die sich dort hinlegten und zusammenrollten, all jenen, die auf Betten mit ihren Namen und Nummern warteten.

Und erst als ich genau hinsah, als sich die Menge unter meinem Blick auflöste, sah ich die Oberschwester wegeilen, beinahe im Laufschritt, mit meinem Jungen im Arm, der vom unsichtbaren Kopf bis zum unsichtbaren Zeh in Tücher eingewickelt war. Als wäre er eine Totgeburt und sie brächte ihn schnell nach unten in die Leichenhalle. Bevor andere tote Babys und tote Erwachsene den Raum einnähmen, den das Krankenhaus ihm zugewiesen hatte.

Das Ende des weißen Lakens, das ihn bedeckte, hatte die Oberschwester fest zwischen den linken Arm und die linke Brust geklemmt. Sie gab sich alle Mühe, darauf zu achten, dass es nicht verrutschte, damit nicht das kleinste Stück des Babygesichts zu sehen war. Aus Angst, es könnte die Leute erschrecken, die ihr unterwegs begegneten.

Den einsamen Wachmann beispielsweise. Auf seinem roten Namensschild aus Plastik stand STATIONSWACHMANN, diesmal waren alle Buchstaben intakt. Hinter ihm, auf dem Treppenabsatz neben dem Aufzug, lag ein schlafendes Kind auf einem am Boden ausgebreiteten Laken; sein Bein steckte in einem Gipsverband. Auf einer Holzbank in der Ecke saß ein Paar, die schlafende Frau hatte ihren Kopf an die Schulter des Mannes gelehnt, eine zusammengeknüllte weiße Plastiktüte lag zwischen seinen Füßen. Die halb geschlossenen Augen der Frau waren an die Decke gerichtet, wo es nichts zu sehen gab. Nur die Haken, die Ventilatoren und die typische grelle blauweiße Farbe von Krankenhäusern. Wenn ich mich konzentriere, kann ich mich auch anderer Leute entsinnen, kann mich erinnern, was sie taten, als die Oberschwester mit dem Bündel an ihnen vorbeiging. Doch es genügt, wenn ich sage, dass es sie nicht im Geringsten interessierte, sie hatten ihre eigenen Päckchen zu tragen.

Aber bestimmt hatte die Oberschwester keinen Grund, sich so zu beeilen.

»Sie dürfen ihn noch nicht sofort sehen«, sagte die Oberschwester über die Schulter zu mir und drückte auf den Knopf, um den Aufzug zu rufen.

Ich hatte mich ziemlich grob durch die Menge gedrängt, weil sie so schnell war und ich sie nicht verlieren wollte. Meine Füße hatten mehrere Körper gestreift, die auf dem Boden lagen, aber sie schliefen so fest, dass sie sich kaum regten. Ohne es zu merken, hatte ich Leute mit den Ellbogen gestoßen, darunter auch Patienten, hatte sie beiseitegeschoben und mich vorwärtsgekämpft. Und jetzt stand ich kaum einen Meter hinter der Oberschwester, neben dem Aufzug.

»Ist er tot?«, fragte ich, ohne den Mut zu haben, näher zu

treten, ihr das Baby abzunehmen und das Laken von seinem Gesicht zu heben.

Ich wusste nicht, was ich sonst sagen sollte, wusste nicht, was ich fragen konnte.

Es folgte eine lange Pause, als müsste sie über die Antwort auf diese Frage nachdenken, als gäbe es mehrere Möglichkeiten, sie zu beantworten, mehrere Optionen zwischen Ja und Nein.

»Nein, nein«, sagte sie. »Wie können Sie so reden, Mister? Ja, es ist eine anormale Entbindung, es gibt ein Problem mit seinem Aussehen, aber das liegt daran, wie er geboren wurde, an der Art, wie er zur Welt kam. Das klingt nicht nett, solche Worte aus Ihrem Mund.«

Das sagte sie, ohne mir auch nur einmal in die Augen zu sehen, den Blick auf die ansteigenden Ziffern der Anzeigetafel über dem Aufzug gerichtet; der Aufzug kam näher.

»Was ist das für ein Problem mit seinem Aussehen?«, fragte ich.

»Warten Sie noch einen Augenblick, ich muss ihn erst waschen.«

Das klingt nicht nett, hatte sie gesagt. *Solche Worte aus Ihrem Mund.*

Es gibt ein Problem mit seinem Aussehen, hatte sie gesagt. *Warten Sie noch einen Augenblick.*

Und all das nahm ich ohne den geringsten Widerspruch hin.

Denn offensichtlich glaubte diese Frau, die sich Oberschwester nannte, dass sie in diesem Moment mehr Macht über mich besaß als jeder andere auf der Welt, weil sie das Baby, *mein* Baby im Arm hielt. Eine Macht, die es ihr ermöglicht hatte, sich vom frisch geschrubbten Marmorboden des

Krankenhauses auf eine moralische Höhe zu erheben, die mich sprachlos machte. Sie stand da oben, und vielleicht hätte ich auf die Knie fallen und sie anhimmeln sollen, nicht nur ihre großen Füße, die sie in enge schwarze Lederschuhe gezwängt hatte, geschnürte Herrenschuhe, sondern auch die dicken Waden, die aus dem Bund der weißen Söckchen quollen, und den gestärkten weißen Rock. Die gelben Halbmonde unter den Knöpfen, Spuren eines überhitzten Bügeleisens. Den Blick an ihren Beinen hinaufschweifen lassen sollen, ins Dunkel ihrer Schenkel, über die Planeten und Sterne, die darin eingebettet waren, und dazwischen der ganze unendliche Raum. Die Oberschwester war Gott. Und ich weniger als ein gewöhnlicher Sterblicher.

Halt, Moment mal, warum hört sich das so bitter an?

Die Oberschwester hatte nichts mit dem Baby zu tun.

Es war *mein* Sperma, es war die Eizelle *meiner* Frau, der Schoß *meiner* Frau, es waren *unsere* neun Monate, und die Oberschwester war nur eine Angestellte, die hart arbeitete und versuchte, ihre Pflicht zu tun. Vielleicht hatte sie mich gar nicht zurechtweisen wollen, sondern war nur rücksichtsvoll, und ihre Worte und Gesten waren unschuldig und wohlmeinend gewesen. Dies war meinen Augen und Ohren tatsächlich nicht entgangen, doch ich hatte gemeint, ich müsste sie so lange verdrehen und verbiegen, bis sie streng und grausam klangen. Vielleicht war *ich* derjenige, der verbittert war. Ein halb durchgedrehter, verängstigter und unsicherer Vater.

Ich hörte nicht, wie der Aufzug unser Stockwerk erreichte, hörte nicht, wie sich die Türen öffneten, hörte nicht, wie er die Oberschwester verschluckte. Mit meinem Baby. Mit mindestens zehn weiteren Personen. Als sie hineintrat, drehte sie sich zu mir um und lächelte zum ersten Mal in dieser Nacht:

»Sie brauchen uns keine Süßigkeiten zu bringen, um zu feiern. Ich werde das Baby waschen, dann können Sie das Anmeldeformular ausfüllen und die Entlassungspapiere abholen.«

Ich hörte, wie sich die Tür mit einem Ächzen schloss, ich hörte das Ruckeln des Aufzugs in seinem Schacht.

Weiter vorn, am Ende des Gangs, der zum Kreißsaal führte, wo meine Frau lag, sah ich hinter der Glastür, auf die jemand sehr sorgfältig ZUTRITT AN UNBEFUGTE FERBOTEN gepinselt hatte, ohne sich um Rechtschreibung oder Grammatik zu scheren, zwei Ärzte in OP-Kitteln, die Maske noch auf dem Gesicht. Sie kamen heraus, blickten in meine Richtung, wechselten einige Worte und verschwanden hastig wieder im Innern. Das taten sie zwei oder drei Mal. Als führte sie jemand an unsichtbaren Strippen und spielte mit ihnen. Als wären sie lebensgroße Puppen in Ärztekostümen. Lange Kittel, Schutzhauben, Stethoskope, androgyn. Und jemand, der sie hinausstieß und wieder zurückzog. Sie hinausstieß und wieder zurückzog. Vielleicht war es Teil eines Spiels mit dem Namen ÄRZTE KOMMEN RAUS, UM WARTENDEN VATER DES MISSGEBILDETEN BABYS ANZUSCHAUEN, UND GEHEN WIEDER REIN, OHNE DIE SCHLECHTE NACHRICHT ZU ÜBERBRINGEN.

»Es ist das erste Mal, dass sie so etwas sagt«, erklärte der Stationswachmann, der auf einem roten Plastikstuhl saß und alles gesehen hatte, die Oberschwester gesehen hatte, das Bündel im Aufzug gesehen hatte, wie es abwärtsfuhr, sogar das Spiel der Ärzte gesehen hatte, die herauskamen und wieder hineingingen, heraus und wieder hinein.

»Was sagt? Was meinen Sie?«, fragte ich.

»Dass Sie ihr keine Süßigkeiten mitzubringen brauchen.

Das sagt sie sonst nie, ich habe es noch nie gehört. Selbst wenn ein Baby tot ist, sagt sie es nicht. Wahrscheinlich ist das wieder eine ihrer Launen, nehmen Sie sie nicht zu ernst. Sie hatte einen sehr hektischen Tag, ist schon seit heute Morgen da. Gegen Abend war sie eine Weile weg, um nach ihren Kindern zu sehen, weil sie Gerüchte von einem Feuer in ihrer Nachbarschaft gehört hatte. Aber später muss sie irgendwann zurückgekommen sein. Sie können mir glauben, ich beobachte sie seit fünf Jahren. Sie hat ein gutes Herz.«

»Warum hat sie das dann gesagt?«

Mein fünfter Satz an diesem Abend, meine fünfte Frage.

Der Wachmann wollte nicht antworten, vielleicht dachte er, dass ich nicht bereit war, es zu hören. Was zu hören? Das vielleicht?

»Sie wissen warum die Oberschwester das gesagt hat Sie wissen warum die Oberschwester Ihnen zugelächelt und gesagt hat Sie bräuchten keine Süßigkeiten für sie oder das übrige Krankenhauspersonal mitzubringen weil und jetzt hören Sie gut zu weil sie weiß dass Ihr Kleiner nicht tot ist sondern noch schlimmer als tot Mister dass er so missgebildet ist man könnte Angst kriegen er ist hässlich er hat den Ärzten den Geburtshelfern und Schwestern einen Riesenschreck eingejagt als sie ihn zur Welt brachten zuerst glaubten sie es wäre ein Tumor es gäbe gar kein Baby und erst als sie den Kopf sahen sagten alle wie aus einem Mund deckt dieses Monstrum zu ist das ein Mensch oder ist es ein Tier und Mister wenn ich Sie wäre würde ich ihn nicht mit nach Hause nehmen sondern darum beten dass er stirbt dass seine inneren Organe sich so verschlingen und verwickeln so dass sie ihn erwürgen ich würde beten und mir wünschen dass sich seine perfekten Augen schließen und nie wieder öffnen dass seine perfekten Brauen reglos bleiben und Sie Ihrer Frau niemals antworten müssen wenn sie

danach fragt was passiert ist was die Frucht von neun Monaten Schwangerschaft ist wo ist das Glück nach all den Schmerzen dann können Sie ihr einfach sagen er ist tot lass uns nach Hause fahren besser als ihr diese verdammte Missgeburt zu zeigen.«

Nein, der Wachmann sagte nichts dergleichen.

Stattdessen sagte er: »Das Baby muss krank sein, sehr krank.«

»Aber machen Sie sich keine Sorgen«, fuhr er gleich fort. »Die Ärzte hier sind sehr gut. Vielleicht ist es nicht das beste Krankenhaus der Stadt, aber es hat ein paar erstklassige Ärzte. Und hinter dem Parkplatz gibt es einen Tempel. Er hat bis nach Mitternacht geöffnet, dann sperrt der Priester das Haupttor zu, wo der Saal mit den Götterstatuen ist, aber den Hof lässt er offen. Es ist sehr sauber und still dort, der Hof hat einen weißen Marmorboden, wo man sitzen und beten kann. Ich mache das hin und wieder, einfach so. Wer weiß – vielleicht nutzt das Beten ja.«

Der Wachmann merkte, dass ich nicht zuhörte und rutschte auf seinem Stuhl hin und her, und ich wartete, hatte ihm mittlerweile den Rücken zugedreht und den Blick auf den Gang gerichtet, der zu meiner Frau führte, und auf die Fensterreihe zur Linken.

Eine neue Traube von Patienten mit ihren Angehörigen wartete vor dem Aufzug, der nicht mehr in diesem Stockwerk angehalten hatte, seit er mit der Oberschwester und meinem Baby nach unten entschwunden war. Ich kam an ihnen vorbei, als ich zum nächsten Fenster trat. Und da passierte es, da sah ich es.

Und wie ein Wind, der sich an einem stillen Nachmittag an einem unbekannten Ort erhebt und immer stärker wird, bis er zu einem Sturm, zu einem Orkan wird, unter dem sich die Wipfel der Bäume biegen, Zweige abknicken, Türen und Fenster knallen, der alles umwirft, was sich ihm in den Weg stellt, ließ es mich vergessen, verdrängen, auslöschen, warum ich in dem Krankenhaus war, es sorgte dafür, dass ich die Ärzte vergaß, die Oberschwester vergaß, den Wachmann, die Patienten, die Menschenmenge, den Aufzug, das Kind mit dem Gipsverband, das schlafende Paar, die Plastiktüte zwischen den Füßen des Mannes, die Anzeigetafel über dem Aufzug.

Vor allem aber vergaß ich mein Baby, meine Frau, mein Baby, meine Frau.

An einem Fenster war ein Gesicht.

Anfangs, so glaube ich, hatte ich es gar nicht bemerkt. Denn als ich dort stand, am Fenster und einfach hinausschaute in die Nacht, in die ersten Nebelschwaden, die über dem Boden schwebten wie Rauch aus kleinen unsichtbaren Feuern, war mein Bewusstsein bereits geflüchtet, vertrieben von den Worten der Oberschwester, von den Worten des Wachmanns, von Fragen, auf die ich keine Antworten hatte. Ich fragte mich, wie es sein konnte, dass von allen Babys, die in diesem Moment zur Welt kamen, ausgerechnet unseres missraten war.

Wie die meisten zukünftigen Eltern hatten wir sämtliche Ratschläge befolgt, die die Gynäkologin uns erteilt hatte. Sie war nach dem ersten Golfkrieg aus Riad zurückgekehrt, selbst Mutter von zwei Kindern und Großmutter dreier Enkel und hatte uns immer wieder erzählt, sozusagen als Beweis für ihre Kompetenz, dass alle fünf zu den gesündesten Männern und Frauen des Landes, wenn nicht der Welt gehörten. Abgesehen von den vierhundert Rupien, die sie für jeden Besuch verlangte, hatte sie es geschafft, dass wir auch unsere spärlichen

Ersparnisse anbrachen und alles, was wir konnten, für Ultraschall-Screenings ausgaben, um genetische Fehlbildungen des Fötus zu erkennen, für diverse Intrauterinprozeduren, Fruchtwasserpunktionen, Blutuntersuchungen und andere Tests, die so spezifisch waren, dass ich mich nicht einmal an die Abkürzung ihrer Namen erinnern kann. Keine dieser Untersuchungen, so die Ärztin, hatte irgendeinen Grund zur Beunruhigung ergeben.

Trotzdem gingen meine Frau und ich an jedem Abend meines einzigen freien Tages in der Woche in ein Internetcafé nicht weit von der Straße, wo wir wohnten, und googelten kindliche Funktionsstörung + Behinderung, angeboren + Abnormität, früh + Warnung + Hinweis + Fehlbildung + Entbindung + Indien. Wir suchten die Websites der besten Kliniken und Krankenhäuser der Welt auf und studierten sämtliche Listen mit FAQs, um herauszufinden, ob es irgendetwas gab, das die Ärztin vergessen hatte.

(Der Besitzer des Internetcafés war ein Mann von Mitte vierzig namens Saxel Meeko, der seinen Namen, vielleicht weil er so ungewöhnlich war, in verschiedenen Schriftarten auf ein DIN-A4-Blatt gedruckt und es an ein Brett hinter seinem Stuhl gepinnt hatte.

Saxel Meeko
Saxel Meeko
Saxel Meeko
Saxel Meeko

Er hielt sein Internetcafé bis spätnachts geöffnet, und sein Computerbildschirm war in verschiedene Fenster unterteilt, die Live-Aufnahmen von Wahrzeichen aus unterschiedlichen Städten der Welt zeigten. Einmal war es der Times Square in New York oder der Eiffelturm in Paris, ein anderes Mal der Trafalgar Square in London, Darling Harbour in Sydney oder der Blumenmarkt von Amsterdam. Ein Bild jedoch war immer da, es wurde von der Webcam außerhalb des Internetcafés übertragen, die ziemlich weit oben an der Hauswand befestigt und auf den Gehsteig gerichtet war.

Die meisten Bilder waren verschwommen, vertraute Anblicke aus Zeitschriften und von Postkarten, die Bewegungen darin kaum erkennbar, erst über einen längeren Zeitraum hinweg, wenn der Himmel die Farbe wechselte oder wie einmal im Fall von Darling Harbour, eine Möwe quer durch das Bild flog. Oder als in New York ein Mann einem Bus hinterherlief. Doch Mr Meekos Straßenszene war das klarste Bild von allen; man konnte sehen, wie die Leute in seinem Laden ein und aus gingen. Hin und wieder sogar einen Straßenköter, der an dem Rinnsal in der Gosse schnüffelte.

Normalerweise hatte Mr Meeko den Bildschirm so gedreht, dass nur er dieses Bild vor Augen hatte. Ich bekam es erst zu sehen, als meine Frau und ich den zehnten oder elften Besuch bei ihm machten; an diesem Abend war niemand außer uns dreien in dem Internetcafé. »Es ist mir ein Vergnügen, Ihnen jetzt etwas zeigen zu können, was sonst nur mir vorbehalten ist«, sagte Mr Meeko. »Es ist sehr vertraulich, aber Sie sind nette Leute, die unangenehmen Situationen aus dem Weg gehen. Daher habe ich es mir überlegt, vielen Dank, bitte sehr.« Er hatte noch nie so viele Worte auf einmal an uns gerichtet, doch er sagte es so, dass das Angebot wie ein seltenes Privileg klang und uns mehr die Wärme seiner Geste als deren seltsame Natur und der lispelnde Singsang seiner Stimme auffiel. Ich weiß nicht mehr, was wir antworteten, abgesehen von ein paar höflichen Bemerkungen über seine Idee, den Rest der Welt in unser Viertel zu holen, doch von diesem Tag an lächelte Mr Meeko uns immer zu und fing sogar an, uns die Ausdrucke nicht mehr zu berechnen. Er wurde zu einem Freund, eigentlich dem einzigen Freund, den ich in der Stadt hatte. Er wird später wieder auftauchen, es gibt eine Menge über ihn zu erzählen, doch jetzt erst einmal zurück zum Baby.)

Meine Frau und ich lasen all diese Ausdrucke nachts, sie lag auf dem Rücken und hatte die Beine auf ein Kissen gelagert. Und alles, was wir lasen, deutete in die gleiche Richtung: dass wir nicht den geringsten Grund zur Sorge hatten. Meine Frau war erst sechsundzwanzig, also keinesfalls eine Spätgebärende. Und es gab keinerlei Hinweis auf angeborene Anomalien in ihrer oder meiner Familie. Ihr Vater, ein Kaufmann aus Kalkutta, hatte einen Herzinfarkt gehabt, und ihre Mutter trug eine Brille – nicht gerade die Mischung, die auf die irreparable Schädigung eines Gens hindeutet. Was mich betraf, so waren meine Eltern beide früh gestorben, zuerst mein Vater, nicht an irgendeiner langwierigen Krankheit, sondern durch einen unbesonnenen Busfahrer, der ihn eines Morgens überfahren hatte, genau vor der Schule, wo er länger als zwanzig Jahre Lehrer gewesen war (auf einer Kreuzung, von der er behauptet hatte, dass er sie zu jeder Tages- und Nachtzeit blind überqueren könne). Meine Mutter war ihm gefolgt, mehr aus Kummer und Einsamkeit, als aufgrund eines bestimmten Leidens. Gewiss, eine Geburt ist immer ein Glücksspiel, wie alles andere auch. Wir aber, so hatte die Ärztin versichert, wir könnten uns zurücklehnen und entspannen.

So war meine Frau in den letzten drei Monaten, den letzten Wochen nicht nervös gewesen, sondern hatte eine Entschlossenheit an den Tag gelegt, die von Tag zu Tag unumstößlicher wurde. Sie erklärte ihren Eltern, dass sie erst kommen sollten, wenn das Kind geboren war – vielen Dank, hatte sie gesagt, ich komme schon zurecht, ich habe meinen Mann, und ich habe meine Wohnung –, und als ich sie fragte, ob sie sich nicht, wie alle Frauen, die zum ersten Mal ein Kind zur Welt bringen, in Gesellschaft ihrer Mutter besser fühlen würde, hatte sie sich zu mir umgedreht und geantwortet: »Meine Mutter ist keine Ärztin, gibt es also irgendetwas, das ich ihr zeigen oder sagen könnte, was ich nicht auch dir zeigen oder sagen könnte?«

Sie dachte laut darüber nach, wie sie den zweiten Raum unserer gemieteten Dreizimmerwohnung renovieren würde. Sie erzählte, dass sie einen Schreiner aufgetan hatte, der ihr eins von den Etagenbetten bauen würde, die in der Samstagsausgabe der Zeitung unter der Rubrik »Kreatives Wohnen« angepriesen werden. Sie rief mich sogar einmal nachmittags im Büro an, um mir zu erzählen, dass sie mit einem Taxi durch die halbe Stadt gefahren sei, um nach Sternen und Planeten zu suchen, die man an die Wand kleben kann, denn sie hatte in einem Roman gleich auf den ersten Seiten von einem Kinderzimmer gelesen, das blau gestrichen war, mit dem Himmel an der Decke, weil die Eltern ihrem Kind einen »selbst gemachten Himmel« schenken wollten. Das sei es, was sie sich für unser Kind erträumte, sagte sie. Einen selbst gemachten Himmel zu Hause.

Wenn all diese Erinnerungen detailliert, ja sogar sentimental wirken, so schreiben Sie es dem milden Blick nachträglicher Einsicht zu. Denn natürlich erinnerte ich mich in der Nacht, als ich am Fenster stand, nicht in derart logischer Folge daran, nur in Fetzen von Bildern und Fragmenten von Klängen.

Die Gynäkologin, der Ultraschall, das Internetcafé, die Gynäkologin, das Bett, die Ausdrucke, der gewölbte Bauch meiner Frau.

Und während mein Bewusstsein das alles in rasender Geschwindigkeit abspulte, starrten meine Augen durch das Fenster der Entbindungsstation im sechsten Stock. Und dann sah ich das Gesicht.

Das Gesicht.

■ ■ ■

Ich bin der Stationswachmann, der Erste, der in die Fußnoten schlüpft, um meine Geschichte zu flüstern, die, um ehrlich zu sein, keine große Geschichte wäre, wenn ich nicht auf diese Weise umgekommen wäre, denn ich war nicht anders als Hunderte oder Tausende in dieser Stadt, die von außerhalb des Staates kommen, um nach Arbeit zu suchen, genau wie ich vor fünf Jahren, da war ich dreiundzwanzig und kam aus einem Dorf in der Nähe von Udaipur in Rajasthan, und nachdem ich drei Monate lang an alle möglichen Türen geklopft hatte, bekam ich einen Job am Holy Angel als Nachtwächter, sieben Tage die Woche, alle drei Wochen einen freien Tag, und selbst den verbrachte ich damit, meine Uniform zu waschen, den Haushalt auf Vordermann zu bringen oder Briefe nach Hause zu schreiben, alles für dreitausendzweihundert Rupien im Monat, ein Gehalt, das nicht ausreichte, um meine Frau und drei Kinder - zwei Töchter und einen Sohn im Alter von vier, zwei und eins - nachkommen zu lassen, damit wir zusammen in der Stadt lebten, deshalb hatte ich sie in dem Dorf zurückgelassen, wo sie bei meinen Eltern wohnen konnten, denen ich jeden Monat fünfzehnhundert Rupien mit der Post schickte und noch mal fünfhundert Rupien an meine Frau, separat, so dass mir selbst noch zwölfhundert zum Leben blieben, aber das war kein Problem, denn ich hatte einen Mitbewohner gefunden, einen Freund, der als Fahrer für einen Geschäftsmann arbeitet; zusammen hatten wir ein Zimmer in einem Slum für vierhundertfünfzig Rupien im Monat gemietet, inklusive Glühbirne und Tischventilator, und wenn mein Freund in der Morgenschicht arbeitete, hatte ich die Aufgabe, jeden Nachmittag das Abendessen vorzubereiten, bevor ich ins Krankenhaus fuhr, dafür brauchte ich dann nur hundertfünfzig Rupien Miete zu zahlen, eine bequeme Vereinbarung, denn so konnte ich noch ein bisschen zur Seite legen für meine Familie, was ihnen jetzt, da ich nicht mehr da bin, zugute kommt, und das bringt mich auf das Letzte, woran ich mich erinnere, das Fenster des Hauses, jemand stand da und ließ mich nicht raus, die Hitze und der Schmerz, wie kochendes Öl, das mir in die Augen spritzt, und alles, was ich in diesem Augenblick sah, war das Bild meiner Frau, sie ist erst zweiundzwanzig, sie darf nicht für den Rest ihres Lebens Witwe sein, ich hoffe, dass ein guter Mann sich bereit erklärt, sie zu heiraten und meinen Kindern gegenüber nicht den Stiefvater markiert, und dann, wer weiß, bekommt meine Frau vielleicht noch mehr Kinder mit ihrem neuen Mann, ich hoffe, er hat einen guten Job und kann für sie und auch für meine Eltern sorgen, denn mein Geld wird nicht lange reichen, morgen, am ersten März ist Zahltag für den Februar, das Krankenhaus hat die Adresse in meinem Dorf, und ich hoffe, dass sie das Geld an meine Eltern schicken, zusammen mit der Einmalzahlung als Entschädigung für diejenigen, die umgekommen sind, etwa hunderttausend Rupien, glaube ich, plus meine Vorsorgereserve, noch mal ungefähr fünfzehntausend Rupien, und wenn das so ist, werden meine Eltern ihre Schulden abbezahlen können, obwohl ich mir die meisten Sorgen um meine Mutter mache, sie wird tagelang nichts essen, sie wird die ganze Nacht dasitzen und weinen und allen Leuten erzählen, nein, mein Sohn ist nicht umgekommen, er ist in Sicherheit, er hat nur so viel zu tun, dass er noch keine Zeit hatte, anzurufen, morgen Früh kommt er mit dem Zug nach Hause, aber dann werden Tage, Wochen und Monate vergehen, ihre Enkel, meine Kinder, werden größer, und vielleicht wird meine Mutter eines Tages, wenn sie erwachsen sind und sie sie anschaut, wissen, dass ich nicht mit dem Morgenzug komme, dass sie mich nicht wiedersehen wird, außer nachts, wenn ich zufällig in ihre Träume rutsche.

■

KAPITEL ZWEI

Gesicht am Fenster, Schrift auf Glas

Das Gesicht Das Gesicht Das Gesicht, anders kann ich es jetzt nicht bezeichnen, als normales Substantiv, D und G groß geschrieben, wiederholt, um es klarer zu machen, denn wie soll ich sonst beschreiben, dass ich an einem so gewöhnlichen Schauplatz – dem Blick aus dem alltäglichen Fenster eines alltäglichen Krankenhauses – etwas so Außergewöhnliches sah?

Stellen Sie sich vor: Unten gab es eine Rasenfläche, nein, keinen richtigen Rasen, mehr leere Fläche, in Dunkelheit getaucht, bis auf die Seite, wo sie ans Hauptgebäude stieß. Wo die Neonlampe der NOTAUFNAHME einen schmalen Streifen grelles weißes Licht warf, leicht gedämpft durch den feinen Nebel, der von der Hauptstraße herübertrieb. Da unten gab es nichts zu sehen, nur die bedeckten Köpfe eines Stroms von Patienten und Besuchern, die das Gebäude betraten und wieder verließen, die schwarzen Fahrgestelle und die blassgelben Verdecke mehrerer Auto-Rikschas, die chaotisch ineinander verkeilt parkten, wie Insekten, die sich im Regen aneinanderdrängen. Genau gegenüber, auf der anderen Seite der Rasenfläche, erhob sich der andere Flügel des Gebäudes, in dessen Mitte, dritter bis sechster Stock, wo die Krankenzimmer lagen, zahllose Fenster erleuchtet waren. Die untersten beiden Stockwerke waren dunkel, dort befand sich die Verwaltungsabteilung, die nachmittags um fünf Feierabend machte. Mein Blick schweifte über die Köpfe der Menschen unter uns und an den Laternenmasten empor, bis er bei einem der Fenster innehielt, einem Rechteck aus fahlem Licht hinter den Vorhängen.

Bis heute kann ich nicht genau sagen, was zuerst passierte, was worauf folgte. Nahmen meine Augen dieses Fenster bei ihrer ziellosen, halbherzigen Wanderung überhaupt wahr? Oder zog etwas auf der Scheibe sie an? Wie auch immer, da war es: das Gesicht einer Frau, die nach unten schaute, hinausspähte, ein Stück Schulter war sichtbar. Wie soll ich das beschreiben, ohne dass es wie ein Märchen klingt?

Es war kein Gesicht, das man in dieser Stadt jeden Tag sieht. Vielleicht war es ihr zerzaustes Haar, ein paar Fransen fielen ihr in die Stirn, das Gesicht selbst war klein und eckig. Vielleicht wirkte es deshalb so auffallend, weil das Haar kurz geschnitten war und ihr Gesicht noch betonte. Fast ohne es zu wollen, wich ich zurück. Ob sie mich gesehen hatte? Hatte ich ihre Privatsphäre verletzt? Ich sah wieder hin, da war sie. Ich versuchte, ihrem Blick zu folgen, indem ich eine imaginäre Linie von ihrem Fenster dorthin zog, wo ich das vermutete, was ihren Blick bannte, doch in der Dunkelheit war selbst das schwierig. Ich gab trotzdem nicht auf. Meine imaginäre Linie führte zu einem Krankenwagen, der noch bis vor einem Augenblick gar nicht da gewesen war, ein weißer Kleinbus, zerbeult und schlammbespritzt, der mit laufendem Motor vor der Notaufnahme wartete. Zwei Krankenhausangestellte in Uniform standen mit einer Trage daneben. Ich bildete mir ein, den Krankenwagenfahrer etwas sagen zu hören, aber das waren vielleicht nur meine Ohren, die mir einen Streich spielten, denn das gedämpfte Stimmengewirr aus der Entbindungsstation im Gang hinter mir war nicht verebbt. Ebenso wenig die Stimmen, die vom Rasen unten heraufschwebten, das Knattern der Auto-Rikschas, das Motorengeräusch des Krankenwagens, die Rufe des Krankenhauspersonals.

Als ich wieder aufblickte und zu dem Fenster hinübersah, war die Frau verschwunden. Das Licht im Zimmer brannte, die Vorhänge standen einen Spalt offen, und durch die Scheibe konnte ich etwas an der Wand stehen sehen, eine Nachttischlampe vielleicht, oder ein Schränkchen. Aber was war das?

Auf der Fensterscheibe selbst, ein deutlich erkennbarer Fleck.

Möglicherweise hatte ihr warmer Atem die Scheibe beschlagen, aber falls es das war, erschien mir der Fleck ungewöhnlich groß. Als hätte sie sechs- oder siebenmal hintereinander das Glas angehaucht, von rechts nach links, bis genügend Kondensation entstanden war, um das Glas zu beschlagen. Und mitten hinein hatte sie mit dem Finger zwei Worte geschrieben:

hilf mir.

Alles klein geschrieben, eine Lücke zwischen den beiden Wörtern und sogar ein Punkt am Ende. Groß genug, dass ich es lesen konnte, selbst aus dieser Entfernung.

Ja, ich weiß, ich weiß, wie sich das anhört, als was es erscheint: als Lüge, als billiger Versuch einer billigen Lüge, die fiebrigen Auswüchse einer männlichen Fantasie, beflügelt von der Tatsache, gerade den Preis für die Vaterschaft präsentiert bekommen zu haben, jetzt wäre das Baby der Mittelpunkt im Universum seiner Frau, es würde auf Händen getragen, während er selbst mit seinen Wünschen und Träumen im Abseits stünde. Die Frau ist weg, es lebe die Mutter. Und diese Erkenntnis frustriert den Mann, diesen frischgebackenen Vater, gaukelt ihm Dinge vor, die gar nicht da sind. Eine Frau, ausgerechnet. Ihr Gesicht, ein Stück Schulter. Und diese Frau bittet um Hilfe, während sich seine eigene Frau noch von der

Geburt seines Kindes erholen muss? Jetzt reicht es aber, selbst ein vorpubertärer Schuljunge hätte sich etwas Besseres, etwas Ausgefeilteres ausdenken können.

Ja, ich weiß, ich weiß, ich weiß.

Und deshalb war mein erster Impuls Skepsis – ich wandte mich ab und schaute weg. Der Krankenwagen stand immer noch da, die Türen waren immer noch geschlossen, und der Fahrer fuchtelte wild mit den Armen und schrie die Angestellten des Krankenhauses an, sie zu öffnen. Ich sah wieder zu dem Fenster auf; Das Gesicht war weg. Aber die Worte waren da.

Vielleicht, und das war mein erster Gedanke, gab es diese Worte nur in meinem Kopf, und meine Augen hatten mich dazu verleitet zu glauben, dass sie auf der Fensterscheibe stünden, daher blinzelte ich ein paar Mal und sah erneut hin, aber nein: DIESE WORTE STANDEN AUF DEM GLAS GESCHRIEBEN. Genauso scharf und lesbar wie noch einen Augenblick zuvor, allerdings war ich nicht sicher, wie lange sie bleiben würden, angesichts des schleichenden Nebels in dieser Februarnacht. Ich ertappte mich dabei, dass ich die Fensterscheibe anhauchte und mit dem Finger Striche darauf zeichnete. Ich war versucht zu antworten, aber dann riss ich mich zusammen; hinter mir warteten Patienten, sitzend und stehend, und selbst wenn keiner von ihnen in meine Richtung blickte, wollte ich nicht, dass sie sahen, wie ich so was Albernes tat, Worte auf Glas malen. Und was sollte ich überhaupt schreiben?

Was sollte ich antworten auf etwas, das auf eine Fensterscheibe gekritzelt worden war, von jemandem, den ich kaum gesehen hatte?

Was, wenn die Schnörkel und Striche, die aussahen wie hilf

mir. einfach nur das waren, Schnörkel und Striche, die nicht absichtsvoll, sondern rein zufällig entstanden waren, als der Vorhang das kalte Glas gestreift hatte?

Besser gesagt, mehrmals gestreift hatte? Ein Dutzend Mal oder mehr, zuerst der klare nach unten abfallende Strich des **h**, dann die Schleife, beim dritten Mal die durchbrochene Linie des **i**, beim vierten der kleine Punkt, beim fünften der Strich des **l**, beim sechsten Mal die leichte Krümmung des **f** – und so weiter und so fort?

Aber dass ein Vorhang auf Glas schreibt, war nicht gerade wahrscheinlich.

In dieser Nacht allerdings erschien sogar eine solche Erklärung, so bizarr sie auch klingen mag, logischer und leichter zu verstehen oder zu begreifen, als die offensichtliche, die mir ins Gesicht sprang: dass in dem Krankenzimmer gegenüber eine Frau war, die gesehen hatte, wie ich sie beobachtete und dass noch etwas in diesem Raum oder außerhalb von ihm war, das ihr möglicherweise Angst machte, weshalb sie Hilfe brauchte. Vielleicht hatte sie keine andere Möglichkeit, sich bemerkbar zu machen – vielleicht war die Schwester nicht bereit, ihr zu helfen, oder es gab kein Telefon in ihrem Zimmer –, und so hatte sie diese Möglichkeit genutzt? Vielleicht gab es niemanden, dem sie eine solche Nachricht hätte schicken können, und als sie an ihrem Fenster stand und nach unten schaute, hatte sie zufällig bemerkt, dass ich zu ihr hinübersah. Als ich zurückgewichen war, wusste sie, dass es mir unangenehm war, dass mir plötzlich aufging, was ich tat, und das hatte sie vermutlich als Bestätigung dafür aufgefasst, dass es jemanden gab, diesen Mann, der an einem anderen Fenster stand und sehen würde, was sie auf die Scheibe schrieb, mit dem Zeigefinger auf die angehauchte Scheibe schrieb.

hilf mir.

Sie hatte gewollt, dass ich es lese.

Ich blickte wieder zum Fenster hinüber. Die Worte verschwanden allmählich, vermutlich war es im Raum kälter geworden. Alles was ich jetzt noch sehen konnte, war **i f mir.**, das **i** von **mir** verblasste immer mehr, und als ich mich auf die übrigen Buchstaben konzentrierte, fiel mir eine verwischte Bewegung im Innern des Zimmers auf, ich sah etwas am Fenster vorbeihuschen, eine Hand, die das Glas sauberwischte und die Vorhänge zuzog. Ich sah, wie die Lichter erloschen und das Fenster zu einem dunklen Rechteck wurde.

Um es nicht zu verlieren, jetzt, da es sich in nichts mehr von den anderen unterschied, hielt ich den Blick weiter darauf gerichtet. Ich musste mir die Koordinaten dieses Fensters einprägen, sie mir gut merken, wenn ich es wiederfinden wollte: fünftes Stockwerk von unten, zählte ich, und dann vielleicht das dreizehnte Zimmer vom Ende (vorausgesetzt, das Innere war ein getreues Spiegelbild des Äußeren, und es gab keine versteckten Räume oder Kammern).

Fünfter Stock von unten, dreizehntes Fenster vom Ende.

Soll ich jetzt sofort hingehen?, dachte ich.

»Mister Jay, entschuldigen Sie, können wir uns einen Augenblick mit Ihnen unterhalten?« Der Arzt stand hinter mir und der Stationswachmann so dicht neben ihm, dass es aussah, als bestünde sein Job darin, den Arzt vor mir zu beschützen, als könnte ich mich jeden Moment auf ihn stürzen, ihm den Kittel vom Leib reißen, ihn mit dem Gummischlauch des Stethoskops erdrosseln.

Ich folgte dem Arzt in sein Zimmer.

Dort wartete ein weiterer Mann, der auf dem zweiten Platz hinter dem Schreibtisch saß. Vielleicht ein anderer Arzt, er sah nicht aus wie ein einfacher Angestellter, er war gut gekleidet, hatte Schuhe an, das Hemd steckte in der Hose, und er trug eine Brille. Als wir eintraten, schrieb er gerade etwas auf einen Block, ohne aufzusehen, als hätte er angefangen, sich Notizen zu machen, noch ehe wir überhaupt begonnen hatten, »uns einen Augenblick zu unterhalten«.

»Das Baby ist zu früh gekommen, Mister Jay, es hatte keine Zeit, sich voll zu entwickeln«, sagte Doktor Nr. 1. »Die gute Nachricht ist, dass der Kleine lebt, aber wie lange noch – das kann ich Ihnen nicht sagen.«

Ich saß da und hörte zu. *Wie lange noch, das kann ich Ihnen nicht sagen*, die Worte schienen im Raum auf mich zuzuschweben. Ich hätte sie am liebsten verscheucht, wie Fliegen, konnte jedoch nur zusehen, wie sie zu Boden fielen, ein Wort nach dem anderen, bis sie alle auf einem Häufchen lagen. Und sich ganz von selbst neu ordneten, um die beiden Worte zu bilden, die ich auf dem Fensterglas gesehen hatte: *hilf mir*.

»Die schlechte Nachricht ist, dass er sich nicht verändern wird«, fuhr der Arzt fort.

Er wird sich nicht verändern.

»Was meinen Sie damit, er wird sich nicht verändern?«, fragte ich.

»Was Sie heute sehen, werden Sie auch morgen sehen, Mr Jay, Sie werden es sehen, solange er lebt. Er wird weder sprechen noch hören. Er hat weder Arme noch Beine. Das Einzige, was er kann, ist sehen, denn seine Augen sind funktionstüchtig, das haben wir überprüft. Angesichts seines sonstigen Zustands ist das ein Wunder. So etwas haben wir noch nie erlebt.«

»Wie kommt es, dass seine Augen nicht betroffen sind?«

»Das haben wir uns auch gefragt.« Doktor Nr. 1 deutete auf einen dicken Wälzer auf dem Schreibtisch von Doktor Nr. 2. »Wir haben es nachgeschlagen. Das ist *Gray's Anatomy*, so etwas wie unsere Bibel, wir haben es sogar ein zweites Mal überprüft, um sicher zu sein, dass wir nichts übersehen haben. Augen und Lider bilden sich etwa im dritten Monat, während die Gliederknospen, das ist der Ausdruck für die kleinen Höcker, die sich später zu Armen und Beinen entwickeln, bereits gegen Ende des ersten Monats zu wachsen beginnen. Nach maximal vier bis sechs Wochen. Wie ist das passiert, wie konnten sich die Augen entwickeln, Arme und Beine dagegen nicht? Wir haben keine Antwort darauf, und das Buch hat keine Erklärung.«

»Er kann nicht sprechen und nicht hören?«

»Er kann nicht sprechen«, sagte Doktor Nr. 1. »Er wird keine Geräusche von sich geben. Normalerweise verursachen Kinder, die nicht sprechen, Geräusche, wenn sie weinen. Dieses Kind ist nicht einmal dazu imstande. Es wird immer vollkommen stumm sein. Wir werden es natürlich regelmäßig untersuchen.«

»Wie geht es meiner Frau?«, fragte ich.

»Ja, darauf wollten wir auch gerade kommen. Es geht ihr gut, aber sie hat viel Blut verloren, wir haben ihr etwas zum Schlafen gegeben. Sie wird ein paar Tage brauchen, um sich zu erholen.«

»Wann kann sie nach Hause?«

»Wir müssen einige Untersuchungen durchführen«, sagte er. »Müssen sie ständig überwachen. Sie braucht Ruhe. Wenn ich Ihnen einen Rat geben darf, erzählen Sie ihr nichts, sagen Sie nichts über das Baby, bis sie wieder auf den Beinen ist und nach Hause kommen kann.«

»Wann kann ich das Baby mitnehmen?«

»Im Idealfall sollten wir es mindestens vierundzwanzig, besser noch achtundvierzig Stunden hierbehalten, Mr Jay, um es zu beobachten, das ist Standard hier im Krankenhaus. Aber es tut mir sehr Leid, es ist eine hektische Nacht für die Ärzte, und es sieht ganz so aus, als würde es noch schlimmer. Wir haben nicht allzu viele Betten, daher erscheint es uns am besten, und das habe ich auch mit der Oberschwester so abgesprochen, dass Sie noch ein paar Stunden warten, bis sie den Kleinen gewaschen hat und der Papierkram erledigt ist, und dann können Sie mit ihm nach Hause fahren.«

»Aber wie soll ich mich um ein Baby kümmern? So etwas habe ich noch nie gemacht.«

»Machen Sie sich keine Gedanken, dieses Baby braucht nicht viel, es muss nur regelmäßig gefüttert und saubergemacht werden. Selbst das Füttern wird anders sein als bei normalen Babys. Mit einem Schlauch und einem Tropfenzähler. Die Oberschwester wird es Ihnen zeigen, es ist ganz einfach. Sie ist die Beste, die wir hier haben. Und wie gesagt, dieses Baby kann nicht weinen. Es wird Sie also nicht belästigen.« Doktor Nr. 2 lächelte. »Sehen Sie es positiv, Mr Jay, viele junge Eltern werden Sie beneiden, ein Baby, das keinen Lärm macht, wenn es weint. Es wird Ihren Schlaf nicht stören.«

Vielleicht merkte er selbst, kaum dass er den Satz beendet hatte, dass das, was er gerade gesagt hatte, um mich zu trösten, ziemlich taktlos, ja, grausam war. Doch er hatte sich sofort wieder unter Kontrolle. Das Lächeln verschwand, jetzt war er wieder höflich und formell. »So habe ich es nicht gemeint, tut mir Leid. Ich muss jetzt los und nach Ihrer Frau sehen. Kommen Sie mit und schauen Sie selbst, wir bleiben nur fünf Minuten.«

Um in den Raum zu gelangen, in den sie meine Frau nach

der Operation gebracht hatten, musste ich die Schuhe ausziehen, einen sterilen grünen Kittel überstreifen und blaue Gummislipper, die anscheinend vor kurzem noch jemand anderer benutzt hatte, denn sie waren noch warm.

Meine Frau war bis zum Hals zugedeckt, das Gesicht sah aus, als läge sie in einem Schlaf, aus dem sie nie wieder erwachen würde. Man hatte sie mit mehreren Laken dick zugedeckt, fast dreißig Zentimeter hoch, so dass die Form ihres Körpers nicht zu erkennen war. In ihren Handgelenken steckten Schläuche. Ich glaubte zu hören, wie sie sich bewegte, ausatmete, doch nein, es war eine der Maschinen im Zimmer, deren Summen wie ihr Atem klang. Sie atmete so langsam und so leicht, dass ich den Handrücken vor ihre Nase hielt, um die Luft zu fühlen. Wäre das Atmen nicht gewesen, hätte man sie für tot halten können, so still und reglos lag sie da, die Arme zu beiden Seiten dicht am Körper, die Hände ausgestreckt, mit den Handflächen nach oben, die Finger in einer unnatürlichen Krümmung erstarrt, bewährte und altehrwürdige Haltung der Toten. Ich berührte die Finger meiner Frau, die Spitzen waren kalt, ein Stück durchsichtiges Klebeband bedeckte ihr schmales glattes Handgelenk, nur da, wo die Kathedernadel steckte, war sie faltig.

Ich berührte sie dort.

So war auch unsere erste Berührung gewesen, vor fast vier Jahren, meine Hand hatte ihre Finger und ihr Handgelenk gestreift. Es war reiner Zufall gewesen, und es wäre gelogen, wenn ich behauptete, dass diese Berührung der Anfang von allem war, nein, das war sie nicht, nein, sie bewirkte nichts. Es war ein Zusammenstoß mit einer Fremden, einer jener Zusammenstöße, die jeden Tag in jeder Stadt der Welt passieren. Und selbst wenn er in Mr Meekos Webcam-Fenster aufgetaucht wäre, hätte er es vermutlich gar nicht mitbekommen.

Wir saßen im Empfangsbereich einer Personalvermittlungsagentur, im zweiten Stock eines dreistöckigen Gebäudes, unten gab es ein Restaurant und oben ein Geschäft für Badezimmerfliesen, wir beide und zwanzig weitere Hochschulabsolventen oder noch mehr, die gekommen waren, um sich testen und interviewen zu lassen. Es ging um fünf freie Stellen bei einer Gesellschaft, die von sich behauptete, »Recherchedienste« für ausländische Investoren zu übernehmen, die sich für den indischen Aktienmarkt interessierten.

Was sie und mich und vermutlich auch die anderen hergebracht hatte, war folgende Anzeige:

Profitieren auch Sie von der Auslagerung von Geschäftsbereichen, diesem boomenden Markt, keine Nachtarbeit, keine Telefonwerbung; neutrale globalisierte Akzente werden nicht verlangt. Wir brauchen Hochschulabsolventen mit analytischer Begabung oder Fachwissen, nur mit einem einwandfreien Charakter und der Bereitschaft, sich in Fakten und Details einzuarbeiten, Recherchen durchzuführen, der Fähigkeit zur Teamarbeit und der Bereitschaft, Termine einzuhalten. Attraktive Provisionen und Prämien! Arbeiten Sie für die Macher der Wall Street!

Übersetzt bedeutete das etwa Folgendes: *Wenn Sie keinen erstklassigen Abschluss haben, nicht genau wissen, worin Sie gut sind, nichts Besseres finden, jung sind und als Pechvogel anfangen, kommen Sie zu uns, und versuchen Sie Ihr Glück, denn etwas Besseres brauchen wir nicht. Sie sollen lediglich Fakten und Zahlen zusammenstellen.*

Und obwohl wir da saßen, mit unseren Lebensläufen in Plastikhüllen, und aussahen, als wären wir bereit, als wären wir nur auf der Welt, um es mit ihr aufzunehmen, einte uns das stillschweigende Bewusstsein unserer Verzweiflung. Denn, offen gesagt, abgesehen von den beiden mit Ach und Krach geschafften Betriebswirtschaftskursen an der Uni hatte ich keine Ahnung von Aktien und Anteilen oder den Höhen und Tiefen der Börse. (Am Tag zuvor hatte ich mir in dem Versuch, mich auf das Interview vorzubereiten, bis spät in die Nacht die Börsenkanäle im Fernsehen angesehen, das Tickertape am unteren Rand des Bildschirms, die Börsenkürzel mit ihren elektronischen Pfeilen, die nach oben oder nach unten zeigten. Ich hatte allerdings nur daran denken können, wie diese Pfeile auf das Dekolleté der Moderatorin zeigten, auf ein Stück Haut unter dem schwarzen Hemd, über den straffen Brüsten, unter dem Kinn, auf die geschminkten Lippen, aus denen Worte wie Futures und Optionen, Derivate, Anteilskapital und Effektivverzinsung strömten. Ich dachte daran, dass einige Pfeile nach unten zeigten, wo ihre Beine sein mussten, und ihre Füße. Und wie unbedeutend und unwissend ich war, wie hoffnungslos unvorbereitet für das Vorstellungsgespräch am nächsten Tag.)

Doch als ich an diesem Nachmittag eine halbe Stunde im Empfangsbereich saß, mir die durchgesessene Couch, die verschrammten Stühle und die drei Interviewer ansah, einer geschaffter als der andere – der lebendigste war ein kleiner Mann mit Brille und lockigem Haar, der seine Rs in einem vermeintlich amerikanischen Akzent rollte –, war ich nicht einmal sicher, was besser war, den Job zu bekommen oder den Raum wieder zu verlassen und nicht mehr vorweisen zu können als ein paar verlorene Stunden und vielleicht noch die Erinnerung an die ungewöhnlich schlanke Frau, die neben mir saß. Eine Frau in engen schwarzen Hosen und einem roten Pullover mit hochgeschobenen langen Ärmeln.

Sie las eine alte Zeitschrift, die auf dem Tisch in der Mitte gelegen hatte, wobei die Handgelenke auf den Oberschenkeln ruhten. Es war eine Filmzeitschrift, die eher ins Wartezimmer eines Arztes gepasst hätte als an einen Ort, wo man nach der nächsten Generation junger Leute Ausschau hielt, die das Räderwerk der Märkte in Bewegung halten sollte. Der Duft ihres Jasminparfüms stieg mir in die Nase. Ich hörte das Rascheln der bedruckten Hochglanzseiten, ihrer Bewegungen, wenn sie weiterblätterte. Unsere Stühle standen so dicht nebeneinander, dass sich unsere Knie hätten berühren können, ohne dass einer es bemerkt hätte. Nicht dass ich irgendeinen Drang dazu verspürt hätte. Ich wartete auf mein fünftes Vorstellungsgespräch in ebenso vielen Monaten, war zu müde für ein sechstes, und die wenigen Zentimeter, die mein Knie brauchen würde, um nach links zu rutschen und das ihre zu berühren, würden mir auch nicht helfen. Ich brauchte etwas weniger Flüchtiges, etwas Solideres.

Ihr Haar war so geschnitten, dass es das mir zugewandte Gesicht halb verbarg, wenn sie den Kopf über die Zeitschrift beugte. Ich warf ihr einen Blick von der Seite zu, mehr aus Langweile, nachdem ich die ganze Zeit die Wand angestarrt hatte, als aus echter Neugier. Ihr Arm war schrecklich dünn, die Haut durchscheinend blass und am ganzen Körper straff gespannt, so straff, dass sie sich nicht einmal an den Ellbogen runzelte. Ich sah ihre Füße in roten Sandalen, ebenfalls schmal, mit beinahe unnatürlich durchsichtigen Nägeln, so dass es schwierig war, sie zu betrachten, ohne an ein Gerippe denken zu müssen, das nur mit einer Hautschicht überzogen war, statt mit Fett, Gewebe, Adern, Nerven und allem anderen, das es zu einem Menschen machte.

Dann wurde mein Name aufgerufen, und als ich aufstand,

wich sie beinahe instinktiv zurück, damit unsere Knie sich nicht berührten. Mein Stuhl verrückte ein wenig, sie stand auf, um mich durchzulassen, doch als ich mich abwandte, um auf die Tür zuzugehen, aus der man mich gerufen hatte, fiel ihr die Zeitschrift aus der Hand. Da ich mich mitverantwortlich für dieses Missgeschick fühlte und ihre Magerkeit mir schon die ganze Zeit wie ein Manko, ja, fast wie eine Krankheit erschien, die Verständnis, wenn nicht gar Mitleid erforderte, hielt ich inne. Sie hatte sich bereits gebückt, um die Zeitschrift aufzuheben, aber jetzt war es zu spät, als dass ich noch einen Rückzieher hätte machen können. Es hätte eine ziemlich alberne und peinliche Situation werden können, wenn ich die Zeitschrift nicht schneller erwischt hätte (später sagte sie, dass sie mir bewusst ein paar Sekunden Vorsprung gegeben hatte), und als ich sie ihr reichte, streifte meine Hand ihre Fingerspitzen und ihr Handgelenk.

Unsere erste Berührung.

Doch weil sie jetzt am Boden hockte und das Ganze nicht länger als etwa zehn Sekunden gedauert hatte, konnte ich ihr Gesicht noch immer nicht sehen – wieder blieb es vom Haar verborgen.

Den Leuten, die das Vorstellungsgespräch führten, war es anscheinend völlig egal, was ich sagte.

Sie sahen einen Mann, mich, auf der anderen Seite des Schreibtischs sitzen, und vielleicht war das alles, was sie brauchten, ein menschliches Wesen mit zwei Armen und zwei Beinen, das seinen Namen schreiben konnte, das einen Job brauchte. (Und ich glaube, ich hatte sie mit allerlei aufgeschnappten Kinkerlitzchen beeindruckt, etwa: Man rechnete damit, dass Indiens BIP bis Ende 2007 eine Milliarde US-Dollar übersteigen werde; die kommunistische Regierung in Westbengalen überdächte ihre Ideologie, um Investoren anzuziehen; das Highway-Projekt des Premierministers werde das ganze Land kreuz und quer miteinander vernetzen; Dalian in China werde auf seine Rolle als nächstes Outsourcing-Zentrum vorbereitet, um Bangalore Konkurrenz zu machen, und dass ich den Job unbedingt haben wollte, weil meine Eltern beide tot seien. Ich dächte nicht im Traum daran, ihn je wieder aufzugeben, ich sei kein Mensch, der zwei Sachen auf einmal erledigen könne, beispielsweise in einem Job arbeiten und sich gleichzeitig um einen anderen bewerben. Lauter solches Zeug. Selbstmitleid gepaart mit Schwachsinn. Aber anscheinend hat es ja funktioniert.)

Auf dem Weg nach draußen, nachdem man mir versichert hatte, dass ich den Job so gut wie sicher hätte, lächelte ich der Frau mit der Zeitschrift zu. »Ich warte, bis Sie Ihr Vorstellungsgespräch hinter sich haben«, sagte ich, als sie aufgerufen wurde.

Den Job bekam sie nicht, dafür aber mich.

Und ihr Gesicht, das ich erst in diesem Augenblick deutlich sehen konnte, ließ mich in weniger als einem Monat alles andere vergessen, bis ich ihr sagte, ich wollte für den Rest meines Lebens jeden Morgen aufwachen und es vor mir sehen.

Ja, ich schweife ab.

Aber sehen Sie, wie natürlich es dazu kam, wie die Erinnerung an die erste Begegnung mit der Frau, die ich heiratete und die Mutter meines Kindes wurde, innerhalb von Sekunden auf die Erinnerung an Das Gesicht am Fenster, die andere Frau, folgt? Bestätigt es nicht auf gewisse Weise die Integrität meiner Absichten? Bedeutet es nicht, dass sich mein Blick aus eigenem Antrieb Dem Gesicht zuwandte und nicht etwa, weil ich mir irgendetwas in dieser Art vorgenommen hatte?

Die Oberschwester stand mit dem Bündel im Sprechzimmer des Arztes. »Füllen Sie das Formular aus«, sagte sie. »Haben Sie schon einen Namen für das Kind?« Meine Frau hatte tatsächlich schon einen Namen ausgesucht. Sie war zuversichtlich und überzeugt gewesen, dass es ein Mädchen würde, daher war nur einer in Frage gekommen: *Baaraan*. Sie hätte nachgeschaut, hatte sie mir erzählt, auf Persisch bedeutete es das Geräusch fallenden Regens.

Ich hätte ihn nehmen können, was spielte es für eine Rolle, dass es ein Junge war, der Name passte, denn hatte der Arzt nicht gesagt, achten Sie auf seine Augen, die Augen sind das einzig Perfekte an ihm? Und dass man ihn nicht hören würde, wenn er weint, so dass man sehr vorsichtig sein und immer auf die Augen achten müsse, man könne ihn nur weinen hören, wenn man auf das Geräusch seiner fallenden Tränen horchte. Tränen und Regentropfen. Im Wesentlichen ein und dasselbe.

Aber nein, ich hatte meine Entscheidung bereits getroffen, mein kleiner Junge sollte Ithim heißen.

Und so schrieb ich: *Ithim*.

»Folgen Sie einfach der Oberschwester, Mr Jay, sie ist die Beste, die wir haben, sie wird sich sehr gut um Sie kümmern«, erklärte Doktor Nr. 1 und trat zur Seite, um die Oberschwester vorbeizulassen, respektvoll, fast ungewöhnlich ehrerbietig, was mir seltsam vorkam, wenn nicht sogar unangebracht. (Sie ist die Beste, die wir haben, das hatte vor wenigen Minuten auch Doktor Nr. 2 gesagt.)

»Was ist das für ein Name?«, fragte die Oberschwester und starrte über meine Schulter auf das Formular, das ich fertig ausgefüllt hatte. Sie reichte es Doktor Nr. 1, der einen Blick darauf warf, lächelte und es an Doktor Nr. 2 weitergab, der es las und lachte.

»Ithim«, sagte Doktor Nr. 2 und sprach es aus wie *i-dim*. »Bedeutet es irgendwas?«

Noch bevor ich antworten konnte, ging Doktor Nr. 1 dazwischen: »Natürlich bedeutet es etwas. Muss es ja. Lassen wir den Vater entscheiden, was haben Sie für ein Problem damit?«

»Danke«, sagte ich.

Egal, welchen Namen ich meinem kleinen Jungen gab, es würde ohne seine Einwilligung geschehen, vollkommen egoistisch, warum also nicht dieser Name, dieses Wort, das, wenn man es trennte, die Welt in zwei Hälften teilte, in solche, die ihn ansehen und als Objekt einstufen und jene, die ihn ansehen und meinen Sohn, mein Baby entdecken würden. Wenn ich heute darüber nachdenke, wird mir klar, dass es nichts derart Tiefschürfendes war, sondern eher meine Art, mich in dieser Nacht abzulenken von allem, was passiert war, der Geburt, Dem Gesicht am Fenster, meiner bewusstlosen Frau, meiner Verzweiflung und meiner entsetzlichen Angst. Und nicht nur eine Ablenkung, ich würde mir gern einbilden, dass es auch ein Akt trotziger Selbstbehauptung war, um zu zeigen, dass nichts davon mich aus der Bahn geworfen hatte. Dass ich ihn Ithim nennen konnte, denn solange ich imstande war, Wortspiele zu erfinden, war ich wenigstens noch nicht ganz durchgedreht. Dass ich das Zeug dazu hatte, damit fertig zu werden, denn hatte ich nicht trotz der Schwere dieser Nacht, die mich unter ihrem gewaltigen Gewicht zu zermalmen drohte, ein kleines bisschen Leichtigkeit zustande gebracht?

Ithim.

It und *him*. *Es* und *er*.

Hatte ich meinem Baby nicht gerade signalisiert, egal welche Sprache wenige Stunden alte Babys verstehen können, unabhängig davon, ob sie missgebildet sind oder nicht, dass es zwangsläufig mein Verbündeter wäre? Dass seine Verfassung bei seiner Geburt die natürliche Ordnung der Dinge vielleicht über den Haufen geworfen hatte, doch die darauffolgende Namensgebung durch mich, seinen Vater, wieder so etwas wie Vernunft in das Chaos gebracht hatte?

Wie falsch lag ich, wie falsch.

■ ■ ■

■

Ich bin Doktor Nr. 2, ich war achtundzwanzig, ich wurde in dieser Stadt geboren, mein zweites Staatsexamen in Humanmedizin und Chirurgie legte ich an der Osmania University in Hyderabad ab und wollte auch den Doktorgrad erwerben, schaffte es aber nicht, trotz zweier Versuche; beim zweiten Mal fing ich mit Biochemie an, doch das Fach gefiel mir nicht, und ich ging ans Holy Angel; Privatbehandlungen waren nicht erlaubt, trotzdem besuchte ich bis zu zwanzig Patienten pro Woche in meinem Viertel, denn auf diese Weise konnte ich sechstausend Rupien extra verdienen, die ich brauchte, nachdem mein Vater fünf Jahre zuvor gestorben war und ich mit meiner Mutter zusammenlebte und mit meiner Schwester, die zweiundzwanzig ist und gerade ihr Architekturstudium beendet hat - sie ist ziemlich aufgeweckt, nach dem Erdbeben vom Republic Day hat sie meiner Mutter mittels einer Zeichnung auf einem Blatt Papier erklärt, warum sich in unserem Haus Risse gebildet hatten und dass sie einen besseren Entwurf gemacht hätte - heute hatte sie ihren freien Tag, meine Mutter sagte, ich sollte nicht zur Arbeit gehen, weil sie im Fernsehen einen Bericht über den Anschlag auf den Zug gesehen hatte und alle darüber redeten, dass es Probleme geben könnte, aber das Krankenhaus hatte einen Kleinbus bestellt, der uns abends nach Hause bringen sollte, und ich dachte, er wäre vollkommen sicher, aber das stellte sich als falsch heraus, das Letzte, woran ich mich erinnere, ist, wie Doktor Nr. 1 mir sagte, ich solle ganz ruhig bleiben, ein Dutzend oder mehr Leute hatten den Wagen angehalten und fragten den Fahrer nach unseren Namen, dann ließen sie ihn laufen, ich weiß noch, wie ich versuchte, die Tür zu öffnen, aber sie schlugen die Windschutzscheibe ein, ich roch das Kerosin, das sie hereinkippten, an meiner Brille spürte ich die Hitze zuerst, dann roch ich mein versengtes Haar, ich spürte, wie sich die Haut vom Fleisch schälte, und dann war alles vorbei, ziemlich rasch, und jetzt kann ich an nichts anderes denken, als was aus meiner Mutter und meiner Schwester werden soll, meine einzige Hoffnung ist mein Onkel, der jüngere Bruder meiner Mutter, er lebt in Mumbai, hat dort ein Restaurant und ein Taxiunternehmen, und ich glaube, meine Mutter und meine Schwester werden dorthin ziehen und bei ihm wohnen, wir haben schöne Erinnerungen an sein Haus; als wir noch zur Schule gingen, meine Schwester und ich, verbrachten wir die Sommerferien immer bei meinem Onkel, sonntags setzte er uns in ein Taxi und wies den Fahrer an, er solle uns die Häuser berühmter Filmstars am Strand zeigen, seine Frau - meine Tante - und meine Mutter kamen immer sehr gut miteinander aus, erst letzte Woche hat meine Tante meiner Mutter zwei Fotos von einer jungen Frau in Mumbai geschickt und geschrieben, in zwei Jahren würde ich dreißig, ich sollte endlich heiraten, die Frau war hübsch, aber ich war nicht besonders erpicht darauf, ich wollte erst meine eigene Praxis unter Dach und Fach haben, schließlich fiel auch meine Schwester in den Chor ein und sagte, schau dir das Foto an, eine Hübschere kriegst du nicht, aber das ist jetzt Vergangenheit, ich mache mir Sorgen um die Zukunft, obwohl ich überzeugt bin, dass Mumbai besser für meine Schwester sein wird, was die Arbeit betrifft, denn es gibt dort viel mehr Möglichkeiten für Architekten, neue Stadtteile mit Wolkenkratzern voller Apartments schießen in den Randbezirken aus dem Boden, sie wird ihre Freunde vermissen, aber sie wird neue finden, außerdem ist Mumbai sicherer, es gibt dort viel mehr Leute wie uns, je mehr man ist, umso stärker ist man auch, vor allem, wenn sie sich einen ausgeguckt haben, den sie umbringen wollen.

■

KAPITEL DREI

Das leere Zimmer, das erste Bild

Komisch, dass ein Krankenhaus nachts schläft wie die Gesunden, obwohl in jedem Zimmer eine Krankheit sitzt, auf dem Bett und zwischen den Laken, obwohl der Tod hinter so mancher Tür steht, flach an die Wand gepresst, bereit, jederzeit unangemeldet einzutreten. Doch wenn es Nacht wird, muss das Krankenhaus schlafen. Seine Augen, die vielen Türen zu den Zimmern, schließen sich. Seine Glieder, die langen Flanken seiner Gänge, werden still und ruhig. Und das Einzige, was man hört, ist sein Atem, das Summen der Anzeigeleuchten, das Brummen der Maschinen.

Leise und regelmäßig, leise und regelmäßig.

So war es in dieser Nacht auch im Holy Angel, als ich aus dem Sprechzimmer des Arztes trat und der Oberschwester folgte, die zur pädiatrischen Intensivstation ging, um Ithim dort für ein paar Stunden zu deponieren – das ist der Ausdruck, den die Ärzte benutzten, *deponieren*.

Als wäre er ein *Es*, kein *Er*.

»Sie können draußen stehen bleiben und durch die Scheibe gucken, Mr Jay«, sagte die Oberschwester und ging rasch, jedes Wort wie ein hingeworfener Ball, der vor uns den verlassenen Gang entlanghüpfte, von der Wand abprallte, erst ihre Schulter streifte und dann in den Ohren schmerzte. »Beeilen Sie sich, denn Sie haben nur ein paar Minuten Zeit«, sagte sie.

»Dann muss ich die Vorhänge zuziehen. Meine Schicht ist vorbei, ich kann nicht ewig bleiben. Eigentlich dürfte ich gar nicht mehr hier sein.«

Der Weg zur Intensivstation war lang.

Und beim Anblick des Gangs, der sich kahl und glänzend nach beiden Seiten erstreckte, so weit das Auge reichte, das Spiegelbild der Oberschwester zurückwarf, als wäre er aus Glas, und eine gewisse Sauberkeit und Ordnung zeigte, die an diesem Abend bislang nicht allzu sichtbar gewesen waren, ging mir plötzlich auf, wie die Stunden verstrichen waren, seit ich mit meiner Frau ins Krankenhaus gerast war. Denn bis auf eine Putzfrau, die einen Tisch abwischte, und einen Krankenpfleger, der mit halb geschlossenen Augen dort schlafwandelte, war niemand zu sehen. Als wäre in der Zeit, die ich mit den Doktoren Nr. 1 und Nr. 2 verbracht hatte, um mir ihre Diagnose anzuhören und zu erfahren, was meinem Kind fehlte, ein Sturm hindurchgefegt. Ein Sturm, der so stark war, dass er die Menschen fortgerissen hatte, mit all ihrem Müll und Abfall, selbst die Hunde davongewirbelt hatte, die sich ins Krankenhaus verirrt hatten, und der den Gang so sauber zurückgelassen hatte, als hätte man ihn mit Wasser und Seife geputzt und dann mit frischen Handtüchern trocken gerieben.

Diese plötzliche Abwesenheit von Durcheinander und Lärm, das Plötzliche noch mehr als die Abwesenheit, schien auch in mir eine Art Frühjahrsputz auszulösen. Die Räume in meinem Kopf, die den ganzen Abend mit Resten von Bildern und Ängsten überflutet gewesen waren, die ich mir einbildete oder vor denen ich mich ängstigte, waren ebenfalls sauber gefegt. Während ich jetzt der Oberschwester folgte, entdeckte ich beinahe gegen meinen Willen eine neue Zielstrebigkeit, einen gewissen Schwung in meinem Gang, obgleich ich gestehen muss, dass ich keine Ahnung hatte, worin das Ziel bestehen sollte. Oder wohin diese Schritte führten.

»Warten Sie hier.« Die Oberschwester war vor einer hydraulischen Tür mit der Aufschrift ZUTRITT FÜR UNBEFUGTE VERBOTEN stehen geblieben und zeigte auf ein hohes, vertikales Glasfenster zu ihrer Rechten, ein Fenster, das so tief in die Wand eingelassen war, dass ich es von da, wo ich stand, nicht sehen konnte und deshalb dicht herantreten musste.

Durch dieses Fenster sah ich fünf gläserne Kästen. In drei davon lagen Babys, alle schliefen, alle hatten irgendwelche Schläuche in der winzigen Brust. Der Raum war dunkel, bis auf die Lampen, die über jedem Kasten brannten. Wie Tischlampen, aber mit weicherem, gelberem Licht. Eine Schwester, viel jünger als die Oberschwester, saß auf einem Stuhl, den Kopf zur Seite geneigt, vielleicht war sie eingenickt. An der Wand hinter ihr befand sich eine Reihe von Monitoren, ich erkannte die tanzenden Lichtsignale der Oszilloskopen, ich hörte sie piepsen. Und natürlich gab es kein Entkommen vor dem konstanten Summen des elektrischen Krankenhausschlafs.

Ich sah, wie die Oberschwester den Raum betrat, direkt zu der Scheibe kam und mir zuwinkte, als sie Ithim in den Glaskasten neben dem Fenster legte.

Er war noch immer in ein Laken gehüllt, und ich wartete darauf, dass die Hand der Oberschwester es wegzog, damit ich meinen Sohn so sehen konnte, wie er war, stattdessen griff sie nur nach dem Vorhang und zog ihn zu. Ich klopfte gegen die Scheibe, erst sachte, in dem Versuch, ihre Aufmerksamkeit zu erregen, dann lauter, immer drängender, das Klopfen hallte im Gang wider, verstärkt vom Schweigen und der Stille.

Die von der Oberschwester zugezogenen Vorhänge hatten nicht genau die Größe des Fensters, sie waren etwas schmaler und ließen eine Lücke zwischen dem Ende und dem Fensterrahmen, eine Ritze, durch die ich einen schmalen Streifen von Ithims Kasten sehen konnte. Ich stand da und hoffte, dass der Ventilator da drin die Vorhänge zur Seite wehte, sie flattern ließ, den Streifen vergrößerte, damit ich mehr von meinem Baby sehen konnte, vielleicht sogar alles, doch das geschah nicht, die Vorhänge bewegten sich nur so sacht, dass ich hier Stunden und Stunden hätte warten können. Ohne etwas zu sehen.

»Warum legen Sie sich nicht eine Weile hin?« Die Oberschwester war herausgekommen und stand jetzt hinter mir im Gang.

Ich war verblüfft. Einen Augenblick lang erkannte ich sie gar nicht, weil sie die Krankenhausuniform, gestärkter weißer Rock und Bluse, gegen einen blauen Sari eingetauscht und einen weißen Schal um die Schultern gelegt hatte. Auch das Haar hatte sie gelöst, der straff gewickelte Knoten auf ihrem Kopf war verschwunden, und das Haar fiel ihr jetzt bis auf die Schultern, mit einem Schwung, der zeigte, das sie mehr als nur flüchtige Sorgfalt auf seine Pflege verwandte. Sie sah kleiner, aber auch sanfter aus, der Wechsel der Kleider hatte die raue Oberfläche geglättet, der Schal ließ die harten Kanten weicher wirken.

»Warum darf ich ihn nicht sehen?«, fragte ich.

»Warten Sie noch ein paar Stunden«, antwortete sie. »Wir müssen erst die Untersuchungen abschließen, und dann können Sie ihn mit nach Hause nehmen. Dort werden Sie jede Menge Zeit haben, ihn anzusehen, vierundzwanzig Stunden am Tag. Schließlich sind Sie ja der Vater, nicht wahr?« Und damit wandte sie sich um und ging.

Der Gang war leer, niemand links, niemand rechts, vor oder hinter mir, und zum zweiten Mal an diesem Abend hatte ich das Gefühl, ich müsste der Oberschwester hinterherrennen, sie an der Schulter packen, am Arm, sie zwingen, die Tür zur Intensivstation zu öffnen und mich meinen Sohn sehen zu lassen. Ich wollte etwas sagen, irgendwas, Worte, die klängen, als stampfte ich mit dem Fuß auf, statt auf die Knie zu fallen und lammfromm zu kapitulieren. Doch bevor ich auch nur anfangen konnte, diese Gedanken in so etwas wie eine konzertierte Aktion zu verwandeln, hatte die Oberschwester bereits das Ende des Gangs erreicht, und ich stand immer noch wie angewurzelt an meinem Platz, vor der Fensterscheibe. Wo sich der Vorhang so gut wie gar nicht bewegt hatte, wo der sichtbare Streifen Glas immer noch genauso schmal war wie vorher, als ich ihn zum ersten Mal sah.

Jetzt war die Oberschwester verschwunden, ich hörte sie die Treppe hinabsteigen, und da lief ich los.

Ich rannte, um sie zurückzuhalten, ich rannte den Gang entlang, vorbei an den Zimmern rechts und links, alle geschlossen. Ich rannte die Treppe hinunter, nahm zwei, manchmal drei Stufen auf einmal. Eine Gruppe von Leuten, die mir entgegenkamen, drückten sich an die Wand, um mich vorbeizulassen, einen Mann musste ich beiseiteschubsen, obwohl er ein Kind auf dem Arm hatte, das Kind, das ich zuvor auf dem Boden hatte liegen sehen, das mit dem ausgestreckten Bein in einem frischen Gipsverband. Doch ich kümmerte mich nicht darum, ich hatte genug, ich musste Ithim sehen, egal wie, und ich musste die Oberschwester dazu bringen, mit mir zur Intensivstation zurückzugehen, notfalls wieder die weiße Uniform anzulegen. Ich durfte sie nicht entwischen lassen.

Doch die Oberschwester war verschwunden.

Und ich stand am Fuß der Treppe, im Erdgeschoss, gleich neben dem Haupteingang des Krankenhauses. Ich war sechs Stockwerke hinuntergerannt.

Doch die Oberschwester war verschwunden.

»Was machen Sie, Sir, warum rennen Sie so?«, fragte der Wachmann, der auf mich zugekommen war und jetzt so dicht vor mir stand, dass ich seinen Schweiß durch den von der Krankenhausleitung vorgeschriebenen blauen Pullover riechen konnte. In seinen Atem mischte sich auch der Geruch des unterbrochenen Schlafs. Auf dem Namensschild stand EINGANGSWACHMANN.

»Haben Sie die Oberschwester gesehen?«, fragte ich.

»Welche Oberschwester?«

»Die Schwester, sie hatte mein Baby, sie hat es in die Intensivstation gebracht, und jetzt ist sie einfach nach Hause gegangen.«

»Ich habe niemanden gesehen, Mister, und ich war die ganze Zeit hier.«

»Wie kann sie sich einfach in Luft auflösen? Ich habe sie vor wenigen Minuten noch gesehen und bin die Treppe heruntergerannt.«

»Dann ist sie bestimmt schon weg«, sagte der Wachmann, und dabei sah er mich nicht einmal mehr an. »Sonst wäre sie ja hier.«

Die Eingangshalle war leer. Über dem Empfangstresen hing eine Reihe mit Holzschildern, auf denen die Namen der Ärzte mit ihren Titeln und Stationen verzeichnet waren. Pädiatrie, Urologie, HNO, Allgemeine Chirurgie, Entbindung & Gynäkologie, Kardiologie, Orthopädie, Ophthalmologie, Röntgenabteilung, magnetische Resonanzspektroskopie, Pathologie.

Ithim brauchte sie alle.

Ich atmete schwer, mein Herz raste, und in der kalten Luft, die unter der gläsernen Haupteingangstür in die Halle strömte, spürte ich den Schweiß im Nacken und auf der Stirn. Der Nebel draußen hatte sich verdichtet und verteilte das Neonlicht vor der Notaufnahme über einen weit größeren Bereich als am frühen Abend. Der nächste logische Schritt führte durch die Tür. Und als ich ihn getan hatte, als ich hinausgetreten war, wandte ich den Kopf, um den Nebel zu durchdringen – vielleicht um die Oberschwester auf den Platz zugehen zu sehen, wo die Auto-Rikschas und Taxis standen –, und ertappte mich dabei, dass ich an dem Gebäude gegenüber hinaufsah, zum fünften Stock, zum dreizehnten Zimmer.

Dem fünften Stock von unten, dem dreizehnten Zimmer.

Da hatte ich Das Gesicht am Fenster gesehen. Doch jetzt war es dunkel und verschlossen, mit zugezogenen Vorhängen, genau wie alle anderen Zimmer links und rechts, oberhalb und unterhalb davon, keine Spur von Dem Gesicht. Und kaum hatte ich dieses Fenster wieder gesehen, mir die Koordinaten des Zimmers vergegenwärtigt, da vergaß ich die Oberschwester, ignorierte den Wachmann in der Eingangshalle. Das Bedürfnis, in dieses Zimmer zu kommen, war überwältigend.

Warum?

Wieder und wieder habe ich darüber nachgedacht, mir die Szene x-mal vor Augen geführt, um herauszufinden, warum ich das tat, was ich in dieser Nacht tat, was mich bewog, dieses Zimmer zu finden und es zu betreten. Mein ganzes Leben auf den Kopf zu stellen, vielleicht für immer.

Warum hatte ich beschlossen, dorthin zu gehen?

Wie bei jeder Frage muss es auch hier eine einfache, klare

Antwort geben, die an der Oberfläche bleibt, und dann noch eine zweite, die in die Tiefe geht. Ich habe keine von beiden, daher kann ich nur spekulieren, Vermutungen anstellen. Vielleicht war es, wie schon erwähnt, meine Wut auf die Oberschwester, meine Hilflosigkeit, nachdem ich die Treppe hinuntergerannt war und sehen musste, dass sie verschwunden war, meine Frustration vermischt mit Enttäuschung vermischt mit wachsender Verzweiflung. Vielleicht hatten die Ereignisse dieses Abends, Ithims Geburt, die Verfassung meiner Frau, die Erkenntnis, dass ich nichts davon ändern konnte, vielleicht drohte all das, mich zu überschwemmen wie eine Flut. Und ich brauchte etwas, woran ich mich festhalten konnte, so dass ich den Kopf über Wasser behielt, und dieses Etwas musste eindeutiger sein, etwas, das nicht nur als Halt für die Füße diente, sondern als Anker für den ganzen Körper, von Kopf bis Fuß. Kurz, was ich brauchte, war so etwas wie ein Ziel, den Ansporn einer Motivation. Aber vielleicht war es schlicht und einfach auch nur Neugier: Ich wusste, dass ich in dieser Nacht nichts anderes zu tun hatte und noch ein paar Stunden Zeit totschlagen musste, bevor ich mit Ithim nach Hause fahren konnte. Das Zimmer zu suchen erschien mir wesentlich reizvoller, als in der Eingangshalle zu sitzen.

Vielleicht.

Aber wer weiß, und würde es irgendetwas ändern? Jetzt ist es zu spät, um nach Gründen zu forschen.

Da stand ich also, vor dem Haupteingang. Der Nebel war jetzt genauso dicht wie der Schein der weißen Lampen, ich konnte sehen, wie sich die Schwaden bewegten, konnte sehen, wie er an der Glastür emporkroch, wie er das N O T und A von NOTAUFNAHME bereits zugedeckt hatte und sich anschickte, auch das U zu verschlucken. Ich blickte noch einmal zu meinem Bestimmungsort auf, fünf und dreizehn, als fürchtete ich, er könnte verschwinden, wenn ich gerade nicht hinschaute. Auch dort oben waberte der Nebel, doch in dieser Höhe war er weniger dicht und gab den Blick auf ein kleines gelbes Holzschild mit schwarzer Schrift frei. Es reflektierte alles Licht von den Laternen, das bis zu ihm drang, ein Schild, das ich völlig übersehen hatte, als ich vorher zu dem Fenster hinübergeblickt hatte: VERBRENNUNGSSTATION

Ich musste zur Verbrennungsstation.

Fünfzehn Minuten und zwanzig Rupien später war ich da. In der Tür zu dem Zimmer im fünften Stock, der dreizehnten Tür vom Ende des Gangs, wechselten meine vier Fünfrupienscheine in die Hand einer hageren alten Frau, die eine Brille mit so dicken Gläsern trug, dass ihre Augen nur noch zwei trübe Flecken waren, weiß, schwarz und grau, die den Rahmen komplett ausfüllten. Sie hockte da und wischte den Boden, einen Lappen in einer Hand, die andere an einen roten Plastikeimer geklammert, dessen milchiges Wasser den süßlichen Geruch von Desinfektionsmitteln verströmte. Auf den ersten Blick war die Frau so zerbrechlich und klein, dass sie an einen überdimensionalen alten Vogel erinnerte, der vom Kurs abgekommen war und über der Stadt flatterte. Sich ins Krankenhaus geflüchtet hatte, um sich dort bis Tagesanbruch auszuruhen. Und jetzt jeden Augenblick vom Fußboden auf den Rand des roten Eimers hüpfen würde, wo er sich vielleicht sogar hinabbeugen und von dem Wasser trinken würde.

»Sie müssen auf die Schwester warten«, sagte die Alte Krähe, als ich erklärte, ich müsste in das Zimmer.

Da reichte ich ihr das Geld. »Nehmen Sie«, sagte ich, »es ist schon spät, und ich kann nicht warten, es wird nur zehn Minuten dauern.«

»Was wollen Sie da drin?«

»Eine Angehörige von mir war Patientin in diesem Zimmer und hat etwas vergessen… eine Tasche…, ich bin gekommen, um nachzusehen.«

Es war eine Lüge, und ich wusste, dass sie es wusste. Wenn es nicht meine halbherzige Antwort war, die mich verriet, so waren es spätestens die zwanzig Rupien. Es war Bestechungsgeld, und sie steckte es in ihre Bluse über dem flachen Oberkörper, ohne es mehr als eines flüchtigen Blickes zu würdigen, geschweige denn zu zählen. »Passen Sie auf, dass Sie nicht auf den nassen Boden treten«, sagte sie. »Ich habe ihn gerade erst gewischt.«

Als sie aufstand, knackten ihre Knie, doch dieses Geräusch wich rasch dem Klatschen ihrer Pantoffeln auf dem Boden, als sie mich mit eingefallenen Schultern und krummem Rücken ins Zimmer führte. Sie hielt die Tür auf und gab mir ein Zeichen einzutreten. Ich hatte gerade einen Fuß hineingesetzt, als sie mit der freien Hand das Licht im Raum anschaltete. Sie sah sich einmal um und musste angesichts seiner Leere überzeugt sein, dass ich nichts Böses im Schild führte, sondern zu jenen harmlosen Besuchern gehörte, die weder ihren Job gefährdeten noch ihrer Stellung schadeten. Erleichtert ging sie hinaus und schloss die Tür hinter sich.

»Beeilen Sie sich«, rief sie von draußen.

Alte Krähe.

Es war nichts mehr da.

Das Gesicht hatte nichts zurückgelassen.

Dabei hätte etwas da sein müssen, ein Hinweis, irgendetwas,

um zu zeigen, dass Das Gesicht eben noch in diesem Zimmer gewesen war. Um den letzten Zweifel daran zu zerstreuen, dass ich mir die Sache eingebildet hatte. Wenn noch vor wenigen Stunden eine Patientin hier drin gewesen war, musste es ein Krankenblatt geben oder ein Stück glänzendes Einwickelpapier, nachdem man die Tablette geschluckt hatte. Vielleicht sogar eine nicht angerührte Tablette. Eine Tasse oder ein Glas, die versehentlich stehen geblieben waren. Fasern ihres Kleids an einem Haken, wo sie hängen geblieben war. Eine Kuhle in der Matratze, wo sie gesessen oder geschlafen hatte. Eine vorübergehende Delle im Kopfkissen, wo ihr Kopf gelegen hatte. Ein feuchter Fleck, der noch nicht verdunstet war, irgendetwas, das sie verschüttet hatte. Aber da war nichts.

So trat ich zum Fenster, stand da, wo sie gestanden hatte, sah mir an, was sie gesehen hatte. Nichts.

Nur die Dunkelheit der Nacht, der graue Nebel, der sich mit dem kalten Winterwind vermischte und hinter der Fensterscheibe, die vom weichen weißen Licht unten erleuchtet wurde, wie ein riesiger formloser Fleck aussah. Ich versuchte zu schreiben, was sie geschrieben hatte, diese beiden Worte, *hilf* und *mir*, doch die Scheibe fühlte sich kalt an, und auch im Zimmer fröstelte man – vermutlich war die Heizung abgestellt –, es hatte sich kein Dampf auf der Scheibe gebildet, in den ich hätte schreiben können. Stattdessen sah ich mich um wie ein Kind während einer Gedächtnisübung, bei der man alles Mögliche auf dem Tisch ausbreitet und dem Kind einschärft, es sich genau einzuprägen, bevor man ein Laken oder eine Decke darüber breitet und es auffordert, sich an einen Gegenstand nach dem anderen zu erinnern, genauso fing ich an, mich umzusehen und versuchte, mir alles zu merken.

Das Bett war nicht bezogen, es gab weder ein Laken noch Bettwäsche, nur die Matratze und zwei Kissen, alles nackt und kalt.

Ich setzte mich auf das Bett.

Eine Matratze, cremefarben. Ein Aufkleber: *Sleepwell,* Schaumstoff.

Der Fußboden unter dem Bett, ebenfalls cremefarben, war gekachelt, jede Kachel ein großes Quadrat, die Fugen weiß.

Die Tür, das Fenster, das Fenstersims, die Vorhänge, der Schrank im Zimmer.

Die Alte Krähe klopfte. »Sind Sie fertig? Ich muss das Zimmer jetzt abschließen.«

»Nur noch ein paar Minuten«, antwortete ich. »Ich sage Ihnen Bescheid.«

»Bitte beeilen Sie sich.« Ich hörte sie davonschlurfen, ihre Pantoffeln schleiften über den frisch geputzten Boden.

Einen Augenblick schloss ich die Augen, und als ich sie wieder aufschlug, hatte sich nichts verändert: die wabernde Dunkelheit vor dem Fenster, der milchige Lichtschein im Nebel, die Kälte im Raum. Doch ich hatte den Eindruck, geträumt zu haben, keinen vollständigen Traum, eher ein Fragment, einen Fetzen, abgerissen und verdreht, ein Stück, das vielleicht aus einem größeren Ganzen herausgefallen war, denn es hatte weder Anfang noch Ende. Und dann ging mir auf, dass es gar kein Traum war. Ich hatte ein Foto gesehen, das in der schmalen Ritze zwischen Matratze und dem Kopfende des Betts eingeklemmt war.

Es war ein Foto, das vielleicht zufällig dort hingerutscht war. Es lag noch da, nachdem das Zimmer geputzt worden war, und das bedeutete, dass die Putzfrau, möglicherweise die Alte Krähe, es übersehen hatte. Und weil es das Einzige in diesem Zimmer war, das ich mitnehmen konnte, wie ein Andenken, tat ich es.

Das Foto zeigt einen Gehsteig. Eine Straße in einer Stadt, vielleicht sogar in dieser Stadt, schauen Sie sich nur die Trümmer überall an, die ihn völlig bedecken, so dass nicht einmal in der Mitte Platz für Fußgänger bleibt.

Ein Schössling wächst neben dem Gehsteig, man kann ihn in der linken unteren Ecke des Bildes sehen, und einen zweiten rechts von ihm, beide verkümmert, weil ihre Wurzeln im Zement eingeschlossen sind, ihre Blätter atmen die Auspuffgase, Öl, Diesel und Kerosin der Autos ein, ihre Stängel ertrinken im Auswurf von Fremden.

Im Vordergrund, und dahin möchte ich Ihre Aufmerksamkeit lenken, inmitten der Berge von Unrat liegen drei Dinge auf der Straße.

Dicht an der oberen Ecke des Bildes, in der rechten Hälfte, sehen Sie zwei Steine, einer auf dem anderen, zusammen erinnern sie ein wenig an einen Hut, der auf den Gehsteig gefallen ist. Direkt davor befinden sich drei Dinge, die auf dem Foto kaum erkennbar sind: ein Buch, eine Uhr. Und dann ein Stück Stoff, wahrscheinlich ein Handtuch, denn ich konnte die Zusammensetzung des Gewebes erkennen, die feinen

Schlingen, die es so flauschig machen. Das Buch ist etwa in der Mitte aufgeklappt. Die Uhr liegt mit dem Zifferblatt nach unten und offenem Armband da, vielleicht ist das Uhrenglas zerbrochen, vielleicht ist sie heruntergefallen. Das Handtuch bildet Zentimeter von dem Buch und der Uhr entfernt ein kleines zerknülltes Häufchen.

Auf dem Foto eindeutig nicht zu sehen ist das, was ich in dem Traumfetzen sah: einen Windstoß, der die Blätter des Buchs bewegte und einen Zipfel des Handtuchs aufflattern ließ. Nicht kräftig genug, um es fortzuwirbeln, aber doch so stark, dass er mit den Fingern über mein Gesicht, durch mein Haar fahren konnte.

Wieso erinnere ich mich an all das so genau und detailliert? Es ist komisch, aber im Rückblick bin ich nicht sicher, wie viel davon auf dem Foto war und wie viel im Traum, wo eins endete und das andere begann. Natürlich habe ich das Foto noch. Es lag zerknittert in meiner Hand, hatte sich in mein Bewusstsein eingebrannt, als es plötzlich laut und drängend an der Tür klopfte.

Es war die Alte Krähe.

»Kommen Sie raus da«, flüsterte sie. »Sie müssen jetzt gehen«, sagte sie und betrat mit dem Scheuertuch in der Hand das Zimmer. »Jemand sucht nach Ihnen.«

Als sie sah, dass ich auf ihre Worte kaum reagierte, klopfte sie sich mit einer Hand auf die Brust. »Keine Sorge«, sagte sie, und dabei wurde ihre Stimme so leise, dass ich mich anstrengen musste, um sie zu hören. »Ich habe Ihnen gegeben, wofür Sie bezahlt haben. Es kam ein Anruf von der Intensivstation, man sucht Sie im ganzen Krankenhaus. Ich habe gesagt, dass Sie den Gang entlanggingen und so müde aussahen, dass Sie jeden Augenblick stolpern und hinfallen könnten, daher hätte ich Ihnen gesagt, Sie sollten sich für eine Weile in einem unbenutzten Zimmer ausruhen. Dass es nicht Ihre Schuld wäre, sondern ich selbst auf die Idee gekommen war. Das hätte ich zwar nicht gedurft, aber was blieb mir anderes übrig? Ich habe Sie so gesehen, und Sie taten mir Leid.«

Die Alte Krähe lächelte.

Inzwischen war ich vom Bett aufgesprungen und stand an der Tür, das zusammengefaltete Foto in der Tasche, ich spürte, wie die Ecken gegen meine Beine drückten.

»Wer hat angerufen, wer hat mich gesucht?«, fragte ich.

»Die Oberschwester«, sagte sie.

Ich war wieder unten auf dem Rasen vor dem Krankenhauseingang, die Unfallstation im Rücken, der nächtliche Nebel noch da, dichter als ich ihn beim letzten Mal gesehen hatte, ich fröstelte, als mir ein viel stärkerer Windstoß als der in meinem Traum, schärfer und belebender, ins Gesicht fuhr. Die Oberschwester erwartete mich am Eingang, resolut und erfrischt. Wo hatte sie bloß diese Energie her? Sosehr ich es verabscheue, aber ich muss zugeben, dass ich einen widerwilligen Respekt für diese Frau empfand. Wir gingen zurück, die Treppe hinauf, den Gang entlang zur Intensivstation, dem schmalen Glasfenster, den Vorhängen, hinter denen Ithim lag, wie ich wusste.

Bereit, mit mir nach Hause zu kommen.

»Warten Sie hier, ich bin in ein paar Minuten wieder da.«

Da war er, dieser Augenblick, in dem das Kind seinem Vater übergeben wird. Im Gang und in meinem Herzen hätte sich eine feierliche Wärme ausbreiten, viele Leute um uns herum hätten lächeln müssen. Vielleicht hätte jemand ein Foto machen sollen. Doch da war nur der Geschmack des nicht beendeten Schlafs in meinem Mund, und diese Bilderfetzen von einer Straße in der Stadt, dem Abfall auf dem Gehsteig, dem Buch, der Uhr und dem Handtuch, das Bild so klar, als wäre es mit Heftzwecken in meinem Schädel befestigt. Ich spürte den Winter in den Händen, als ich sie in die Taschen meines Jacketts schob und versuchte, sie ein paar Minuten anzuwärmen, während ich wartete: Ich wollte nicht, dass Ithim die erste Berührung seines Vaters als kalt oder distanziert empfand.

»Hier, halten Sie es so. Tut mir leid, halten Sie ihn so«, sagte die Oberschwester, als sie aus der Intensivstation kam und sich die hydraulische Tür hinter ihr mit einem Ächzen schloss, das fast genauso laut war wie ihre Stimme.

»Er ist ein bisschen anders als andere Babys, deshalb müssen Sie vorsichtiger sein.« Jetzt klang ihre Stimme überraschend sanft. Verschwunden war der strenge, sachliche Ton, stattdessen flüsterte sie beinahe, leise und beruhigend. »Decken Sie ihn mit einer Seite Ihres Jacketts zu, halten Sie ihn dicht an Ihre Brust, er braucht alle Wärme, die er kriegen kann, denn was er durchgemacht hat, kann sich niemand vorstellen. Aber wir wissen, dass Sie gut für ihn sorgen werden.«

Jetzt war Ithim bei mir, seinem Vater.

Vater und Sohn.

Ein- oder zweimal hatte ich ein neugeborenes Baby auf dem Arm gehabt, nur wenige Tage alt, in einem Zimmer, das mit den Zweigen seines Familienbaums vollgestopft war, allen Blättern und allen Früchten, und sie raschelten vor Freude. Mutter und Vater dicht neben mir sagten, mach dies, mach das, lass das, mach das nicht, halt sie vorsichtig, stütz sein Köpfchen, halt sie in der Armbeuge, setz dich hin, gib Acht, sieh, wie er die Augen aufschlägt, die Stirn runzelt, wie sie dir ins Gesicht schaut, an die Decke, auf die Lampe, auf die schwarze Stelle an der Wand, wie er schwarz und weiß mag und mit Farben noch nichts anfangen kann, sieh nur, wie klein sie ist und wie gut du mit dem Baby auf dem Arm aussiehst, so natürlich, einfach perfekt.

Ich beugte also die Arme, legte die linke Handfläche unter den rechten Ellbogen, streckte die Finger der rechten Hand aus, um sein Köpfchen zu halten, aber diesmal war es anders als mit allen anderen Babys, die ich je auf dem Arm gehabt hatte. Zuerst glaubte ich, die Oberschwester hätte mir ein leeres Handtuch gegeben – wie das auf dem Bild –, zusammengerollt und an beiden Enden zusammengefaltet, so dass es aussah, als enthielte es tatsächlich etwas und sei nicht etwa leer. Aber nein, Ithim *war* da. Ich spürte ihn an meiner Brust, durch mein Hemd, sogar durch den Pullover und mein Jackett, durch das Handtuch.

Doch wo waren der Kopf, der Rücken, der Hals, die Beine, die Arme?

Ich spürte nichts, keine Bewegung, wie unmerklich sie auch sein mochte, und die Oberschwester hatte Ithim so gut eingepackt, um ihn vor der Kälte zu schützen, dass ich fürchtete, er könnte ersticken, weil er keine Luft bekam.

»Warten Sie, ich mache es hier ein bisschen auf«, sagte sie, als könnte sie meine Gedanken lesen, und ohne sich von da wegzubewegen, wo sie stand, als fürchtete sie zum ersten Mal, dem Baby zu nahe zu kommen, streckte sie die Hand aus und schlug ein Ende des Handtuchs zurück, wie man ein Blatt von einer Blütenknospe pflückt.

Und das war mein erster Blick auf Ithim, meinen Sohn.

»Sie können ihn jetzt zu sich nach Hause nehmen«, sagte die Oberschwester, »fragen Sie den Wachmann unten, er wird

Ihnen ein Taxi rufen. Aber lassen Sie die Fenster geschlossen, das hält die Kälte ab, und es ist sicherer.«

»Sicherer, was soll das heißen?«, fragte ich.

»Was, haben Sie denn nichts davon gehört? Die Stadt steht in Flammen, schon seit Stunden«, antwortete sie.

»Flammen?«

»Die ganze Stadt, habe ich gehört.«

»Was haben Sie gehört?«

»Ich kenne die Details nicht, alles, was ich weiß, ist, dass vor etwa einer Stunde, als Sie auf der Unfallstation waren, fünfzehn Tote eingeliefert wurden. Jetzt liegen sie in der Leichenhalle, alle mit schweren Verbrennungen. Männer, Frauen und Kinder. Irgendwer sagte, dass es noch viel mehr Tote gibt, die in andere Krankenhäuser gebracht wurden.«

»Was ist passiert?«

»Ich weiß es nicht, aber seien Sie vorsichtig. Sie haben jetzt ein Baby.«

Das war das erste Mal, dass ich begriff. Der Stationswachmann hatte mir von einem Feuer erzählt, und dass die Oberschwester nach Hause gegangen war, um zu sehen, ob alles in Ordnung war, aber jetzt hatte ich zum ersten Mal, zum allerersten Mal gehört, dass die ganze Stadt in Flammen stand.

Wenn eine Stadt in Flammen steht, so heißt es, so sagt jeder, wenn eine Stadt in Flammen steht, müsste es Bilder, Geräusche und Gerüche geben. Man müsste die Flammen sehen, gelb und blau. Es müsste Rauch aufsteigen, grau und schwarz, vor dem Himmel, der Sonne und dem Mond. Man müsste die Feuerwehr hören, rot und schrill. Zuschauer, Zeugen, Männer und Jungen in den Straßen, Frauen und Mädchen in den

Türen und Fenstern, mit emporgewandten Gesichtern und flackernden Lichtflecken in den schwarzen Augen. Vielleicht müsste es selbst im Winter Hitze und auch Schweiß geben, im Nacken, auf dem Rücken, Schweißperlen auf dem Kinn oder über der Oberlippe. Und um das Bild zu vervollständigen, müsste ein Kind gerettet werden, nein, sagen wir lieber ein Baby, mit einer Rassel in der Hand, es müsste über eine Leiter aus Stahl heruntergebracht und in ein sauberes Handtuch eingewickelt werden, damit man es für die morgige Ausgabe der Zeitung fotografieren konnte. Oder sogar für die abendlichen Fernsehnachrichten. Die winzigen Augen geschlossen, das Köpfchen an die Brust des tapferen Feuerwehrmanns gelehnt. Doch als wir in dieser Nacht hinaustraten, Ithim und ich, konnten Sie das Feuer vergessen, es war, als wäre die Stadt im Eis erstarrt.

So kalt war es.

Und im Dunkeln, als das Taxi uns nach Hause brachte, das Taxi, das der Wachmann in der Eingangshalle gerufen hatte – der Fahrer ein alter Mann mit weißem Haar und Brille, der langsam und gleichmäßig fuhr –, waren die einzigen Feuer, die wir sahen, jene rechts und links von der Straße. Eltern, die mit den Abdeckplanen oder Asbestdächern auf ihren armseligen Häusern ihre schlafenden Kinder weder gegen den Nebel noch den Wind schützen konnten, hatten sie angezündet.

Nur einmal, als der Fahrer unterwegs an einer Tankstelle hielt, um zu tanken, bemerkte ich einen Hinweis auf etwas Beunruhigerendes; es war ein flüchtiger Blick auf eine Gruppe von Männern, die sich an der Zapfsäule versammelt hatten, sie redeten, deuteten in die Dunkelheit und füllten ihre Plastikkanister mit Sprit auf. Da fielen mir die Worte der Oberschwester wieder ein: *Seien Sie vorsichtig, die Stadt steht in Flam-*

men. Ich habe gehört, dass sie Leute umbringen, Männer, Frauen und Kinder. Und Sie haben ein neugeborenes Baby.

»Haben Sie etwas von einem Feuer gehört?«, fragte ich den Fahrer.

»Was für ein Feuer?«, gab er zurück und blickte starr geradeaus, als der Wagen in ein Schlagloch geriet, vorwärtsschlingerte und dann die Nacht und die Straße verschluckte, während er Ithim und mich nach Hause brachte.

Den Rest der Fahrt über blickte ich kein einziges Mal mehr aus dem Fenster – meine Augen ruhten nur auf meinem Kind –, doch zugleich war ich mir bewusst, dass der Platz neben mir auf dem Sitz leer war. Schwarzes Leder, zerschlissen, glänzend im schwachen Licht, das vom Armaturenbrett des Taxis kam, von den Straßenlaternen und den Neonreklamen der Geschäfte, die vorbeiflogen. Und obgleich der Arzt gesagt hatte, dass meine Frau sich in ein paar Tagen wieder erholt hätte und ich sie dann nach Hause holen könnte, wo wir, Vater, Mutter und Kind, alle wieder vereint wären, war ich machtlos gegen die unerträgliche Leere, die mich erfüllte: Mein Kind war in seiner ersten Nacht in dieser Stadt, in dieser Welt, unterwegs zu einem auseinandergerissenen Zuhause.

■ ■ ■

■

Ich bin die Alte Krähe, ich war sehr alt, vielleicht sechzig oder siebzig Jahre, ich kann diese Zahlen nie behalten, ich wurde in dieser Stadt geboren, arbeitete als Putzfrau im Holy Angel, stundenweise, ich hatte drei Kinder, einen Sohn und zwei Töchter, beide Töchter sind verheiratet und leben in Surat, wo ihre Männer als Schleifer und Polierer in Diamantengeschäften arbeiten, eine von ihnen hat zwei Kinder, die andere eins, alle sind in Sicherheit, in Surat ist nichts passiert, und ich habe meine Enkel erst letzten Monat zum ersten Mal gesehen - der eine ist sehr gut in der Schule, der Beste oder Zweitbeste in seiner Klasse -, als sie mich besuchen kamen in dieser Stadt, wo ich mit meinem Sohn, dessen Frau und ihrer Tochter zusammenlebte, die Kleine ist fünf und wird nächsten Monat mit der Schule anfangen, mein Sohn war heute früh zur Arbeit gegangen, er hat eine Fahrradwerkstatt, am Nachmittag kam der Mob und kreiste unser Viertel ein, und zwar so, dass keiner ungesehen entkommen konnte, ich hörte sie, ich sah sie auch, ich sagte meiner Enkelin, dass sie zu Mr Shahs Haus laufen soll, wo ich als Hausmädchen arbeitete, nette Leute, die mich immer respektvoll behandelten, obwohl Mrs Shah nicht wollte, dass ich die Küche betrat, wegen meiner Religion, sie sagte, ich sollte die Böden in allen drei Räumen wischen und das Badezimmer putzen und dann nach Hause gehen und niemals die Küche betreten, dafür hatte sie ein anderes Mädchen, aber die Tochter des Hauses war sehr nett zu mir, oft brachte sie mir hinter dem Rücken ihrer Mutter etwas von dem Essen, das dort gekocht wurde, in einer ihrer Schüsseln und sagte, ich solle sie mit nach Hause nehmen, dann spülte ich die Schüssel mit Extraseife und brachte sie wieder, unter meinem Sari versteckt, so dass die Mutter nichts merkte, aber die Tochter ist mutig, einmal ließ sie mich die Küche betreten, den Kühlschrank aufmachen und ein Glas Wasser für sie holen, und deshalb sagte ich zu meiner Enkelin, sie solle dorthin gehen, ich sagte, sie wird sich um dich kümmern, und als die Kleine weg war, bedeckten meine Schwiegertochter und ich unsere Gesichter mit unseren Saris und übergossen uns mit Wasser, aber das Feuer war zu stark, und jetzt, da ich nicht mehr bin, hoffe ich nur, dass mein Sohn in Sicherheit ist und meine Enkelin noch einen Vater hat, ich hoffe, dass auch sie nach Surat ziehen, ich hoffe, dass mein Sohn wieder heiratet, meine Schwiegertochter hätte nicht sterben dürfen, sie war noch sehr jung, ich bin sehr alt, ich bin fast blind, meine Zeit war um, und deshalb bin ich nicht traurig, dass ich getötet wurde, viel tragischer ist, dass meine Schwiegertochter umkam, schließlich hatte sie ihr Leben als Mutter gerade erst begonnen, und sie war so gespannt darauf, ihre Tochter in die Schule gehen zu sehen.

■

KAPITEL VIER
Ithim zu Hause, Anruf bei Nacht

Sehen wir es positiv, Ithim und ich waren zu Hause. Jetzt musste ich nicht vor der Glastür darauf warten, dass die Oberschwester sich gütigerweise dazu herabließ, die Vorhänge aufzuziehen, damit ich mein Kind sehen konnte, ich musste ihr nicht mehr hinterherlaufen wie ein Hund seinem Herrchen, ich musste nicht mehr die Treppen hinunterstürzen, als wäre ich verrückt geworden und Ihre Exzellenz bitten, beschwören, anflehen, mir mein Baby zu zeigen. Jetzt konnte ich ihn ungestört betrachten. Und erst jetzt, als wir ins Haus eintraten, als ich das Licht anknipste, merkte ich, dass man seinen Augen nicht entkommen, den Blick nicht von ihm abwenden konnte.

Weil sie das Einzige an meinem Ithim waren, das sich bewegte, das neu geborenes Leben verriet, als ich ihn aufs Bett legte – noch ins Krankenhaushandtuch der Oberschwester gewickelt –, war ich überzeugt, dass Ithim *nur* aus seinen Augen bestand, dass nur die Augen Ithim waren. Dass der gesamte Rest ein undeutlicher Eindruck blieb, eine bloße Ablenkung, ein unnötiges Anhängsel, das ich, zumindest im Moment, ignorieren konnte. Dass mein so schwer behindertes Baby mit zwei perfekten Augen, den dazugehörigen Brauen und Lidern begann und auch endete. Und dass sie sämtliche Funktionen ausführten und weiter ausführen würden, die ansonsten für seinen Kopf, seinen Hals, die Hände, Arme, Beine, Füße, den Bauch, einfach alles andere bestimmt gewesen wären. Das war natürlich Unsinn.

Doch auf den ersten Blick schien es der Weg des geringsten Widerstands zu sein, den mein Bewusstsein einschlug, als ich mir sagte, dass ich mir keine Sorgen über irgendetwas anderes zu machen brauchte, Hauptsache, ich konnte mich um diese Augen kümmern und täte alles, was ich konnte, um sie vor der kleinsten Bedrohung zu schützen. Dann wäre Ithim gerettet. Für eine Weile führte er selbst mich mit seinem Zwinkern, seinem perfekten Babyzwinkern auf diesen Holzweg.

Sorry, den letzten Satz möchte ich zurücknehmen.

Warum das Kind verantwortlich machen? Das ist unfair, nein, es ist grausam.

Denn was konnte dieses Baby machen, das erst ein paar Stunden alt war, ein Baby, das die Wärme der Säuglingsstation brauchte, unter einer Infrarotlampe liegen müsste, mit einer Krankenschwester rund um die Uhr an seiner Seite, ein Baby, das man jede Stunde, pünktlich auf die Minute, seiner Mutter hätte anlegen sollen, damit sein Herz ihren Herzschlag spürte, das Muttermilch hätte trinken, seine winzigen Händchen auf ihre Brust legen, sein weiches Köpfchen in ihre Halsbeuge schmiegen sollen, stattdessen aber einem ahnungslosen, tollpatschigen Vater überlassen war – was konnte dieses Baby machen?

Was konnte es anderes tun als schauen?

Anderes als einfach die Augen öffnen und schließen, die Lider heben und senken? Was Ithim in dem Moment begann, als ich den Zipfel des Handtuchs von seinen Augen nahm und die grelle weiße Neonlampe im Zimmer ausschaltete, damit ihr Licht ihn nicht blendete.

Draußen färbte sich der Himmel tintenblau, jenes dunkle,

leicht violette Blau, das sich bildet, wenn die Nacht endet, eine Farbe, die die Ränder dieser rauen Stadt verwischt und das ausgewaschene Gelb, Weiß und Grau der Häuser auffrischt.

Ich wartete, bis meine Augen sich an die Dunkelheit des Zimmers gewöhnt hatten, und dieses nächtliche Licht schlüpfte durchs Fenster herein und fiel über Ithim, so dass das, was grotesk hätte sein müssen, nur ein wenig ungewöhnlich erschien, als ich ihn auf dem Arm hielt, mit der Handfläche die Stelle stützte, wo der Hals hätte sein müssen, und ihn aus dem Handtuch wickelte. Und bevor ich auch nur anfangen konnte aufzuzählen, was meinem Kind fehlte, drängte die Nacht herein und füllte die leeren Stellen mit Schatten, Zwielicht und Halbdunkel.

Was also sah ich?

Es gibt nicht nur eine Antwort, es kann nicht nur eine Antwort geben. Ich habe ihn bereits zu Beginn beschrieben, klinisch kühl, und trotzdem wird es dem Original nicht einmal ansatzweise gerecht. Denn das Wirklich Neue, das authentische Original, spottet aller Beschreibung, weil es im Alten nichts gibt, mit dem es sich vergleichen ließe. Doch weil die Anzahl der uns zur Verfügung stehenden Wörter immer begrenzt und vorherbestimmt ist, haben wir keine Wahl, wir müssen auf das Alte zurückgreifen, auf das, was man sich bereits vorgestellt, bereits beschrieben hat. Deshalb werde ich Zuflucht zu einem leichten Ausweg nehmen.

Als wären wir alle in der Schule.

Stellen Sie sich vor, Sie müssten eine Prüfung ablegen, Sie alle, meine Damen und Herren, säßen in der Klasse, jeder mit einem Blatt Papier vor sich, und Ithim läge vor der ganzen Klasse auf einer erhöhten Plattform mit der Tafel als Hintergrund, so dass Sie ihn klar und deutlich sehen können.

Die Prüfungsfrage lautete: *Bitte schauen Sie sich dieses Kind aufmerksam an (es bleibt während der gesamten Prüfungsdauer auf dem Tisch liegen). Welche Beschreibung trifft Ihrer Meinung nach am besten auf es zu? Kreuzen Sie das Zutreffende an.*

☐ Ein kleiner Schlauch aus Fleisch und Haut, der um Knochen und Knorpel gewickelt ist.

☐ Ein Gemüse, ein Flaschen- oder Gartenkürbis, eher lang als breit, der erhitzt und dann schnell wieder vom Feuer genommen wurde, so dass die beiden Enden verkohlt und die Spitzen verschrumpelt sind.

☐ Ein riesiges Insekt, dem man seine sechs Beine und zwei Fühler ausgerissen hat, so dass nur der Unterleib intakt ist.

☐ Ein gerupfter und gehäuteter Vogel, dem man Beine und Flügel abgeschnitten hat, mit aufgeblähtem Kopf.

☐ Ein Stück abgesägtes Plastikrohr, das man mit einem hautähnlichen Material straff überzogen hat.

☐ Eine Raupe ohne Rippen, Fühler oder Beine, durch ein leistungsstarkes Mikroskop gesehen.

☐ Eine hautfarbene Thermosflasche, wie sie für Picknicks angeboten werden, die das Wasser warm oder kalt halten, je nach Bedarf.

☐ Ein Kinderspielzeug aus Gummi, ein kaputtes Spielzeug, vielleicht eine Eisenbahn oder ein Lastwagen, die man an einer Schnur hinter sich herziehen kann, kleine Stücke sind beim Spielen abgebrochen und abhanden gekommen.

☐ Ein bisschen von allem.

Selbst ohne den Test tatsächlich durchzuführen, ohne eine einzige Ihrer Antworten zu sehen, würde ich darauf wetten, dass die meisten von Ihnen das letzte Kästchen angekreuzt hätten.

Was hätte ich tun sollen? Ich, der nicht das Privileg hatte, eine Prüfung abzulegen oder das Zutreffende anzukreuzen? Ich, der Vater, der gerade seinen Sohn nach Hause geholt hatte und ihn jetzt betrachtete, was war mit mir? Was hätte ich tun sollen? Aus Ekel zurückweichen? Aus Angst oder Wut? Abscheu oder sogar Hass?

Tatsache ist, als ich Ithim das erste Mal betrachtete, empfand ich nichts.

Vielleicht war die Fremdheit dessen, was auf meinem Bett lag, dieses Objekts, dieses Wesens, dieses Spielzeugs, dieses Behälters, dieses Gummischlauchs, dieses gerupften Vogels, dieses Insekts, dieses Gemüses, dieser Röhre, *all dieses Aufgezählten* so überwältigend – gepaart mit der Erschöpfung des Abends und der Nacht im Krankenhaus, der verwischten Masse von Menschen und Ereignissen –, dass irgendwas in meinem Innern, wie ein Schalter, der vorübergehend einige Verbindungen kappt, um das gesamte Haus zu retten, wenn es zu einem Spannungsanstieg kommt, genau das getan hatte. Mich einfach abgeschaltet.

So dass allein die Erkenntnis, dass ich mit meinem Baby zu Hause war, mich mit dem Gefühl überschwemmte, etwas vollbracht zu haben, das alle Schrecken oder düsteren Vorahnungen, die dicht unter der Oberfläche schlummerten, wie ich wusste, einfach wegspülte.

Ich beschloss, ihn zu berühren.

Ich setzte mich aufs Bett, beugte mich zu ihm und hielt eine Hand über sein Gesicht. Ich streckte die Finger aus und bewegte die Handfläche ein paar Zentimeter über seinen Augen hin und her. Meine Hand muss den Ventilator und den Stuck an der Decke verdeckt haben, aber ich konnte keine Veränderung in seinen Augen wahrnehmen, er starrte weiter vor sich hin und zwinkerte ein oder zweimal, als wäre nichts geschehen. Als wäre meine Hand gar nicht da.

Mein kleiner Finger berührte ihn zwischen den Wimpern, doch selbst das hatte keinerlei Wirkung, nicht die geringste. Ich berührte die doppellöchrige kleine Erhebung seiner Nase, ich berührte den schmalen Schlitz seines Mundes, die trichterförmige Hautfalte des linken Ohrs. Ich strich mit dem kleinen Finger über die gesamte Länge seines Körpers und behielt die ganze Zeit seine Augen im Blick, auf der Suche nach dem kleinsten Flackern, einer Regung, nach irgendeiner Veränderung, die mir sagte, dass er reagierte, dass das Zwinkern nicht nur ein unwillkürlicher Prozess war.

Ich bewegte den Finger auf die Taille zu, fuhr über den Streifen verkohlten Fleisches, das wie ein Gürtel mit der Haut verwachsen war, und in dem Moment, als ich ihn dort berührte, zwinkerten seine Augen heftig und gleich danach noch einmal. Seine Brauen zogen sich zusammen, als runzelte er die Stirn, als versuchte er, etwas zu verstehen, das man Schmerz nennen könnte. Rasch zog ich den Finger zurück, und seine Stirn glättete sich wieder.

Leben.

Ja, das war ein Zeichen von Leben.

Plötzlich schwappte eine Welle von Erleichterung über mich hinweg, warm wie die Hitze eines Feuers im Winter, ich legte mich neben Ithim auf das Bett, drehte mich zu ihm und schob eine Hand dicht hinter seinen Kopf, so dass die Finger den Schädel berührten. Und dann kam das zweite Zeichen, das, was ich Ihnen gleich am Anfang beschrieben hatte, ich weiß es noch, die Bewegung gleich unter der Haut im Innern des Köpfchens. Von kleinen Dingen, die flatterten und innehielten, einem Heben und Senken, als müssten die Knochen im Innern den Schädel noch formen und versuchten daher, sich ineinander zu verhaken, um seinem Kopf Gestalt zu geben, eine stabile Form. Wieder Leben, das zweite Zeichen.

Zwei Zeichen, beide von Schmerz, doch ich war der Vater, war der Bettler, ich hatte keine Wahl.

Meine Frau hatte in Mr Meekos Internetcafé Seiten von Webadressen heruntergeladen, in denen es darum ging, wie man Säuglinge versorgt, und diese Blätter mit ihren aufgedruckten *URLs*, Seitenzahlen und Datumsangaben am unteren Rand – die mich mit der Erinnerung an eine hoffnungsvollere Vergangenheit verspotteten – lagen auf einem Tisch im Wohnzimmer, in einer blauen Mappe, die meine Frau mit der Aufschrift BABY-HAUSAUFGABEN versehen hatte und jetzt Nachrichten aus einer anderen Welt und einer anderen Zeit zu enthalten schien.

Liegt das Baby auf dem Rücken, schieben Sie eine Hand unter seinen Nacken und spreizen Sie die Finger, so dass Ihre Hand als Stütze für den ganzen Kopf dient. Dann legen Sie die andere Hand, die Finger wiederum gespreizt wie ein Fächer, unter den unteren Rücken. Bücken Sie sich zu dem Baby herab oder gehen Sie in die Hocke, wenn Sie ein Rückenproblem haben, und heben es vorsichtig an. Halten Sie Arme und Beine des Babys fest und achten Sie darauf, dass der Kopf etwas höher liegt als der Rest des Körpers. Solange Sie das Baby halten, stützen Sie seinen Kopf. Er kann in Ihrer Hand liegen, oberhalb der gespreizten Finger, aber auch in Ihrer Armbeuge. Wichtig ist nur, dass er nicht nach hinten kippt, denn der Hals eines Neuge-

borenen ist noch nicht besonders kräftig und der Kopf im Vergleich zum Rest des Körpers relativ groß. Sie müssen eine Weile helfen, ihn zu stützen, bis Ihr Baby selbst dazu imstande ist.

Es gab keinen Kopf, der nach hinten kippen konnte, und auch Arme und Beine würden mir nicht in die Quere kommen. Ithim schien tatsächlich ein ruhiges Baby zu sein, wie Doktor Nr. 2 mir erklärt hatte, er lag einfach auf dem Bett, genauso, wie ich ihn hingelegt hatte.

Halten Sie das Baby auf dem Schoß so, dass sein Kopf in Ihrer Armbeuge ruht. Wenn Sie mit dem Finger über die Wange streichen, die Ihrem Körper am nächsten ist, müsste es Ihnen das Gesicht zuwenden und den Mund ein wenig öffnen. Schieben Sie vorsichtig den Flaschenschnuller in den offenen Mund und halten Sie seinen Kopf und den Oberkörper etwas erhöht, damit es leichter schlucken kann. Halten Sie das Ende der Flasche nach oben, so dass es keine Luft verschluckt, wenn die Milch zu Ende geht. Um ihm das Bäuerchen zu erleichtern, beugen Sie es über Ihre Schulter und klopfen ihm vorsichtig auf den Rücken, bis es einen zufriedenen kleinen Rülpser ausstößt.

Ithims Mund war so ein winziger Schlitz, dass keine Brustwarze, kein Schnuller diese Aufgabe hätte erfüllen können. Aber bevor ich herausfinden konnte, wie ich ihn füttern sollte, musste ich erst einmal wissen, womit. Meine Frau hatte alle Vorräte im zweiten Zimmer unseres kleinen Apartments untergebracht, das sie mehr oder weniger in ein Kinderzimmer verwandelt hatte.

Dieses Zimmer hätte ich nicht betreten dürfen.

Nicht diesen Schrein entweihen, den meine Frau mit so viel

Sorgfalt für ihre Hoffnungen und Erwartungen, für unsere Zukunft als Familie errichtet hatte, dieses zweieinhalb mal drei Meter große Rechteck mit vier Wänden, einer Decke und einem Fußboden. Es war das Zimmer, das meine Frau immer abgeschlossen hatte und jedes Mal, wenn ich fragte (oder sogar, wenn ich nicht fragte), hatte sie erklärt, dass es eine Überraschung für mich, für das Baby, für uns alle als Familie sein sollte. Aber jetzt war bestimmt nicht der Augenblick, über abstrakte Verpflichtungen nachzugrübeln; unser Kind lag auf dem Bett im Nebenzimmer, und ich hatte keine Ahnung.

Die Decke war blau angestrichen. Darauf hatte meine Frau Sterne geklebt, winzige weiße Flecken, nicht funkelnde Sterne aus billigem, glänzendem Papier, sondern aus einem weißen Material, das im Dunkeln leuchtete. Im Zentrum der Decke hing an der eisernen Kette, die für den Ventilator gedacht war – den Ventilator, dessen Kauf wir auf den Sommer verschoben hatten –, ein Mobile mit Fischen und Vögeln, jeder Vogel umgeben von einem winzigen blauen Ring, der wie Wasser schimmerte, jeder Fisch mit Kiemen, die aussahen wie winzige Flügel. Fische, die flogen, Vögel, die schwammen.

Vielleicht hatte mein Eintritt in dieses Zimmer, die Bewegung meiner Füße die stehende Luft aufgewirbelt oder ich hatte etwas Winterzug mit hereingebracht, nachdem die Tür bisher verschlossen gewesen war, denn jetzt begannen die Vögel und Fische sich langsam über mir zu drehen, warfen Schatten an die Wände und die Decke, die zwischen den Sternen auftauchten und wieder verschwanden. All das, die Fische und Vögel, waren dazu bestimmt, ein Kind zu erfreuen. Und als ich da stand, in der Mitte des Zimmers, unter dem Himmel, den meine Frau eigenhändig für unser Baby gemacht hatte, schweifte mein Blick von einem Objekt zum anderen, das sie erfüllt von Liebe und Hoffnung ausgesucht hatte, und kein einziges hatte irgendeinen Wert für Ithim.

In einer Ecke des Raums stand ein Bettchen, weiß gestrichen mit einem Gitter, das Ithim nie umfassen könnte. Er hatte keine Arme.

Daneben lag auf dem Boden eine Spielmatte, auf der ein Baby krabbeln lernen konnte. Unmöglich für Ithim. Er hatte keine Knie.

Es gab Rasseln, die er nicht greifen konnte. Er hatte keine Finger.

Eine ganze Reihe von Kuscheltieren wartete darauf, dass er sie festhielt, in den Mund nahm, mit ihnen herumlief oder spielte. Eins so nutzlos wie das andere.

Wir hatten ein Känguru, eine Maus, eine Ente, einen Fisch, einen Bären, ein grünes Kissen in Gestalt einer Schildkröte – alles Spielzeuge, die meine Frau ohne mein Wissen gekauft hatte – und sogar einen winzigen Laufstuhl mit Rädern, einen durchsichtigen, aufblasbaren Pool aus Plastik samt Schlauch, den man an einen Wasserhahn anschließen konnte. Wenn man ihn mit Wasser füllte, konnte das Baby darin herumplanschen. (Vielleicht konnte Ithim damit doch etwas anfangen.) Zwei kleine Kissen, jedes so groß wie meine Handfläche, waren dafür gedacht, die Hände oder Beinchen des Babys abzupolstern, wenn es schlief; ihre Bezüge waren mit Durchbruchstickerei und winzigen Spiegeln geschmückt, die das Sternenlicht von oben reflektierten.

Doch wozu das alles? Würde Ithim je im Leben aufrecht stehen oder sitzen können? Was würden diese Begriffe für ihn bedeuten, *aufstehen*? *Gerade sitzen*? Und selbst die fundamentalste Frage konnte ich mir nicht einmal ansatzweise beantworten: Wie würde er wachsen? Welcher Teil des Körpers würde wachsen? War etwas so Entstelltes überhaupt dazu bestimmt zu wachsen? Würde die Natur, wenn sie dieses Baby irgendwann ansah, ihm ein Ende bereiten, diesem Geschöpf, das allein durch den Akt des Zwinkerns und Atmens, dem Tod widerstand, wie kaum jemand es je getan hatte? Würde Ithim sterben, bevor er gelebt hatte? Und statt Antworten brachten diese Fragen nur Tränen.

Die Tränen flossen, als ich da stand, mitten im Zimmer, und die Spielsachen mich anstarrten, als wären sie im Dunkeln zum Leben erwacht und hätten sich dicht aneinandergedrängt und Händchen haltend verbündet, um diesen Mann anzusehen, der gerade hereingekommen war, während sein Baby nebenan auf dem Bett lag. Ich weinte, weniger um mich oder Ithim als um meine Frau und ihre Träume. Ich weinte um ihre offen vor mir ausgebreitete Fantasie, die nun vor meinen Augen zu sinnlosen Artefakten zerfiel. Ich weinte um ihre himmelblaue Decke, ihren selbst gemachten Himmel, ihr Gitterbettchen, ihre Spielzeugfamilie und wie alles zu ihrer Vorstellung von einer Welt beigetragen hatte, die unser Kind empfangen sollte, wenn es aus dem Krankenhaus nach Hause kam. Und wie diese Vorstellung jetzt erloschen war oder gerade erlosch.

Wäre meine Frau in diesem Moment bei mir gewesen, hätten sich unsere Tränen vermischt. Vielleicht hätte das Gefühl ihres Körpers, der sich an meinen presste, selbst in Angst und Verzweiflung, mir oder uns beiden eine gewisse Haltung geschenkt, hätte verhindert, dass die Beine unter mir nachgaben und ich zu Boden stürzte, aber ich war ganz allein, und der Boden schwankte unter mir. Und als ich nach einer Weile zitternd wieder zu mir kam, wusste ich nicht, was ich tun sollte, außer mich an die Wand zu lehnen und zu warten, dass das Zittern nachließ.

Durch die Tränen waren die Sterne an der Decke zu Schlieren geworden, Fische und Vögel bewegten sich im Kreis und warfen kalte, dunkle Schatten.

Hinter dem Spielzeug, auf einem Holzregal an der Wand, hatte meine Frau die Fläschchen aufgereiht, alle Made in China, neben einem Sterilisator und Babymilchpulver. Auf der Dose mit dem Milchpulver prangte ein Babykopf, der Rest des Körpers fehlte, aber es war trotzdem ein glückliches Baby, wohl genährt, lächelnd, eine kleine Haarsträhne fiel ihm in die Stirn. Das Farex-Baby. Gerade als ich nach den Fläschchen greifen wollte, wurde mir auf einmal bewusst, dass es schon eine Weile her war, eine ganze Weile, dass ich nach Ithim gesehen hatte.

Ich ließ alles stehen und liegen und lief hinaus, in den Raum, wo Ithim lag, rannte beinahe, stolperte, und als ich das Bett erreichte, war er da: ein winziger, feuchter Fleck direkt neben seinem Gesicht auf dem Bettlaken, der sich, als ich näher hinsah und ihn berührte, noch warm anfühlte. Seine Tränen.

Ithim hatte geweint.

Und weil er keine Geräusche machen konnte, hatte er geweint und geweint, so viel geweint, dass die Tränen leise gekullert waren und diesen feuchten Fleck gebildet hatten, fast so groß wie eine Rupien-Münze auf dem Laken. Jetzt waren seine Augen geschlossen und zuckten leicht, als ich sie mit den Fingern berührte. Ich kann nicht beschreiben, wie erleichtert ich war, wie euphorisch, in der Gewissheit, dass Ithim wohlbehalten war, dass Ithim lebte, denn nach allem, was die Ärzte mir erklärt hatten, was die Oberschwester gesagt hatte, war mir klar, dass jeder Augenblick, den Ithim überlebte, ein Stück geliehene Zeit war, die jederzeit zu Ende gehen könnte; dann würden sich seine Augen schließen und nie wieder öffnen.

Ja, sein Tod war kein so weit hergeholter Gedanke. In gewisser Hinsicht – in welcher, kann ich Ihnen jetzt nicht genau sagen, und daher fragen Sie mich bitte nicht, denn wie kann sich der Vater eines neugeborenen Babys so etwas wünschen – wollte ich sogar, dass genau das passierte, wollte ich, dass die ganze Sache ein Ende nahm, nicht eine Entwicklung, die ich mir nur als einen Zyklus von nicht enden wollenden Albträumen vorstellen konnte.

Denn was würde ich morgen tun, übermorgen, nächste Woche, in vierzehn Tagen, am Ende des Monats?

Wie würden wir uns unterhalten, Ithim und ich? Wie sollte ich ihm Geschichten erzählen? Er würde nie krabbeln, nie laufen lernen. Er würde nicht auf meiner Schulter einschlafen, er hatte keine kleine Hand, die auf meinem Rücken liegen würde. Er würde nicht stolpern, nie ausrutschen, nicht meine Hand festhalten, seine Finger würden nie die meinen umklammern. Vielleicht würde er lesen können, bei solchen Augen, aber müsste ihm jemand die Seiten umblättern? Wie sollte ich ihm eine Sprache beibringen? Es gab einen französischen Journalisten, Jean Dominique Bauby hieß er, wenn ich mich recht erinnere, der sein letztes Buch vom Krankenbett aus diktierte mit einer speziellen Methode, ein Zwinkern für den Buchstaben A, zwei für B, drei für C und so weiter; auf diese Art schrieb er Buchstaben, Wörter und Sätze, Absätze, Seiten und Kapitel und schließlich ein Buch; er zwinkerte sich durch bis zu dem Morgen, an dem er für immer die Augen schloss. Allerdings war er nicht von Geburt an behindert gewesen, er kannte das Alphabet, er hatte sein Leben gelebt, wie würde Ithim das machen? Wie würde er lachen? Konnte er überhaupt lachen? Würde ich mit ihm rausgehen können? Ich könnte ihn in einen Rollstuhl setzen, aber er hatte keine Füße und Hände auch nicht. Würde er die anderen Kinder erschrecken, müsste ich ihn immer zudecken? Im Moment war es Winter, daher würde niemand etwas merken, wenn ich sein Gesicht bedeckte oder ihm eine Mütze kaufte, deren Krempe groß genug war, um ihn zu schützen, aber was wäre im Mai und Juni? Mit seinen perfekten Augen würde Ithim alles sehen können, aber spielte das eine Rolle, was wäre das für eine Welt, ohne den Bezugsrahmen der anderen vier Sinne?

Diese Fragen kamen in einer einzigen großen Welle von Dunkelheit und Kälte, als wäre jemand, der von Kopf bis Fuß aus Eis war, ins Zimmer gekommen und stünde nur Zentimeter von mir entfernt, sähe mir über die Schulter, sähe mich und sähe Ithim. Und zwänge mich, nur einen einzigen Gedanken zu haben: *Besser, wenn Ithim stirbt.*

Stirbt, habe ich gerade *stirbt* gesagt?

Ich nehme dieses Wort zurück, ich lösche dieses Wort, *stirbt*, nur sechs Buchstaben, leicht auszuradieren.

(Legen Sie den Finger auf das Wort auf dieser Seite und kratzen Sie es mit den Nägeln weg. Sie können es auch mit einem Stift durchstreichen, aber dann bleibt die Tinte erhalten, sie wird die Seite kennzeichnen, das Beste ist also, ein Loch ins Blatt zu bohren, mitten in das Wort *stirbt*, genau auf dem *i*, und dann den Druck nach beiden Seiten zu verstärken, so dass es größer wird, das *s*, das *t*, das *r*, *b* und *t* verschluckt und das ganze Wort verschwinden lässt.)

Löschen Sie es, löschen Sie es.

Ich habe es nicht so gemeint.

Ich war der Vater, er war mein Sohn.

Das Telefon klingelte.

Ein Mal.

Zwei Mal.

In der Stille war jedes Klingeln ein Schrei, der mir durch Mark und Bein ging, als hätte es die Tür aufgestoßen und sich hereingestürzt. Aus lauter Angst um Ithim rannte ich beinahe zum Telefon, um abzunehmen, bevor es zum dritten Mal klingelte, und stolperte über die Schuhe, die ich gerade ausgezogen hatte.

Erst in diesem winzigen Augenblick der Stille, der dem nächsten Klingeln vorausging, wurde mir die Wahrheit bewusst: Ithim konnte nicht hören.

Daher hatte ich keinen Grund, mich zu beeilen.

Ich blieb stehen, holte tief Luft und wartete, dass sich mein Herz wieder beruhigte, während das Telefon klingelte, vier, fünf, sechs Mal.

Beim siebten Mal nahm ich ab.

Es war eine Frauenstimme.

■ ■ ■

■

Ich bin der Taxifahrer, ich war vierundsechzig, seit mehr als dreißig Jahren arbeitete ich in dieser Stadt bei der Landesregierung als Chauffeur, bis ich vor zwei Jahren in Rente ging, und um meine Bezüge aufzubessern und etwas zu tun zu haben, zu einem Taxistand in meinem Viertel ging; und weil ich den Besitzer kannte, hat er mich vom Fleck weg angeheuert, obwohl ich ihm sagte, dass ich nicht wie einer seiner jungen Fahrer bin, ich schaffe keine Sechzehn-Stunden-Schichten mehr, ich fahre langsam, dafür aber sicher und gleichmäßig, also setzte er mich für die Krankenhaus-Route ein und sagte, besser, du stellst dich an den Taxistand dort und bringst die Patienten nach Hause, sie brauchen ein Taxi, das langsam und gleichmäßig fährt, du musst die Stadt nicht verlassen, das brachte zwar nicht so viel ein wie die anderen Strecken, aber ich war dankbar, dass ich einen Job hatte, obwohl ich ihn, ehrlich gesagt, nicht unbedingt brauchte, denn ich lebte allein, meine Frau war drei Jahre zuvor gestorben, ich habe drei Söhne und zwei Töchter und alles in allem zehn Enkel, und alle haben ihr Auskommen, meine Kinder sagten immer, ich sollte zu ihnen ziehen, aber ich wollte nicht, ich konnte nicht das Haus verlassen, wo meine Frau und ich mehr als vierzig Jahre gelebt hatten, ich erklärte ihnen, dass ich da sterben wollte, und getreu diesem Wunsch starb ich nur zehn Schritte von meinem Haus entfernt, ich hatte den Wagen am Taxistand geparkt und war auf dem Weg nach Hause, als der Mob auftauchte, ich rannte zu einem Gemüsegeschäft gleich neben meinem Haus, der Besitzer ist mein Freund, und während ich dort wartete, rief jemand die Polizei an, die reagierte prompt, in null Komma nichts waren die Jeeps da, sogar gepanzerte Mannschaftswagen, die mit den Käfigen hinten drin, so dass wir uns in Sicherheit wähnten, und ich verließ das Geschäft und ging auf mein Haus zu, doch da fing die Polizei an zu schießen, und die Menschen stoben in Panik auseinander, ein Polizeigeschoss traf mich in den Kopf, es galt sicher nicht mir, davon bin ich überzeugt, denn ich hatte nichts getan, ich ging nur, doch vielleicht stand mein Name an diesem Tag auf der Kugel, sie trat genau zwischen den Augen ein, ich spürte nicht einmal Schmerz, ich erinnere mich nur, dass ich stürzte, an den Geruch des Teers auf der Straße, das Geräusch vorbeilaufender Füße, ich kann mich nicht beklagen, ich war zu alt, meine Kinder und Kindeskinder sind alle in Sicherheit, und ich bin jetzt wieder mit meiner Frau vereint, aber ich hoffe, dass meine Kinder das Haus verkaufen und diese Stadt verlassen, jetzt, da ich nicht mehr bin, die Stadt möchte sie loswerden, und wenn eine Stadt einen loswerden will und man das Leben noch vor sich hat, sucht man sich besser einen anderen Ort, es gibt immer irgendwo ein Plätzchen in diesem Land mit einer Milliarde Menschen, von dem einen niemand vertreiben kann, ganz gleich, wie sehr er es versucht.

■

KAPITEL FÜNF

Miss Glas am Telefon, Einwilligung zu einer Reise

»Ist das der Anschluss des Ehemanns der Patientin 110742?« Der Satzaufbau war dermaßen konfus mit seinen beiden komischen Genitiven, *des Ehemanns der Patientin*, dass er wie ein hilfloses Stottern hätte wirken müssen. Doch nein, ganz im Gegenteil. Er klang ruhig und selbstbewusst, eine mehr als nur oberflächliche Vertrautheit schien darin mitzuschwingen, die Frage wurde ohne Zögern formuliert, als wäre die Anruferin jemand, den ich kannte, als hätte sie dieses formelle Getue nur aufgesetzt, um mich in die Irre zu führen, und würde jeden Augenblick losprusten, in der Gewissheit, dass sie nicht nur irgendeine Art von Reaktion, sondern ein langes, angeregtes Gespräch mit einem guten Bekannten oder Freund erwartete.

Doch alles, was ich herausbrachte, war: »Ja, am Apparat.«

»Ich bin die Frau aus dem Krankenhaus, Mr Jay. Aus dem Holy Angel.«

Sie kannte meinen Namen.

»Ist alles in Ordnung mit meiner Frau?« Meine erste Frage.

»Ihre Frau ist in einer stabilen Verfassung, etwa so, wie vor ein paar Stunden, als Sie das Krankenhaus verlassen haben. Sie brauchen sich keine Sorgen zu machen. Aber ich rufe Sie nicht wegen Ihrer Frau an, Mr Jay.«

»Wer sind Sie?«

»Das habe ich Ihnen schon gesagt, ich bin die Frau aus dem Krankenhaus.«

»Ich weiß nicht, ich kenne keine Frau aus dem Krankenhaus.«

»Doch, das tun Sie, Mr Jay. Sie haben mein Zimmer betreten und nach etwas gesucht. Es tut mir Leid, dass ich Ihnen nicht mehr hinterlassen konnte als das Bild, das Sie gefunden haben, das von dem Gehsteig.«

»Welches Bild? Ich habe kein Bild gesehen, ich weiß nicht, wovon Sie sprechen.«

Was hätte ich sonst sagen sollen?

Es war eine wildfremde Frau, eine Stimme, die sich ohne Vorwarnung einen Weg durch die Nacht bahnte, in mein Haus, in mein Ohr.

(Und außerdem bin ich kein Mensch, der sich am Telefon unterhalten kann, wie Sie vielleicht schon bemerkt haben, mir geht das immer zu schnell, die Zeit für die Antwort ist so kurz, dass in meinem Fall selbst ein Moment Schweigen, um Luft zu holen, oder eine natürliche Pause bestenfalls wie Sprachlosigkeit daherkommt, wie Unentschlossenheit, oder sich schlimmstenfalls nach einem verdächtigen Ausweichen anhört. Deshalb bin ich im Büro als stiller Faktensucher oder Faktenprüfer bekannt. Ich bin derjenige, den man anruft, wenn man auf die Schnelle Zahlen für Tortengrafiken und Balkendiagramme braucht, einundsechzig Prozent der Arbeitsplätze dieses Landes finden sich im Agrarsektor, zweiundzwanzig Prozent im Dienstleistungsgewerbe, siebzehn Prozent in der Industrie; die heimische Luftfahrtindustrie nimmt pro Jahr um etwa ein Viertel zu, international um achtzehn Prozent; zweihundertsechsundvierzig Millionen Menschen leben unterhalb der Armutsgrenze, und diese Zahl sinkt. Ich bin nicht derjenige, der gebraucht wird, um am Telefon »Verträge wasserdicht zu machen« oder skeptische Kunden zu beruhigen.)

So war ich zwar verblüfft über ihren Hinweis auf das Bild, beschloss aber, mir nichts anmerken zu lassen. Zumindest bis ich eine klarere Vorstellung davon hatte, mit wem ich sprach.

»Tut mir Leid«, sagte sie. »Ich dachte, Sie hätten das Bild gefunden, aber vielleicht täusche ich mich.«

»Vielleicht«, gab ich zurück. Ich spürte das Foto noch in der Hosentasche, die spitzen Ecken.

»Vergessen wir das. Ich rufe an, weil ich Ihnen ein Treffen vorschlagen wollte.«

»Warum, wozu?«

»Das kann ich Ihnen am Telefon nicht sagen. Wir müssen uns persönlich treffen. Sie können ihn mitbringen.«

»Wen mitbringen?«

»Ihr Baby, den Kleinen. Ich möchte ihn gern sehen.«

»Woher wissen Sie, dass es ein Junge ist?«

»Ich weiß es einfach.«

»Wer sind Sie?«

»Das habe ich Ihnen schon gesagt, ich bin die Frau aus dem Krankenhaus.«

Ich bin versucht, zu berichten und gleichzeitig zu erklären, vielleicht am Rande, was ich empfand, als ich sie hörte, als mir mit jedem weiteren Wort, jedem Satz, den sie sagte, klar wurde, dass es sich um eine Frau handelte, die keine gewöhnliche Anruferin war, die anders sprach als jede andere Fremde, mit der ich mich je unterhalten hatte. Und die sich in weniger als einer Minute als diejenige entpuppt hatte, die die meisten, wenn nicht alle Fäden dieser Unterhaltung in der Hand hielt. Sie zog die Strippen, während ich am anderen Ende auf die Rolle eines Zuhörers beschränkt war, der sich passiv herumstoßen ließ.

»Haben Sie auch einen Namen?«, fragte ich.

»Geben Sie mir einen«, antwortete sie.

»Hören Sie, machen Sie bitte keine Späße, ich weiß nicht, was Sie von mir wollen.«

»Das habe ich schon zwei Mal gesagt, wir sollten uns treffen; wir müssen uns treffen.«

»Das geht nicht.«

»Warum, warum geht das nicht? Sie haben doch nichts Wichtiges oder Drängendes vor, oder?«

»Was meinen Sie damit, nichts Drängendes? Meine Frau liegt bewusstlos im Krankenhaus, wie Sie bereits zu wissen scheinen. Das Baby braucht meine Hilfe. Ich habe mir ein paar Tage freigenommen, aber ich muss hierbleiben und mich um mein Kind kümmern, bis meine Frau wieder nach Hause kommt.«

»Ah, wir spielen den verantwortungsvollen Ehemann, was, Mr Jay, den verantwortungsbewussten Vater?« Sie lachte, und der spöttische Unterton in ihrer Stimme war nicht zu überhören. »Kein Mensch würde das glauben, wenn er wüsste, was Sie heute hinter sich haben.«

»Ich weiß nicht, wovon Sie reden«, sagte ich. »Woher rufen Sie an?«

»Ich bin in der Stadt, derselben Stadt wie Sie, ich lebte hier bis heute Abend. Ich kann Ihnen nicht genau sagen, wo ich bin, nur dass ich in Sicherheit bin, mir kann jetzt niemand mehr etwas antun, andere haben dieses Glück nicht.«

»Was soll das heißen?«

»Sie sind vermutlich der Einzige in dieser Stadt, der nicht weiß, was den ganzen Tag los war und wie es am Abend und die Nacht hindurch weiterging. Haben Sie denn nicht gehört, dass die Stadt in Flammen steht?«

»Doch, der Wachmann im Krankenhaus erwähnte etwas, und die Krankenschwester riet mir zur Vorsicht, weil es irgendwo brennt, aber bisher habe ich noch nichts davon gesehen.«

»Es brennt überall, Sie müssen nur hinschauen. Das habe ich den ganzen Tag getan, mich umgeschaut, sogar ein paar Fotos gemacht.«

»Wo sind Sie? Wie haben Sie meine Nummer herausbekommen?«

»Wie sind Sie in mein Krankenhauszimmer gelangt? Verbrennungsstation, fünfter Stock, dreizehnte Tür vom Ende?«

»Tut mir Leid, ich muss unterbrechen, das Baby weint.«

Ich sah nach Ithim, seine Augen waren geschlossen, er musste sich in den Schlaf geweint haben.

»Ich kann Ihnen helfen«, sagte sie.

»Helfen? Mir?«

»Ich kann Ihnen helfen, sich um das Baby zu kümmern, bis Ihre Frau zurückkommt, Mr Jay. Männer finden sich in so einer Lage schwer zurecht.«

Wusste Sie, in welchem Zustand Ithim war? Es hatte den Anschein, gemessen an dem, was sie bisher gesagt hatte. Denn wenn sie wusste, dass ich in ihrem Zimmer gewesen war, wusste, dass das Baby ein Junge war, wenn sie meine Telefonnummer kannte, musste die Quelle all dieser Informationen, wer immer sie war, auch alles über Ithim wissen. Doch falls diese Frau etwas über Ithim wusste, ließ sie sich nicht das Geringste anmerken. Im Gegenteil, es schien, oder sie stellte es so dar, als wäre ihr überhaupt nicht bekannt, was für eine Art Baby er war.

»Nein, ich kann mich selbst um das Baby kümmern, vielen Dank. Aber jetzt verraten Sie mir endlich, wer Sie sind. Entweder Sie sagen es, oder ich lege auf.«

Ich glaubte, dass diese bewusst unverhohlene Drohung sie aus dem Konzept bringen und mir helfen würde, die Zügel der Unterhaltung wieder an mich zu reißen – doch es hatte den gegenteiligen Effekt.

»Wenn Sie auflegen, rufe ich wieder an, wieder und wieder«, sagte sie. »Ich werde so lange bei Ihnen anrufen, bis Sie den Hörer aushängen, was Sie natürlich nicht tun werden, weil Sie auf Nachrichten aus dem Krankenhaus warten. Falls etwas mit Ihrer Frau ist. Einen solchen Anruf würden Sie bestimmt nicht verpassen wollen, oder?«

»Was wollen Sie von mir?«

»Ich will gar nichts, Mr Jay.«

»Warum rufen Sie mich dann an? Warum haben Sie ausgerechnet mich ausgesucht, es gibt so viele andere im Krankenhaus, so viele andere in dieser Stadt.«

»Jetzt nähern wir uns komplexeren Fragen, und es ist nicht der richtige Augenblick dafür. Lassen wir es vorerst dabei bewenden. Dass Sie, Mr Jay, der Auserwählte sind.«

»Ich bin müde, Sie rufen sehr spät an, es ist noch nicht einmal Morgen.«

»Nun, das ist auch gut so, oder? Es ist die Zeit, wenn alle in dieser Stadt schlafen, wenn man die Bettdecke um sich zieht,

Türen und Fenster geschlossen hält, damit kein Wind hereindringt. Nicht dass es heute windig wäre, nein, es ist sehr still. Ich wünschte, es gäbe Wind, dann würde der Nebel abziehen, und der Rauch der Feuer auch, und ich hätte durch das Fenster sehen können. Wie auch immer, gerade weil es so spät ist, bleibt es ruhig, und wir können uns deutlich hören. Doch der Hauptgrund meines Anrufs, Mr Jay, liegt wie gesagt darin, dass ich Sie treffen muss, ich habe Ihnen nämlich etwas zu sagen. Machen wir etwas aus, dann erzähle ich Ihnen alles und bis ins letzte Detail, aber wir dürfen keine Zeit verlieren.«

»Sie können mir eine E-Mail schicken.«

»Das weiß ich, Mr Jay, ich kenne Ihre E-Mail-Adresse und habe vor, Ihnen morgen früh eine zu schicken, eine Art Fortsetzung zu diesem Gespräch. Aber ich hätte Sie nicht so spät angerufen und gestört, wenn eine E-Mail denselben Zweck erfüllt hätte.«

»Tut mir Leid, ich lege jetzt auf. Ich sehe keinen Sinn in dieser Unterhaltung.«

»Nein, das tun Sie nicht, Mr Jay. Ich weiß, dass Sie es nicht tun. Sie wollen es nicht zugeben, nicht einmal vor sich selbst, aber es gefällt Ihnen, nicht wahr? Eine Frau, die Sie anruft und Sie treffen will? Eine Frau, die Sie nur verschwommen gesehen haben, im Fenster eines Krankenhauses, von weitem. Erzählen Sie mir, was Sie gesehen haben, konnten Sie mein Gesicht erkennen?«

Ich hörte sie am anderen Ende lachen, hörte sogar ziemlich viele Leute lachen.

»Was war das?«, fragte ich. »Ist noch jemand bei Ihnen?«

»Das ist nichts«, antwortete sie. »Nur Gelächter. Vielleicht eine Sendung im Nachtprogramm. Oder Leute, die sich in der oberen Wohnung unterhalten. Es könnte etwas im Radio sein, Rauschen in der Leitung, eine Störung, es könnte ein Geräusch in Ihrem Kopf gewesen sein oder von der Straße, wo man ein Haus in Brand gesetzt hat. Und jetzt beantworten Sie bitte meine Frage. Konnten Sie mein Gesicht sehen?«

»Ich glaube schon.«

»Beschreiben Sie es, ich möchte wissen, wie gut Ihre Erinnerung ist, wie scharf Sie sehen.«

»Nein, so deutlich war es nicht, nichts war deutlich, ich erinnere mich nur an Ihr Haar, es war kurz, reichte nur bis zu den Schultern.«

»Das ist nicht schlecht. Was hatte ich an?«

»Irgendwas Weißes.«

»Das ist noch besser. Wo ist Ihr Sohn? Es heißt, man soll ein neugeborenes Baby nie aus den Augen lassen, keine Sekunde lang, denn Kinder sind bei der Geburt sehr verletzlich, so schutzlos wie Welpen oder Katzenjunge, sie können leicht ersticken, sogar an ihrem eigenen Atem.«

»Ja, ich sehe ihn, er ist hier bei mir, es geht ihm gut. Er liegt vor mir auf dem Bett. Würden Sie mir jetzt bitte Ihren Namen verraten?«

Wozu das gut sein sollte, wusste ich selbst nicht. Was würde es bringen, wenn ich ihren Namen kannte? Vielleicht stellte ich diese Frage nur in dem halbherzigen Versuch, die weißen Flecken auszufüllen, um in dieser ganz eindeutig verlorenen Schlacht von Worten, Nerven und Willenskraft meine Fahne hochzuhalten. Wie auch immer, es nützte nichts, denn statt zu antworten, drehte sie den Spieß einfach um.

»Meinen Namen? Geben Sie mir doch einfach einen.«

»Sind Sie vielleicht irgendwie pervers?«

»Geben Sie mir einen Namen, einen ungewöhnlichen Namen, ich weiß, dass Ihnen bestimmt etwas Interessantes einfällt, wie bei Ihrem Baby. Ithim, der Name gefällt mir.«

»Woher wissen Sie, dass er Ithim heißt?«

»Ich kenne die Oberschwester, ich kenne die Ärzte, wir sind alle miteinander bekannt. Sie haben es mir erzählt, sie haben mir das Formular gezeigt, das Sie ausgefüllt haben, die Entlassungspapiere. Also geben Sie mir einen Namen.«

»Ich weiß nicht, mir fällt nichts ein«, sagte ich. »Ich habe Ihr Gesicht doch nur durch das Glas gesehen.«

»Na bitte, da ist er doch schon, Sie haben mir gerade einen Namen gegeben, Glas. Wie wäre es mit Glas? Ja, nennen Sie mich Glas, Sie haben mich beim ersten Mal durchs Glas gesehen, und der Klang gefällt mir, Glas. Es ist ein ungewöhnlicher Name, er hebt einen aus der Masse hervor.«

»Okay, Miss Glas.«

»Sehen Sie, wir machen Fortschritte. Jetzt nennen wir uns schon beim Namen.«

»Wo wohnen Sie?«, fragte ich.

»Sie stellen dieselbe Frage immer wieder, Mr Jay. Wie gesagt, ich kann Ihnen keine Antwort am Telefon geben. Muss ich es noch einmal sagen? Ich kann es zehntausend Mal wiederholen, wenn es Ihnen hilft, aber warum sind Sie so starrköpfig? Warum haben Sie die offensichtlichste Frage noch nicht gestellt, Mr Jay?«

»Was ist denn die offensichtlichste Frage?«

»Sie starrt Sie an, sie hat Sie heute Abend schon einmal angestarrt, denken Sie an den Abend, dann müsste es Ihnen eigentlich klar sein.«

»Nein, ist es nicht.«

»Denken Sie nach. Warum haben Sie mich angesehen?«

»Es war Zufall, ich stand im Gang und sah hinaus, da schweifte mein Blick über den Rasen zu dem Gebäude, wo Sie waren, an den Stockwerken empor und blieb an Ihrem Fenster hängen. Dort habe ich Sie gesehen. Es war reiner Zufall.«

»Nein, es war kein Zufall, aber vergessen wir das für den Augenblick, Sie haben nicht mich gesehen. Sie haben zuerst etwas anderes gesehen, das Ihre Aufmerksamkeit geweckt hat, das Sie nicht mehr los ließ, das Sie so stark beschäftigte, dass Sie später dieses Gebäude betreten und mein Zimmer aufgesucht haben.«

»Ja, Sie hatten zwei Worte auf die Fensterscheibe geschrieben. Hilf mir, stand da.«

»Benutzen Sie bitte meinen Namen.«

»Hilf mir haben Sie geschrieben, Miss Glas.«

»Da sehen Sie, es war gar nicht so schwer, nicht wahr?«

»Warum haben Sie das geschrieben?«

»Schon wieder haben Sie meinen Namen vergessen.«

»Warum haben Sie das geschrieben, Miss Glas?«

»Das gefällt mir, es klingt gut, wenn Sie mich mit Miss Glas ansprechen. Ich stand da, sah hinaus, und mein Blick schweifte umher, genau wie der Ihre. Und ich sah Sie da stehen, auf der anderen Seite des Rasens, ganz vorn, am Fenster. Ich war mit jemand zusammen, der Sie kannte, der Sie tagsüber getroffen hatte.«

»Wo, wer? Wer war es?«

»Schon wieder stellen Sie Fragen, die wir lieber von Angesicht zu Angesicht besprechen sollten, Mr Jay, nicht am Telefon. Verabreden wir uns also.«

»Wo?«, fragte ich.

Glauben Sie mir, am liebsten hätte ich diese Frage gleich wieder zurückgenommen. In diesem Augenblick hätte ich mich am liebsten in den Hörer gequetscht, falls das der einzige Ausweg war, und mich durch die Leitung geschlängelt, unter der Straße hinweg oder über den Himmel, wo auch immer diese Telefonsignale landen, hätte das Wort *Wo?* eingeholt, es mir geschnappt und irgendwas unternommen, um zu verhindern, dass es bei ihr ankam. Aber das konnte ich natürlich nicht. Das Wort war draußen. Sie hatte es gehört.

Mit diesem einen Wort *Wo* und dem Gefühl eines Fragezeichens am Ende (*Wo?*, so ausgesprochen, dass es eine Antwort verlangte, eine Antwort, die mich unerbittlich auf etwas zutrieb, von dem ich keine Ahnung hatte) war ich auf die andere Seite gewechselt. Hatte die Grenze zwischen dem, was bekannt, sicher und vertraut und dem, was all das nicht ist, überschritten. Ich fröstelte.

Warum hatte ich das gesagt? Wo war das Wort *Wo* hergekommen? Die ganze Zeit über hatte ich mich beherrscht und mich geweigert, bei diesem Köder anzubeißen, den mir jemand von irgendwo in dieser Stadt irgendwo in dieser Nacht hingeworfen hatte. Ich hatte das Thema gewechselt, hatte mich auf Belangloses und Triviales, ja sogar Begriffsstutzigkeit zurückgezogen, und dann plötzlich, ohne dass ich es selbst richtig mitbekam, hatte ich ausgesprochen, was ich die ganze Zeit hatte vermeiden wollen.

Und Miss Glas gegeben, was sie wollte.

»Ich wusste, dass Sie einwilligen würden«, sagte sie. »Es ist weit, aber nicht zu weit, wir müssen den Zug nehmen, es wird ein paar Stunden dauern.«

»Zug? Nein, ich kann die Stadt nicht verlassen.«

»Doch, können Sie; ich habe mich bereits erkundigt. Ihre Frau bleibt noch mindestens einen Tag im Krankenhaus. Sie kommen vorher zurück. Rechtzeitig, um sie aufwachen zu sehen. Das gibt uns auch ein wenig Zeit, den Feuern zu entkommen, bis die Stadt wieder sicher ist.«

»Wie kommen Sie darauf, dass ich eine solche Dummheit begehen und eine Zugfahrt mit Ihnen unternehmen könnte?«

»Ich weiß es einfach.«

»Und wo wollen Sie hin?«

»Wozu müssen Sie das eigentlich alles wissen?«

»Ich habe ein Baby, ich muss es mitbringen, ich muss wissen, wo wir hinfahren. Ich möchte nicht, dass dem Kind etwas passiert. Vergessen Sie's.«

»Wissen Sie was? Ich rede mir den Mund fusselig, und mir tun die Ohren weh, weil Sie immer wieder dasselbe sagen. Ich könnte es einfach vergessen und Sie nie wieder anrufen, nie mehr. Jeder, der uns zufällig zuhört, jeder, der auch nur über einen Funken gesunden Menschenverstand verfügt, merkt, wie grässlich unausgewogen dieses Gespräch verläuft. Es kommt mir vor, als wären Sie taub, als wäre ich diejenige, die verzweifelt ist und sich Ihnen zu Füßen wirft. Dabei sind in Wirklichkeit *Sie* derjenige welcher. Sie haben ein Baby, das Ihnen Angst einjagt. Bislang habe ich diese Angelegenheit noch nicht erwähnt, aber jetzt lassen Sie mir keine andere Wahl mehr. Ich weiß alles über dieses Baby, ich habe es sogar gesehen. Sie haben eine Frau, eine warmherzige Frau, die Sie liebt, vielleicht die Einzige, die Sie liebt, und nicht etwa, weil sie keine andere Wahl hätte, sondern weil sie sich entschieden hat, Sie zu lieben, und weil diese Entscheidung getroffen und damit unumkehrbar ist. Sie haben Glück, Mr Jay. Und obwohl sie da liegt und ihr Baby immer noch nicht in den Armen hält, wie es frischgebackene Mütter normalerweise tun, begreifen Sie einfach nicht, welche Rolle Sie spielen könnten. Sie können das Baby mitnehmen und mich an einen Ort begleiten, wo man Ihnen und Ihrem Baby helfen kann, das weiß ich, es vielleicht sogar wieder in Ordnung bringt. Ich kann nichts garantieren, aber einen Versuch ist es zumindest wert. Und was machen Sie stattdessen? Sie versuchen, den ungerührten Mann zu spielen, der das alles als reine Ablenkung betrachtet und sich an nichts erinnert. Der mir zuhört und insgeheim vielleicht denkt, komische Frau, offenbar hat sie mitten in der Nacht nichts anderes zu tun, als Männer anzurufen. Sind Sie noch da? Hallo, sind Sie noch da? Sagen Sie was, atmen Sie, schreien Sie mich an, aber stehen Sie nicht einfach so da und halten den Hörer fest. Stumm und ohne ein Wort.«

»Was soll ich denn sagen?«

»Was wollen Sie denn sagen?«

»Dass Sie mich in Ruhe lassen sollen.«

»Nein, ich kann Sie nicht in Ruhe lassen, ich werde Sie nicht in Ruhe lassen. Die Sache ist auch für mich sehr wichtig. Es hat eine Menge Arbeit gekostet, Sie aufzuspüren. Hören Sie, und das sage ich jetzt zum letzten Mal, hören Sie mir gut zu. Ich werde ganz langsam sprechen, damit Sie nichts verpassen. Kommen Sie und treffen Sie sich mit mir, ich habe zwei Fahrscheine für den Zug um halb sechs morgen Abend, zur Hauptverkehrszeit, da wimmelt es am Bahnhof von Menschen. Und angesichts dessen, was in dieser Stadt los ist, wird jeder versuchen wegzukommen. Je früher Sie da sind, umso besser also.«

»Wo?«

»Am Bahnhof. In ein paar Stunden schicke ich Ihnen eine E-Mail mit den Einzelheiten. Morgen früh werden Sie sie haben. In Ordnung, damit wäre alles geregelt. Alles ist bereit für unser Treffen.«

»Was meinten Sie damit, als Sie sagten, wir fahren an einen Ort, wo man es in Ordnung bringen kann, das Baby? Es in Ordnung bringen kann?«

»Ich meinte das, was ich sagte: dass man es in Ordnung bringen kann.«

»Wie können Sie das sagen, wenn Sie wissen, was mit ihm nicht stimmt?«

»Ich weiß, Mr Jay, ich weiß, was mit dem Baby nicht stimmt. Alles, oder beinahe alles, nicht wahr? Nichts an ihm stimmt, nichts bis auf die Augen, die Wimpern und die Brauen.«

»Ja.«

»Aber sehen Sie es so: Der Kleine lebt. Das kann man von vielen Kindern in dieser Stadt heute Nacht nicht behaupten.«

»Wenn Sie sagen, dass man ihn in Ordnung bringen kann, heißt das, dass er wieder normal wird? Dass er Arme und Beine und Ohren entwickeln kann?«

»Wie gesagt, ich kann es Ihnen nicht garantieren, das Einzige, was ich weiß, ist, dass es viel schlimmer nicht werden kann. Und wir müssen uns unterhalten, auch Sie müssen ein paar Dinge wissen.«

»Was muss ich wissen?«

»Wir treffen uns morgen, Mr Jay, wenn alles klar ist. Nur noch einen Tag. Vergessen Sie nicht, Ihre E-Mails anzusehen. Bis dann, Mr Jay, und schlafen Sie sich gut aus.«

»Okay.« Mehr brachte ich nicht heraus.

»Und noch etwas zum Schluss: Brechen Sie möglichst früh auf. Man weiß nie, welche Straßen gerade blockiert sind, die Stadt steht in Flammen.«

Miss Glas legte auf.

Ich hörte das Knacken in der Leitung.

Das Knacken und das plötzliche, unerwartete Ende dieses Gesprächs, in dessen Verlauf sich die Farbe des Himmels verändert hatte, vom Schwarz der Nacht zum fahlen Blau ihres Erlöschens, die Stille von der Straße draußen splitterte, wie Glas, in Scherben von Geräuschen, gezackt und scharf. Jemand hustete, jemand wachte auf der Straße da unten auf, der Hydrant rauschte, jemand wusch sich das Gesicht, jemand, der noch vor der Sonne aufgewacht war. Mein Ohr schmerzte, so fest hatte ich den Hörer dagegen gepresst. Er war noch warm, fast heiß da, wo ich ihn so lange umklammert hatte. Als ich ihn wieder auf die Gabel legte, konnte ich meine Fingerabdrücke sehen, Schweißspuren im Staub. Ithim lag reglos da, die Tränen auf seinem Gesicht waren getrocknet. Er hatte nicht wieder geweint. Kein einziges Mal während dieses Gesprächs zwischen Miss Glas und mir, zwischen seinem Vater und dieser Frau, die so viel mehr über ihn zu wissen schien als seine eigene Mutter.

Diese Frau, die noch bis vor wenigen Stunden Das Gesicht am Fenster gewesen war, eine Kritzelei auf der Scheibe, ein leeres Zimmer und die natürlich nur in meiner Einbildung erschöpft, fiebrig und weiß der Kuckuck was noch alles gewesen war. Doch mit diesem Anruf hatte sich eine völlig neue Welt aufgetan; jetzt besaß sie nicht nur eine Stimme, sondern auch so etwas wie einen Charakter, aus dem nüchternes Selbstbewusstsein, beinahe Arroganz sprach, und ein gewisses Eigentumsrecht an mir und meinem Baby.

Sie hatte auf eine beunruhigende Art gesprochen, die einem das Gefühl gibt, dass der andere mehr weiß als man selbst und er einem immer ein paar Schritte voraus sein wird. Wer war diese Frau, wo kam sie her? Sie hatte mich als starrköpfig bezeichnet, sie hatte gesagt, dass ich ihr vorkam, als wäre ich taub, aber sie war diejenige gewesen, die eine Wand um sich errichtet hatte, und jedes Mal, wenn ich versuchte, ein Stück herauszubrechen, hatte sie sie mit einer neuen Schicht verstärkt, Wort für Wort, Satz für Satz. Am Ende wusste ich daher nicht mehr über sie, als dass sie sich in einer selbstgemachten Festung verschanzt hatte. Und von dieser sicheren Warte aus hatte sie mich nicht nur entwaffnet, sondern gezwungen, mich zu ergeben, die Schlacht zu verlieren.

Doch bevor ich darüber nachdenken konnte, was sie gesagt und was ich gehört hatte, bevor ich versuchen konnte, über diese Mauern um sie herum zu blicken, musste ich noch eine andere Schlacht ausfechten, und die war unmittelbarer: eine Schlacht gegen den Schlaf, der wie ansteigendes Wasser auf mich zukam und sich zu einer Welle hob. Er begann mit den Füßen, umspielte die Zehen, stieg bis zu den Knöcheln an, dann bis zur Brust, leckte an meinen Schultern, stieg über meine Jacke, gluckste, als ich durch die Nase atmete, erreichte meine Augen und füllte sie beide.

Ich schlief ein.

■ ■ ■

■

Ich bin einer aus dem Publikum, ich werde ganz am Schluss auftreten, ich werde auf einer Galerie sitzen, im Dunkeln, ich war neunzehn, sie haben mich auf der Straße angehalten und gesagt, du hast diese Leute im Zug umgebracht, gestern Morgen, und ich sagte, nein, ich war nicht dabei, aber das spielte keine Rolle, sie sagten, erzähl uns, wo du gestern Morgen zwischen sechs und acht warst, um diese Zeit wurde der Zug überfallen, erzähl es uns in allen Einzelheiten, also erzählte ich, dass ich um sechs noch schlief, ich erzählte, dass ich bis sieben oder halb acht geschlafen hatte und dann aufgestanden war, mich gewaschen und gebetet hatte, dann hatte meine Mutter gesagt, wir haben kein Mehl mehr im Haus, deshalb bin ich rausgegangen und habe welches gekauft, und als ich wiederkam, war ich immer noch müde, also legte ich mich für eine halbe Stunde oder eine Stunde noch einmal aufs Bett, sah dem Rauch zu, der aus dem Ofen kam und roch das Essen, meine Mutter wurde böse, weil ich keine Arbeit habe, sie schimpfte, dass ich nur zu Hause sitze und esse, und dass ich zu viel im Bett liege, als ich schließlich aufstand, war es etwa zehn Uhr morgens, das war's, sagte ich, zwischen sechs und acht war ich nicht mal in der Nähe des Zugs, aber das spielte keine Rolle, sie sagten, warum weinst du nicht, warum bist du nicht traurig, so traurig wie wir, immerhin sind neunundfünfzig Menschen bei lebendigem Leib verbrannt, und ich sagte, ich weiß auch nicht, wie traurig soll ich denn sein, und sie sagten, versuch bloß nicht, den Witzbold zu spielen, und dann stachen sie auf mich ein, einmal in den Rücken, einmal in die Brust, sie sagten, mag sein, dass du geschlafen hast, aber warum waren deine Leute in der Nähe des Zugs, und noch ehe ich ihnen antworten konnte, dass ich niemanden kenne, der in der Nähe des Zugs war, hatte ich schon angefangen zu bluten, ich spürte, wie mir die Luft wegblieb, mein Blick verschwamm, ich empfand keinen Schmerz, ich sah das Blut, das aus meinem Körper strömte, sie hatten sich abgewandt, sie gingen weg, und das Letzte woran ich mich erinnere, ist, dass ich mich selber hasste, weil ich einen solchen Fehler gemacht hatte, ich glaube, ich hätte ihnen sagen sollen, ja, ja, ja, ich habe den Zug in Brand gesetzt, ich war so glücklich, als ich die Nachrichten hörte, dass ich meiner Mutter sagte, ich kaufe nicht nur Mehl, sondern auch Milch und Honig, ich hätte ihnen sagen sollen, dass meine Familie den Zug überfallen hat, dass meine Mutter dabei war, mein Vater, meine beiden Schwestern, mein Onkel, mein Cousin, meine Tante, meine Großmutter, dass alle da waren, sogar meine zukünftige Frau und meine zukünftigen Kinder, alle zusammen zündeten das Feuer an, einer nach dem anderen, und dass wir es wieder tun würden, wenn wir die Gelegenheit hätten, das hätte ich ihnen sagen sollen, nur um zu sehen, ob sie dann irgendwas anders gemacht hätten, ob sie mich trotzdem getötet hätten?

■

KAPITEL SECHS

Einschlafen, wach im Traum

Wie lange ich geschlafen hatte, weiß ich nicht mehr, doch ich erinnere mich deutlich, dass ich, kaum hatte ich die Augen geschlossen, anfing, mir Miss Glas in Fleisch und Blut vorzustellen, mir ihre Größe und Figur auszumalen. Und die Miss Glas, die ich mit meinen geschlossenen Augen sah, war groß. Sie trug einen roten, langärmligen Pullover, der sich eng an ihre hagere Gestalt schmiegte und ihre kleinen, hohen Brüste betonte; die Ärmel endeten ein paar Zentimeter oberhalb der Handgelenke und der Hände mit den langen schmalen Fingern.

Sie saß in einem Sessel, nur wenige Meter von Ithim und mir entfernt, und wandte uns den Rücken zu, ihre Hände lagen auf einem Tisch, einer Art Pult, als läse sie etwas; der rote Pullover hatte sich über das Bündchen der Hose geschoben und zeigte einen Streifen Haut, weiche blassrosa Haut, fast durchscheinend, die sich von dem grellen Rot abhob. Die Hose war schwarz und eng, Beine und Knie zeichneten sich deutlich darunter ab. Im Sitzen endeten die Hosenbeine ein paar Zentimeter über den Fußknöcheln und gaben den Blick auf zwei rote Socken und ein Stück Wade frei, jede Socke war am Rand mit Weiß abgesetzt. Die Schuhe waren geschnürt. In dem kurzen roten Haar trug sie ein Stirnband, ebenfalls rot, wie ihr Pullover, aber mit weißen und blauen Tupfen, ein Ende fiel ihr über den Hals.

Weil sie mir den Rücken zuwandte, konnte ich ihr Gesicht nicht erkennen. Ich hätte mich vorbeugen und mir den Hals verrenken können, um es zu sehen, aber das fiel mir nicht ein, und es schien angesichts meines Zustands auch nicht möglich – es war, als wäre ich an meinem Platz angewurzelt und könnte weder meinen Blickwinkel noch mein Gesichtsfeld verändern. Deshalb sah ich nur eine Seite ihres Gesichts im Profil. Ihre spitze Nase war gepierct, ich bemerkte das Funkeln eines Rings, hell und stumpf, rostiger Stahl oder angelaufenes Silber. Der Mund war blassrosa, leicht geöffnet, als wäre ihm gerade ein Wort entschlüpft oder als schwebte es, gerade erst geformt, noch unausgesprochen in der Luft. Mit einem Fuß klopfte sie auf den Boden, gemessen, vielleicht im Takt eines Songs oder einer Melodie, die sie hören konnte und ich nicht.

Wie alt sie wohl war?

Da ich nur einen kleinen Teil ihres Gesichts sah, konnte ich nicht sicher sein, doch ihre Gestalt, hoch gewachsen und schmal, der beinahe makellose Streifen Haut über dem Hosenbund, ihre Knöchel, das bisschen, was ich von ihrem Gesicht sehen konnte, die Art, wie sie das Haar zurückgebunden hatte oder den Fuß bewegte, die Socken – all das deutete darauf hin, dass sie jung war, körperlich ebenso wie geistig. Ja, ich sah den grauen Rand ihrer Unterwäsche nahe dem Bündchen, über der Hose, ich sah das Zusammenspiel von Stoff und Haut, Farbe und Oberfläche, die schwarze Hose mit der leichten Wölbung des Hinterteils, den Streifen rosa Haut und das Rot des Pullovers. Ja, (warum sollte ich es leugnen), ich stellte mir vor, was darunter war, ich malte mir ihre Brüste aus, mein Kinn in der Höhlung ihrer Kniekehlen, ihre Lippen, meine Lippen, ihre Zunge, meine Zunge, ihren Gaumen, die Ohren, ihre Ohrläppchen zwischen meinen Zähnen, den Geschmack ihrer Zehen.

Und gleichzeitig fühlte ich mich – wie soll ich das nennen? –, fühlte ich mich fürsorglich.

Denn als sie dort saß, auf dem imaginären Stuhl an dem imaginären Pult, das Gesicht von mir abgewandt, vielleicht lag es an der schlanken Gestalt oder ihren schmalen Fingern und Handgelenken, bestand kein Zweifel an ihrer Verletzbarkeit. Vielleicht ging mir aber auch die ganze Zeit, während ich sie betrachtete, noch die nachmittägliche Szene aus dem Krankenhaus durch den Kopf: ihre Handschrift auf dem Glas, die beiden Worte *hilf mir*, bevor das Licht in ihrem Zimmer erlosch. Gefolgt von der Art, wie sie in dem Telefongespräch all dem ausgewichen war und in gewisser Hinsicht das verzweifelte Bedürfnis verriet, tapfer zu sein und ihre Schwäche zu verbergen.

Wie auch immer, ich wartete darauf, dass Die Eingebildete Miss Glas, Die Heraufbeschworene Miss Glas aufstand, damit ich sie besser sehen konnte, vielleicht zu mir herüberkam oder sogar ein zweites Gespräch mit mir begann, diesmal tatsächlich von Angesicht zu Angesicht, um die Fragen zu beantworten, die ich noch nicht gestellt hatte. Stattdessen verblasste sie mehr und mehr, je schwächer das Licht in meinen Augen wurde, bis es schließlich ganz erlosch, während meine Lider, schwer wie Blei, mich mit sich in die Tiefe rissen, wo andere Träume lauerten.

Auf den ersten Blick wirkt es mehr wie eine Erinnerung als ein Traum.

Ich bin ein Kind und spiele Kricket in dem Mietshaus, in dem ich aufgewachsen bin. Der teure Schläger, mit dem wir spielen, gehört dem Jungen, dessen Vater Stahlträger, wie sie auf dem Bau gebraucht werden, exportiert. Wir spielen mit einem Gummiball, und es ist abgemacht, dass der Junge, dem der Schläger gehört, keine Bälle kaufen muss – nie. Die anderen wechseln sich ab: Ein Ball kostet eine halbe Rupie. Wir verlieren mindestens einen pro Woche, entweder im Verkehr auf der Straße oder im Abtritt am Ende des Gangs.

Heute bin ich dran. Deshalb bete ich inständig, dass der Ball nicht auf die Straße fällt und unter die Räder eines Busses oder einer Straßenbahn rollt, denn Vater sagt, dass er sich die halbe Rupie für einen Kricketball nicht leisten kann, wenn ich jeden Monat einen neuen kaufen muss. »Ich bin kein Geschäftsmann, der Stahlträger verkauft«, sagt er. »Ich bin Lehrer. Ich kann höchstens alle *zwei* Monate einen Kricketball bezahlen. Wenn du ein Buch brauchst, sag mir Bescheid, und ich werde es besorgen, aber einen Ball nicht.« Wie soll ich ihm erklären, dass unter den Rädern des Straßenverkehrs nicht viel Raum für seine Logik bleibt und seine Rechtschaffenheit beinahe grausam ist?

Mit dem Abtritt komme ich klar.

Es ist ein »öffentliches« Klo, ohne Türen, nur eine schulterhohe Wand sorgt für Privatsphäre, der Wasserhahn ist gewöhnlich kaputt, und der Eimer wird so gut wie nie benutzt. Mindestens zwei Mal pro Spiel trifft der Ball den oberen Rand, wird abgefälscht, prallt von der Wand ab und landet in der Kloschüssel. In einem Brei aus Pisse und Scheiße unzähliger Fremder. So wie heute.

Den Gestank bemerke ich nicht, weil ich die Luft anhalte. Ich gehe in die Hocke, strecke die linke Hand aus, um nach dem Ball zu greifen, und als ich nur noch wenige Zentimeter und Sekunden von ihm entfernt bin, schießt ein Arm aus der Kloschüssel, packt mich und zieht mich nach unten. Wessen Arm, weiß ich nicht.

Ich schreie.

Doch weil ich die Luft anhalte, ist das Geräusch gedämpft.

Jetzt bin ich im Innern der Kloschüssel, meine ganzen ein Meter zweiundzwanzig passen wie durch Zauberhand in die enge Öffnung, die Scheiße dringt in meine Augen, meine Ohren, meinen Mund. Bitter, sauer und süß. Ich kotze eine grünliche Flüssigkeit aus, Reste des späten Mittagessens nach der Schule, und sie vermischt sich mit dem Brei um mich herum, ich werde tiefer und tiefer hinabgezogen. Ich sehe Blasen, die sich vor meiner Nase bilden, in rascher Folge, während die eingesperrte Luft entweicht. Und obwohl ich eigentlich gar nichts erkennen dürfte bei all dem Dreck in den Augen, sehe ich völlig klar.

Ich befinde mich in einem riesigen Tunnel, schwimme im Strom des Abwassers, von dem ich getragen werde wie ein Papierboot von den Wellen, während der Ball nur ein paar Zentimeter von mir entfernt vor mir hertrudelt. Ich stürze mich vorwärts, um ihn zu erreichen, doch er bewegt sich schneller als ich. Als hätte er ein eigenes Leben und machte sich über mich lustig, während er davonschießt, schaukelt, Kurven beschreibt und Pirouetten dreht. Manchmal streift er spielerisch meine ausgestreckten Finger, dann wieder bewegt er sich rasch, beinahe hüpfend und saust so weit vor mir her, dass ich ihn nur als fernen Fleck in dem Unrat erkennen kann, der dick und schwer, stinkend und kraftvoll dahinströmt.

Durch die Decke des Tunnels, nur Zentimeter über meinem Kopf, höre ich den Verkehr, das Donnern, das Quietschen, von Rädern und von Füßen. Das laute Lärmen und Plappern meiner Freunde, die mir zurufen, ich solle mich beeilen, es dämmere schon, und die Spielzeit sei noch nicht vorbei, das Spiel müsse noch heute Abend zu Ende gehen, jemand muss gewinnen, und jemand muss verlieren.

Der Brei füllt meinen Mund, verklebt mir die Zunge, ich

spucke ihn aus, aber er dringt so rasch ein, dass ich mit dem Atmen nicht nachkomme. Ich kann die Jungs rufen hören, jeder Nerv, jeder Muskel meines Körpers schmerzt, während der Schlamm mich hin und her schiebt, immer heimtückischer, mich mal hinter sich her schleift, dann wieder vorwärtsstößt und dabei von Sekunde zu Sekunde den Abstand zwischen mir und dem Ball vergrößert.

Dann sehe ich fast genauso unvermutet, wie alles anfing, den Ball langsamer werden und in meine Reichweite trudeln.

Aber jetzt ist es nicht mehr mein Ball. Er hat eine andere Größe, er wächst, während ich zuschaue, nicht proportional, sondern nur in die Länge. Mit jedem Stoß auf ihn zu, mit jedem mühsamen Atemzug wird der Ball größer und noch größer, langsamer und noch langsamer, und als ich ihn erreiche, ist er fast wie ein kleiner Schlauch, ein Gummischlauch, mit einer leichten runden Beule an einem Ende, die mich an seine ehemalige Form erinnert. Mit all dem Unrat bedeckt, genauso braun, und als meine Finger ihn berühren, ihn packen, ihn umklammern, weiß ich, was ich da festhalte: Das ist kein Kricketball, es ist Ithim.

Ich schreie.

Kann Ithim das überleben? Diesen Sturz kopfüber, dieses Wirbeln im Strom? Kann er in diesem Dreck schwimmen, Ithim, der nur Augen hat und weder Arme noch Beine, um sich vorwärtszubewegen? Ich strecke den Arm aus und greife nach ihm, und in dem Moment, als meine Finger ihn fassen, dreht er sich herum, und da sind sie wieder und sehen mich an, seine perfekten Augen, seine perfekten Brauen und Wimpern. Unberührt von dieser Quälerei, so sauber wie das erste Mal, als ich sie sah.

Jetzt habe ich Ithim im Arm, und wir schwimmen zusammen; das Wasser ist so kristallklar wie ein Gebirgsbach. Wir sehen die Nacht über uns, die Decke des Tunnels ist längst verschwunden, leuchtend bunte Fische weisen uns den Weg, geleitet vom Glanz der Sterne. Als wir die Oberfläche erreichen, erwartet uns ein Boot in Form eines Taxis mit schwarzem Rumpf und gelbem Leinwandverdeck, blank poliert funkelt es im Dunkel der Nacht. Ithim und ich steigen ein. Kaum haben wir Platz genommen, setzt es sich geräuschlos in Bewegung, ohne das übliche Aufheulen und Stottern des Motors, und innerhalb weniger Minuten hat es sich von der Wasseroberfläche gelöst, und wir fliegen über die Stadt, Ithim und ich.

Der Wind rauscht an uns vorbei und trocknet das Wasser auf unseren Körpern. Der Himmel ist wolkenlos, der Mond hell, und unter uns können wir die Lichter der Stadt erkennen, wie sie funkeln und das Zwinkern meines Kindes erwidern, als übermittelten die Stadt und Ithim einander verschlüsselte Botschaften. Das Boot gewinnt gleichmäßig an Höhe, bis wir so hoch sind, dass sich mir der Kopf dreht. Ich schließe die Augen, ich presse Ithim fester an mich, meine Hände liegen auf seinem Gesicht, und meine Finger können die Bewegung seiner Wimpern spüren, als hätte ich im Dunkeln ein Glühwürmchen in meinen Händen gefangen.

Ich bin nackt.

Und ich bin schwanger, mit Ithim.

Ich stehe im Badezimmer, schaue in den Spiegel und kann Ithim in meinem Innern erkennen, die Umrisse seiner Gestalt, die sich unter meiner Haut abzeichnen. Sein Kopf auf der Höhe meiner Brust, die gesamte Länge seines Körpers, die sich wie ein runzliger Wulst in einer fast geraden Linie bis zu meinem Nabel zieht, als hätte mir jemand einen Schlauch in den

Hals gesteckt, einen Schlauch aus Gummi, und dann durch das obere Ende Luft eingeführt. Ich versuche, den Wulst unter einem Unterhemd zu verstecken, ziehe ein zweites darüber, ein gestreiftes Hemd, ein dickes blaues Jackett, eine Windjacke, aber er geht nicht weg. Stattdessen wächst und wächst er, drückt gegen meine Lungen und mein Herz, verursacht einen entsetzlichen Schmerz, der im Magen beginnt und sich bis zur Brust hochzieht. Ich kann spüren, wie Ithims Augen in meinem Innern zwinkern, so heftig, dass sie ein Geräusch verursachen, ein Echo meines eigenen Herzschlags.

Die Kleider werden mir zu eng, dann platzen die ersten Knöpfe ab. Ich ziehe mich hastig wieder aus. Ithim hat begonnen, sich zu bewegen.

Sein Kopf, der bislang knapp unterhalb meiner Brust lag, drückt jetzt gegen den Hals. Auch sein Körper ist nach oben gerutscht, das Schlüsselbein biegt sich unter dem Druck, ich kann es knacken hören, die Muskeln in meinem Innern dehnen sich und ächzen dabei wie eine Holztür. Jeden Moment kann er sich durch die Kehle zwängen, den Mund erreichen, sich in die Zunge, die Lippen krallen. Und dann höre ich, was ich die ganze Zeit befürchtet hatte: Ich höre ein Reißen, wie Stoff, der sich an einem schlecht genähten Saum löst.

Es ist meine Brust, sie platzt auf.

Es beginnt in der Mitte, auf halbem Weg zwischen meinem Hals und dem Nabel, knapp unterhalb der Brustwarzen, in einer horizontalen Linie, wie ein Reißverschluss, der aufgezogen wird. Die Haut gibt dem Druck von innen nach, ich sehe, wie sich die oberste Schicht löst, die Epidermis, mit dem Haar, erkenne das Rosa der Dermis, meine Venen und Arterien, ineinander verschlungen, eingebettet in Fett und Gewebe. Ithims Kopf in diesem größer werdenden Riss, die verkohlte

Haut unter seiner Stirn und seine Augen, seine Brauen und Wimpern, alles beschmiert mit meinem Blut. Meine Brust ist jetzt ein klaffendes Loch, der Boden voller Blut, das ich verloren habe, aber ich spüre weder Schmerz noch Schwäche. Nur eine wachsende Leichtigkeit, nachdem der angestaute Druck entweicht, ich atme jetzt zwar schneller, aber auch deutlich leichter.

Wie ein Känguru sehe ich aus, meine aufgeplatzte Brust ist der Beutel, der Ithims Kopf einrahmt. Er guckt hinaus, wie es scheint, und zwinkert. Ich stütze sacht sein Köpfchen und spüre, wie sich die Knochen dicht unter der Schädeloberfläche hin und her bewegen. Ich versuche, ihn mit einem Ruck aus mir herauszureißen, er schließt die Augen. Ich lasse nicht locker, meine Brust öffnet sich noch mehr, Ithim taucht daraus hervor, und mit jedem Zentimeter seines Körpers, den ich meiner Brust entreißen kann, strömt noch mehr Blut dick und schnell über meinen Bauch, verschmiert das Haar und den Penis, sickert an den Beinen herab auf den Fußboden. Es bildet eine Lache um meine Knöchel und gerinnt, als das Fibrinogen mit der kalten Winterluft in Berührung kommt.

Ithim ist jetzt ganz aus meinem Körper herausgeflutscht, ich lege ihn auf den Rand des Waschbeckens, mein Blut tropft von seinem Körper, ein großer roter Fleck auf der weißen Keramikoberfläche. Ich ziehe die Schublade eines niedrigen Schränkchens auf, hier bewahrt meine Frau ihr Nähzeug auf, das ich einmal aus einem Hotelzimmer habe mitgehen lassen. Eine kleine durchsichtige Plastikverpackung mit einer Nadel, zwei Knöpfen, einer Sicherheitsnadel, drei Streifen Pappe, die mit drei verschiedenfarbigen Garnen umwickelt sind, weiß, schwarz und himmelblau.

Dann beiße ich die Zähne zusammen, gebe mir einen Ruck

und fange an, mir die Brust zuzunähen. Zu meiner Überraschung ist jeder Stich vollkommen schmerzlos, und kaum habe ich ihn getan, wechselt das Garn die Farbe von Weiß zum Braun meiner Haut, es verwächst mit der Haut, wird selbst zu Haut. Das geht so weit, dass fast im selben Moment, wenn ich einen Stich beende, neues Haar sprießt, um die Naht zu bedecken, so dass nichts darauf hinweist, was passiert ist, abgesehen von einer schwachen Linie, die quer über meine Brust verläuft, und natürlich dem Blut am Boden. So viel Blut, dass ich mich frage, wie wir das je alles aufwischen und wegspülen können, ohne eine Flut, eine Überschwemmung auszulösen.

Als ich aufwachte, schmerzte mein ganzer Körper, und meine Schultern waren genauso steif wie der Nacken und die Beine. Die Füße waren neben Ithim auf das Bett gestützt, beide eingeschlafen. Während ich wartete, dass das Blut sie wieder durchströmte, damit ich sie bewegen konnte, sah ich in den Schatten der Nacht, die Ithim einhüllten, dass seine Wangen feucht waren. So feucht, dass die Tränen ins Bettlaken gesickert waren und zwei Flecken hinterlassen hatten. Dunkel und winzig. Er musste mehrmals geweint haben, während ich schlief, er musste von seinem Weinen aufgewacht sein und sich anschließend wieder in den Schlaf geweint haben. Stumm natürlich, so dass ich nichts gemerkt hatte. Ich stand auf und trat zum Bett, um mich neben Ithim zu setzen. Als ich mich über ihn beugte und mein Kopf nur noch ein paar Zentimeter von ihm entfernt war, konnte ich sehen, wie sich seine Brust hob und senkte.

Und ich roch etwas.

Ein Gestank stieg von Ithim auf wie dichter Rauch von

einem Feuer, schwarz, giftig und unsichtbar. Er brannte in den Augen, ich musste die Luft anhalten, weil sich mir der Magen umdrehte und die Galle der letzten Nacht hochkam (da ich seit Stunden nichts gegessen, nur ein paar Gläser Wasser getrunken hatte, schmeckte sie bitter, aber nur wenig, sie verätzte mir nicht die Kehle, sondern vermischte sich bloß mit dem Geschmack des Schlafs und meiner Träume und brannte auf der Zunge.) Ithim hatte sich beschmutzt.

Und weil die Oberschwester ihn nur in ein Handtuch gewickelt und die Windeln mir überlassen hatte, wusste ich, dass ich ihn wickeln musste.

Zurück zu den Ausdrucken.

Faustregel Nr. 1: Waschen Sie sich immer, jedes Mal, und vergessen Sie das nie, zuallererst die Hände. Händewaschen heißt nicht, sie an einem Handtuch abzuwischen, sondern richtig zu schrubben, die Handflächen, die Finger, zwischen den Fingern, bis zu den Handgelenken. Denn die Bakterien auf Ihren Händen sind schlimmer als das, was sich auf einem schmutzigen Babypopo tummelt. Ungewaschene Hände, auf denen noch Keime sitzen, können die zarte und empfindliche Haut des Babys schädigen. Daher noch einmal mein Rat: Waschen Sie sich gründlich die Hände, bevor Sie anfangen, das Baby zu wickeln.

Legen Sie es dazu auf eine Wickelkommode oder eine weiche, warme, saubere und trockene Unterlage. Selbst eine Decke auf dem Fußboden würde reichen. Öffnen Sie die alte Windel, doch bevor Sie sie ganz entfernen, wischen Sie mit einem sauberen Zipfel alle überschüssigen Reste von Exkrementen ab. Wenn Sie einen Jungen haben, ist es keine schlechte Idee, den Penis mit einem sauberen Stück Tuch zu bedecken. Auf diese Weise kann nichts passieren, wenn er plötzlich lospinkelt.

Umfassen Sie mit einer Hand vorsichtig die beiden Fußgelenke des Babys, und heben Sie den Po vom Tisch, dem Boden oder der Plastikunterlage auf dem Bett an. Benutzen Sie Pflegetücher oder einen weichen, feuchten Lappen, um die Genitalien zu reinigen.

Manche Leute nehmen Babypuder für den Po, das sollten Sie mit dem Arzt abklären. Puder ist mehr oder weniger harmlos, doch angesichts der Tatsache, dass die Haut Ihres Babys noch nicht viel Kontakt mit irgendetwas auf der Welt außer der Haut seiner Mutter hatte, ist es ratsam, auf Substanzen zu verzichten, die unnatürliche oder chemische Stoffe enthalten.

Ich wusch mir gründlich die Hände, schlug das Krankenhaushandtuch zurück und machte mich an die Arbeit. Zum ersten Mal sah ich Ithim nackt.

Die Fleischrolle, die vor mir auf dem Bett lag, musste nur vorsichtig abgewaschen werden; komplizierte Handgriffe an Armen und Beinen entfielen. Ich brauchte lediglich die Hautlappen anzuheben, die Anus und Penis bedeckten. Das mit antiseptischen Mitteln imprägnierte Handtuch der Oberschwester genügte, um die Schweinerei aufzunehmen, die Ithim veranstaltet hatte. Eine braune, wässrige Flüssigkeit mit ein paar weißen Einsprengseln, vielleicht von dem Milchpulver, mit dem ich ihn vor ein paar Stunden gefüttert hatte. Als ich das Handtuch ins Bad trug, fiel es mir unter das Waschbecken. Einen Augenblick lang blitzte das geronnene Blut auf dem Fußboden aus meinem Traum auf.

Meine Frau hatte Windeln gekauft, doch als ich eine auspackte, war schnell klar, dass es so nicht ging, sie waren zu groß. Daher breitete ich mehrere Papiertaschentücher übereinander, um eine Art Polster zu bilden, legte es über den Anus und arrangierte es so, dass der kleine Penis herauslugte, bevor ich eine Monatsbinde meiner Frau darumwickelte. Das Ganze schien viel zu groß für ihn, eine dicke weiße Verpackung über dem winzigen, entstellten Braun – doch Ithim sah sauber und frisch aus, geschützt und geborgen. Ich holte ein frisches Handtuch aus dem Kinderzimmer, eins, das meine Frau gekauft hatte, das Preisschildchen klebte noch dran, und wickelte ihn hinein.

Meine Träume von eben, in denen ich Ithim aus dem Tunnel mit Fäkalien gerettet und dann mit ihm über die Stadt geflogen war, dass er aus mir herausgeplatzt und von meinem Blut überströmt war, die körperliche Erschöpfung des vergangenen Abends, die lange Nacht, die endlosen quälenden Fragen über die ungewisse Zukunft meines Kindes, Miss Glas und ihr geheimnisvoller Anruf – vielleicht hatte sich all das aufgestaut, eins aufs andere, und war zu einer erdrückenden Last geworden, und die einzige Möglichkeit, sie abzuschütteln, bestand darin, aufzustehen und das Zimmer zu verlassen.

Und als würden meine Füße mich hinter sich herziehen, als flüchteten sie aus einem primitiven Selbsterhaltungstrieb heraus, ertappte ich mich dabei, dass ich Ithim schlafend auf dem Bett liegen ließ und aus dem Zimmer ging. Ja, ich wusste, dass ich ihn erneut füttern musste, bevor wir aufbrachen, ihn vielleicht auch noch einmal säubern und wickeln, mir etwas einfallen lassen musste, um ihn auf der Reise zu transportieren, die Miss Glas für uns geplant hatte. Doch all das hatte Zeit.

Im Moment musste ich allein sein, ich brauchte einen Raum ohne Ithim.

▪ ▪ ▪

■

Ich bin Doktor Nr. 1, ich war vierundvierzig Jahre alt, ich habe eine Frau und drei Kinder, zwei Söhne von fünfzehn und dreizehn, eine Tochter, zehn, die Söhne kamen beide in Oman zur Welt, wo meine Frau und ich acht Jahre verbrachten, ich als Unfallspezialist, das Gehalt und die Vergünstigungen dort waren sehr attraktiv, ich verdiente beinahe fünf Mal so viel wie hier, steuerfrei, so dass ich bei unserer Rückkehr - meine Frau sagte, komm, lass uns zurückgehen, wir haben genug Geld verdient - mit meinen Ersparnissen eine Wohnung in dieser Stadt kaufte, eine sehr gut gebaute Wohnung, als das Erdbeben war, hatten wir keinerlei Schäden, obwohl sie im sechsten Stock eines zehnstöckigen Gebäudes liegt und viele Häuser in der Nähe so gewaltige Risse hatten, dass sie geräumt werden mussten, jedenfalls überlebten wir das Erdbeben, und wir hätten auch das Feuer überlebt, wäre nicht der Fahrer des Kleinbusses gewesen, sie hielten ihn an, sie fragten, wer wir wären, wie wir hießen, und er hat es ihnen gesagt, wenn er gelogen hätte und sich zwei Hindu-Namen für uns hätte einfallen lassen, hätten sie uns laufen lassen, denn ich glaube nicht, dass sie zwei Ärzten in Uniform befohlen hätten sich auszuziehen, Doktor Nr. 2 und die Oberschwester saßen neben mir, Doktor Nr. 2 versuchte, den Wagen aufzubrechen, damit wir rauskamen, aber es waren so viele Leute, die sich gegen die Türen pressten, dass es unmöglich war, vielleicht hat der Fahrer des Kleinbusses einfach nur Angst bekommen und war nicht geistesgegenwärtig genug, um zu lügen, wie auch immer, jetzt ist alles vorbei, meine Frau sollte die Wohnung verkaufen und mit den Kindern die Stadt verlassen, sie hat Verwandte in Dubai, ziemlich gut situiert, sie sind reich, einer von ihnen hat ein Haus am Creek, ich bin sicher, dass sie ihr und den Kindern helfen, einen Ausweg zu finden, ihr vielleicht sogar einen Job besorgen, sie hat einen Bachelor in Geschichte, früher nahm sie Privatunterricht, sie könnte Pädagogik im Fernstudium nachholen und einen Job als Lehrerin an der internationalen Schule dort annehmen, die mit dem Delhi Board assoziiert ist, dann bräuchten die Kinder kein Schulgeld zu bezahlen, sie sind gut in der Schule, ich hätte nie gedacht, dass mir so etwas passieren würde, normalerweise kommen in solchen Situationen nur die Armen um, die in den Slums leben und keine Sicherheitsleute haben, von allen Patienten, die ich in dieser Stadt behandelt habe, waren fast neunzig Prozent Hindus, aber so etwas zählt nicht, der Mob denkt nicht, man kann sich nicht mit tausend Leuten auf einmal auseinandersetzen, wenn ich mich recht erinnere, hat Doktor Nr. 2 ihnen sogar gesagt, dass wir viele Verletzte im Krankenhaus behandelt hatten, aber das machte sie nur noch rasender, einer von ihnen lachte und sagte, jetzt schicken wir euch ins Krankenhaus, macht euch keine Sorgen, und mal sehen, wer sich um euch kümmern wird, und dann schlugen die Flammen durch die Fenster, ich hörte die Oberschwester schreien, ihr Gesicht war das Letzte, was ich im Rauch erkannte, als sie versuchte, es mit ihrem Schal zu verhüllen.

■

KAPITEL SIEBEN

Nachrichten im TV, Mann aus der Ukraine

Und jetzt raten Sie mal, wer die Lücke füllte, die ich gerade abseits von Ithim der Nacht abgezwackt hatte? Ein Mann aus der Ukraine, ein großer Mann mit kurzer roter Elastanhose und ärmellosem Nike-T-Shirt. Eine Frau aus Südkorea und eine andere aus der tschechischen Republik, alle in einem Fernsehstudio, das sich an einem Ort namens Burbank in Kalifornien befand, unter grellem Scheinwerferlicht, das über das Studiopublikum schwenkte, von dem blauen Glashintergrund gespiegelt wurde und mit Musik aus der Konserve durch die ganze Welt und durch den Weltraum reiste, um am Ende dieser schwindenden Nacht zu mir zu gelangen, als ich im Wohnzimmer den Fernseher einschaltete, während Ithim schlief. Eine Stunde, sagte ich mir, höchstens eine Stunde, ich fange mit Kanal 0 an und arbeite mich durch bis Kanal 99.

Warum erinnere ich mich daran, was in dieser Nacht gesendet wurde? Was hat das jetzt für eine Bedeutung? Zum einen füllten die Geräusche aus dem Fernseher, seine Schatten und sein Flackern, die Gesichter und Stimmen von Fremden den Raum und brachten zum ersten Mal seit dem vergangenen Abend ein Gefühl von Vorhersehbarkeit und Normalität in mein Leben und mein Zuhause zurück. Es lenkte mich vorübergehend von dem ab, was im Nebenzimmer lag, von den Träumen, die ich gerade gehabt hatte, von den unbekannten kalten Ängsten, die sich im Haus ausgebreitet hatten, nachdem Miss Glas aufgelegt hatte. Und dann gab es noch den Mann aus der Ukraine, die Frauen aus Südkorea und der tschechischen Republik. Aber gehen wir Schritt für Schritt vor, fangen wir mit Kanal 0 an.

Kanal 0 brachte Wirtschaftsnachrichten, eine Wiederholung der Spätnachrichten, das neue Freitagmorgenprogramm hatte noch nicht begonnen. In einem blau erleuchteten Studio saß die Moderatorin an einem großen Glastisch, hell und weiß, durchsichtig schimmernd, als würde er von indirektem Licht erhellt. Sie trug ein rotes Oberteil und einen violetten Blazer, ihr Haar war glatt. Auf dem Tisch stand ein Laptop mit aufgeklapptem Bildschirm, sie sprach über den Haushaltsentwurf, der an diesem Morgen im Parlament vorgestellt werden sollte. Dann schrumpfte sie auf etwa ein Zehntel ihrer bisherigen Größe zusammen und blickte aus einem Fenster in der linken oberen Ecke des Bildschirms, während rechts von ihr Zahlenkolonnen und Grafiken über den Bildschirm liefen, weiß auf blauem Grund. Der Finanzminister, so erklärte sie, habe ein Hundertfünfzig-Millionen-Rupien-Programm aufgelegt, das Bundesstaaten zugutekommen sollte, die schnellere Reformen, insbesondere im Agrarsektor, durchsetzten und ihre Märkte öffneten. Es gab einen fünfprozentigen Aufschlag für den Kampf gegen den Terrorismus, es wurde Geld gebraucht, um das Land vor der Angst zu schützen, die Steuern waren hoch, das Defizit wuchs ins Unermessliche, ausländische Banken hatten Grund zum Feiern, sie konnten neue Filialen eröffnen, nicht in Indien ansässige Inder konnten ihr Einkommen im vollen Umfang in ihr Heimatland transferieren. Fakten, Zahlen, Fakten, Zahlen, bis ich nur noch die Bewegung der Lippen registrierte – malvenfarben geschminkt, passend zum Blazer. (In ein paar Tagen, wenn ich wieder zur Arbeit ginge, würden mich dieselben Fakten und Zahlen auf meinem Schreibtisch erwarten, schal und kalt, wie eine dunkle Wolke, und es wäre meine Aufgabe, den Silberstreifen dahinter zu polieren.)

»Die Börse hat mit Blick auf den Haushaltsentwurf Ablehnung signalisiert«, sagte die Moderatorin, versuchte, in die Kamera zu lächeln und hatte gleichzeitig, passend zu diesen Nachrichten, ernsthaft betrübt zu wirken. Die Kamera fing diese Unschlüssigkeit in ihrem Gesicht ein. Der Mumbai Sensex hatte bei 3562, fast 143 Punkte im Minus geschlossen, der Nifty mit einem Verlust von 47 Zählern bei 1142. Ich erinnere mich an die Zahlen, ich bin gut mit Zahlen, ich bin der Faktenprüfer, der Faktensucher, zweiundsechzig, so alt war mein Vater, als er starb, fünfunddreißig, so alt bin ich in fünf Jahren, wenn Ithim in die Schule kommt, hundertdreiundvierzig ist eins weniger als zwölf Dutzend, siebenundvierzig das Jahr, in dem Indien unabhängig wurde, elf und zweiundvierzig die jeweils ersten und letzten Ziffern der Patientennummer meiner Frau im Krankenhaus.

»Dieser Etat wird nur noch mehr Öl ins Feuer gießen«, erklärte ein dünner Mann mit weißem Hemd, dunklem Anzug und gestreifter Krawatte, Vermögensverwalter aus Mumbai, lächelnd. Die Moderatorin schloss ihre Ansage mit einem Hinweis auf die brennende Stadt und erklärte, diese habe zu dem »Abwärtstrend« an der Börse ebenso beigetragen wie die Befürchtung, das Feuer könnte auf andere Städte im Land überspringen.

Als Nächstes war eine andere Moderatorin dran, diesmal in Singapur, wo es bereits Morgen war, und auch sie hatte einen

Mann bei sich im Studio, ebenfalls mit weißem Hemd, dunklem Anzug und gestreifter Krawatte, diesmal vom CLSA in Tokio, wo der Handelstag bereits weit vorangeschritten war. Er sprach über den Nikkei. Worte und Zahlen, die über mich hinwegschwebten, während ich da saß und auf den Werbeblock wartete. Am unteren Rand ein Schriftband: *Daniel Pearl bei Videoexekution bereits tot, behauptet Vertreter der amerikanischen Staatsanwaltschaft; Ankunft der Queen zum Commonwealth-Gipfel in Australien; Unser Spezialprogramm zur Oscar-Verleihung mit einer Auswahl der größten Filmhighlights.*

Nächster Kanal.

Nachrichten.

Vielleicht würde ich jetzt Einzelheiten über das Feuer in der Stadt erfahren, das Feuer, das die Oberschwester erwähnt hatte und über das Miss Glas gut informiert zu sein schien. Doch ich hatte das Ende erwischt, die weniger interessanten Meldungen, daher musste ich sie erst über mich ergehen lassen, bis es wieder mit den Aufmachern weiterging.

In Kanpur hatte ein vierjähriges Mädchen einer Mitschülerin, ebenfalls vier, die Augen ausgestochen. Die Netzhaut des linken Auges war gerissen, die Großmutter des Opfers machte die Schule verantwortlich. »Können Sie mir das erklären?«, fragte sie den Reporter. »Wie sollen wir ein so kleines Mädchen für schuldig erklären? Offensichtlich wusste sie nicht, was sie tat, vermutlich haben sie sich über irgendeine Kleinigkeit gestritten. Aber wie kann es sein, dass ein Mädchen in der Schule ein Messer in die Hand bekommt? Wie kam es dorthin? Wir haben vor, Anzeige gegen die Direktorin zu erstatten.« Die Direktorin, eine Frau mit dichtem grauen Haar und schmaler grauer Brille hat das Gesicht abgewendet, die Kamera zeigt, wie sie nervös die Hände knetet. »Wie können Sie uns dafür verantwortlich machen? Kein Mitglied des Lehrkörpers oder des Personals hat seine Pflichten vernachlässigt. Die Sache passierte in der Mittagspause, die beiden Mädchen spielten im Schulhof, dann gab es einen Tumult und einer der größeren Schüler platzte in mein Büro. Ich verlor keine Zeit. Ich rief einen Krankenwagen an. Wir rasten mit ihr zum Krankenhaus, was hätten wir sonst tun können?« Die verletzte Kleine lag in einem Eisenbett in einem Krankenzimmer, hinter ihr bröselte der Putz von der Wand. Auf ihrem linken Auge klebte ein riesiger Wattebausch. Sie schlief, die Beine über ein kleines Kissen gestreckt. Neben ihr saß eine Frau, ihre Mutter vielleicht, die mit einer Hand das Mikrofon wegschob und mit einer stummen Geste andeutete, dass sie nichts sagen würde, nichts zu sagen hatte. Ich sah einen Bericht über gefährdete Meerestiere, die unweit von Chennai aufgetaucht waren, das lächelnde Gesicht eines Beamten, der danebenstand und den Kameramann auf die Korallen, die Seegurken und Muscheln aufmerksam machte. Dann sah ich eine vereiste Fläche, einen aus dem Helikopter aufgenommenen Film, die Bäume waren winzig, die Kamera wacklig, alle Äste mit Schnee bedeckt, der Bildschirm weiß. Da unten war es, berichtete die Stimme, unter dem Eis, da hätten sie die Leichen einer schwedischen Touristin und ihres Freundes gefunden, die vor dreiundzwanzig Jahren auf einer Trekkingtour verschollen waren. »Selbst ihre Kleidung ist noch intakt«, sagte die Stimme. »Man hat Kontakt zur Botschaft aufgenommen, um die Leichen in ihre Heimat zu überführen.« Ein altes Foto von den beiden wurde gezeigt, beide mit goldenem Haar, die Frau trug ein rotes Halstuch, ein blauweiß kariertes Hemd, der Mann eine pelzgefütterte Lederjacke.

Und dann der Aufmacher, die brennende Stadt.

»In einem angeblichen Racheakt für den Mord an neunundfünfzig Menschen im Zug haben gestern Abend Hunderte von …«

Ein technischer Defekt, der Ton brach ab, man sah nur die Bilder.

Diese Stadt am vergangenen Nachmittag, Menschen, die in die Kamera schauen, winken, lächeln, die Nahaufnahme eines Körpers auf einer Bahre, das Gesicht ist bedeckt, doch die Bahre steht auf dem Boden, umgeben von mehreren weinenden Frauen. (Diese Leiche auf dem Boden wurde immer wieder gezeigt.) Ein brennendes Haus, ein brennendes Geschäft, Frauen und Kinder am Boden kauernd, noch ein brennendes Haus, noch ein brennendes Geschäft, ein brennender Gummireifen, ein brennendes Auto, wieder die Leiche auf dem Boden, ein sprechender Polizist, eine schreiende Frau. Noch einmal die Leiche auf dem Boden. Dann war der Ton wieder da. Die Frau schrie laut, das Haar fiel ihr ins Gesicht, mehrere Strähnen hingen über ihrem Mund und flatterten in der Luft, die sie beim Schreien ausstieß.

»… Tote werden auch gemeldet aus Ahmedabad, Godhra, Vadodara, Bhavnagar, Sabarkantha, Rajkot, Panchmahals, Anand und Kheda.« Wieder brach der Ton ab.

Der Premierminister kam ins Bild, mit geschlossenen Augen, und schlurfte leise und vorsichtig mit seinem frisch operierten Knie wieder hinaus. Der Justizminister sah aus, als käme er geradewegs aus der Dusche, sauber und feucht, die Asche weggespült, das Haar zurückgestrichen. Der Ministerpräsident lächelte. Sonia Gandhi mit ihrer Tochter. (Es muss sehr kalt gewesen sein in Neu-Delhi, viel kälter als hier, denn beide, Mutter und Tochter, waren in Schals gehüllt, aschgrau, wie die Farbe des Himmels über ihnen. Als die Mutter den

Arm hob, um ihr Haar zu richten, sah man Schweißflecken unter den Achseln.) Jetzt erschien auf dem Bildschirm ein brennendes Haus, ein brennendes Geschäft, eine brennende Stadt. Rauch, dick und schwarz, Flammen, rot und gelb. Leere, mit Steinen und Eisenstangen übersäte Straßen, ein Kind auf einer Bahre. Jetzt hob man die Bahre mit der Leiche auf und trug sie aus dem Bild. Wieder die schreiende Frau, diesmal stumm, die Kamera zeigte ihre Tränen, den offenen Mund, ihre Zähne, ihre Zunge, alles in Großaufnahme.

In der Werbepause versprachen sie ein spezielles Oscar-Angebot für März: zweiunddreißig Filme in dreißig Tagen, angefangen bei *Der weiße Hai* über *Ein Offizier und Gentleman*, *Spartacus*, *Top Gun* bis hin zu *Ein Schweinchen namens Babe*.

Ich ließ den Fernseher an und ging ins Schlafzimmer, um nach Ithim zu sehen. Der Gestank war verflogen, jetzt roch er sauber, frisch und trocken. Er hatte sich nicht gerührt. Seine Augen waren geschlossen, und als ich mein Ohr ganz dicht vor den Schlitz des Mundes hielt, um auf seinen Atem zu horchen, konnte ich hören, wie er sich bewegte. Ganz leise, wie das Geräusch einer Fliege, die über Glas spaziert. Ich kehrte beruhigt zum Fernseher zurück, in der Gewissheit, dass Ithim mich im Augenblick nicht brauchte; füttern würde ich ihn später.

Und dann kam der Mann aus der Ukraine. Es war das *Guinness Book of World Records*, ausgestrahlt aus Burbank, Kalifornien. Neben dem Gastgeber stand der Mann aus der Ukraine auf der Bühne. Klein und untersetzt, mit flammend roter kurzer Hose und rotem T-Shirt, die ihm auf den Körper gemalt zu sein schienen, seine Brust, die leichte Wölbung des Unterleibs unter dem Hosenbund und die größere Ausbeulung des Schritts nachzeichneten. Das war der Insektenfresser, der Insektenschlucker. Er nahm sie einzeln aus einem großen gläsernen Kasten, wo es nur so von ihnen wimmelte, wo sie sich wanden und herumkrochen; zwei junge Frauen standen neben ihm, mit weißen Röcken und gebräunten Beinen, die die Aufgabe hatten, die Insekten mit einem Stock wieder in den Glasbehälter zurückzuschieben, wenn sie dem Rand zu nahe kamen. Käfer, Grillen, Fliegen, Kakerlaken, Marienkäfer, Spinnen, Libellen, Schmetterlinge, Insekten, deren Namen ich nicht kannte, rot, weiß, grün, gelb, schwarz, einfarbig, zweifarbig, gesprenkelt, getupft, gestreift, gerippt, und der Mann aus der Ukraine hielt sie zwischen zwei Fingern, legte den Kopf zurück, bog den leuchtend roten Körper auf der blauen Bühne nach hinten, riss den Mund auf, als wollte er losschreien und ließ das Insekt hineinfallen. Flügel und Tentakel, Beine und Fühler knisterten auf seinen Lippen, seiner Zunge, ein letztes verzweifeltes Flattern, ehe die Zähne sich schlossen, als wüssten diese Geschöpfe, dass das Ende nahe war und es kein Entkommen gab, und das Mikrofon stand so dicht davor, dass es jedes Knirschen aufnahm und zu einem Geräusch verstärkte, das ich noch nie gehört hatte. Immer wenn der Mann aus der Ukraine den Mund schloss, füllte sein Gesicht den Bildschirm aus; ich konnte sehen, wie sein Kinn zuckte und die Haut seiner Wangen flatterte, wenn die Insekten durch das Innere seines Munds flogen, ihr heraussickerndes Blut, rot, weiß und grün, und eine der Frauen auf der Bühne mit einer Serviette in der Hand.

Als Nächstes kam die Frau aus Südkorea, ihre Spezialität: Rasierklingen. Sie verschluckte zwölf Stück auf einmal, reizte dann ihre Kehle mit einem Strohhalm (der ihr von einer der

Insektenfrauen gereicht wurde) und erbrach sie wieder. Der Bildschirm füllte sich mit einem Dutzend Rasierklingen in einer Lache aus Schleim, und sie wischte sich den Mund ab. Eine andere Frau, sie stammte aus Prag, in einer rückenfreien Bluse. Sie sah aus wie eine Ballerina, sie ging auch wie eine, auf Zehenspitzen, und jeder Schritt war von einer solchen Anmut erfüllt, dass ich schon dachte, sie tanzte. Doch hinter ihr folgte ein Mann mit einem Bündel Wurfpfeile in der Hand, jeder schwarz, glänzend, mit messerscharfer Spitze. Sie blieb stehen, und er zielte mit den Pfeilen auf ihren nackten Rücken, sie bohrten sich in ihre Haut und erzeugten dünne Rinnsale von Blut, die bis zur Taille sickerten. Innerhalb weniger Minuten hatte er so viele Pfeile geworfen, dass keiner mehr mit dem Zählen mitkam und ihr Rücken sich in einen Strom von Blut verwandelte, dessen unzählige Nebenarme ein rotes Muster bildeten, ohne dass sie die geringste Regung zeigte.

Ich schaltete den Fernseher ab, doch auf dem leeren Bildschirm sah ich jetzt Ithim im Studio, auf einem Podest, das mit Flaschenzügen, Seilen und Kurbeln in die Luft gehoben wurde, den winzigen Ithim, jeder Körperteil dem Blick der Kamera ausgesetzt, die verkohlte Haut auf der Stirn, das trichterförmige Ohr, die Falte über seinem Anus, der festgewachsene Wulst um seine Taille, dieses Kind, das als *It* und *Him*, *Es* und *Er* geboren wurde, und dann fokussierte die Kamera auf seine Augen, fing das Geräusch der zwinkernden Lider ein, das im hohlen Applaus von Fremden unterging. In diesem Augenblick, als ich in meinem Sessel saß, der Fernseher noch summte, obwohl er schon ausgeschaltet war, und ich die drei Darsteller im Kopf hatte, wurde mir die Bedeutung von Miss Glas' Nachricht klar, und ich beschloss: Ja, ich würde diese Reise unternehmen.

Notfalls bis ans Ende der Welt, wenn ich damit erreichen konnte, dass Ithim wieder in Ordnung käme.

Seit Miss Glas aufgelegt hatte, wog ich die Optionen gegeneinander ab, ihr Versprechen gegen meine Ängste, doch jetzt hatte sich die Waagschale gesenkt. Alle Zweifel und Unsicherheiten waren verflogen wie die Nacht draußen, was mich nicht nur entschlossener, sondern auch stärker machte. Als hätten der Mann aus der Ukraine mit den flatternden Insekten im Mund, die Frau aus Korea, die Rasierklingen im Innern ihres Körpers auf und ab wandern ließ, die Frau aus Prag mit dem blutroten Muster auf dem Rücken, als hätten sie alle mir in ihrem Schweigen etwas zugerufen. Nein, das würde ich nicht zulassen. Niemals würde Ithim auf der Bühne stehen, das Objekt fremder Neugierde sein, ich würde keinem Menschen in dieser Stadt erlauben, ihn mitleidig anzusehen, nein, niemals.

So erleichtert war ich, dass ich jetzt erstmals Hunger verspürte, es war mein erster selbstsüchtiger Impuls, ich hörte, wie mein Magen gurgelte und knurrte, und auch das sah ich als Zeichen einer Ordnung, die endlich in all dem Chaos wieder zum Vorschein kam. Ich schluckte zwei gehäufte Löffel von Ithims Milchpulver, spülte sie mit kaltem Wasser herunter, rührte seine Nahrung an und sterilisierte die Pipette.

Einmal blickte er beim Füttern auf und sah mir länger als eine Minute in die Augen, ich lächelte ihm zu und strich vorsichtig über die Haut auf seiner Stirn. Ich glaube, es gefiel ihm, denn seine Lider wurden schwer und fielen langsam zu.

Wären Sie ein Fremder, hätten Sie kein Wort von dem gehört, was ich bisher erzählt habe, und mich an dem Morgen, als ich Ithim für die Reise vorbereitete, zu der ich inzwischen entschlossen war, durchs Fenster beobachtet, hätten Sie wahrscheinlich gedacht, dass ich einen Gegenstand einpacke, sicher kein Kind und ganz bestimmt nicht mein Kind, mein neugeborenes Baby. Während ich Ithim fertigmachte, gingen mir drei Dinge durch den Kopf. Zum einen, dass ich ihn dicht am Körper tragen musste, damit mir nicht die kleinste Bewegung entging. Zum Zweiten, dass er in der Lage sein musste zu atmen (wenngleich mir immer noch nicht klar war, ob er durch den Mundschlitz oder die beiden Löcher in der Mitte des Gesichts atmete, oder welchen Weg der Sauerstoff nahm, wie er in seine Lungen gelangte, sein Blut reinigte und es in alle Teile seines Körpers leitete. Aber atmen musste er, da war ich sicher.) Und zum Dritten die Augen, sie mussten frei bleiben, damit er gucken, sich umschauen konnte, und wenn auch nur, weil es das Einzige war, was er überhaupt konnte.

Der Rest war leicht.

Da er weder Arme noch Beine hatte, keinen Hals, keine Gelenke, die man vorsichtig anfassen musste, und auch sonst nichts, worauf man aufpassen musste, sah ich den Rest als zerbrechliches Objekt an. Wie eine Schale aus feinem Porzellan, die ich einpacken musste. Ich hatte meiner Frau zugesehen, wenn sie Geschenke verpackte. Sie hatte auf dem Bett gesessen, umgeben von haufenweise buntem Papier, als säße sie inmitten eines mit Blüten übersäten Gartens, und ihre langen schmalen Finger schienen ein ganz eigenes Leben anzunehmen, sie tanzten, sie folgten einem Rhythmus, den ich nie gehört, nur gesehen hatte, voller Entzücken und Bewunderung. Ich versuchte, mir diese Bewegungen ins Gedächtnis zurückzurufen, die Reihenfolge ihrer Gesten, ihre Finger, wie sie das Papier faltete, wie sie mehrere Schichten von Papier übereinanderlegte, was sie zuerst tat, was als Nächstes und was am

Schluss, als ich Ithim hochnahm, sehr vorsichtig, voller Angst, er könnte mir auf den Betonboden fallen.

Dann zog ich ihm ein winziges weißes Hemd an, das meine Frau gekauft hatte, ein Hemd mit Kragen und Ärmeln und an beiden unteren Seiten geschlitzt, wie bei einem Erwachsenen. (Ich breitete es aus, legte Ithim in die Mitte und wickelte dann die beiden Seiten um ihn, eine über die andere. Die Ärmel hingen einfach herunter. Ich knöpfte es nur teilweise zu und polsterte es von innen mit mehreren Taschentüchern aus, damit die Plastikknöpfe nicht auf der zarten Haut kratzten. Das Hemd war mehrere Zentimeter länger als sein Rumpf, das war gut, denn so konnte ich den Po damit bedecken und es nach vorn ziehen.)

Dann eine Tasche. Natürlich konnte ich Ithim, selbst wenn er so eingepackt war, nicht wie andere Väter tragen. Er war nicht nur zu empfindlich, ich durfte überdies nicht das kleinste Risiko eingehen, dass jemand auf der Straße ihn sah. Gleichzeitig war es wichtig, dass er es bequem und ich Bewegungsfreiheit hatte, wenn ich ihn trug. Daher die Tasche. Eine Reisetasche aus Stoff, die jede Form annehmen und Ithims Körper besser abschirmen konnte. Ich stopfte sie mit Handtüchern und Papiertaschentüchern aus. Sie hatte eine Klappe, die man schließen konnte, um den Staub von seinen Augen fernzuhalten, und doch war das Baumwollgewebe so porös, dass Luft und Licht eindringen konnten. Der Gurt war stabil, er würde fest über meiner Schulter liegen. So konnte ich die Tasche von unten mit einer Hand festhalten, und die andere wäre frei.

Als Ithim also mit Papiertüchern, Handtüchern und Stoff gut eingemummelt war, legte ich ihn auf dem Rücken in die Tasche und ließ sie erst einmal offen stehen.

Wie er aussah?

Wie das schönste Baby der Welt.

Als wären Engel in die Stadt herabgestiegen, um ihn mir zu bringen. Mein Ithim war bereit. Und mit Miss Glas' Hilfe würden wir ihn wieder in Ordnung bringen.

Draußen hörte ich jemanden im Morgengrauen aufwachen.

■ ■ ■

■

Ich bin Miss Glas, ich war dreiundzwanzig, ich war dreiunddreißig, ich war dreiundvierzig, ich war dreiundfünfzig, ich war dreiundsechzig, ich war hundertdrei, suchen Sie sich was aus, tut mir Leid, aber Sie werden mich nicht dazu bringen, Ihnen zu verraten, wer ich war, wen ich zurückließ, ich werde Ihnen kein persönliches Profil meines Kummers in etwa dreihundertfünfzig Wörtern liefern, in extra kleiner Schrift, mit einfachem Zeilenabstand, ich werde Ihnen nicht sagen, was mir geschehen ist, ich werde Ihnen nicht verraten, welches meine letzte Erinnerung ist, ich werde Ihnen gar nichts erzählen, denn ich habe jede Menge zu tun, ich melde mich später wieder, gegen Ende.

■

TEIL ZWEI

DER TAG DANACH

KAPITEL ACHT

Das erste Licht, es regnet Leichen

Wenn sehen dasselbe ist wie glauben, dann heißt nicht sehen vielleicht dasselbe wie nicht glauben. Wie sehr wünschte ich daher, ich hätte ein Bild, wie das Foto des Gehsteigs, das ich aus dem Krankenzimmer von Miss Glas mitgenommen habe. Oder noch besser, eine ganze Serie von Bildern, vielleicht Video plus Audio, aber ich habe sie nicht, und selbst wenn ich sie hätte, glaube ich nicht, dass sie eine große Rolle spielen würden, denn Sie würden etwas sehen, Sie würden etwas hören, und am Ende würden Sie es trotzdem als Fälschung abtun, Sie würden sagen, so was ist heutzutage machbar, man kann es aufsplitten, man kann es zusammenfügen, man kann es modifizieren und manipulieren, man kann alles Mögliche aus dem hohlen Bauch heraus erfinden, warum also nicht auch Leichen, die vom Himmel fallen?

Wie soll ich es also erklären, ohne unglaubwürdig zu werden? Nun, ich werde zweierlei tun. Einmal es so erzählen, wie es ist, zum anderen alles andere auf bestimmte, absolut nüchterne Art beschreiben, genauso wie ich es schon am Anfang bei Ithim gemacht habe, indem ich die adjektivischen Lichter ausschalte und nur klinisch kühle Begriffe verwende, schwarz und weiß.

An diesem Morgen regnete es Leichen.

Volle fünf Minuten lang.

Ich habe auf die Uhr gesehen, ich sah, ich hörte.

Ja, Leichen fielen vom Himmel.

Doch dazu kommen wir noch, zuerst muss ich damit anfangen, wie ich mit Ithim das Haus verließ. Das Kind lag gefüttert, sauber und geschützt in einer Tasche, die ich über der Schulter trug, es wurde gerade hell. Da sahen wir das Feuer. Nicht unbedingt das Feuer selbst, aber das, was die Flammen zurückgelassen hatten, die Trümmer und die Erinnerungen an die vergangene Nacht.

Im Dunkeln, als ich Ithim mit dem Taxi vom Krankenhaus nach Hause gebracht hatte, waren sie mir nicht aufgefallen, aber jetzt sah ich sie zu beiden Seiten unserer Straße, ich sah sie in der Reihe von Geschäften, die eng aneinandergedrängt standen: schwarze Vierecke, klaffende Löcher mit verzogenen, verbogenen Rändern.

Drei solcher Löcher konnte ich ohne große Mühe ausmachen: Ahmeds Fleischerei, den Schneider Rehman und das Schuhgeschäft. Der Rest – die Mehrheit – der Geschäfte war geschlossen, die Gitter heruntergelassen, die Läden unberührt. Vom Tau befleckt, nicht von den Spuren eines Feuers, und von einem blauweißen Polizeiwagen bewacht. Zwei Polizisten saßen auf den Vordersitzen, die Beine aufs Armaturenbrett gestützt, unter der beschlagenen Windschutzscheibe, da wo der kalte Dampf aufs warme Glas traf. Es gab nichts zu bewachen, vielleicht war das der Grund, warum sie so fest schliefen.

Am liebsten wäre ich geradewegs zu einem der viereckigen Löcher gegangen und hätte hineingespäht, um zu sehen, was verbrannt und was noch da war, aber ich durfte keine Zeit verlieren. Ithim und ich mussten zum Krankenhaus, nach meiner Frau sehen, eine Weile warten, bis die Oberschwester ihn untersucht hatte. Und uns dann, wie Miss Glas gesagt hatte, auf den Weg zum Bahnhof machen. Davor aber musste ich natürlich noch bei Mr Meeko im Internetcafé vorbei, um die E-Mail abzuholen, die Miss Glas mir schicken wollte. Mit »detaillierten Anweisungen« – das war der Ausdruck, den sie benutzt hatte.

Doch es war Ithims erster Tag im Freien und die einzige Möglichkeit, wie ich dieser Tatsache gerecht werden kann, ist, indem ich den Weg, den wir nahmen, genau beschreibe.

Ich habe sogar einen Plan, den ich Ihnen zeigen kann, eine ganz einfache Skizze in Schwarz und Weiß. Für Grau ist kein Platz. Unsere L-förmige Route begann auf der Treppe, die vom Haus zum Bürgersteig hinabführt, und endet an unserem Ziel, der Bushaltestelle am anderen Ende.

Für mich, den Vater, war es ein kurzer Weg auf der Oberfläche dieser Stadt, ein Weg, den ich millionenmal gegangen bin, doch für meinen Sohn war es an diesem Morgen fast eine Reise zum Mond. Ich habe ihn noch aus einem anderen Grund aufgezeichnet, obwohl es sicher egoistisch klingt. Um Ihnen klarzumachen, dass meine Erinnerung nicht einfach nur verschwommen ist, sondern auf Fakten basiert. Damit Sie

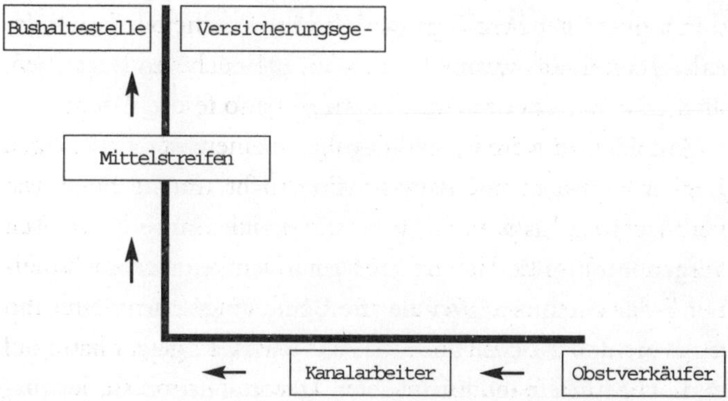

später, wenn ich Ihnen von den Leichen erzähle, die vom Himmel fielen, nicht einfach abwinken und mir eine vorübergehende Geistesverwirrung unterstellen.

Obstverkäufer

Er gehört zu den Ersten, die morgens kommen und ihre Stände auf dem Bürgersteig aufbauen. An diesem Tag hatte er zwei Holzplanken auf umgedrehte Weidenkörbe gelegt, um seine Ware auszubreiten. Ich sehe ihn jeden Tag auf dem Weg zur Arbeit, meistens verkauft er Bananen. Manchmal kommt noch etwas hinzu, etwas anderes, je nach Jahreszeit. Im Mai oder Juni bietet er Gurken an, die er schält und in Streifen schneidet. Dann klopft er mit dem flachen Messer etwas Salz ein. Nach der Regenzeit hat er Mangos; im Winter, wie an diesem Morgen, ein paar Äpfel und Orangen, manchmal auch Trauben. Aber Bananen gibt es an jedem Tag des Jahres.

Immer sitzen Fliegen auf den Bananen. Sie summen herum, drehen ihre Runden, fliegen im Dreieck, in gerader Linie, in Ellipsen.

Ich mag Fliegen. Ich mag ihr Summen, die pelzige Oberfläche, das Kitzeln, wenn sie sich auf meinen Arm setzen. Ich sitze ganz still, beobachte, wie sie vorsichtig die Oberfläche meiner Haut sondieren, ich mag ihre feinen, zärtlichen Bewegungen, wenn sie sich putzen. (Einmal hat meine Frau eine Fliege getötet, und ich habe sie stundenlang mit einem alten Vergrößerungsglas studiert. Sie lag auf dem Fenstersims, in der Hitze der Nachmittagssonne, die Beine eingeschrumpelt und dicht an den Körper gezogen, die winzige Brust erweitert, vielleicht wartete noch ein letzter Atemzug darauf, ihr zusammen mit der Seele zu entweichen, die Augen glasig und grau, als hätte sie in den letzten Augenblicken vor ihrem Tod vor Angst geweint, gezittert und gebebt. Das war schade, denn ich spiele gern mit ihnen, ich verscheuche sie, nicht wirklich energisch, aber doch so, dass sie vorübergehend eingeschüchtert sind. Am meisten aber gefällt mir, dass sie mich herausfordern.

Diese kleinen Kreaturen, die kein bisschen Angst vor mir haben, jemand, der hundertmal größer ist als sie, oder ist es fünfhundert-, tausendmal so groß? Wir müssen es durchrechnen, obwohl es am Ende auf eine reine Schätzung hinauslaufen wird. Lassen Sie mich eine simple Übung versuchen, wenn auch nur für Ithim. Wenn Ithim eines Tages hören und verstehen kann, werde ich ihm den Mut von Fliegen so erklären: Wäre ich von Kopf bis Fuß mit Fliegen bedeckt, mein ganzer Körper, meine Finger, meine Nägel, die Mulden des Ellbogens, die Kniekehlen, die Fußgelenke, sämtliche versteckten Winkel, die Achselhöhlen, zwischen den Zehen, wie viele Fliegen kämen da zusammen? Ich bin ungefähr eins achtundsiebzig groß, wenn Sie sich mich als Zylinder vorstellen, ist meine Fläche 2 multipliziert mit Π multipliziert mit meinem Radius – was angesichts eines Taillenumfangs von 78 Zentimetern etwa 25 Zentimeter sein dürften. Multipliziert mit meiner Größe, müsste die gesamte Oberfläche also 29 321,23 Quadratzentimeter betragen, und wenn Sie das durch die Fläche teilen, die eine Fliege auf meinem Körper einnimmt, etwa 1,935 Quadratzentimeter, angenommen, eine durchschnittliche Fliege ist 0,635 Zentimeter lang und halb so breit, kommen wir auf 150 000 Fliegen. So, da haben Sie's, es ist erstaunlich, dass die Fliege keine Angst vor mir hat. Vor mir, der ungefähr hundertfünfzigtausendmal größer ist. Zeigen Sie mir einen Menschen mit solchem Mut.)

Deshalb bin ich an diesem Morgen bei dem Obstverkäufer stehen geblieben, deshalb habe ich Ithim in seiner Tasche so gerückt – herausnehmen konnte ich ihn nicht –, dass seine Augen die Fliegen sehen, dass er durch das Gewebe der Tasche schauen konnte.

Als Vater möchte man bestimmte Dinge an seinen Sohn weitergeben.

Kanalarbeiter

Keine zehn Schritte vom Obstverkäufer entfernt sah ich den Kanaldeckel des Abwasserrohrs. Eine dicke runde Eisenplatte in der Farbe von Beton und Zement, aschfarben, schwarz und grau, auf der Oberseite eine eingeschweißte Zahl (die Nummer, mit der die Gemeinde jeden einzelnen Kanaldeckel in der Stadt versieht, um ihn identifizieren zu können). An diesem Morgen war der Deckel abgenommen und lag halb in einer Pfütze dunklen Wassers im Rinnstein und halb auf dem Bürgersteig. Wir gingen ganz nah an den Gully heran, Ithim und ich, und da war er, der Kanalarbeiter.

Nur sein glänzender Kopf, schwarzes Haar, keine einzige graue Strähne, nein niemals – denn sie stellen ausschließlich junge Männer für diesen Job ein –, nur sein Kopf lugte aus dem Schacht. Wie ein Schwimmer, der aus einem Pool auftaucht, um Luft zu holen und den Applaus entgegenzunehmen. Ich sah seinen nackten Torso, die nackten Beine, die nackten Füße, das kleine rote Handtuch um die Hüften, um seine Blöße zu bedecken. Er kletterte heraus, und das schwarze Zeug klebte an seinem Körper, als wäre er aus dem Innern eines Minenschachts an die Oberfläche gekommen, und der

Kohlenstaub an den Wänden hätte sich auf seiner Haut festgesetzt.

In einer Hand hielt er einen Eimer aus Aluminium, klein, so einer, wie ich ihn im Badezimmer stehen habe, um Wasser aufzufangen. Dieser Eimer war voll mit nassem Matsch, er quoll über, es hatte sich sogar ein kleiner dunkler Hügel obendrauf gebildet, das Abwasser selbst lief braun und schlammig an den Seiten des Eimers herunter.

Ich sah, wie der Kanalarbeiter, noch halb in der Öffnung stehend, den Eimer auf die Straße stellte und sich dann mit beiden Händen herausstemmte. Anschließend griff er nach dem Eimer und trat zum Rinnstein, um ihn auszuschütten. Er musste schon in aller Herrgottsfrühe angefangen haben, denn am Rand, da, wo er den Eimer auskippte, hatte er bereits einen kleinen Hügel von schwarzem Unrat aufgehäuft.

Als ich dem Kanalarbeiter zusah, erschien mir der Traum der vergangenen Nacht mit dem Kricketball und Ithim, der im Strom des Abwasserkanals trieb, plötzlich sanfter und weniger bedrohlich. Der offene Deckel des Gullys, das erste Licht des Tages, die Ruhe, die Anmut, mit der der Kanalarbeiter seine Arbeit erledigte, riefen mir in Erinnerung, wie ich durch diesen Traumtunnel geschwommen war, wie der Strom ins Meer mündete, in den Indischen Ozean, wo er sich mit dem Wasser vom anderen Ende der Welt vereinigte, Wellen aus dem Golf von Bengalen und dem Arabischen Meer, die Tausende von Meilen zum Atlantik auf der einen und Tausende von Meilen zur australischen Küste auf der anderen Seite zurücklegten. (Eines Tages werde ich mit Ithim dorthin reisen, vielleicht an Bord eines Schiffes, dann nehmen wir eine Kabine mit Bullaugen, durch die wir das Wasser sehen können. Bei Nacht gehe ich mit ihm an Deck, nehme ihm das Tuch von den Augen und halte ihn mit dem Gesicht nach oben, damit er die Sterne und den Mond sehen kann. Und dann hebe ich ganz vorsichtig seinen Oberkörper ein bisschen an, damit er sieht, wie das Wasser ihren Glanz reflektiert.

Als Vater erträumt man sich vieles für seinen Sohn.)

Mittelstreifen

Als wir den Obstverkäufer und seine Bananen, die Fliegen, den Kanalarbeiter und den wachsenden Haufen Unrat hinter uns gelassen hatten, überquerten Ithim und ich die Straße. Am Mittelstreifen blieben wir stehen. Es handelt sich im Wesentlichen um eine betonierte Grünfläche, ein schmales rechteckiges Band, das die Straße halbiert, etwa ein Meter zwanzig breit und etwas von der Straße erhöht. Er verläuft in beide Richtungen, so weit das Auge reicht.

Man hatte ihn erst vor kurzem angelegt, als Teil des städtischen Plans, diese Straße zu erweitern. In der ersten Juniwoche hatte man dort Gras gesät, um den Tag der Erde zu begehen. (Meine Frau, damals noch ganz am Anfang ihrer Schwangerschaft, und ich standen auf dem Balkon und beobachteten die Feierlichkeiten des Tages. Jungen und Mädchen, Männer und Frauen strömten seit den frühen Morgenstunden hierher, in Shorts, langen Hosen und weißen T-Shirts mit der Aufschrift »Rettet die Erde«. Der Minister für Forstwirtschaft und Umwelt war Ehrengast. Ein Bürokrat mit Anzug und Krawatte grub mit einer Schaufel das Loch vor und setzte einen jungen Baum ein, dann kippte der Minister Wasser darüber.

Meine Frau sagte, sie würde diesen Baum als Markierung für das Wachstum unseres Kindes benutzen. In den sechs Monaten seit diesem Morgen war der Bauch meiner Frau gewachsen, der Baum hingegen war abgestorben, und das Gras gedieh nur an einigen Stellen.)

Der Mittelstreifen hat auf jeder Seite ein Geländer, um Fußgänger daran zu hindern, unachtsam auf die Straße zu laufen, doch es ist an mehreren Stellen demoliert worden, manchmal durch Unaufmerksamkeit, manchmal mit Absicht, so dass es heute seinen ursprünglichen Zweck nicht mehr erfüllt. Wenn man die Straße überquert, kann man sich durch eine der Lücken zwängen und auf den grasbewachsenen Fleck treten. Dieser wird von vielen Leuten als eine Art Boxenstopp angesehen, als vorübergehender Rastplatz.

So auch von uns, Ithim und mir, an diesem Morgen. Wir überquerten eine Hälfte der Straße und blieben dann eine Weile auf dem Mittelstreifen stehen. Wir betrachteten die Reklame vor uns, riesige Plakate an den Straßenlaternen, die aus dem Mittelstreifen sprießen wie hohe Bäume, die man in regelmäßigen Abständen gepflanzt hat. An diesem Morgen waren sämtliche Reklameflächen auf dem Mittelstreifen von einer Handyfirma belegt, die für einen speziellen landesweiten Roamingtarif warb.

Die Plakate zeigten einen Hund, der einem kleinen Jungen überallhin folgte, der Hund, ein Mops, sollte offenbar eine Art Platzhalter für die Handysignale sein, der Junge war vielleicht sieben oder acht Jahre alt. (Ich hatte die Anzeige auch schon im Fernsehen gesehen.)

Junge und Hund rennen über ein leeres Feld, niedrige Hügel im Hintergrund, der Junge immer vorneweg, der Hund hinter ihm.

Junge und Hund rennen an Eisenbahngleisen entlang, Bäume zu beiden Seiten.

Der Junge sitzt an seinem Schreibtisch, vielleicht um Hausaufgaben zu machen, der Hund liegt zu seinen Füßen, mit heruntergeklappten Ohren, ein Auge ist geschlossen.

Der Junge sitzt in einer Marmorbadewanne, sein kleiner Kopf liegt auf dem Rand, der Hund sitzt auf dem Boden, sein Kopf ruht zwischen den Vorderpfoten.

Und so weiter. Junge und Hund, immer zusammen. Wie Ithim und ich.

Vater und Sohn, nichts kann sie trennen.

Versicherungsgebäude

Nachdem wir den Mittelstreifen verlassen und die andere Hälfte der Straße überquert hatten, befanden wir uns am Ende des Längsstrichs vom L und kurz vor der Bushaltestelle. Vor uns stand das Versicherungsgebäude, ein neues Geschäftshaus, das der ganzen Stadt Lebensversicherungen und Pläne für die Altersversorgung verkauft. Mit seinen Wänden aus rotem Sandstein und den Fenstern aus dickem Buntglas fällt es in unserer Nachbarschaft völlig aus dem Rahmen. Auf einer Seite besteht die Wand des Gebäudes sogar ganz aus Glas. Schwarz, glänzend, undurchsichtig. Ich schaue mir die Glasfassade gerne an, nicht nur wegen der Art, wie sie tagsüber das Glitzern der Sonne und nachts den Glanz der gelben Neonreklame einfängt, nicht nur wegen der riesigen Werbefläche, die eine glückliche, rundum abgesicherte Familie zeigt – Vater, Mutter, Sohn und Tochter, die beim Fernsehen auf dem Holzfußboden sitzen, mittendrin ein Golden Retriever –, sondern auch, weil das Glas mein Spiegelbild verzerrt, so dass ich plötzlich drei bis vier Meter groß bin und mein Gesicht mehr als sechzig Zentimeter lang ist. Das Glas zieht die Stirn in die Länge und streckt das Kinn unter den Lippen dermaßen, dass ich mich selbst nicht wiedererkenne; meine Beine sind fast so lang wie die Straßenlaternen auf dem Mittelstreifen.

An diesem Morgen mit Ithim war ich in Versuchung, ihn aus der Tasche zu nehmen, aus dem Handtuch zu wickeln und herauszufinden, wie er in dem Glas aussehen würde. Ich hätte gern gewusst, was sich an seiner Missbildung veränderte, wenn man sie entzerrte und vergrößerte; würde das Glas ihn durch irgendeine optische Täuschung normal aussehen lassen? Aber natürlich tat ich nichts dergleichen, sondern ging weiter Richtung Internetcafé, wo ich nach einer E-Mail von Miss Glas schauen wollte.

Und dann regnete es plötzlich Leichen.

Es begann mit dem Geräusch von etwas Herabfallendem, etwas Großem und Schwerem, einem dumpfen wuchtigen Aufprall. Im Schlurfen der Füße, im Lärm der Autohupen und Bremsen, manchmal unvermutet einsetzend, manchmal langsam näher kommend, dem Klirren des Eimers, den der Kanalarbeiter trug und dem Quietschen einer Holztür, die sich irgendwo auftat und irgendwo anders zufiel, des Obstverkäufers, der mit den Fliegen schimpfte, des Radios, das scheppernd einen alten Song plärrte, wäre dieses besondere Geräusch beinahe untergegangen. Doch an jenem Morgen, so schien es, hing die Stille nur für diesen einen Augenblick, in dem es geschah, zum Zerreißen gespannt über dem ganzen Viertel. Und der Klang hatte sie sauber durchbohrt und ein Loch hineingerissen.

So laut war er.

Er kam von der anderen Straßenseite, dessen war ich mir sicher, aus der Nähe der ausgebrannten Fleischerei, doch als ich hinschaute, sah ich nichts. Vielleicht, so glaubte ich erst, war das Geräusch aus dem Laden selbst gekommen, vielleicht ein überhängender Balken, der bis aufs Fundament verkohlt und plötzlich eingestürzt war, nachdem sich die Verbindungen seit Stunden um Bruchteile von Zentimetern gelöst hatten, bis er schließlich unter dem Gewicht nachgegeben hatte.

Doch dann hörte ich es zum zweiten Mal.

Im Abstand von wenigen Minuten. Und diesmal war es näher, es schien dicht hinter mir. So dicht, dass ich zur Seite sprang. Als ich mich umdrehte, war es eigentlich gar nicht so nahe – ein gutes Stück hinter der Bushaltestelle –, doch diesmal konnte ich den Ursprung erkennen. Auf derselben Straßenseite, auf der ich jetzt stand, lag es halb auf dem Bürgersteig, halb im Rinnstein.

Es war eine Leiche.

Vielleicht hatte sie auf dem Dach des Geschäfts gelegen, vor dem wir standen, und war heruntergefallen, von der Schwerkraft über die Neigung des Asbestdachs nach unten gezogen worden. Es war die Leiche eines Mannes, weder klein noch groß, ein Kopf mit dünnem grauem Haar, bekleidet mit einem weißen Hemd, das jetzt an mehreren Stellen graue und braune Flecken hatte, und einer grauen Hose, die heruntergerutscht war und ein Stück Bauch zeigte. Dazu trug er einen roten Pullover mit kurzen Ärmeln und zerschlissenem V-Ausschnitt. Beide Füße waren nackt, und ein Bein war über das andere geschlagen, als hätte er so in einem Sessel gesessen, als er starb. Die Totenstarre hatte die Beine in dieser Stellung festgehalten, als er fiel. Der Kopf war völlig verrenkt, sein Gesicht konnte ich nicht besonders deutlich erkennen, nur den Hinterkopf, die Stichwunde in der Brust, die sein Hemd mit Blut getränkt hatte, das jetzt so hart verkrustet war, dass es schon gar nicht mehr aussah wie Blut, sondern mehr wie dicke braune Farbe. Am linken Handgelenk sah ich einen hellen Streifen auf der braunen Haut. Vielleicht war das die Stelle, wo seine Uhr hätte sein müssen.

Und dann fiel mir auf, dass niemand es bemerkt hatte außer mir, dass die Leute an dem Toten vorbeigingen, als wäre er eine weggeworfene Tasche oder ein Kleiderhaufen. Ich hätte bestimmt hingehen und ihn umdrehen oder auch bloß um ihn herumgehen können, um ihn anzusehen, Ithim in seiner Tasche fest an mich gepresst. Doch bevor ich irgendetwas dergleichen denken konnte, fiel die dritte Leiche vom Himmel.

Diesmal landete sie auf der anderen Straßenseite, mir gegenüber, ein paar Meter vom Gully entfernt. Sie war anders, schwarz, so schwarz, dass sie gar nicht mehr menschlich wirkte. Und klein, höchstens so groß wie meine beiden gewölbten Handflächen. Als meine Augen sie ausgemacht hatten und der Aufprall wieder in Stille übergegangen war, konnte ich deutlich die Gliedmaßen erkennen, alle vier, winzig, wie vier kleine Finger, die nach oben gestreckt waren. Ich ging zurück bis zum Mittelstreifen, um besser sehen zu können, und erst da erkannte ich, dass es wirklich eine Leiche war, aber es schien die Leiche eines Babys zu sein – Mädchen oder Junge, hätte ich nicht sagen können –, und sie war verkohlt. Das Feuer musste so intensiv gewesen sein, dass der ganze Körper sich verdreht und verbogen hatte, bis seine Gliedmaßen zum Himmel zeigten. Als wäre es kein Kind, sondern die Nachbildung eines Kälbchens aus Stöcken, Leder und Stroh, wie Viehzüchter sie manchmal basteln, um eine Kuh dazu zu bringen, Milch zu geben, eine schwarze Kuh, die ihr Baby verloren hat.

Innerhalb der nächsten Minute regnete es neue Leichen, alle innerhalb meines Gesichtsfelds, und bildeten einen fast perfekten Kreis um mich herum. Als schwebte jemand direkt über mir, jemand, der so groß war wie der Himmel und sich über das gesamte Viertel legte, sämtliche Ritzen in und zwischen den Gebäuden verschloss und alle Lücken ausfüllte. Und als ließe dieser Jemand die Leichen fallen. (Damit ich sie sah, damit Ithim sie sah. Ich griff in die Tasche und zog einen Zipfel des Handtuchs über Ithims Augen, spürte, wie die Wimpern meinen Handrücken streiften, als sich die Augen schlossen. Er konnte nichts sehen, er würde nichts sehen, da war ich sicher.)

Ich hörte die Leichen fallen, die Knochen splittern, ich hörte das Knirschen, selbst den Aufprall des toten Fleischs auf dem Zement, dem Beton, ich hörte den leichten Wind, der aufgekommen war und die morgendliche Kälte verstärkte, das Rascheln der Kleider, die die Leichen trugen, wenn der Wind hineinfuhr. Und als ich mich umdrehte und auf die Bushaltestelle zuging, lag die Leiche des alten Mannes noch da, das verkohlte Kind weiter vorn, aber mittlerweile gab es auch noch eine Frau mit blauem Sari, der bis zu den Knien hochgerutscht war, mit gespreizten Beinen und gelöstem Haar, schwarz und spröde, das ihr bis zur Taille reichte. Sie lag auf dem Mittelstreifen, mit absurd verrenktem Kopf und gebeugtem Oberkörper, als lehnte sie an einem der Drahtgitter, die um die jungen Bäume gezogen waren. Man hatte ihr den linken Ohrring abgerissen, das Ohrläppchen war blutverkrustet, die Haut zerschnitten, als wäre sie aus Papier oder Gummi, das sich leicht aufreißen und zerfetzen lässt. Unter den rot lackierten Zehennägeln Schmutzränder; ich zählte nach, auf vier Nägeln war der Lack abgesplittert und hatte nur einen Hauch von Farbe zurückgelassen.

Die beiden letzten Leichen lagen weit entfernt, fast da, wo die Straße zu enden schien und jeden Moment der Bus auftauchen würde, so dass ich nicht erkennen konnte, wer sie waren, ich sah nur die dunklen, massigen Umrisse, zwei Bündel, eins auf jeder Seite, das erste zusammengerollt, dicker und kleiner, das zweite so weit entfernt, dass ich nur einen ausgestreckten Arm erkennen konnte.

Doch drei der fünf Leichen sah ich ganz deutlich.

Fünf Minuten vergingen, dann zehn, fünfzehn, sechzehn und siebzehn, und es regnete keine weiteren Leichen mehr. Es hatte genieselt, inzwischen aber wieder aufgehört. Ich rief dem Obstverkäufer zu: »Hast du das gesehen?« und deutete auf das verbrannte Kind, der Obstverkäufer warf mir einen Blick zu, lächelte und fuhr dann fort, seine Fliegen zu verscheuchen.

Hatte er es nicht gesehen? Konnte er es nicht sehen? War ich der Einzige, der die Leichen sah?

Am liebsten wäre ich zurück in den Schutz meiner Wohnung geflüchtet, hätte Türen und Fenster verrammelt und durch die Ritzen der Jalousie beobachtet, wie sich die Szene da draußen verschob, wie sich die ersten Hinweise zeigten, dass die Menge sie bemerkte, immer mehr Männer und Frauen stehen blieben, am liebsten hätte ich auf den Schutz von Zahlen gewartet.

Ich hatte Angst um mich und um Ithim, denn was hatte das zu bedeuten, was passierte hier genau vor meiner Nase? Wessen Leichen waren das, woher kamen sie, und warum sah es aus, als wären sie vom Himmel gefallen? Warum trugen alle Spuren von Mord und Totschlag? Wer waren diese Opfer, wer waren die Schuldigen, gab es da, wo sie herkamen, noch mehr?

Hatten sie mit dem Feuer zu tun, das ich zwar nicht mit eigenen Augen gesehen, von dem ich jedoch gehört hatte? Und wieso bemerkte kein Mensch auf der Straße, dass die Leichen da lagen und den Verkehr behinderten?

Gerade die Tatsache, dass niemand außer mir die Leichen bemerkte, vertrieb schließlich meine Angst. Ich war übermüdet, vielleicht bildete ich mir manche Dinge schon ein, dachte ich.

Dann ertappte ich mich dabei, die Straße zu überqueren, vorbei an dem verbrannten Kind, vorbei an der gebückten Frau, Richtung Internetcafé. Eine Welle von Erleichterung schwappte über mich hinweg, als ich sah, dass das Gitter hochgeschoben war; die Glastür war geschlossen, doch dahinter sah ich Licht brennen. Ja, ich konnte meine E-Mail von Miss Glas abholen.

Aber da war natürlich auch Ithim.

Er hatte die ganze Zeit völlig still in der Tasche gelegen und sich nicht einmal gerührt (jedenfalls hatte ich es nicht bemerkt). Ich griff mit der rechten Hand in die Tasche und strich ihm sacht über den Kopf, berührte mit einem Finger seine Augen, ich spürte, wie er zwinkerte. Er war wach. Hatte er durch das Gewebe der Tasche, im gesprenkelten Licht des Morgens, das hineinfiel, dasselbe gesehen wie ich? Bestimmt nicht, wie hätte das gehen sollen? Und selbst wenn, er wäre mit Sicherheit nicht imstande, sich einen Reim darauf zu machen, was er gesehen hatte. Ich hoffte, dass die Schwestern im Holy Angel sich um ihn kümmern würden, ihn waschen, füttern, untersuchen, ihm seine Medikamente einträufeln und ihn vorbereiten würden, so dass er fit für die Reise wäre.

Selbstverständlich würde ich ihnen nicht verraten, dass ich mit Ithim einen Zug besteigen würde. Das können Sie nicht machen, würden sie sagen, da war ich mir sicher, wo hat man gehört, dass man ein Neugeborenes – noch dazu eins, das jede Hilfe braucht, die es bekommen kann, eins, das auf eine Welt kam, in der alles gegen es ist – von seiner Mutter trennt, wenn es noch keinen Tag alt ist, in eine Tasche packt, egal, wie sanft und zärtlich, wo hat man je gehört, dass man mit einem solchen Baby eine Zugreise antritt?

»Das wird er nicht überleben«, würde das Holy Angel erklären, »Sie dürfen ihn nicht mitnehmen, es ist so, als würden Sie ihn in den Tod schicken. Das ist ein Verbrechen. Haben Sie den Verstand verloren? Was glauben Sie, was Sie da tun, Mr Jay? Hier, bitte unterschreiben Sie diese Einwilligungserklärung, die Entlassungspapiere, dieses Formular und das auch noch. Er ist keinesfalls in der Verfassung, eine Zugreise zu überstehen. Womit wollen Sie ihn füttern? Was ist mit der Ansteckungsgefahr? Dem Ruckeln, dem Holpern, der kalten Luft?«

Worauf ich geantwortet hätte: »Er ist mein Sohn. Geben Sie mir sämtliche Papiere, die ich unterschreiben muss, denn heute Nachmittag nehme ich ihn mit. Ich werde dafür sorgen, dass er wieder in Ordnung kommt.« Na ja, falls es so weit käme.

Ich zog die Tür zum Internetcafé auf und trat ein. Es war leer, doch alle Rechner waren eingeschaltet, die Bildschirme leuchteten blau und grün. Ich sah den Hinterkopf von Mr Meeko, der vor seinem eigenen Bildschirm saß und irgendetwas eingab.

■ ■ ■

■

Ich bin der Obstverkäufer, ich war siebenundzwanzig, in Gaya, Bihar zur Welt gekommen, ich hatte eine Frau und vier Kinder, ich lebte im Slum unter der Brücke, mein Vater war ebenfalls Obstverkäufer, aber angefangen hatte ich in einem Lagerhaus, wo ich fast zwei Jahre lang Bidis drehte, ich arbeitete von neun Uhr morgens bis acht Uhr abends mit einer Mittagspause um eins, aber dann war ich es leid, den ganzen Tag im Schneidersitz auf dem Fußboden zu hocken und nur mit den Händen zu arbeiten, denn ich gehe gern zu Fuß, bin gern im Freien, also gab ich den Job auf und zog sechs Monate mit einer Schubkarre herum, ich transportierte Lieferungen für ein Möbelgeschäft, aber als ich heiratete und die Kinder kamen, sagte mein Vater, ich bräuchte was Festeres, und eines Morgens fragte er, ob ich an diesem Tag den Obstkorb übernehmen könnte, er wäre sehr müde, es gefiel mir, von einem Viertel zum anderen zu ziehen und auf dem Bürgersteig meine Ware auszubreiten, zwar war das Einkommen nicht gleichmäßig, aber mit der Zeit lernte ich eine Menge Straßen und Gassen kennen, bis mir aufging, dass ich mir die meisten Gegenden schon nach einem einzigen Besuch einprägen konnte, dass ich mich an kleine und große Erkennungszeichen erinnerte, einen Abfallhaufen zum Beispiel, einen kaputten Laternenpfahl, wenn ich noch lebte, wäre ich eines Tages Auto-Rikschafahrer geworden, ich kenne einen bei mir um die Ecke, und er verdient nicht schlecht, doch dann kam der Mob, ich weiß noch, dass wir alle zu Hause waren und im

Kreis auf dem Fußboden saßen, wir hatten Türen und Fenster verschlossen und hörten sie draußen, es war Nachmittag, ich war an diesem Tag nicht zur Arbeit gegangen, weil der Lehrer, der bei uns im Slum wohnte, der Einzige, der die Zeitung las, überall herumgegangen war und die Leute gewarnt hatte, denn nach dem Anschlag auf den Zug hatten sie Angst, dass wir angegriffen würden, deshalb wollte ich zu Hause bleiben, falls etwas passierte, aber ich konnte nicht viel machen, als das Gesindel unser Haus in Flammen setzte, ich riss das Fenster auf, um Luft reinzulassen, stattdessen gab es noch mehr Rauch und noch mehr Feuer, ich hätte nicht gedacht, dass die Flammen so stark sein könnten, dass wir alle sieben darin verbrannten, aber so war es, ich war der Letzte, doch ich werde Ihnen nicht beschreiben, wie meine Frau und meine Kinder umkamen, das kann ich nicht beschreiben, ich kann nur sagen, dass ich der Letzte war, der ging, ich habe einen Bruder, der noch in Gaya ist, einmal im Monat rief ich ihn aus der Telefonzelle neben dem Polizeirevier an, aber ich bin sicher, dass er erfahren wird, was hier passiert ist, er wird nicht auf den Anruf warten, er wird den nächsten Zug nehmen und herkommen, um nach uns zu suchen; vielleicht gibt es Leute im Slum, die mit dem Leben davongekommen sind, sie werden beobachten, wie er nach uns sucht, wie er unser Haus ansieht, dann werden sie ihm erzählen, was uns allen passiert ist, er wird wieder nach Hause fahren und nie wieder einen Fuß in diese Stadt setzen.

■

KAPITEL NEUN

Mr Saxel Meeko, mein einziger Freund

Nur für den Fall, dass Sie glauben, die Gefühle gingen mit mir durch, muss ich alles gestehen, muss ich Ihnen sagen, dass Sie in meiner Stimme einen Anflug von Bewunderung, vielleicht sogar Schwärmerei entdecken werden, wenn ich über einen Mann namens Saxel Meeko spreche. Gestatten Sie mir diese kurzfristige Schwäche, denn Mr Meeko ist ein Freund – Sie werden bald erfahren, warum, und wenn ich mir diese kühne Unterstellung erlauben darf, ich glaube, Sie werden ihn auch mögen –, daher war es völlig in Ordnung, dass ich Ithim mitnahm, damit er den Mann sehen kann, den einzigen Mann, den sein Vater in dieser Stadt bewundert.

Dass das Internetcafé so leer war, als ich eintrat, erstaunte mich nicht, denn seinen Hauptumsatz macht er nachts, in der Stunde vor Mitternacht. Dann, so weiß Mr Meeko, haben die Frauen des Viertels, Ehefrauen, Töchter, Mütter und Tanten, den Tisch vom Abendessen abgeräumt und bereiten sich darauf vor, zu Bett zu gehen, manche kämmen sich das Haar, und alle leben in der Gewissheit, dass ihre Männer, die den ganzen Tag gearbeitet haben, sich noch einmal die Beine vertreten, den Stress abschütteln, andere Männer treffen, den Tag und sein Ende mit ihnen beschwatzen müssen.

Dann, so weiß Mr Meeko, kommen sie zu ihm.

Die Männer betreten das Internetcafé, legen das Geld auf

den Tisch, fünfzig Rupien pro Stunde für Breitband, inklusive Kleenex und ein Glas Cola oder Pepsi. Kein ruckelnder Verbindungsaufbau. Stattdessen Willkommen zu Ungestörtem Zugang, Streaming Audio Video. Pornos. Fast immer mit Weißen. Hin und wieder zwischen unterschiedlichen Rassen, schwarz auf weiß, asiatisch, weiß auf gelb, indisch, braun auf braun, mal so, mal anders, aber das Rohmaterial bleibt bitte immer gleich. Das ist das Einzige, was zählt, alles andere sind Nebensächlichkeiten. Solange einem niemand über die Schulter guckt.

Mr Meeko als echter Profi hat sein Bestes getan, um das zu gewährleisten.

Und so weiß er, dass sie trotz der gesunkenen Internetpreise und selbst heutzutage, wo einem Computer nachgeschmissen werden, weiter zu ihm kommen werden, denn diese Bilder und Geräusche sieht und hört man am besten allein oder in Gesellschaft von Fremden. Trisha, Jemma, Angie, Sylvia, die sich, Ozeane und Kontinente entfernt, nur für diese Männer in dieser Stunde, in dieser Stadt ausziehen und bewegen.

Deshalb hat Mr Meeko in seinen vierzehn Kabinen sorgfältig auf Privatsphäre geachtet und doppelverglaste Trennwände zwischen ihnen eingezogen, um Geräusche zu dämpfen. Sie mit Kopfhörern ausgestattet. Auch die Kunden sind diskret. Sie achten auf Manieren. Sind sich der Gegenwart der anderen bewusst, wenn sie auf ihren Orgasmus hinarbeiten, die Kleenex-Schachtel in Reichweite. Hin und wieder steht Mr Meeko auf und geht unauffällig herum, leise, barfuß, so dass die Kunden nicht einmal bemerken, dass er da ist. (Das macht er, seit er eines Nachts beobachtete, wie ein Kunde vor einem nackten Kind auf dem Bildschirm masturbierte, das kaum älter als drei oder vier sein konnte. Dieser Anblick hatte ihn mehr erschreckt als geekelt, ihn mit einer Angst erfüllt, die er nicht lokalisieren konnte, und er hatte sich wieder und wieder versichern müssen, dass dies kein Grund war, sein Geschäft zu schließen, und solange er Grundregeln aufgestellt hatte – in Wirklichkeit nur eine Grundregel, keine Kinder, bitte –, wäre alles in Ordnung. Doch statt diese Regel auszuhängen oder seinen Kunden ans Herz zu legen – Mr Meeko spricht nicht mit seinen Kunden, nicht mal, um höfliche Konversation zu machen –, steht er mindestens einmal pro Abend auf, unter dem Vorwand, zur Toilette zu gehen oder sich ein Glas Wasser zu holen, und spaziert an den Kabinen entlang. Wie ein Lehrer, der eine Klassenarbeit beaufsichtigt und zwischen den Stuhl- und Tischreihen auf und ab geht, um sich zu vergewissern, dass niemand abschreibt.)

Sicher, es gibt Gesetze, etwa das Indische Informationstechnologiegesetz 2000, die seine nächtlichen Geschäfte (mit oder ohne Kinder auf dem Bildschirm) verbieten, eigentlich müsste sein Internetcafé geschlossen werden. Aber Mr Meeko ist ein praktischer Mensch, und Der Praktische Mr Meeko hat einen Ausweg gefunden: eine monatliche Zahlung von fünftausendundeiner Rupie an den Wachtmeister des örtlichen Polizeireviers, einen Mann namens Rakesh Sharma (derselbe Name wie der unseres ersten Astronauten, der mit den Russen im Weltraum war). Außerdem darf Sharma drei Stunden pro Woche frei surfen. Und nicht etwa am Bildschirm einer der Kabinen, sondern an Mr Meekos eigenem 17-Zoll großen Samsung-Monitor, mit optischer iBall-Maus, die im Dunkeln rot leuchtet, und einer ergonomischen geteilten Tastatur vom Schwarzmarkt, um die Handgelenke zu schonen. Dazu speziell gepolsterte Kopfhörer, damit Mr Sharma dem Ton lauschen kann, während er sich zu dem Video einen runterholt, ohne die Ohren zu schädigen, und dann gehen kann, nachdem er sich mit einem Papiertaschentuch abgewischt und es achtlos zu Boden hat fallen lassen.

Es ist nicht leicht. Mr Meeko muss die Zähne zusammenbeißen, wenn er die zerknüllten Papiertücher sieht, befleckt vom Samen der Männer. Beim Saubermachen streift er Gummihandschuhe über und wirft sie in eine Plastiktüte, die er am Ende der Nacht nach draußen bringt und in der Nähe des Rinnsteins verbrennt.

Es hilft ihm, sich rein zu fühlen, geläutert.

Woher ich das alles weiß? Nun, glauben Sie mir, ich weiß es. Ich muss einräumen, dass ich mich nicht für den Wahrheitsgehalt jeder Einzelheit verbürgen kann, aber meine Informationen basieren auf mehreren Unterhaltungen mit Mr Meeko. Wir haben über die Arbeit gesprochen, seine und meine, über das Internetcafé, die Nachbarschaft, die Stadt, die Welt – noch mehr, als meine Frau schwanger war und wir anfingen, seine Dienste regelmäßig in Anspruch zu nehmen, mindestens zwei- oder dreimal pro Woche. (Bei einem dieser Treffen zeigte er mir zum ersten Mal die Webcam, die vor dem Internetcafé installiert ist und permanent die Straße überwacht, unverändert, bis auf einen Klick pro Stunde, wenn sie die Szene in ihrem viereckigen Rahmen festhält und das Bild auf Mr Meekos Bildschirm überträgt. Der saß da und sah sich das an, Tag und Nacht, beobachtete, wie sich der Winkel des Schattens auf der Straße verändert oder das Wasser im Rinnstein kräuselt, wenn ein Lastwagen vorbeidonnert. Jemand lässt einen Zigarettenstummel fallen, ein Windstoß wirbelt einen Papierfetzen auf, Füße laufen vorbei, all das landet auf seinem

Bildschirm, gefärbt von einem Gefühl des Majestätischen und Großartigen.

Das war Mr Meekos einmaliges *virtuelles* Fenster zur Welt, aber er hatte noch ein ebenso einmaliges *reales* Fenster im Souterrain, wo er wohnte, gleich unter dem Internetcafé. Dieses Fenster ist so ungewöhnlich positioniert, dass es als Guckloch auf die Straße dient, ein Aussichtspunkt, von wo Mr Meeko alles sehen kann, ohne selbst gesehen zu werden. Er sitzt im Sessel und beobachtet Füße, die an ihm vorbeilaufen. Hin und wieder sieht er ein Gesicht, auch das nur flüchtig, wenn sich jemand bückt. Um seine Schuhe neu zuzubinden oder etwas aufzuheben, das ihm heruntergefallen ist.

Draußen auf der Straße würde kein Mensch auf die Idee kommen, dass er beobachtet wird, nicht einmal, wenn er sich bückt, so unauffällig ist das Fenster, das von einem hervorspringenden Sims aus Backstein geschützt wird.)

So ist Mr Saxel Meeko. Wie schon gesagt, verzeihen Sie meine Aufregung, meine Ehrfurcht, aber ich sehe in ihm eine Mischung des Praktischen und des Idealen, die bei den meisten von uns im Widerstreit liegen, sich bei ihm jedoch mühelos und elegant verbinden. Wir haben es mit einem Mann zu tun, der sich von dieser Stadt abgekapselt hat, sie zugleich aber in jedem wachen Moment beobachtet. Und zwar nicht wie wir, indem wir uns mit den Augen fortbewegen, sondern indem er sich ein zweites Augenpaar zulegt und den Blick auf etwas richtet, dem niemand Beachtung schenkt, auf ein winziges Stück Gehweg. Und indem er diesen Ausschnitt nicht für andere zugänglich macht – wie so viele Leute es heutzutage im Netz tun –, verschafft er dem Ganzen eine permanente Exklusivität, die es zu etwas Besonderem und Einmaligem macht. Ganz abgesehen von der Tatsache, dass er im Souterrain lebt.

Auch hier ungesehen, ungehört, unterhalb der Oberfläche, die Tiefe auslotend, was ihm wie seine Webcam einen Blickpunkt verschafft, den niemand sonst in der Stadt hat. Sowohl das Souterrain als auch die Webcam verbinden ihn unzertrennlich mit der Stadt, den Gehweg oben ebenso wie alles darunter, und doch schenken beide ihm ein Gefühl unendlicher Distanz, das Gefühl, sein Leben in einem Raum und einer Zeit zu verbringen, die nur ihm gehören. Vielleicht speisen sich daraus seine Stärke und der Schneid, Nacht für Nacht die zerknüllten, mit Samen getränkten Papiertücher aufzusammeln und auf dem Gehweg zu verbrennen. Außerdem weiß er um seine Macht, er hält alle Fäden in der Hand, er ist derjenige, der jede Nacht Männer in sein Internetcafé lockt, erbärmliche, jämmerliche Gestalten mit ihrem Penis in der Hand, mit ihren Zuckungen, ihrem Stöhnen.

All das ahnte ich irgendwie, als er sich in seiner förmlichen, seltsamen Ausdrucksweise vorstellte: »Gestatten, Mr Saxel Meeko.«

»Ja, das habe ich gesehen«, sagte ich und deutete auf den Ausdruck mit seinem Namen in verschiedenen Schriftarten an der Wand.

»Woher stammen Sie?«, fragte ich angesichts eines solchen Namens in einer solchen Stadt, denn seine Gesichtszüge verrieten nichts, so unauffällig und nichts sagend waren sie, weder Haar noch Augen, weder Hautfarbe noch Gewicht, nichts unterschied ihn von irgendwem sonst in dieser Stadt – oder diesem Land.

»Ich stamme aus einer Familie. Genau wie Sie, genau wie alle«, sagte er lächelnd, zog mich näher an sich heran und verblüffte mich mit diesem plötzlichen, beunruhigenden körperlichen Kontakt. »In dieser Stadt ist Saxel Meeko der beste Name, Mr Jay. Der sicherste Name, sie werden nie dahinterkommen, wer ich bin.«

Jetzt wissen Sie, warum ich an diesem Morgen, als ich die Tür zu seinem Internetcafé öffnete und eintrat, so erleichtert war. Falls es irgendeinen Platz gab, der mir wie eine sichere Zuflucht vor Leichen erschien, die vom Himmel regneten, oder meinen Ängsten vor der bevorstehenden Reise, dann war es das Internetcafé.

Mr Meeko hingegen registrierte mich gar nicht, als ich in die Kabine in der hintersten Ecke trat, um nachzusehen, ob Miss Glas ihre Nachricht geschickt hatte.

■ ■ ■

■

Ich bin Leiche Nr. 3, ich war fünf Jahre alt, hat meine Mutter gesagt, ich möchte zu meiner Mutter, es war sehr heiß, es hat gebrannt, ich möchte zu meiner Mutter.

■

KAPITEL ZEHN
Eine Nachricht, drei Namen

So merkwürdig war die Nachricht von Miss Glas, dass sämtliche Vorstellungen, die ich bisher von ihr gehabt hatte, angefangen bei Dem Gesicht am Fenster, den Fransen auf der Stirn, dem Träger ihres Nachthemds, der Schrift auf dem Glas, dem Bild in ihrem Zimmer und jetzt in meiner Hosentasche, gefolgt von dem nächtlichen Anruf, ihrer Selbstsicherheit und ihrer Arroganz, ihrer Figur in meinem Traum, dem roten Pullover, dem Streifen rosa Haut über dem Bund, dem Ring in der Nase, dem wippenden Fuß, dass sie jetzt alle einer Prüfung unterzogen wurden, als wären sie Bauklötze, die ich aufeinandergestapelt hatte, einen auf den anderen, einen neben den anderen, um ein Gebäude namens Miss Glas zu errichten, und jetzt sah ich es einstürzen, zu Boden fallen, Staub aufwirbeln, als ich meine Mailbox aufrief und las:

Absender: Miss Glas, Betreff: Unser Gespräch.

Von: Miss Glas
Antwort an: »Miss Glas«
An: Mr Jay, Ehemann der Patientin Nr. 110742
Betreff: Unser Gespräch

Alles wird gut für das Baby
Das sagte ich gestern Nacht
Treffen am Bahnhof um fünf
So ist es ausgemacht.

Machen Sie sich keine Sorgen
Ich garantiere für dieses Projekt
In ewiger Liebe, Miss Glas
Die weiß, wo man sich versteckt.

Und falls Sie mich nicht entdecken
In all dem verrückten Gedränge
Wird jemand nach Ihnen rufen
Inmitten der lärmenden Menge.

Das war also die Nachricht? Das waren die »detaillierten Anweisungen«, die sie mir schicken wollte, um uns auf die Reise vorzubereiten?

Wut.

Meine erste Reaktion war Wut.

Wofür hielt sie mich, eine Holzente, eine Eisenbahn aus Pappmaschee, die man an einer Schnur hinter sich herzieht wie ein Spielzeug?

Was bedeutete das alles? Wollte mich hier jemand reinlegen? War Miss Glas eine Betrügerin? Eine Frau, die mich im Krankenhaus gesehen hatte und möglicherweise dort jemanden kannte, eine Schwester, einen Wächter, einen Arzt – vielleicht die Oberschwester –, und sie bestochen hatte (so wie ich die Alte Krähe bestochen hatte), um an meine persönlichen Daten ranzukommen, meine Telefonnummer, Informationen über den Zustand meiner Frau, Einzelheiten über meinen Ithim, und mir gestern am Telefon einen Streich gespielt hatte? Die das Telefon auf laut gestellt hatte, während ihre Freunde um sie herumsaßen und darüber lachten, wie leichtgläubig ich war – und ja, ich hatte tatsächlich Gelächter gehört, ein Geräusch, das Miss Glas rundweg abgestritten hatte, das sie nicht einmal einer logischen Antwort für würdig befunden hatte –, während sie sich in diesem Moment vermutlich gegenseitig auf den Rücken klopften, wenn sie sich diese Szene vorstellten, den Mann, den man zum Narren gehalten hatte, mit dem Baby neben sich. Der erste Kunde am frühen Morgen, in einer brennenden Stadt, in einem Internetcafé, las so einen Schwachsinn?

Nein, das konnte nicht sein. Wie konnte das sein?

Denn über eins war ich mir sicher: Ich hatte diese Frau an diesem Fenster *gesehen*, ich hatte *gesehen*, wie sie diese beiden Worte auf die Scheibe schrieb. Ich hatte ein Bild aus dem Zimmer mitgenommen, und Miss Glas hatte es bei unserem Gespräch erwähnt. Ich hatte auch, das muss ich der Fairness halber zugeben, Arroganz, Selbstsicherheit und eine ungewöhnliche Vertrautheit im Tonfall von Miss Glas entdeckt, aber nein, keine einzige falsche Note in dem, was sie mir in der vergangenen Nacht erzählt hatte. Warum aber hatte sie dann das getan, mir eine Nachricht geschickt, die mir überhaupt nichts brachte? Wenn sie doch wusste, dass ich allein auf ihr Drängen hin einen Sprung ins Ungewisse getan hatte? Nachdem ich Ithim in eine Tasche gesteckt hatte – obwohl er in einem Bett im Krankenhaus unter ärztlicher Aufsicht besser aufgehoben gewesen wäre, oder an der Brust seiner Mutter, wo er spürte, wie sie sich hob und senkte? Und zu einer Reise aufgebrochen war, die sie hatte planen, lenken und führen wollen?

Ich drucke mir die Nachricht aus, egal, was es bringt, dachte ich.

Und gerade, als ich das tun wollte, fielen sie mir auf: drei Anhänge, jeder mit einem Namen, den ich noch nie gehört hatte: **Tariq.doc, Shabnam.doc, Abba.doc**. Und nach den drei blöden gereimten Strophen ging ihre Nachricht noch weiter.

Lieber Mr Jay,
ich habe mich als Dichterin versucht, ich dachte, probier es mal mit einem Reim, um den Ton zu lockern, genau das, was wir nach dem Gespräch von letzter Nacht brauchen. Wie auch immer, lassen Sie mich eins klarstellen, denn vielleicht ist es gestern nicht so recht angekommen. Ich werde Sie nie, niemals in die Irre führen. Glauben Sie mir, ich tue nur, was ich tun muss… Es ist zu Ihrem eigenen Besten.

Der Bahnhof wird heute Abend sehr voll sein… Ich weiß nicht, ob Sie es wissen… die Feuer überall in der Stadt haben ihren Tribut gefordert, angeblich sind bisher mehr als zweihundert Menschen umgekommen, und noch sind nicht einmal alle Toten gezählt. An allen möglichen Orten tauchen Leichen auf, und je weiter der Tag voranschreitet, umso mehr werden wir im Licht der Sonne entdecken… manche Leute haben behauptet, sie hätten Leichen vom Himmel fallen sehen… ich glaube, das ist übertrieben, aber Sie verstehen, worum es geht… diejenigen, die das Glück hatten, mit dem Leben davonzukommen, haben beschlossen, die Stadt zu verlassen, woandershin zu gehen… wo ihre Freunde oder Verwandten leben, wo sie sich sicherer fühlen, wo es nicht mitten in der Nacht an der Tür klopft oder am hellen Tag ein brennender Lumpen ins Haus fliegt… manche wollen wiederkommen, wenn das Feuer gelöscht ist, wenn sie die Gewissheit haben, dass die Killer müde werden... und das werden sie hoffentlich, wenn man bedenkt, wie sie gewütet haben. Aber viele andere werden vielleicht nie wieder zurückkommen, weil diese Stadt ihnen nichts mehr zu bieten hat, ihre Häuser sind verbrannt, ihre Arbeitsplätze haben sie verloren... drei davon haben Sie möglicherweise schon auf Ihrer Straße gesehen, die Schneiderei, das Schuhgeschäft und die Fleischerei. Ich glaube nicht, dass einer der drei zurückkommen wird. Solche Fälle gibt es zuhauf. Ich erzähle Ihnen all das, um Ihnen zu versichern, dass ich Sie nicht an der Nase herumführe... die Zeiten sind hart in dieser Stadt... Zeiten voller Angst, in denen die Menschen nicht einmal vor sich selbst eingestehen, was sie vielleicht gesehen, was sie getan haben... deshalb geraten Sie bitte nicht in Panik, wenn Sie mich am Bahnhof nicht entdecken... ich habe viel zu tun, einiges ist liegen geblieben... vielleicht wird nie alles fertig... aber ich muss es versuchen, jetzt, da ich anscheinend alle Zeit der Welt habe... Ja, ich mache mir Sorgen um Ihr Baby, um Ithim (habe ich schon gesagt, wie hübsch der Name ist?)... Im Moment ist mir das Baby das Wichtigste, und ich möchte helfen, deshalb diese Nachricht...

Aus all diesen Gründen habe ich eine vertrauenswürdige Person gefunden, jemanden, den Sie mögen werden, jemanden, der Sie am Bahnhof erwarten wird, wenn Sie dort ankommen... vielleicht benimmt er sich ein bisschen seltsam, aber machen Sie sich nichts daraus, er war schon immer so, er hat ein gutes Herz und ist einer von uns... Ich werde alles versuchen, um selbst zu kommen, aber ehrlich gesagt kann ich es nicht versprechen... da die Stadt in Flammen steht, weiß ich ja nicht einmal, was passiert, bevor Sie den Bahnhof erreichen, wie viele weitere Tote es bis dahin gibt. Vielleicht haben Sie gesehen, dass diese E-Mail drei Anhänge enthält... bitte lesen Sie sie sorgfältig, Sie brauchen dazu Zeit und Konzentration. Es wird Ihnen helfen und mir auch, wenn Sie alle gelesen haben, bevor Sie den Bahnhof erreichen... Sie handeln von drei Menschen, die in der vergangenen Nacht nicht so viel Glück hatten... Ich erwähne diese Geschichten, weil ich hoffe, dass sie Ihnen einen besseren Eindruck von dem vermitteln, was in der Stadt vor sich geht... Habe ich Ihnen gestern Nacht erzählt, dass ich ein paar Bilder gemacht habe? Ich füge sie ebenfalls bei. Diese Seiten wurden unter großer Gefahr und mit einem gewaltigen Kraftaufwand verfasst... Ich weiß, dass Sie, falls Sie vor dieser zweiten Nachricht Zweifel hatten, jetzt noch viel mehr haben müssen, Mr Jay. Statt Ihnen Antworten zu liefern, habe ich Ihre Ängste und Zweifel womöglich vervielfacht und verstärkt... Aber wie gesagt, es ist alles zu Ihrem Besten, glauben Sie mir. Für Sie, für das Baby und auch für mich. Als ich gestern auf die Scheibe schrieb, wollte ich Ihnen helfen, denn gleichzeitig würden Sie mir helfen. Keine Sorge, auch wenn es verwirrend klingt, wird zu gegebener Zeit alles erklärt, aber noch ist es nicht so weit, es gibt Fragen, die nicht beantwortet werden können, bevor der richtige Augenblick gekommen ist. Ich wünsche Ihnen alles Gute und freue mich darauf, Sie sehr bald persönlich zu treffen. Setzen Sie die Reise fort, Mr Jay, Sie haben nichts zu befürchten, Sie haben nichts zu verlieren, und allein, dass Sie bis hierher gelesen haben, zeigt, dass Sie Ihre Mission bereits ernst nehmen. Eigentlich hat Ihre Reise in dem Augenblick begonnen, als Sie meine Schrift auf dem Fenster sahen. Es wird eine, die Sie nie vergessen werden, das verspreche ich Ihnen. Sie werden einige meiner Freunde kennen lernen, sie warten schon auf Sie. Bitte, passen Sie auf sich auf, diese Stadt steht in Flammen. Ach übrigens, meine Freunde sind begeistert von meinem neuen Namen, sie behaupten, er klinge geheimnisvoll. Und er passe zu mir. Vielen Dank dafür. Sie haben ein Händchen für Namen. Passen Sie auf sich auf, und passen Sie auf das Kind auf, so wie Sie es sicher jetzt schon tun… Bis ganz bald.

Wie immer,
ja,
in Liebe,
Miss Glas.

Eins nach dem anderen, ich musste die Anhänge herunterladen und sie sofort ausdrucken, damit ich sie nicht verlor, falls es einen Stromausfall oder einen Virus im System gab. (Und während der Drucker sie ausspuckte, sah ich nach Ithim, denn es war schon eine Weile her, dass ich mich um ihn gekümmert hatte.)

Dann stoppte der Drucker; alle drei Anhänge waren da, auf warmem, steifem DIN-A4-Papier. Auch ein paar Bilder waren darunter, in Schwarzweiß. Ich suchte nach fehlenden oder leeren Seiten und fand keine. Miss Glas hatte in jeder der drei Dateien das Ende markiert. Sie war sehr penibel.

Ich werde nicht alles zusammenfassen, nicht zwischen den Zeilen lesen, bis Sie alle drei Dateien selbst gelesen und auch die drei Bilder gesehen haben. (Sie können später darauf zurückkommen, wenn Sie Zeit haben, sie noch einmal lesen, sie so oft lesen, wie Sie wollen.) Alles, was ich sagen will, bevor ich sie Ihnen überreiche, meine Damen und Herren, ist Folgendes: Erst beim Empfang dieser Nachricht und den Zeilen von Miss Glas wurde mir klar, dass ich, wie sie es ausgedrückt hatte, die Reise tatsächlich bereits begonnen hatte.

Dass sie Wort gehalten hatte und ich selbst, obwohl ich immer noch keine Ahnung hatte, wohin die Reise ging, dazu neigte, ihr zu glauben, als sie sagte, ich hätte nichts zu befürchten und nichts zu verlieren. Dass es zu meinem und zu Ithims Besten sei. Dass sie vor allem an das Baby denke.

Vertrauen Sie mir, hatte sie zwei Mal gesagt.

Das tat ich.

Und wieder: Wie sehr war ich auf dem Holzweg.

■ ■ ■

■

Ich bin Leiche Nr. 2, ich habe nichts zu sagen.

■

KAPITEL ELF

Tariq (Erster Anhang)

Unser erster Augenzeuge ist ein Junge. Sein Name ist Tariq, er ist zehn oder höchstens elf Jahre alt. Er trägt Shorts und ein T-Shirt, obwohl es Februar und sehr kalt ist, und wenn Sie genau hinsehen, werden Sie erkennen, dass er nackte Knie und Ellbogen hat. Die Haut ist an diesen Stellen rissig und trocken. Ein Junge, der nichts anzuziehen hat, dürfte in dieser Stadt nicht besonders auffallen. Trotzdem haben sie ihn erwischt.

Das ist sein Haus, da auf dem Bild.

Ein schlichtes Rechteck. Schlichter als ein Haus, das ein

Kind zeichnen würde. Nur ein länglicher Kasten, die Fenster herausgeschnitten, als wären sie ein nachträglicher Einfall gewesen. Das ganze Haus so gebaut, als sollte es den Elementen – Regen, Sonne, Feuchtigkeit oder Kälte – nicht trotzen, sondern vor ihnen kapitulieren, damit der Putz fleckig, die Ecken dunkel, die Wände bröcklig würden. Völlig wehrlos gegen Feuer oder gegen Menschen, die töten und brandschatzen wollen. Deshalb gibt es keine Tür, keine Fenster und Decken mehr, alles liegt in zahllosen Bruchstücken im Innern und auch draußen verstreut. Am Himmel erkennt man ein paar Wolken, doch keine Spur von Rauch, es ist hell, es ist klar.

Wir werden später auf dieses Haus zurückkommen. Doch jetzt erst noch einmal zur letzten Nacht.

Durch die Schwaden von Nebel und Rauch der entfernten Feuer, durch den gelben Dunst der Neonreklamen vor ihm, durch die schwarz-weißen Abgaswolken der Autos, die an seinem Haus vorbeirasen, durch die Tränen, die alles, was er sieht, verschwimmen lassen und es verzerren, sieht Tariq eine Frau auf der Straße liegen. Es ist seine Mutter.

Tariqs Blick fällt auf vier Männer.

A, B, C und D.

Sie sehen aus wie gebildete Männer, nicht solche, die er jeden Tag in seinem Viertel sieht, mit zerschlissenen, fleckigen oder ungewaschenen Kleidern, schmutzigem Haar und Rändern unter den Fingernägeln. Es sind keine Männer, die schreien und brüllen würden, wenn einfaches Reden genügt, keine Penner, die stundenlang vor dem eisernen Tor des ehemaligen Parlamentsmitglieds etwas weiter die Straße entlang sitzen, keine Männer, die Tariq während des Wahlkampfs in der

Menge sieht, Männer, die mit bunten Fähnchen und Handzetteln von Tür zu Tür gehen. Es sind Männer, die er sonst immer nur einzeln sieht. Im Auto, beim Telefonieren oder wenn sie einen Stift aus der Tasche ziehen, um sich etwas zu notieren. Männer, auf die seine Mutter ihn aufmerksam macht und sagt, dass er einmal so werden soll wie sie. Selbstbewusst und gebildet. Alle Ende zwanzig, vielleicht Anfang dreißig, jung, aber nicht mehr ganz jung, alt, aber nicht wirklich alt.

Tariq hört, wie sie Dinge zu seiner Mutter sagen, sieht, wie sie Dinge mit seiner Mutter machen, er hört Worte, und er sieht Taten.

Und hinter alledem muss es Sinn und muss es Verstand geben. Aber vergessen Sie den Verstand einen Augenblick, fangen wir mit dem Sinn an. Schalten wir den Verstand aus. Obwohl es albern und dumm ist. Aber so ist es nun mal. Beim Sinn ist die Reihenfolge etwas anders: abcb defe.

A trägt eine Brille,
B ein Hemd mit Streifen
C bindet sich die Schuhe
Und D will sich an ihr vergreifen.

A zieht sie an den Haaren
C steht da und lacht gemein
B sieht bloß zu
Und D schlägt auf sie ein.

Tariq sieht sie straucheln, stolpern, er sieht, wie ihre Hand ausholt, um nach C zu greifen, mehr instinktiv als in bewusster Absicht.

C weicht mehrere Schritte zurück, als wäre Tariqs Mutter

ein Raubtier und er das Opfer. Sie knickt mit dem Fuß um, verliert eine Sandale.

C schüttelt ihre Hand ab und tritt die Sandale quer über die Straße.

B schaut zu, als D dasselbe mit der anderen macht.

A lacht, und sein Brillengestell funkelt im Schein der Straßenlaterne, als er anfängt, seinen Gürtel aufzuschnallen.

B schaut weiter zu.

Die blauweißen Gummischlappen seiner Mutter, Sandalen mit weißer Sohle und blauen Riemchen, eins davon lose. (Riemchen, die man repariert, indem man das Loch mit einem Kleber einschmiert und das Gummi hineinsteckt.) Würden die Männer genau hinsehen, könnten sie weiße Flecken auf den Riemchen sehen. Das kommt daher, dass sie ihre Schlappen immer im Bad stehen lässt, in der Nähe des Eimers, in der Nähe des Hahns, wenn sie duscht. Tariq weiß es. Er weiß, dass Seifenlauge auf die Riemchen spritzt und dort eintrocknet. Dass seine Mutter diese Dinger seit mehr als vier oder fünf Jahren besitzt, was mehr als achtzehnhundert Spritzer ausmacht. So viele wären es, wenn nur einer, mindestens ein Spritzer von ihren Händen oder aus ihrem Haar auf die Riemchen fällt. Die Folge: Das Blau wird jeden Tag blasser.

Deshalb ist in dieser Nacht der blaue Slipper fast weiß, so wie der Himmel am frühen Morgen. Auf dem Bild.

Der erste Schlappen landete vor dem betonierten Mittelstreifen auf der Straße am Fuß der Laterne, unter einem Plakat mit einer Handywerbung. (Das Plakat zeigt einen kleinen Jungen und einen Hund, einen Mops, der ihm auf Schritt und Tritt folgt, durch den Park, die Hügel hinauf, den Abhang hinunter, die Treppe empor ins Haus. Es ist eine Anzeige für einen

Handy-Service, nationale Ferngespräche für 99 Rupien im Monat, ein gutes Angebot.

Du und ich, wir begleiten dich, wo immer du hingehst.

Der Junge und der Hund schauen auf die Hügel in der Ferne, über den Fluss und die Wiese, die Blumen und das Gras; was direkt unter ihnen, auf der Straße los ist, sehen sie nicht.)

Der zweite Schlappen fliegt nicht so weit, obgleich er genauso hart getreten wurde wie der erste. Er landet genau in der Mitte der Straße und wartet darauf, dass der nächtliche Verkehr ihn überrollt.

Setzen Sie Tariq, diesen Augenzeugen, dieses Kind, irgendwohin, lassen Sie ihm Zeit, einen Tag, eine Woche, einen Monat, ein Jahr, vielleicht kann er dann alles genauer beschreiben, doch im Augenblick erinnert er sich nur an ganz wenige Dinge.

1. Wie das Ende des Saris reißt, den seine Mutter trägt. Es klingt, als würde man mitten in der Nacht Papier zerreißen und in kleine Stücke rupfen.
2. Lachen und Reden, Reden und Lachen. Von allen vieren: A, B, C und D. Vermischt, durcheinander, so dass er nicht ausmachen kann, welches Lachen von wem kommt, wessen Stimme zu wem gehört.
3. Ihre Zähne. Weiß. Ihre Zähne sind gepflegt.
4. Ihre Schultern. Wie sie beim Lachen zucken.
5. Wie seine Mutter etwas sagt, Worte aus einer Sprache, die er noch nie gehört hat. Vielleicht sind es nicht ihre eigenen Worte, sondern werden von irgendeiner inneren Kraft ausgestoßen, ohne dass sie selbst es weiß.
6. As Hand. Auf ihrem Kopf.
7. Ihr Kopf, der nach hinten gerissen wird, A, der sie so hef-

tig am Haar zerrt, dass ihre bloße Stirn von dem gelben Licht überflutet wird.
8. Ihre Augen, die sich öffnen, schließen und wieder öffnen.

Noch zwei Dinge, damit es zehn werden. Oder drei für elf.

(Denn eine Liste von elf Dingen wirkt vollständiger, aussagekräftiger. Sie können als Beweis vorgelegt werden, als Details, die sich zu etwas Größerem verbinden. Ansonsten, wer weiß, werden sie sagen, dass er sich das alles ausgedacht hat, dass gar nichts passiert ist, dass er unsere Tränen will, weil seine eigenen den Durst nach Mitleid nicht zu stillen vermögen.

Es geht also weiter:

9. Das Geräusch, als man seine Mutter über die Straße schleift. Es ist das Geräusch, das entsteht, als ihre Haut aufgeschrammt und zerfetzt wird. Es ist das Geräusch ihrer Beine auf dem Teer, ihres Saris auf dem Teer, einer Hand, die an der Seite herabfällt, auf den Teer.
10. Nackte Beine, die seiner Mutter und ihre. Nackt.

Und wie kann er das vergessen:

11. Die Autos.

Zwei Wagen kommen vorbei.

Ein dritter, dann ein vierter. Dann ein fünfter, sechster, siebter. Es ist der siebte Wagen, der den zweiten Gummischlappen überrollt.

Tariq beobachtet die Straßenlaternen, wo die Insekten um diese Zeit des Jahres gegen das Halogen flattern, um sich zu wärmen, unbeirrt vom Anblick ihrer sterbenden Artgenossen, die auf die Straße herunterfallen. Schwarz, wie der Himmel, wie ihr Haar.

Tariq hört ihre Worte, ihr Lachen, die Autos.

Und das Schluchzen seiner Mutter.

Übertönt vom Radio eines Wagens, des achten – oder ist es der neunte? –, der abbremst und mit laufendem Motor stehen bleibt. Die Scheiben sind trotz der Kälte heruntergekurbelt, vorne wie hinten, deshalb hört er das Radio laut und klar. Die Stimme einer singenden Frau.

Der Automotor läuft, Dunst steigt empor, wo sich die Abgase mit der kalten Luft mischen. Der Fahrer steigt aus und verschwindet in den Schatten, sie steigen ein, alle vier, B und C hinten, A und D vorn.

Dann fahren sie zusammen davon.

Den Jungen haben sie nicht bemerkt.

Andere Wagen tauchen auf, Nummer zehn, elf, zwölf, dreizehn, alle fahren an ihr vorbei (einer schert sogar aus, als er sie bemerkt, halb auf dem Mittelstreifen, halb auf der Straße.) Tariq sieht, wie sich ihr Mund öffnet, wie sich die Lippen verziehen, etwas Rotglänzendes auf der Stirn, es ist Blut. Weiß, ihre Zähne. Er sieht, wie sich ihr Mund bewegt, als wollte sie die Nacht herunterschlucken, als kaute sie darauf, tränke sie, als hätte man sie ausgeleert, und sie bräuchte die Dunkelheit, um sich wieder anzufüllen.

Sie muss ihn kommen hören, seine Schritte über dem Lärm des Verkehrs. Auf der Straße liegend muss sie ihn kommen sehen, denn als Tariq schon ganz nahe ist, nur noch wenige Zentimeter von ihr entfernt, und ohne dass sie zu ihm aufblickt, streckt sie einen Arm aus, die rechte Hand, um die seine zu halten, diesmal nicht in einem verzweifelten Um-sich-Schlagen, sondern bewusst und beherrscht. Dann steht sie auf, und zusammen gehen sie zu der Stelle hinüber, wo ihre Gummischlappen liegen. Der Sohn hebt sie auf, den ersten, den zweiten, dann gehen sie Hand in Hand nach Hause. Sohn und Mutter, Mutter und Sohn.

Deutlich kann er die Reifenspuren des Wagens auf den Schlappen erkennen, die harten, dunklen Streifen auf dem weichen, hellen Untergrund, wo die Reifen dem, was für ihre Füße bestimmt ist, ein Muster aufgedrückt haben.

Sie humpelt. Tariq hilft ihr über die Straße, es ist das zweite Mal im Leben, dass er das tut, das zweite Mal, dass er seine Mutter stützt. (Das erste Mal war, als sein Vater gestorben war, vor zwei Jahren, und die Frauen aus der Nachbarschaft nach den Klagegesängen das Haus verließen, da hatte er seiner Mutter geholfen, vom Fußboden aufzustehen, und sie in ihr Zimmer geführt.)

Das Blut ist mittlerweile von der Stirn herabgeronnen. In einer schmalen roten Linie, die über die linke Braue springt, um das Auge herum verläuft und in einem blassen Fleck auf der Wange unweit des Mundes endet. Sie wischt es mit der Hand weg und dann noch einmal mit dem Zipfel ihres zerrissenen Saris.

»Ich wünschte, ich hätte warmes Wasser«, sagt sie, als sie das Haus betreten. Es ist kalt in der Küche, das Gas ist fast alle. (Der Mann von der Gasgesellschaft hat versprochen, am Vormittag mit Nachschub zu kommen, aber es ging nicht. Die Stadt stand bereits in Flammen, Straßen waren blockiert und alle Geschäfte hatten schließen müssen.)

Weil die Gasflasche beinahe leer ist, hat Tariq es leichter, sie anzuheben. Sonst kann er sie kaum vom Fleck bewegen: fünfzig Liter Gas plus das Gewicht der Flasche. Mehr als Tariq selber wiegt.

Tariq dreht den automatischen Zünder am Brenner, wie er es bei seiner Mutter gesehen hat. Die Flamme kommt stoßweise, mehr gelb als blau, ein Zeichen, dass das Gas bald alle ist, so hat sie es ihm beigebracht. Sie flackert noch ein paar Minuten, gerade lange genug, um das Wasser in dem Eisentopf zu wärmen, bevor sie erlischt.

Und während er zusieht, wie sich das Wasser erhitzt, wie sich winzige Luftblasen am Boden bilden, die dann an die Oberfläche steigen und in der Winterluft zerplatzen, hört er, über ihrem leichten Brodeln und Zischen, hört er sie im Bad, hört Wasser plätschern. Hört, wie sie die Gummischlappen abstreift.

Ein paar Minuten später kommt sie ins Wohnzimmer, wo Tariq mit dem warmen Wasser steht. Ihr Haar ist feucht und klebt am Kopf, eine Strähne hängt in die Stirn, das Wasser tropft ihr in den Nacken, an dem blauen Sari und der blauen Bluse hinab, die sie inzwischen angezogen hat. Auf der Stirn trägt sie ein mit Pflaster befestigtes Stück Watte, die rote Linie ist verschwunden. Das Blut hat sie abgewaschen.

Sie setzt sich auf den schmiedeeisernen Stuhl, er stellt die Schüssel mit dem warmen Wasser auf den Glastisch davor (den Glastisch, der zum Stuhl gehört, er hat dieselben schmiedeeisernen Verzierungen, seine Beine passen zu denen des Stuhls, das Muster des Rahmens, der das Glas trägt, ist dasselbe wie das in der Stuhllehne, Eisenstäbe, die zu Blättern, Blumen, Blüten und Ranken verarbeitet wurden.)

Der Sohn wendet sich ab und will gehen, doch seine Mutter hält ihn zurück und zieht ihn an sich.

Dann taucht sie beide Hände ins Wasser und lässt sie darin liegen. Er steckt einen Finger hinein und streicht über ihre Knöchel; sie sind kalt im Warmen.

Sie hat die Augen geschlossen, er kann sehen und fühlen, wie sie fröstelt, ihre Hände zittern, als wäre das, was er unter dem Wasser sieht, nicht die Hand selbst oder die Finger, sondern nur deren Spiegelbild und sachte Wellen. Er riecht die Seife in ihrem Haar, als er seinen Kopf auf ihre Schulter legt, seine Wangen spüren die Feuchtigkeit der Bluse auf ihrem Arm.

Mutter und Sohn finden Trost im warmen Wasser in dieser Nacht, als die Stadt in Flammen steht.

»Hast du zugeguckt?«, fragt die Mutter Tariq.

Er kann sehen, wie ihre Worte durch die Luft gleiten, aus ihrem Mund, an ihrem Hals herab, links über ihre Schulter schweben und dann sein Ohr erreichen. Sie fühlen sich kalt an.

Tariq schüttelt den Kopf.

»Nein«, sagt er, und seine Stimme ist so leise, dass nicht einmal er selbst sie hört.

»Dann lass uns gehen«, sagt sie. »Wir haben noch etwas zu erledigen.«

Sie steht auf, wischt sich die Hände am Sari ab und sagt ihm, er soll draußen warten, an der Tür. Wieder sieht Tariq den betonierten Mittelstreifen, den Jungen und den Hund auf dem Plakat, die Straßenlaternen und die Insekten, die vorbeifahrenden Autos.

Dann kommt sie mit einem Kanister Kerosin in einer Hand heraus, in der anderen ein Bündel mit dem Sari und der Bluse, den Kleidern, die sie trug, als sie mit A, B, C und D auf der Straße war.

»Pass auf«, sagt sie. »Stell dich etwas weiter von mir weg.«

Sie geht in die Hocke, man hört das Knacken in den Knien, sie zündet ein Streichholz an und hält es an das Kleiderbündel.

Um diese Zeit ist der Wind sacht, so dass sie sich tief darüber beugt und in die Flammen pustet (wie sie es mit dem Kohleofen gemacht hat, bevor sie die Gasflasche hatten.) Das Feuer züngelt über die Enden des Sari. Dann tritt sie zurück und kommt zu dem Jungen. Sie legt ihm eine feuchte Hand auf den Kopf, er spürt das Wasser, die Hand ist noch warm und wird wärmer, als die Flammen auflodern.

So stehen sie länger als eine halbe Stunde da, vierzig Minuten, und niemand nimmt Notiz von dem kleinen Feuer vor dem Haus. Sie stehen da, bis die Flammen so hoch schlagen, dass sie Schatten auf die Hauswand werfen.

Komische Schatten.

Tariq sieht aus wie ein Riese, und sie ist doppelt so groß wie er, mit breiten Schultern, als könnte sie die ganze Nachbarschaft auf ihnen tragen, ja, die ganze Stadt, wenn sie wollte.

Und als nichts mehr übrig ist, nur Asche, ein paar verkohlte Stofffetzen, als das Nylon aus dem Sari eine winzige öl-ähnliche Schliere hinterlassen hat, die sich über das Pflaster zieht, und nur noch eine dünne Rauchfahne aufsteigt, sagt sie, dass es vorbei ist.

»Das war's, jetzt gehen wir schlafen.«

Der Sohn schläft nicht in dieser Nacht, er kann nicht schlafen in dieser Nacht.

Und sie auch nicht, davon ist er überzeugt.

Denn er hört sie schluchzen, er riecht den Rauch, der von draußen hereinkommt, er hört sie wieder ins Bad gehen, wo sie sich mit Wasser übergießt, zwei Mal, drei, vier Mal, ins Schlafzimmer zurückkehren und weiterschluchzen.

Ein paar Stunden später. Weil er nicht schlafen kann, steht Tariq auf und nimmt seine Bücher aus der Schultasche. Einige Hausaufgaben warten, die er erst in einer Woche abgeben muss, doch er will sie jetzt erledigen. Er schaltet den Ventilator an der Decke ein und hofft, dass er den Rauch vom Balkon vertreibt und die Luft reinigt. Er legt sich auf den Boden und stützt das Kinn in die Hände, während er versucht zu lesen; der Stift klemmt zwischen den Buchseiten, den Blättern, die im Luftzug des Ventilators flattern. Einmal steht er auf und tritt ans Fenster, zieht den Vorhang beiseite und starrt ins Dunkel. Dann legt er sich erneut auf den Boden und döst immer wieder halb ein, bis sie zurückkommen.

Sie sind wieder da, noch bevor die Stadt erwacht, bevor sie sich die Augen reibt, verkrustet vom unruhigen Halbschlaf, das Gesicht verschmiert von der Asche der vergangenen Nacht.

Es sind A, B, C und D, diejenigen, die letzte Nacht da waren. Doch dieses Mal haben sie E, F, G, H, I, J, K, L, M, N, O, P, Q bis hin zu X, Y, Z mitgebracht, und dann noch einmal von vorn, A (sagen Sie sich das Alphabet auf, reihen Sie die Buchstaben aneinander, fünf Mal, nein, sechs Mal, und es wären immer noch nicht genug Buchstaben, so viele sind es.)

Doch die vier führen den Mob an, A, B, C und D. Sie kennen sich aus. Die anderen stehen draußen auf der Straße. Mit ihren Fackeln und kerosingetränkten Lappen, die nur darauf warten, in Flammen aufzugehen.

Dieses Mal ist D derjenige, der die Arbeit tut.

Er bricht die Tür auf, das ist nicht schwer, das Holz hat sich bereits verzogen, der Riegel besteht aus einer rostigen, verbogenen Kette an einem Holzpflock, der so morsch ist, dass er selbst nur mit Ach und Krach hält. Beide geben unter Ds wuchtigen Schlägen nach. Dann reißt er den blauen Vorhang herunter.

Sie beobachtet alles, die splitternde Tür, das Eindringen, beobachtet es in der Mitte des Wohnzimmers stehend, ohne jede Regung im Gesicht und sagt Tariq, er soll sich im Badezimmer verstecken und von innen abschließen. Als wäre nichts passiert, als wäre es nur ein starker Wind, der ins Haus eingedrungen ist und bald wieder verschwinden wird, nachdem er ein paar Gläser vom Tisch gefegt hat, ohne großen Schaden anzurichten, nachdem er ein paar Fenster gerüttelt, ein paar Vorhänge aufgebauscht hat.

Das Wasser von ihrer nächtlichen Waschung ist noch nicht getrocknet, ihre Schlappen stehen noch da, die Seifenspritzer sind frisch und feucht.

Ebenso wie der Eingang ist die hölzerne Badezimmertür auf der Höhe des Riegels lädiert. Eine Ritze ist dort entstanden, so klein, dass man sie von außen nicht bemerkt, doch groß genug, dass Tariq sein linkes Auge daranhalten und alles mit ansehen kann.

Die Umrisse sieht, die Arme und die Beine, die Gesichter, die Lippen, die Augen, als der Mob sich in diese kleine Öffnung quetscht, bis das verschwommene Bild schärfer und konzentrierter wird und er alles deutlicher erkennt, weil die Ränder klar und eindeutig sind. Zuerst sieht er, wie sie einen Kreis bilden, dann wie einer von ihnen mitten ins Zimmer pinkelt, er sieht die anderen herumstehen und lachen, er sieht, wie sie Schränke und Regale ausräumen, er sieht, wie sie Tassen, Teller, Löffel zu Boden werfen, den kleinen Fernseher eintreten, den seine Mutter erst letzten Monat gekauft hat, wie sie durch das rauchende Glas greifen und die Drähte herausreißen, er sieht, wie sie zu seinem Schreibtisch gehen, ihn umkippen, sämtliche Schubladen herauszerren und alles, was darin ist, Stück für Stück in die Mitte des Zimmers schleudern. Seine Stifte, seinen Zirkelkasten, seinen Radiergummi, seine Schultasche, seine Pausenbrotbox, Hefte (das, wo seine Mutter hineingeschrieben hat und das, wo sein Lehrer hineingeschrieben hat); er sieht, wie sie die Hefte zerreißen, Seite für Seite, bis sie müde werden, er sieht, wie sie die Vorhänge herunterzerren und in die Mitte werfen, in die Urinlache, er sieht sie aufs Bett spucken, mit den Schuhen auf der Bettwäsche herumtrampeln, wie kleine Jungs beim Spielen. Wie zornige kleine Jungs beim Raufen.

Und dann sieht Tariq alles, was sie mit seiner Mutter machen.

A, C und D.

B schaut zu.

Aber sie haben ihn noch nicht entdeckt, sie glauben, dass sonst keiner da ist, dass diese Frau letzte Nacht allein war und an diesem Morgen noch immer allein ist.

Er hört D sagen: »Du lebst allein«, und kann nicht hören, was sie antwortet, alles, was er sieht, ist ein Stück ihrer Stirn auf dem Boden. Ihre nackten Beine, ihre Knie, die Knie seiner Mutter. Es ist das erste Mal, dass er die Knie seiner Mutter sieht.

Er könnte schreien: »Na und, die Polizei ist nicht gekommen, und wenn sie gekommen wäre, hätte sie nur von der Straße aus zugeguckt, ich brauche die Polizei nicht, meine Mutter ist nicht allein, ich bin Tariq, ich bin ihr Sohn, ich beschütze sie, ich werde die Tür aufbrechen und herausstürmen, und bevor ihr eine Bewegung machen könnt, bevor euch klar wird, was passiert, hebe ich meine Mutter auf, sammle all meine Bücher und meine Schulsachen ein, dann wird sich die Erde für uns auftun, und zusammen verschwinden wir darin. Bevor ihr einen Mucks von euch geben könnt, sind wir im Tunnel unter der Erdoberfläche verschwunden, wir sind schnell und werden uns bald weit von euch entfernt haben, jedem Einzelnen von euch, in Städte, in Metropolen und in Dörfer, die ihr nicht sehen könnt, die ihr niemals erblicken werdet, wo ihr uns nie zu fassen kriegt, die Erde wird sich schließen, sobald wir hineingefallen sind, und der Boden unter euren Füßen wird sich bewegen, aber ihr könnt nichts tun, es ist zu spät, wenn ihr uns einholen wollt, müsst ihr die Erde aufs Neue aufreißen, vielleicht auf ein Erdbeben hoffen, wie jenes, das letztes Jahr die Stadt heimgesucht hat, aber falls sich die Erde nicht auftut, gäbe es auch noch den Himmel, ich nehme sie auf den Arm, und dann fliegen wir aus dem Fenster und über die Straße, über euch alle hinweg, und ihr werdet da stehen und euch den Hals verrenken, aber ihr seht nur meine Mutter und mich vor dem Himmel, wie wir immer höher emporsteigen, im Fernsehen, da zeigen sie es auch, wir werden so weit weg sein, dass ihr nur noch den Morgenhimmel über der Stadt seht, den Rauch, ein paar fliegende Krähen, Staub, die letzten Nebelschwaden, die in der Sonne verdunsten. Und meine Mutter und ich sind in Sicherheit.«

Aber das würde einen Sinn ergeben, und er verliert doch gerade den Verstand. Er sieht sie das Kerosin auskippen, das Streichholz entzünden. Er sieht, wie die Vorhänge als Erstes Feuer fangen.

Mach dir keine Sorgen, Mama
Du wirst den Schmerz nicht fühlen
Das Feuer wird erlöschen
Der Regen wird uns kühlen.

Seine Tropfen fallen
Seine Tränen spenden Trost
Ich muss jetzt auch nicht weinen
Das ist noch nicht mein Los.

Der Sinn ist dahin, wo bleibt der Verstand?

Ach was, der Verstand kann warten. Was kümmert uns der Verstand? Warum zeigt sich uns der Verstand nicht, der wahre, der ehrenwerte Verstand? Warum schleicht er sich lieber in die Schatten hinter den abgebrannten Häusern, warum vergräbt er sich auf dem Grund der Aschehaufen, in den Resten glühender Feuer? Warum versteckt er sich unter dem Bett, zwischen den Laken, im Saum der Kissenbezüge? Warum verkriecht er sich wie Silberfischchen in den Büchern? Schlängelt sich zwischen die Seiten, zwischen die Zeilen, in die Mitte eines Satzes? Oder in ein Wort? Und selbst wenn man ihn dort erwischte, die Buchdeckel fest zusammenklappte, den Verstand zwischen die Seiten presste, warum verschanzt er sich in den Buchstaben, verbirgt sich in ihren Schleifen und Rundungen, in den i-Pünktchen, unter den Strichen der Ts? Warum zum Teufel bricht er nicht aus all seinen Schlupfwinkeln aus, verzaubert uns alle im Dunkeln, blendet uns mit seinem Glanz? Damit wir alle sehen können, was der Verstand Tariq zu sagen hat.

(Wenn das geschieht, lasst es den Jungen wissen. Bis dahin wird er mit sinnlosen Reimen leben. Es ist albern. Aber so ist es.

Denn was soll dieses Kind machen?

Möchten Sie, dass es schreit: »Ich bin Augenzeuge einer brennenden Stadt«? Möchten Sie, dass es das aufschreibt, mit Buchstaben, die so groß sind wie ein Hochhaus, ICH BIN

AUGENZEUGE EINER BRENNENDEN STADT, möchten Sie, dass es die Worte in schimmernde Seide brennt, auf ein Transparent, mit dem man die ganze Stadt bedecken kann? Vielleicht kann es dann jeder lesen, von oben und von unten, selbst die Passagiere in einem Flugzeug auf dem Weg nach Delhi oder Mumbai, Fußgänger auf der Straße, im Gehen, alle wären gezwungen, aufzuschauen und diesen schimmernden Vorhang zur Kenntnis zu nehmen, der über den Himmel ihrer Stadt gespannt ist. Vielleicht würde dieser Vorhang, der Tag und Nacht über ihr schwebt, irgendwen dazu bewegen, sich mit dem Kind hinzusetzen und seiner Klage zu lauschen. Vielleicht würde dann ein Richter, dem es nicht gefällt, dass der Vorhang die Sonne, den Mond oder den Regen aussperrt, aufmerksam werden. Seine Exzellenz wird weder das Gesicht verziehen noch verächtlich grinsen, weil die Haut des Zeugen rissig und trocken ist, oder weil der Zeuge hin und wieder in Reimen spricht, die er aus dem Nichts zaubert. Er wird aufmerksam zuhören, die richtigen Fragen stellen, er wird nachhaken und anspornen, schmeicheln und ermutigen, er wird die schlafenden Anwälte wecken, Klagen formulieren, Anhörungen abhalten.

Er wird A, B, C, D, E bis runter zu Z vor Gericht zitieren, damit sie sich verteidigen. Und wenn der Richter mit Tariq fertig ist, vielleicht ruft er dann den Nächsten auf, die zweite Augenzeugin. Die gleich auftauchen wird.)

Doch was macht Tariq unterdessen, nachdem alle gegangen sind?

Er sitzt auf dem Boden, das, was einmal sein Zuhause war, ihm zu Füßen. Er hält Totenwache für seine Mutter, er betrachtet, was noch da ist, den zertrümmerten Fernseher, die

Drähte, die Röhre und den Bildschirm, die zersplitterten Fensterscheiben, die heruntergerissenen Vorhänge, sein Schulbuch draußen auf der Straße, alles brennt, die Flammen, rot, blau und gelb. Er sitzt da, als die Nacht in den Morgen übergeht, den Vormittag, den Nachmittag, als die Polizei kommt und wieder geht, als sie sie abholen, als Fotografen auftauchen, um Bilder zu machen, als die Fernsehreporterin eine Krokodilsträne vergießt, während sie in die Kamera spricht, und er versteckt sich vor ihnen, denn er kennt die Plätze im Haus, wo man sich verstecken kann. Dann sitzt er wieder da, wartet darauf, dass die Schatten länger werden, die Straßenlaternen aufflammen, die Insekten zurückkehren, und dann geht er hinaus, stellt sich dahin, wo er letzte Nacht stand, und betrachtet sein Leben, von dem erst zehn oder elf Jahre vergangen sind und der Rest noch vor ihm liegt.

Wie die lange, mit Unrat übersäte Straße vor ihm, die zu einem Ort führt, an dem er noch nie gewesen ist, allein, ohne seine Mutter.

(Ende des ersten Anhangs)

■ ■ ■

KAPITEL ZWÖLF
Shabnam (Zweiter Anhang)

Das ist die Auto-Rikscha ihres Vaters, ihres Vaters, der ermordet wurde, wie ihre Mutter. Das ist eine Stadt, die brennt. Und sie rennt, sie rennt, sie rennt, die zweite Augenzeugin.

Ihr Name ist Shabnam.

Sechzehn Jahre plus minus eins. Diese Tochter, dieses Mädchen, diese Frau, dieses Kind mit schwarzem Salwar Kameez, dessen Schnürschuhe schmelzen und sich auflösen, die Sohlen, der Gummi, das Leder, das Plastik, alles. Der schwarze Teer auf der Straße hat in der Hitze Risse und Blasen gebildet, die

Oberfläche ist zerlaufen und zu unzähligen Stacheln erstarrt, die sich in die Füße bohren und die Fußsohlen zerfetzen. Als wäre plötzlich ein riesiges Gestrüpp aus der Erde gewachsen, mit stoppeligem schwarzem Gras, hart, metallisch, das sich unter jedem Schritt, den sie macht, ausbreitet. Und dieses Gestrüpp kratzt, scharrt und scheuert an ihren Füßen, den Fersen auch, den beiden Spannen, allen zehn Zehen und sogar der Haut dazwischen; das Feuer kann ohne jeden Widerstand wüten, die Flammen schlüpfen unter den Salwar und sengen die letzten Reste von Haar an den Waden weg, züngeln hoch, um an den Kniehöhlen zu lecken, die Haut zu verkohlen, bis sie sich abschält. Sie färben das Braun zu Rosa, sie lassen die Nägel glänzen und die Augen tränen.

Shabnam ist es nicht gewöhnt, so angestrengt, so lange zu rennen, Vater hätte es nie erlaubt. Vater, der Tag und Nacht mit seiner Auto-Rikscha durch die Stadt fährt. Er hat sie erst vor drei Monaten gekauft und die gesamten Ersparnisse seines Lebens als Anzahlung auf einen Kredit verwendet. Vater hätte es nie erlaubt.

»Meine Tochter soll nie auf der Straße rennen müssen, solange ich da bin«, hatte er ihr erklärt. Der Tag, an dem er die Auto-Rikscha kaufte, war ein Freitag gewesen. Die Bank, die ihm den Kredit gewährte, hatte ihm eine Uhr dazu geschenkt. »Autos haben eine Uhr am Armaturenbrett«, hatte der zuständige Bankangestellte gesagt, »Auto-Rikschas nicht, also hier, nehmen Sie die Uhr, sie ist automatisch. Sie müssen nur die Batterien auswechseln.« Ihr Vater hatte die Uhr angezogen, war mit der Auto-Rikscha zur Moschee gefahren, um zu beten, und dann nach Hause gekommen. Mutter und Shabnam hatten ihn erwartet. Das Gefährt sei an einem Freitag zu ihnen gekommen, sagte er, es sei etwas Besonderes, es führe schneller, es werde sich besser durch den Verkehr schlängeln als die anderen und nicht umkippen, wenn es zu viele Passagiere gab. Es sei robust, selbst wenn ein Bus es streifte, werde niemand Schaden nehmen. Und jetzt, da er seine Uhr habe, werde Shabnam nie zu spät kommen.

»Ich werde meine Shabnam jeden Morgen zur Schule bringen«, hatte Vater gesagt, »jeden Tag werden wir eine andere Strecke nehmen. Und wenn es keine Fahrgäste gibt, komme ich auch, um sie abzuholen. In ein paar Monaten geht sie aufs College, das erste Mädchen in der Familie, das erste Mädchen in diesem Viertel, das aufs College geht.«

Abends, wenn Vater zu Bett gegangen war und Mutter die Küche aufräumte und das Geschirr spülte, damit sie es morgens, wenn sie aufwachte, nicht als Erstes tun musste, putzte Shabnam, wenn sie mit den Schularbeiten fertig war, die Auto-Rikscha. Sie kannte sie bis in den letzten Winkel, die Vertiefung unter dem Fahrgastsitz, die Rillen auf dem Boden und auf der Fußstütze, das Schild mit der Aufschrift »Kein Zutritt«, das auf die rechte Seite genagelt war, Vaters Fahrersitz, dessen Rücklehne gerade den richtigen Winkel hatte, um seinen schwachen Rücken zu schonen. Shabnam nahm einen Putzlappen, ein sauberes Taschentuch, eins von ihren eigenen, und wischte damit den Haltegriff aus Gummi ab, damit Vaters Handflächen sauber blieben, wenn er sich herausbeugte, um ihr beim Einsteigen zu helfen. Sie polierte die Windschutzscheibe und hauchte sogar gelegentlich auf das Glas, damit es glänzte.

»Shabnam, du machst das so gut, dass man morgens meinen könnte, es gäbe überhaupt keine Windschutzscheibe, und ich alles sehen kann«, sagte Vater.

Jetzt gibt es tatsächlich keine Windschutzscheibe mehr; die

Auto-Rikscha ist da, Vater nicht. Mutter auch nicht. Und Shabnam rennt, als hätten ihre Füße Flügel und diese Flügel stünden in Flammen. Sie sucht nach einem Versteck. Am liebsten kalt. Oder feucht, das würde helfen.

Die Hitze von dem Feuer im Haus und jetzt von unten, von oben, von links und von rechts, hat ihr Gesicht geschwärzt und ihr den Schweiß auf die Haut getrieben. Das beinahe hüftlange Haar ist stumpf und klebt ihr auf der Stirn wie die Gitter eines Käfigs. Wenn man Shabnam sieht, wie sie rennt, kann man nicht sagen, könnte niemand sagen, ob sie ein Kind oder eine Erwachsene ist. Ob die Haut vom Feuer oder vom Alter gerunzelt ist. Wenn man sie nur so betrachtet, von Kopf bis Fuß, und versucht, zu schätzen, wie groß sie ist, würde man nichts sagen können, denn sie ist weder groß noch klein. Wenn der Rauch in ihren Augen brennt, weint sie wie eine Achtjährige, lautlos, wie ein kleines Mädchen, das auf dem Spielplatz von der Schaukel in den Sandkasten gefallen ist und sich nichts getan hat, nur erschreckt hat. Wenn sie den Rauch einatmet, hustet sie wie eine Achtzigjährige, als wären ihre Eingeweide uralt und müde, als wollten sie raus, sich entfalten und den Rest ihres Körpers über die Straße schleifen. Wenn sie über einen Ziegelstein, einen brennenden Reifen oder einen offenen Gully springt, ist es, als wäre sie dreizehn, gelenkig und schnell, als kenne sie jeden Schritt, den sie tut. (Die Männer, die in ihr Haus eingedrungen waren, A, B, C und D, hatten ihr einen Blick zugeworfen, als sie schreiend in der Ecke hockte, und gelacht. C hatte auf den dunklen Stoff ihres Kameez gezeigt, der zerknüllt und fleckig war, und sie nach ihren Brüsten gefragt: »Sind sie voll entwickelt, sind sie jung, sind sie alt, sind sie klein oder bloß zerknüllte Papierkügelchen, die du in den Taschen deines Hemds versteckst? Soll ich mal nachgucken?«)

Shabnam rennt. Zu einem Ort, den sie nicht kennt.

Ihre Augen sind starr geradeaus gerichtet, als wäre dieser Ort nur wenige Meter entfernt, als hätte sie inmitten dieser brennenden Stadt etwas gesehen, was Sie nicht sehen, als hätte sie einen See gesehen, friedlich, kalt und blau, mit warmen, grünen Stellen von Hyazinthen, Lotusblüten und herabgefallenem Laub. Sie hat das Wasser gesehen, kniehoch, gleich vor ihr, am Ende der Straße, und da rennt sie hin. Innerhalb von Minuten, nein, Sekunden, wird man es platschen hören. Und Shabnam wird in den See springen.

Es wird ein Zischen zu hören sein, über dem Geräusch ihrer schnellen Schritte und ihres keuchenden Atems. Das Feuer wird mit dem Wasser kämpfen, das Feuer wird verlieren, und nur eine Rauchwolke wird in die Nacht aufsteigen wie Schlingpflanzen, die sich an eine schwarze Mauer klammern. Dann wird Shabnam langsamer werden, gebremst vom Sog des Wassers; vielleicht wird sie ausruhen. In diesem See, der nicht tief ist, einem harmlosen See, wo man nicht schwimmen können muss, wo sie keine Angst zu haben braucht, dass sie ertrinkt. Shabnam wird in diesen See hineinrennen, vielleicht hockt sie sich sogar ins Wasser, lässt sich umspülen, den Kopf, das Gesicht, bis es in die Ohren eindringt, in die Nase, in die Augen, den Schmutz, den Ruß, den Staub, den Schweiß, die Prellungen, die Schnitte und das Blut abwäscht, ihr Hemd durchnässt, ihren Körper abkühlt. Sie wird sich hineinlegen, so dass auch der Kopf unter Wasser ist, das Haar wird sich ausbreiten wie schwarzes Schilfgras, so wird sie lange verweilen. Wenn sie die Augen aufschlägt, wird sie sehen, was unter ihr ist. Winzige bunte Fische, die sie in Schwärmen umkreisen und mit einem kleinen Flattern ihrer Kiemen und Schwänze willkommen heißen; sie erhellen die Dunkelheit mit ihren glasigen Augen und funkelnden Schuppen. Sie wird große Blumen sehen, deren feuchte Blüten zwischen den hohen, schlanken Pflanzen schweben; sie wachsen nur unter Wasser, nur in diesem See und nirgendwo anders auf der Welt, Weiß inmitten von Grün und Blau. Sie wird Meerjungfrauen auf Seepferdchen reiten sehen, wie sie es bisher nur aus Büchern und Bildern kannte, sie wird Kinder sehen, die unter Wasser leben, in Häusern aus Korallen. Sie wird sie auf Schaukeln spielen sehen, die sich im Wasser bewegen, sie wird bunt gefärbte Luftblasen sehen, die aus ihren Mündern sprudeln. Und obwohl es Nacht ist, obwohl es einen Mond über dem See gibt, der vom Rauch des Feuers umwölkt ist, wird sie weichen Sonnenschein sehen, gelb, orange und grün, er wird den ganzen Grund des Sees überfluten, das Haus der Kinder funkeln lassen und sich in den Augen der Kinder widerspiegeln, so dass ihre Pupillen wie silberne Punkte glänzen.

Natürlich passiert nichts von alledem, denn Shabnam lebt, denn es gibt keinen See, denn die Stadt steht in Flammen, und Shabnam rennt.

Sie rennt an Bäumen vorbei, Bäumen, die nicht helfen, Bäumen, die keinen Schatten spenden können, wenn die Stadt in Flammen steht. (Denn ihre Blätter sind klein und zart wie Rasierklingen, leicht schräg gestellt, so dass sie am Tag nur feine schwarze Schattenlinien auf die Straße werfen. Und erst nachts, wenn man keinen Schatten braucht, öffnen sich diese Blätter, blockieren das Licht der Straßenlaternen und tragen zur Dunkelheit bei.) Diese Bäume sehen, wie sie rennt.

Sie rennt an einem riesigen Werbeplakat für Damenbinden vorbei, die Sorte mit Flügeln auf beiden Seiten. Sie hat sie einmal benutzt, von einer Klassenkameradin geliehen, die jetzt vermutlich in ihrem Bett liegt und unbehelligt von jedweder Gefahr schläft. (Ihre Periode, die Blutung, ist erst in einer Woche fällig, sie fröstelt bei diesem Gedanken, bei der Vorstellung der Binde, ein weißer Vogel in ihren Händen, ein Vogel, der statt zu fliegen, zwischen ihren Beinen gefangen war und starb, getränkt von ihrem Blut.) Sie rennt an einer Reklamewand für Herde vorbei, so einen, wie Mutter hatte kaufen wollen, und Vater hatte gesagt, warte, erst fange ich mit den Raten für die Auto-Rikscha an, vier oder höchstens fünf Monate, und dann kaufen wir den Herd zum Fest Id-ul-Fitr.

Shabnam rennt.

Sie rennt vorbei an Auto-Rikschas, die nicht verbrannt sind und zu beiden Seiten der Straße parken, ihre Metallverkleidung glänzt, die Besitzer schlafen, auf den Sitzen ausgestreckt, den Kopf in den Schoß von Aiswarya Rai, Sushmita Sen und Preitzy Zinta gebettet, deren Filmstarlächeln ihre schlafenden Köpfe bewacht. (Shabnam erinnert sich an einen Streit, den sie mit Vater hatte: Sie hatte gewollt, dass er die Auto-Rikscha mit einem Poster von Tabu schmückte. Auf der Rückenlehne des Sitzes. »Die Fahrgäste werden sie gern anschauen«, hatte Shabnam gesagt, »sie ist die Schönste und Intelligenteste von allen.« Vater hatte die Stirn gerunzelt: »Nein, schließlich habe ich eine Auto-Rikscha und kein Kino.« Dann war Shabnam zu Mutter gegangen, und sie hatte gesagt: »Hab Geduld. Jetzt ist er starrsinnig, aber in ein paar Monaten wird er zustimmen, ganz bestimmt. Sagt er am Ende nicht immer ja, wenn du dir etwas wünschst?« Vater hatte dies aus dem Nebenzimmer zufällig mit angehört und gelächelt, ohne dass Shabnam es wusste.)

Sie rennt an Häusern vorbei, Wohnblocks, die nach hinduistischen Göttern und Göttinnen benannt sind, ihre Abbildungen sind auf den Beton gemalt und mit roten und orangefarbenen Ringelblumen aus Gips geschmückt, die Götter starren sie an und sagen, du bist hier nicht willkommen, renn weiter. Sie rennt an fest schlafenden Polizisten vorbei, an lachenden Polizisten, an Polizisten, die mit ihren Schlagstöcken und Schuhspitzen die Trümmer durchforsten. Sie rennt an Geschäften vorbei, deren Gitter geschlossen sind, und weil sie starr vor sich hin schaut, erkennt sie nicht alle ihre Namen, obwohl sie sich nicht verkneifen kann, hin und wieder einen Blick aus dem Augenwinkel nach rechts oder links zu werfen.

Galerie Touchwood: Möbelimport aus Italien. Intakt.

Baby Palace: Alles, was Ihr Baby braucht, aus einer Hand: vom Fläschchen bis zur Wickelkommode, von der Spielmatte bis zum Hochstuhl. Intakt.

Fleischerei Ahmed: Verkohlt, schwarze Rollläden, das Firmenschild von der Hitze des Feuers verbogen.

Versicherungsgebäude: Intakt.

Nokia-Händler: Tauschangebot. Intakt.

Naschkatze: Schokolade und Kuchen. Intakt.

Designer Designs: Westliche Damenoberbekleidung. Schaufenster eingeschlagen, Glassplitter, Kleider halb verbrannt.

Schuhgeschäft Metropolitan: Bis auf die Grundfesten abgebrannt, zerschmolzene Schuhe, Geruch nach Leder.

Fachbuchhandlung Patel: Prüfungsmaterial für die Klassen 10 und 12. Intakt.

Elektronikhandlung Ganesh: Reparatur, Vermietung, Kauf und Verkauf von Fernsehern. Intakt.

Schneiderei Rehman: Schutt und Asche, ein schwarzes Loch, wo früher der Laden war.

Nach einer Weile kann Shabnam nicht einmal mehr die Namen entziffern, so schnell rennt sie, nur sehen, was heil und was verbrannt ist, was heil, was verbrannt, verkohlt, was heil ist, was schwarz, was heil ist, was in Rauch eingehüllt, was heil heil heil ist, was zertrümmert, kaputt, was heil ist.

Zwischen einigen Geschäften sieht sie wieder Häuser, deren Fenster und Türen alle geschlossen sind. In einem wird gerade ein Vorhang beiseitegezogen, sie erkennt, dass jemand telefoniert. Sie könnte stehen bleiben, sie könnte ihn oder sie anschreien: »Mit wem reden Sie da, im sicheren Schutz Ihres Zuhauses, warum kommen Sie nicht herunter und sehen mich an?«

»Sehen Sie, sehen Sie«, könnte sie sagen. »Sehen Sie hier und hier und hier.«

Und sie könnte auf das Stück Fleisch zeigen, das Fleisch ihres Vaters, das an ihrer Bluse klebt, knapp über der Stelle, wo ihr Herz ist. Sie könnte auf das Blut zeigen, es hat den Faden von zwei Knöpfen befleckt, nein, drei, sogar den am Kragen. Das Blut ihrer Mutter. (Denn wenn sie Ihnen das nicht zeigt, werden Sie glauben, dass dem Schneider beim Annähen der Knöpfe das Garn ausgegangen ist und er deshalb etwas roten und etwas weißen Faden genommen hat.) Und wenn er oder sie immer noch nicht hören würde, müsste sie da stehen, mitten auf der Straße, nach Luft schnappen, warten, bis sich der Herzschlag beruhigt, sammeln, was den ganzen Abend über ungesagt blieb, und in einen Schrei packen, bis die gesamte Nachbarschaft, der Block, die Stadt aufwacht und alle herauskommen, an ihren Türen und Fenstern stehen, Männer, Frauen und Kinder, in der Kälte fröstelnd, die Decken hinter sich herschleifend, alle müssten ihr zuhören.

Und sie würde schreien: »Ich bin hier, um euch zu sagen, was A, B, C und D Vater und Mutter angetan haben. Ich bin hier, um euch zu sagen, was sie mit der Auto-Rikscha gemacht haben, mit unserem Haus, ich bin hier, um euch zu sagen, bildet euch ja nicht ein, dass ich vor alledem wegrenne, nur weil ich jetzt renne. Dass ich Angst habe. Ich habe keine Angst, ich fürchte mich nicht, ich werde einen Zauber benutzen, um Rache zu üben.

Zauber schwarz, Zauber weiß
Zauber braun und blau
Ich kriege euch in jedem Fall
Und seid ihr noch so schlau.

Am Ende ist es ganz egal
Ob schwarz, ob heller Schein
Was immer ihr auch wählen mögt
Es wird das Feuer sein.

Zauber bedeutet, dass ich meine Hand in die kalte Winternacht stoße, durch den Rauch und den Nebel, und ein Gewehr ergreife. Ein Maschinengewehr mit unerschöpflicher Feuerkraft. Nicht bloß eine AK-47, sondern eine ABCDEFGHIJKLMNOPQRSTUVWXYZ siebenundvierzigtausendmillionenmillardentrilliarden. Ich werde schießen und immer weiter schießen, genau zwischen eure Augen.

Zauber bedeutet, ich werde Luft holen, meine Brust weiten, mich auf die Zehnspitzen stellen, und ihr werdet sehen, wie ich wachse, bis ich doppelt, drei Mal, vier Mal, fünf Mal, sechs Mal, sieben, acht, neun, zehn Mal so groß bin wie jetzt. Bis ich, Shabnam, so groß bin, dass meine mit Tränen gefüllten Augen so groß wie Wassertanks werden, heiß und dampfend, das Wasser mit Feuer vermischt, brodelnde Hitze, glühend heißer Dampf. Bereit, euch alle zu verbrühen.

Und dann werde ich langsam auf euch zugehen, so groß, dass eure Türen und Fenster höchstens an meinen Fußgelenken kratzen, und eure Terrasse wird mir nicht einmal bis an die Knie reichen. So groß werde ich sein, dass die Wolken mein Haar durchnässen, der Wind wird es wieder in Form föhnen, seine alte lockige Form, der Mond wird es schimmern, die Sterne werden es funkeln lassen.

Und ich werde über euch und euresgleichen hinwegschreiten, eure Familien, eure Angehörigen, eure Häuser, eure Wohnzimmer, eure Marmorböden, die Arbeitsflächen aus Granit in den Küchen, eure Windspiele in den Fenstern.

Dann werde ich das tun, was A mit meinem Vater gemacht hat, C und D mit meiner Mutter, ich werde eure Münder aufbrechen, eure Zungen herausreißen, sie abschneiden, eine nach der anderen, sie fallen lassen, rosa, schwarz, braun oder gelb, und in die Gossen neben der Straße werfen, bis diese überquellen.

Ich werde zusehen, wie B es getan hat – er stand da und sah zu –, ich werde zusehen, wie eure Zungen vom Wasser fortgeschwemmt werden, durch das Eisengitter des Gullys, wie sie durch die Rohre bis zum Fluss getrieben werden, der ins Meer mündet, als wären es Schwärme von Fischen ohne Flossen, Augen oder Schuppen. Und ihr würdet in euren Häusern stehen und sitzen, lachen und weinen, ohne Zunge könnt ihr nicht reden, deshalb könnt ihr euren Freunden und Familien nicht erzählen, was A, B, C und D Shabnam, ihrem Vater und ihrer Mutter angetan haben.

Wie sie mir den Kopf festhielten und mich zwangen, meine Eltern anzuschauen, nackt. Sie sagten, so hast du sie noch nicht gesehen, du kannst uns dankbar sein. Dann riss A meinem Vater die Uhr ab und sagte, du brauchst nicht mehr zu wissen, wie spät es ist, du hast keine Zunge mehr, um zu sprechen, und warf sie aus dem Fenster, wo die anderen standen, um die Auto-Rikscha herum, die inzwischen brannte. Die Hitze und der Rauch waberten in Wellen herein. Sie lachten, ich sah ihre Zungen, sah, wie sie über die Lippen fuhren, ich sah sie in Vaters und Mutters offene Münder urinieren. Ich hörte sie sagen, ihr Urin sei gelb, weil sie heute Morgen noch keine Zeit gehabt hatten, Wasser zu trinken, und seht nur, seht, sagten sie, welche Farbe er annimmt, wenn er sich mit Blut vermischt. Seht, wie Gelb und Rot zu Braun werden.«

Aber natürlich sagt Shabnam nichts, sie hat keine Worte für all das, sie hat nur ihre Füße und Arme, ihre Knie und Ellbogen, um sich durch Feuer und Dunst zu kämpfen. Sie atmet schwer, stoßweise, das Keuchen hallt zwischen den Wänden der Gebäude zu beiden Seiten wider. Hin und wieder stößt sie einen Schrei aus (doch wie kann man schreien, wenn man so lange und schnell gerannt ist?), besser gesagt ein Wimmern: Es dient nur dazu loszuwerden, was ihr im Halse stecken bleibt, damit die kalte Luft in ihre Lungen strömen kann, das mühsame Atmen erleichtert und ihr mehr Sauerstoff zuführt. Sie am Leben hält.

Renn weiter.

Sie müsste sich ausruhen, sie muss sich ausruhen, denn so kann sie nicht weitermachen.

Es war ihr Vater, der ihr gesagt hat: »Lauf!«

(Mit einer Geste, nicht mit Worten, denn sie hatten ihm die Zunge abgeschnitten, das Blut strömte aus seinem Mund, über sein Kinn, tränkte seinen Stoppelbart, tropfte ihm auf die Brust. Es befleckte sein weißes Hemd und die graue Hose, die er ergriffen hatte, um seine Blöße zu bedecken und seine

Scham vor seiner Tochter zu verbergen. Sie sah seinen roten, kurzärmligen Pullover, dessen Ausschnitt zerschlissen war, ein sterbendes Tier, das auf dem Boden verblutete. Als sie Vater gezwungen hatten, sich auszuziehen, vor Shabnam, hatte er immer wieder den Kopf geschüttelt, nein, nein, nein, nein, nein, nein, nein, Shabnam darf das nicht sehen, und sie lachten immer noch, Shabnam muss das sehen, Shabnam kann nicht mehr in der Auto-Rikscha ihres Vaters fahren, Shabnam kann nirgendwo mehr hin, Shabnam muss das sehen, Shabnam muss ihren Vater und ihre Mutter nackt sehen, denn wurde sie nicht so geboren? Oder waren sie etwa angezogen, als sie sie zeugten? Shabnam muss das sehen. Wenn sie die Augen schließt, bringen wir sie auch um.

Und Shabnam sah.

Vater schüttelte immer weiter den Kopf und sagte ihr mit seinem Blick, renn, renn weg, du hast dein Leben noch vor dir, lass nicht zu, dass sie es dir stehlen. Sagte ihr mit seinem Blick, das Feuer kommt näher, sie haben die Vorhänge in Brand gesteckt, die Flammen von der Auto-Rikscha kriechen schon am Fensterrahmen hinauf, bald werden sie die Wände und Türen erreichen, die Stühle und den Tisch, sie werden in die Küche eindringen und die Gasflasche explodieren lassen, gespeist vom Kerosin werden sie sich bis ins Schlafzimmer ausbreiten, wo sie über die Laken züngeln und auch das Bett verschlingen. Und dann kommen sie zu der Tür, wo du jetzt stehst, sie werden auf dein Haar überspringen, dein wunderschönes Haar. Also renn, Shabnam.

Sie wollen nur uns, wie es scheint, also sollen sie uns haben, du aber renn, und nutze die Freundlichkeit dieser Fremden, so gut du kannst.

Und sie wandte sich um und sah ihren Vater und ihre Mutter zum letzten Mal an, sie sah die brennende Auto-Rikscha, deren Windschutzscheibe längst verschwunden war, sie sah A, B, C und D sich abwenden, ihre Aufgabe war erledigt, sie sah, wie sie die Tür von außen verriegelten, damit Vater und Mutter nicht herauskonnten, nackt und ohne Zunge, wie sie waren. Und Shabnam hatte die Augen geschlossen, war auf den Stuhl geklettert und durchs Fenster nach draußen, die Flammen hatten ihre Haut versengt, bis sie sich schälte, und sie war losgerannt.)

Zuerst zu einem öffentlichen Telefonshop am Ende der Straße; sie kannte den Mann, der dort Aufsicht führte, er lächelte ihr jeden Tag auf dem Weg zur Schule zu. »Geh rein und mach deinen Anruf«, hatte er gesagt. Vater hatte Recht gehabt, sie musste die Freundlichkeit der Fremden so gut wie möglich ausnutzen.

Alle Leitungen waren besetzt, ihre Hände zitterten, sie wählte sich die Finger wund. Schließlich erreichte sie den Vater einer Klassenkameradin, und er sagte: »Ich kann nicht kommen, die Stadt steht in Flammen.«

Sie konnte nicht antworten, und als er sie weinen hörte, sagte er: »Ruf mich in einer halben Stunde noch mal an, Shabnam, ich werde sehen, was ich tun kann.« Aber sie hatte keine halbe Stunde warten können, sie durfte nicht riskieren, erwischt zu werden, denn sie brauchen keine achtzehnhundert Sekunden.

Und so rannte Shabnam weiter.

Der Mann schloss den Telefonshop ab und ging nach Hause.

Shabnam wird langsamer, sie hat eine geschützte dunkle Ecke am Straßenrand entdeckt, eine Gasse zwischen zwei Häusern.

Sie scheint menschenleer zu sein. Dort biegt sie ein. Als sie die Gasse betreten hat, als die Dunkelheit sie einhüllt, als sie sicher ist, dass das Licht der Neonlampen auf der Straße sie nicht erreichen wird, bleibt sie stehen, setzt sich hin und lehnt den Kopf an die Mauer. Sie hört ihren Herzschlag, sie muss warten, bis er sich beruhigt, sie schwitzt in der Kälte, sie spürt den Schweißrand auf Nacken und Gesicht. Shabnam schließt die Augen und legt die Handflächen darüber, damit sie geschlossen bleiben.

Und ihre Augen, die zu öffnen man sie gezwungen hatte, die kein einziges Mal gezwinkert hatten, als sie Flammen und Rauch, Vater und Mutter, A, B, C und D, Tag und Nacht, die Straße und die Stadt sahen, diese Augen laufen ihr über, jetzt, da sie geschlossen sind.

Und Shabnam weint.

Ihre Handflächen bedecken noch ihr Gesicht, die Augen sind geschlossen, die Tränen fließen, sie fühlt, wie sie an den Daumen und beiden Wangen herabrinnen. Die Fingerspitzen kalt auf der heißen Stirn. Sie hört ihren Atem, rasselnd, pfeifend, als er versucht, herauszukommen und sich mit der Luft in der Stadt zu vermischen, im Augenblick aber noch zwischen Händen und Gesicht gefangen ist. Die Tränen fließen immer noch, sie schlägt die Augen auf und sieht etwas weiter weg, jenseits der Ausläufer der Schatten, da wo die Gasse endet und das Licht der Straße beginnt, einen Mittelstreifen, eine schmale Betonbegrenzung, mit ein paar sauber in Reih und Glied gepflanzten jungen Bäumen, die von Schutzgittern umgeben sind. Autos fahren vorbei, sie rückt enger an die Wand, sie will nicht gesehen werden.

Das Mädchen im Schatten
Wo wird Shabnam enden
Was könnte man sagen
Um Trost ihr zu spenden.

Was sollte man machen
Für ihre Seelenruh
Man könnte ihr nur Tariq zeigen
Er ist genau wie du.

Und so können Sie Shabnam nur sagen, dass nicht weit von da, wo sie wohnt, eigentlich nur etwas weiter die Straße hinunter, irgendwann in dieser Nacht, heute oder morgen, aus den Schatten, von der anderen Seite der Gasse, ein Kind auftauchen wird, ein Junge, zehn oder elf Jahre alt, mit T-Shirt und Shorts. Er wird die Gummischlappen seiner Mutter in der Hand haben, und es wird aussehen, als suchte er nach etwas. Verkriech dich nicht noch tiefer in den Schatten, Shabnam, hab keine Angst, er ist kein Feind, er ist ein Freund. (Sie haben seine Mutter erwischt, bevor sie deine hatten.) Freundschaft ist, wenn ihr beide das Feuer brennen seht, wenn ihr beide zuseht, wie diejenigen, die ihr liebt, getötet werden, Freundschaft ist, wenn ihr beide allein in der Stadt seid und euch fürchtet. Schau also hin, wenn er auf den Mittelstreifen klettert, sich durch die Eisengitter zwängt und am Fuß der Laterne stehen bleibt. Schau ihn dir an, wenn er den vorbeifahrenden Autos nachblickt, zähl sie mit ihm zusammen.

Und dann, was sagen Sie Shabnam danach? Denn sie wird Sie weiter anschauen, sie wird zuhören, sie hat im Augenblick keine eigenen Worte, sie ist leer, sie ist wie die ausgebrannte Hülle ihres Hauses.

Was wollen Sie ihr sagen?

Warte, bis die Nacht zu Ende geht, bis der Rauch sich verzieht, du bist intelligent, du bist nicht sechs oder sieben, bestimmt findest du wieder nach Hause.

Dort wird mittlerweile die Polizei eingetroffen sein, denn während du gerannt bist, hat der Premier in Neu-Delhi gesprochen, mit vor Schmerz geschlossenen Augen, so dass du jetzt keine Angst zu haben brauchst, sie kommen nicht zurück, um die Toten zu töten, man kann nicht verbrennen, was schon verkohlt ist.

Sei vorsichtig, betritt dein Haus, und suche nach dem, was noch übrig ist. Irgendetwas muss noch da sein, nicht alles verbrennt.

Auch deine Nachbarn werden da sein, deine Nachbarn, die ihre Türen und Fenster verschlossen und nicht hörten, wie dein Vater und deine Mutter geschrien haben, deine Nachbarn, die gekommen waren, um sich die Auto-Rikscha deines Vaters anzusehen und ihn um eine Fahrt zum Bahnhof, zum Markt oder zum Kino gebeten haben.

Und jetzt werden sie wieder kommen, jetzt bist du allein, einer von ihnen wird dich zu sich einladen, einen Eimer Wasser für dich erhitzen, damit du baden kannst, und dir ein frisches Stück Seife geben, Sandelholz, deine Lieblingssorte, die Verpackung wartet nur darauf, dass du sie aufreißt. Damit du den Schweiß und die Tränen abwaschen kannst, die verkohlten Hautfetzen unter den Sohlen. Sie werden dir ein blaues Waschpulver geben, um deine Kleider zu waschen, denn das Fleisch deines Vaters klebt noch an deinem Kameez und der Schmutz der Stadt an deinem schwarzen Salwar.

Sie werden auf einem frisch gemachten Bett eine weiche Decke für dich ausbreiten und frische Wäsche, die nach warmem Wasser und Seife riecht. Sie werden dich zum Lunch einladen, mach dir keine Sorgen, wir kümmern uns um dich. Hier, nimm noch etwas Reis, du brauchst nicht schüchtern zu sein, dies ist dein neues Zuhause. Und am Abend geben sie dir wieder etwas zu essen.

Und dann was?

Was soll Shabnam dann tun?

Ins Bett gehen, die Decke über die Ohren ziehen, die Augen schließen und schlafen?

Vater, Mutter vergessen?

Mutter und Vater nackt vergessen?

Den Freitag vergessen, an dem Vater seine Auto-Rikscha kaufte?

Vergessen, wie sie jeden Abend die Windschutzscheibe putzte, Vaters Uhr vergessen, die sie wegwarfen?

Das Feuer vergessen, den Rauch vergessen, die abgeschnittenen Zungen vergessen?

Vergiss alles, die Vergangenheit ist verbrannt. Beginne deine Erinnerungen erst mit dem heutigen Tag, denn du wurdest nicht vergewaltigt, du wurdest nicht umgebracht, du wurdest nicht bei lebendigem Leib verbrannt?

Nun, das ist der einzige Ausweg, aber wer soll ihr das erklären? Jetzt, da Shabnam in der Gasse sitzt, ihre Tränen fließen und die Erinnerung an das Feuer kühlen.

Jemand muss es ihr sagen, früher oder später.

(Ende des zweiten Anhangs)

■ ■ ■

KAPITEL DREIZEHN

Abba (Dritter Anhang)

»Sie sind genau wie meine Schüler«, sagt Abba und wiederholt es ständig, dieser sechsundsiebzigjährige Mann, unser dritter und letzter Augenzeuge, so dünn, dass er bereits sein aufrechtes Stehen dem Wind und den Elementen abzutrotzen scheint. Er ist groß und hält sich ungewöhnlich gerade für einen Mann seines Alters; sein Haar ist weiß und wallend, ebenso sein Bart; er wiederholt die Worte wie ein Mantra, er ruft, er bittet, er fleht, er bettelt. »Sie sind genau wie meine Schüler Sie sind genau wie meine Schüler Sie sind genau wie meine Schüler Sie sind genau wie meine Schüler Sie sind genau wie meine Schüler.«

Sie hören nicht zu, A, B, C und D.

A kaut auf den Lippen,
B atmet tief aus,
D kämmt sein Haar
Und C blickt aufs Haus.

»Sie sind genau wie meine Schüler«, sagt er, »Sie sind wohlhabender als meine Schüler, das sehe ich an Ihrer Kleidung, und wie Sie miteinander sprechen, Sie sind gebildet. Ihre Eltern sind offenbar sehr gütig. Sie sollten im College sein, an der Universität, Sie sollten Naturwissenschaften studieren oder Wirtschaft, heutzutage will jeder Betriebswirt werden, das sollten Sie studieren. Mittlerweile gibt es viele private Wirtschaftshochschulen. Ihnen steht eine glänzende Zukunft bevor, Ihnen allen. Meine Schüler haben nicht so viel Glück, wir sind eine staatliche Schule, und Sie wissen ja, was wir haben, was wir nicht haben, aber ich sage meinen Schülern immer, vergeudet nicht eure Zukunft. Sie alle vier sollten arbeiten; wenn Sie Hilfe brauchen, kommen Sie bitte zu mir, jederzeit, tagsüber, nachts, morgens, abends, ich habe fast immer Zeit, ich habe mich schon vor langem zur Ruhe gesetzt. Allerdings weiß ich nicht, ob ich Sie unterrichten kann, ich unterrichte Jungen und Mädchen in der Unter- und Mittelstufe. Ich gebe jetzt nur noch an zwei Tagen in der Woche Unterricht in der Schule, es wurden noch keine neuen Lehrer eingestellt, auf dem Weg hierher haben Sie die Schule sicher gesehen. Ich schlafe schlecht, ich habe keine Kinder mehr im Haus, mein einziger Sohn wohnt weit weg, er hat letztes Jahr geheiratet.

Seine Frau, meine Schwiegertochter, ist zurzeit bei mir. Sie ist etwa in Ihrem Alter, sie könnte Ihre Schwester sein, sie ist mit meinem Enkelkind schwanger, noch vier oder fünf Monate bis zur Geburt, sie besucht mich gerade für ein paar Tage, weil mein Sohn weggefahren ist, er wollte nicht, dass sie allein bleibt, er kommt morgen zurück, und bis dahin wohnt sie bei mir. Ihre eigenen Eltern leben nicht mehr, aber ich habe ihr gesagt, keine Angst, ich bin ja da. Und es ist egal, ob Sohn oder Tochter, solange dein Kind in Sicherheit und gesund ist, solange du gesund und in Sicherheit bist. Meine Frau ist vor dreizehn Jahren gestorben. Deswegen muss ich nicht nur Großvater sein und dem Kind abends Geschichten erzählen, sondern auch Großmutter, muss das Kind füttern, mit ihm an die frische Luft gehen, mit ihm spielen, seine Arme und Beine eincremen, damit Muskeln und Knochen wachsen. Was die Mutter tun kann? Sie kümmert sich um mich, sie kocht und putzt den ganzen Tag. Während wir reden, während ich rede, Sie sagen ja kein einziges Wort, steht sie in der Küche und macht das Abendessen.«

Sie hören nicht zu.

A ballt die Faust,
C taxiert den Mann,
B sieht nur zu,
Und D entwirft den Plan.

»Sie sind genau wie meine Schüler«, sagt er, »nehmen Sie meine ganzen Bücher, nehmen Sie alle mit, es sind um die hundert, das einzig Wertvolle, was ich besitze. Bedienen Sie sich, nehmen Sie, was Sie wollen. Aber die Bücher sind alt, ich weiß nicht, ob Sie etwas mit ihnen anfangen können. Viele von ihnen sind auf Urdu, ich kann sie Ihnen vorlesen. Es sind auch ein paar englische Bücher dabei, Mathematik und Geschichte, meine Unterrichtsfächer, ein paar Abenteuerbücher, ein paar Taschenbücher in Hindi, die ich am Bahnhof kaufe, wenn ich meinen Sohn und meine Schwiegertochter abhole. Ich gehe immer zum Bahnhof, sie sagen mir ständig, Abba, du bist alt, du solltest nicht hier in diesem Gedränge warten, ich habe ihnen gesagt, wenn ich zwei Mal die Woche unterrichten kann, kann ich auch zum Bahnhof gehen. Sie können diese Bücher mitnehmen, ich kaufe mir neue. Ich muss morgen sowieso aus dem Haus, ich muss meine Rente von der Schule abholen, falls sie auf hat. Morgen muss ich eine Lebensbescheinigung unterschreiben, zum Beweis, dass ich noch lebe, damit sie meine Rente auszahlen können. Sie vier sind noch jung, ich helfe Ihnen, geben Sie mir Ihre Adressen, und ich komme vorbei, ganz pünktlich; ich verlange auch nichts, weil ich gerne unterrichte. Ich habe dreißig Jahre lang unterrichtet.«

Sie hören nicht zu.

Öl oder Zunder
Könnten wir brauchen.
Dann ließen wir hier alles
Brennen, lodern, rauchen.

»Sie sind genau wie meine Schüler«, sagt er, »ein paar von ihnen sind genau wie Sie, sehr eigensinnig, ungeduldig, wütend, aber das liegt daran, dass Sie jung sind, und junge Menschen werden nun einmal wütend, sollten es sogar. Besonders junge Menschen in diesem Land. Einmal habe ich dem Herausgeber der Zeitung einen Brief geschrieben, sie haben ihn veröffentlicht, aber gekürzt, sie haben nur fünf oder sechs Zeilen abgedruckt, obwohl ich ihnen zwei volle Seiten geschickt hatte. Ich habe ihnen gesagt, wenn der Premierminister vom gemeinen Mann auf der Straße spricht, dann sollte er von den jungen Menschen sprechen, etwa meinen Schülern, sie sind die Gemeinschaft, ihnen sollte alles in diesem Land gehören. Wir Alten brauchen nichts Besonderes mehr, wir wollen einfach in Ruhe und Frieden leben. Eines Tages, und dieser Tag ist nicht mehr fern, werden wir sterben, also verschwendet bitte nicht eure Zeit oder euer Geld an alte Leute wie uns, bitte kümmert euch um die jungen. Denn den jungen Menschen gehört die Zukunft, wir sind alt, können nicht mehr viel tun, nur noch ein paar Kinder unterrichten und in unseren Häusern sitzen, an die Vergangenheit denken, unseren Enkeln beim Aufwachsen zusehen, sie vielleicht mal zur Schule bringen.«

Sie hören nicht zu.

Nehmen wir ihn zuerst dran?
Oder verschonen wir ihn?
Holen uns die Frau,
Und anschließend ihn?

»Sie sind genau wie meine Schüler«, sagt er, »sie hatten Angst vor mir, das ja, aber sie haben mich immer respektiert. In dieser Nachbarschaft respektiert mich jeder, weil ich der Lehrer bin, deshalb lebe ich noch hier, deshalb bin ich aus dieser Gegend nicht weggezogen, obwohl mein Sohn immer sagt, komm zu uns, du solltest mit uns in einer Stadt leben, die sicherer ist, einem Bundesstaat, der sicherer ist. Ich habe ihn ausgelacht, ich habe gesagt, niemand bringt mich hier um, sie haben alle Respekt vor mir, es ist egal, welcher Religion ich angehöre. Selbst jetzt, im Ruhestand, steige ich aus dem Bus und gehe von der Schule nach Hause, und schon kommen die Kinder, Jungen und Mädchen, sie rennen auf mich zu und sagen, Abba, Abba, lassen Sie uns Ihre Tasche tragen, Ihre Bücher, die Sachen sind schwer. Aber ich sage ihnen, nein, solange ich zwei Hände habe und zwei Beine und solange ich das Gewicht tragen kann, tue ich das auch. Besten Dank. Aber mein Sohn sagt, Abba, das hat nichts damit zu tun, wie ehrlich du bist, oder damit, dass du deine Schüler nach Hause eingeladen und ihnen umsonst Nachhilfe gegeben hast. Es zählt nicht, dass du keinen einzigen Tag in der Schule gefehlt hast, dass du als einziger Lehrer immer da warst, sogar wenn du Fieber hattest. Sie kommen und holen dich, wenn sie das wollen. Aber ich habe ihm gesagt, nein, du bist nur wütend. Sie respektieren mich alle, weil ich so ein guter Lehrer war. Deshalb werde ich hier immer sicher sein.«

Sie hören nicht zu.

Wann merkt er endlich,
Dass er Unsinn spricht?
Sein Sohn hat ganz Recht,
Das zählt alles nicht.

»Sie sind genau wie meine Schüler«, sagt er, »wenn Sie Hunger haben, sagen Sie es ruhig, ich habe ein paar Kleinigkeiten in der Küche. Als meine Frau noch lebte, sind viele von meinen Schülern gekommen, um sich bei den Hausaufgaben helfen zu lassen, und sind zum Abendessen geblieben. Einige von ihnen kamen aus armen Familien, also dachte ich, warum nicht, sollen sie hier essen, ich habe keine zehn Mäuler zu füttern. Jetzt ist meine Schwiegertochter hier, in etwa einer halben Stunde könnte sie das Abendessen fertig haben. Sie kocht sehr gut, manchmal macht sie auch etwas Chinesisches, ich weiß nicht, wo sie das alles gelernt hat. Wenn Sie verschiedene Sachen essen wollen, kann ich auch dafür sorgen. Es macht mir gar nichts aus, ich habe Pappteller und Pappschalen. Wenn Sie nicht warten können, müssten wir auch noch Kekse haben, sie kann Ihnen Tee dazu kochen. Setzen Sie sich, trinken Sie Tee, und essen Sie Kekse, es ist kalt heute Abend. Erzählen Sie mir von sich, einer nach dem anderen. Aber natürlich müssen Sie mir nichts erzählen, wenn Sie nicht wollen. In meiner Klasse habe ich die Schüler nie gezwungen, Fragen zu beantworten, und ich glaube, deshalb hatten sie großen Respekt vor mir. Ich habe nie einen herausgegriffen, ich habe ihnen nie gesagt, sie sollen aufstehen und antworten, ich habe eine Frage gestellt und gesagt, wer möchte, soll sie bitte beantworten, und ich habe es nie zu hoch bewertet, weil ich weiß, dass einige der besten Schüler die schüchternen sind, diejenigen, die nicht aufstehen und reden. Und wie sich gezeigt hat, hatte ich Recht, da war dieser eine Schüler, der nie aufgestanden ist und nie eine Frage beantwortet hat, und jetzt unterrichtet er in Amerika. Noch dazu Geschichte.«

Sie hören nicht zu.

Hat sie jemand schon gesehen,
Die Frau dort am Herd?
Wie sieht sie aus?
Einen zweiten Blick wert?

»Nehmen Sie mit, was Sie wollen«, sagt er, »wie ich schon sagte, das einzig Wertvolle, was ich besitze, sind meine Bücher.

Wenn Sie sie nicht lesen wollen, können Sie sie verkaufen, Sie bekommen dafür gutes Geld, weil viele dieser Bücher vergriffen sind, Sonderausgaben, die es nirgends mehr gibt. Oder Sie können sie sogar als Altpapier verkaufen, es gibt da einen Händler, fünf Minuten von hier, ich bringe ihm jeden Monat meine Zeitungen. Wenn Sie die Bücher nicht wollen, nehmen Sie meine Möbel. Ich habe zwei Stühle, die ich vor dreißig Jahren gekauft habe, als meine Frau vom Dorf in die Stadt zog, damals hat sie die Sprache der Stadt noch nicht verstanden und ist den ganzen Tag lang im Haus geblieben. Die Stühle sind aus Teak oder aus Mahagoni, ich weiß es nicht genau, in den dreißig Jahren hat sich kein einziger Splitter gelöst. Sehr solide, heute benutzen sie solches Holz nicht mehr, jetzt nehmen sie Sachen wie Leimholz oder Spanplatten. Aber in meinem Haus finden Sie davon keinen einzigen Zentimeter, keinen Millimeter.

Sie hören nicht zu.

Weiß dieser Mann nicht,
Sein Holz ist uns egal?
Seinen Brüdern und ihm
Zeigen wir's ein für alle Mal.

»Nehmen Sie, was immer Sie wollen«, sagt er, »ich habe auch einen Fernseher, etwa ein Jahr alt, meine Schwiegertochter hat ihn mir bei ihrem letzten Besuch besorgt. Sie hat gesehen, wie ich in meinem Zimmer Radio gehört habe, und ich habe ihr gesagt, dass ich keinen Fernseher brauche, aber sie hat ihn trotzdem besorgt und bei der Kabelgesellschaft die Gebühren für ein Jahr bezahlt und ihn hier angeschlossen. Dreitausend Rupien allein für den Kabelanschluss. Ich sehe mir manchmal die Nachrichten an, manchmal Kricket, meine Schwiegertochter benutzt ihn häufiger, wenn sie hier ist, sie sieht ab nachmittags gerne alle möglichen Sendungen. Ich habe ihr gesagt, sie sollte lieber Bücher lesen, aber ich weiß auch, dass sie den ganzen Tag schwer arbeitet und gerade jetzt, wo sie schwanger ist, kann sie sich dabei entspannen, also lasse ich sie tun, was sie möchte. Aber Sie können den Fernseher mitnehmen. Sie kann jederzeit zu den Nachbarn gehen. Außerdem fährt sie morgen sowieso wieder nach Hause. Da haben sie einen größeren Fernseher.«

Sie hören nicht zu.

Bringen wir es hinter uns,
Und schaffen wir ihn weg,
Wie den Rikschafahrer
Und die Frau in ihrem Versteck.

»Nehmen Sie alles, was Sie wollen«, sagt er, »wenn Sie den Fernseher nicht wollen, ich habe noch etwas Schmuck, den meine Frau hinterlassen hat. Er ist aus Gold; ein Armband, vier Armreifen, zwei Fußkettchen, einige Ketten und drei Paar Ohrringe, Geschenke aus der Zeit unserer Ehe, und ein paar Sachen aus der Familie ihres Vaters. Einiges davon wollte ich für meine Enkelin oder meinen Enkel aufheben, wenn er heiratet. Wenn ich so lange lebe. Aber nehmen Sie es, Sie bekommen dafür sicher einen guten Preis. Ich weiß ohnehin nicht, wie lange ich noch lebe, mein Vater starb mit vierundsechzig, also habe ich ihn um zwölf Jahre überlebt. Oft frage ich mich, wofür ich noch da bin, und dann fällt mir als einziger Grund ein, dass mein Enkelsohn oder meine Enkeltochter im Sommer zur Welt kommt, noch vier Monate, hat der Arzt gesagt.

Ich würde gerne sehen, wie er groß wird, wie er laufen lernt, vielleicht sogar, wie er zur Schule geht, aber nein, so selbstsüchtig bin ich nicht. Wenn ich sehe, wie er läuft und wie er das erste Mal zur Schule geht, dann reicht es, alles darüber hinaus wäre geschenkte Zeit. Also höchstens vier Jahre noch, dann bin ich achtzig, ein gutes Alter, um zu gehen, achtzig.«

Sie hören nicht zu.

A schlägt den Mann,
C tritt sein Bein,
B sieht nur zu,
D ging hinein.

»Warum wollen Sie mich umbringen«, sagt er, »bitte fragen Sie doch jeden hier in der Gegend, gehen Sie bitte zu meiner Schule und fragen meine Schüler. Fragen Sie nach mir, fragen Sie, was ich ihnen beigebracht habe. Ich habe nie Hass gepredigt; ich lüge nicht, bitte, sehen Sie sich die Übungshefte an, bitte, sehen Sie sich die Hausaufgaben an, meine Notizen. Lesen Sie meine Tagebücher, die Aufsätze, die ich meinen Schülern aufgegeben habe. Gestern, als ich von dem brennenden Zug gehört habe, da können Sie hier jeden fragen, da habe ich gesagt, das kann man nicht erklären oder entschuldigen, wie kann man Fahrgäste in einem Zug umbringen? Das Gleiche habe ich letztes Jahr bei diesen Anschlägen in Amerika gesagt, ich habe gefragt, wie kann man Männer, Frauen und Kinder einfach so töten und nicht traurig sein? Stellen Sie sich vor, einer meiner Schüler wäre in dem Gebäude gewesen, mit einem alten Vater, wie ich einer bin; was sollte aus ihm werden? Jedes Jahr am 15. August, am Unabhängigkeitstag, setze ich mich mit meinen Schülern zusammen und erzähle ihnen, wie stolz wir sein können und welches Glück wir haben, in diesem Land zu leben. Ich habe eine Staatsflagge im Haus, sie wird sehr sorgfältig aufbewahrt, ich kann meine Schwiegertochter bitten, sie Ihnen zu zeigen. Sie ist aus Seide, im Geschirrschrank, auf dem gleichen Brett wie der Schmuck meiner Frau. Wenn sie in der Schule die Flagge hissen, holen sie mich, weil sie sagen, Abba, Sie sind der Einzige, der Nehru und Gandhi gesehen hat. Wenn das alles nichts bedeutet, wenn Sie nicht zuhören, wenn Sie töten müssen, so wie Sie die anderen in dieser Gegend getötet haben, wenn Sie bereits mit dem festen Vorsatz hierhergekommen sind, dann lassen Sie bitte meine Schwiegertochter gehen, bitte töten Sie mich stattdessen. Sie könnte Ihre Schwester sein, sie trägt ein Baby in sich. Töten Sie mich, ich bin schon sehr alt, ich habe meine Zeit auf dieser Welt hinter mir. Ja, ich werde mein Enkelkind nicht sehen können, aber das ist in Ordnung.«

Sie hören nicht zu.
Sie schubsen ihn weg.
Sie gehen ins Haus.
Er fällt in den Dreck.

Und dann vergewaltigen sie die Schwiegertochter.

Sie würgen sie mit einem Handtuch.

Sie schlitzen ihr die Kehle auf.

Sie warten, bis sie stirbt.

Sie schlitzen ihr den Bauch auf, bis ganz unten. Von den Brüsten bis zum Schambein.

Sie nehmen ihr Baby heraus.

Sie übergeben sich, beim Anblick des ungeborenen Fleisches.

Und natürlich des Blutes.

Sie übergeben sich auf die Arbeitsplatte, auf das Gemüse, das sie gerade geputzt hat.

Dann setzen sie das Haus in Brand, sie verbrennen den Esstisch.

Die Gasflasche explodiert, die Decke stürzt ein, der tragende Deckenpfeiler fällt krachend herunter, sie verspritzen Kerosin, sie werfen brennende Lumpen.

Das Feuer leckt über den Boden, verschont zwei Geschirrregale an der Wand, als hätte es zuletzt noch Gnade.

Das Bild oben auf der Seite zeigt diese Küche.

Auf dem Weg nach draußen wischen sie sich die Hände an einem kleinen Handtuch ab und werfen es auf die Straße.

Sie treten Abba, den redseligen alten Lehrer, in den Bauch, sie spucken ihn an, aber sie lassen ihn leben.

Damit er morgen seine Pension abholen kann, damit er weiter reden kann. Damit er die letzten Jahre seines Lebens in einer Angst verbringen kann, wie er sie nie zuvor gekannt hat. Damit er sich hinsetzen kann, wenn sein Sohn kommt, und beide weinen können und er seinem Sohn alles erzählen kann, was geschehen ist, alles, was er A, B, C und D gesagt hat, und damit sein Sohn sagen kann: »Ich habe es dir doch gesagt, Abba, ich habe es dir gesagt. Es hat nichts mit deiner Ehrlichkeit zu tun und dem Respekt dir gegenüber und wahrscheinlich auch nichts mit deiner seidenen Flagge, die im Schrank liegt. Lass uns aus dieser Stadt verschwinden.«

Und was werden sie dann tun?

Soll Abba Shabnam und Tariq Geschichte lehren? Oder soll er seinem Sohn sagen, er solle wieder heiraten, seine Frau vergessen, die Küche vergessen, ein anderes Kind zeugen, damit das Kind mit Abba spielen kann, Abba es mit zum Markt nehmen, zur Schule bringen kann? Und damit er ihm vielleicht eines Tages erzählen kann, was geschehen ist?

Sehen Sie sich Abba an, er ist verletzt, er blutet, er lebt. Er, der ihnen erzählte, er habe seine Zeit auf dieser Welt hinter sich, wird später, am Morgen, aufstehen und auf seinen Sohn warten. Weil Abba weitermachen muss. Er kann sich doch nicht umbringen, oder? Stellen Sie sich vor, was die Leute sagen würden: Dieser Mann hat Selbstmord begangen, während die Stadt in Flammen stand, während bereits genug Menschen auf den Straßen getötet wurden, während es bereits genug Menschen gab, die töten wollten.

(Ende des dritten Anhangs und Ende der Nachricht.)

■ ■ ■

KAPITEL VIERZEHN

Ein Punkt und ein Strich

Miss Glas hatte gesagt, bitte lesen Sie sie sorgfältig, bitte widmen Sie ihnen Zeit und Konzentration. Nun, ich habe ihnen Zeit gewidmet, ich habe ihnen Konzentration gewidmet. Fünfundvierzig Minuten, mindestens volle fünfundvierzig Minuten – es kann auch länger gewesen sein, bis zu einer Stunde, ich habe nicht auf die Uhr gesehen –, so lange habe ich gebraucht, um alle drei Anhänge zu lesen, Tariq, Shabnam und Abba, die etwa elftausend Wörter, die etwa fünfundvierzig Seiten. Und um die drei Bilder zu betrachten, nicht allzu genau, aber ja, ich habe mich auf die Details konzentriert. Etwa auf die Brandspuren an der Wand von Tariqs Haus, unterhalb der Fenster, neben den Türen. Ich sah die Leisten im Fußraum der verbrannten Auto-Rikscha, das Zeichen *Besetzt*, das herausgerissene Dach, die zerfetzte Dachbespannung, das eiserne Fahrgestell, das den Flammen standgehalten hatte. Und in Abbas Küche, den unversehrten Stahlkessel, die Teetassen dahinter (ich zählte drei, vielleicht waren es mehr), die Schalen, Teller. Alle unangetastet. Und natürlich hatte ich von den vier Morden gelesen. Eine Mutter, ein Elternpaar, eine Schwiegertochter.

Fünf, wenn man ihr ungeborenes Kind mitzählte.

Und hatte Miss Glas in ihrer Nachricht nicht gesagt, dass sie schon Hunderte, vielleicht sogar tausend, umgebracht hatten?

Wollen wir also einen Moment lang diese tausend unbeachtet lassen und nur diese fünf betrachten?

Fünf von tausend, das sind 0,5 Prozent. Ich kann gut mit Zahlen umgehen.

Wenn Ihnen Metaphern eher liegen als Mathematik, Wörter und Punkte eher als Ziffern und Dezimalkommata, bedenken Sie Folgendes: Null Komma fünf Prozent bedeutet, wenn Sie alle Ermordeten, die Männer und Frauen, die Jungen und Mädchen, die Kinder und die Föten – weder Vieh noch Vögel wurden getötet – so weit zusammenpressen würden, dass sie in Ihre Handfläche passten, dann wären eine Mutter, ein Elternpaar, eine Schwiegertochter und ein ungeborenes Kind, alle zusammen, wenig mehr als einen Fleck auf einem Fingernagel.

Ein Punkt.

Leicht zu sehen, leicht wegzureiben.

Deshalb habe ich, als ich im Internetcafé saß, nicht lange bei ihnen verweilt. Nachdem ich die Anhänge gelesen und ihnen Zeit und Konzentration gewidmet hatte, faltete ich die Seiten sorgfältig zusammen – sicher, ich würde sie nochmals lesen, mir nochmals die Bilder ansehen – und steckte sie in Ithims Tasche, hinter seinen Rücken, als Stütze, als Kissen. Die Blätter, noch warm vom Drucken.

»Das ist ja mal eine lange Nachricht.« Mr Meeko stand hinter mir und sah mir über die Schulter, als ich gerade die Riemen der Tasche zurechtgerückt hatte.

»Von einem Freund«, sagte ich, »er hat eine Menge zu erzählen.«

»Offenbar.« Mr Meeko lächelte.

Hatte er Ithim gesehen? Es war unwahrscheinlich, weil ich die Tasche vor mir hielt und Mr Meeko eindeutig die Sicht versperrte.

»Wissen Sie, Mr Jay, Sie müssen die Ausdrucke nicht bezahlen«, sagte er, »Sie sind heute der erste Kunde, ein sehr gutes Zeichen, ich berechne Ihnen nur die Zeit.«

»Danke.«

»Wie geht es Ihrer Frau? Wann ist der große Tag?«

»Sie ist im Krankenhaus, es kann jeden Tag so weit sein.«

Damit hatte ich Mr Meeko, den ich immer als Freund betrachtet hatte, zum ersten Mal angelogen, aber in diesem Moment ging mir das ganz von allein über die Lippen. Es bedurfte keiner Anstrengung, es erschien harmlos, und es erschien praktisch: Meine Frau hatte ihr Kind nicht gesehen, warum also sollte ich Ithim jemand anderem zeigen? Außerdem (und vielleicht war das der wahre Grund) war ich dabei, Ithim in Ordnung bringen zu lassen, mit anderen Worten, Ithim war noch nicht bereit.

War es mir also peinlich, ihn anderen Leuten zu zeigen? Betrachtete ich seine äußere Form als eine Art persönliche Beleidigung? Ich müsste lügen, wenn ich das verneinen würde, aber darum ging es nicht. Ithim war mein Kind, und ich dachte, es wäre unfair, ihn anderen Leuten so zu zeigen, einen ersten Eindruck zu prägen, obwohl mir eine zweite, verbesserte Version versprochen worden war.

Ich war bereits viel zu lange in dem Internetcafé, aber ich machte mir keine allzu großen Sorgen. Ich musste um fünf Uhr am Bahnhof sein, und es war noch früh am Morgen, nicht einmal sieben, halb acht, noch mindestens acht oder neun Stunden, bevor ich am Zug sein musste.

Ich folgte Mr Meeko zu seinem Computer; als er begann,

die Quittung auszufüllen, spürte ich Ithim an meiner Brust, die Tasche war jetzt schwerer, sie trug die Last von Miss Glas' Botschaft. Mr Meeko schrieb langsam, er dehnte jeden Buchstaben, beim J den Bogen, beim A den Winkel, beim Y den Strich nach unten, als wollte er mich noch einen Moment dort festhalten, vielleicht Raum für eine Unterhaltung schaffen.

Und als wollte ich die gerade ausgesprochene Lüge wiedergutmachen, beeilte ich mich, den Raum zu füllen: »Mr Meeko, haben Sie von den Feuern in der Stadt gehört, von den Morden?«

Ohne von seinem Quittungsblock aufzusehen, sagte er: »Ja, ganz merkwürdig, ich habe etwas über meine Webcam gesehen, an diesem Computer.« Und er sah kurz zu mir hoch, streckte die Hand aus, den Stift noch umklammert, und tätschelte das Gerät. Der Bildschirm seines Computers war leer. »Ich habe es hier an meinem Rechner gesehen.«

»Was haben Sie gesehen?«, fragte ich.

»Warum setzen Sie sich nicht einen Moment?«, fragte Mr Meeko. »Haben Sie es eilig?«

»Nein, ich wollte nur ins Krankenhaus«, antwortete ich.

»Nun, dann will ich Sie nicht aufhalten. Im Krankenhaus wird streng auf die Besuchszeiten geachtet, aber wenn Sie Zeit haben, leisten Sie mir doch bei einer Tasse Tee Gesellschaft.« Er deutete auf einen Stuhl neben sich, hinter der Theke, auf der ein Kessel und zwei Tassen standen. Ganz ähnlich dem, was ich in Abbas Anhang gesehen hatte.

Mein Schweigen reichte ihm wohl als Antwort. Als die Quittung fertig war, riss er sie vorsichtig ab, reichte sie mir, nahm mein Geld und zählte das Wechselgeld ab, dann stand er auf, schob seinen Stuhl beiseite und goss den Tee ein.

Eine Tasse Tee, warum nicht? Ich konnte sie brauchen.

»Ich habe meinen Frühstückstee noch nicht getrunken«, sagte Mr Meeko, »die Webcam hat mich sehr beschäftigt, und sehr verstört.«

»Die Sonne war noch nicht aufgegangen, Mr Jay«, sagte Mr Meeko, »als ich heute Morgen hereinkam, und das Bild auf meinem Computer war genau so, wie ich es Ihnen so oft gezeigt habe. Der gleiche Bürgersteig, der gleiche kleine Abschnitt, aber heute Morgen war da ein Streifen, beinahe diagonal, an manchen Stellen weiß, an anderen schwarz, dazwischen grau. Als hätte jemand mit Kreide eine Linie auf die Linse der Webcam draußen gemalt. Oder auf den Bildschirm. Vielleicht ein Fingerabdruck, möglicherweise meiner.

Aber dann habe ich genau hingesehen.« Jetzt begann Mr Meeko, alles nachzuspielen, drehte sich in seinem Stuhl herum, näherte das Gesicht dem Bildschirm, in einer Hand die Teetasse, in der anderen den Stift. »Ich habe ein Papiertuch abgerissen, es mit warmem Wasser angefeuchtet und den Bildschirm damit abgewischt, dann habe ich mit meinem Ärmel nachgerieben. Aber der Fleck war immer noch da.

Und dann, Mr Jay, wurde mir plötzlich klar, dass ich den Streifen nicht wegbekam, weil er nicht auf dem Bildschirm war, sondern im Bild selber. Und dass es Rauch war. Rauch, der in der kalten Nacht von warmer Luft nach oben gedrückt wurde, Rauch draußen. Und gerade habe ich im Internet gesehen, dass die Stadt in Flammen steht, dass Hunderte getötet worden sind.«

Er ging zur Tür. »Jetzt habe ich Sie so lange aufgehalten, Mr Jay, es tut mir leid.«

Ich hatte Mr Meeko zugehört, ohne ein Wort zu sagen. Ich war versucht, sehr stark sogar, ihm meine Botschaft von Miss

Glas zu zeigen, die drei Bilder, ihn vielleicht sogar zu bitten, die drei Anhänge zu lesen. (Denn in unseren Unterhaltungen hatte bisher immer Mr Meeko die interessanten Geschichten gekannt, während ich nur kleine Anmerkungen dazu machen konnte, und jetzt schien es so, als hätte ich eine viel bessere Geschichte in meiner Tasche, als Mr Meeko sich je hätte vorstellen können.)

Aber nein, ich entschied mich dagegen. Denn das hätte sicher Tür und Tor geöffnet: Würde ich ihm die Botschaft zeigen, müsste ich ihm auch von Miss Glas erzählen, von ihrem Anruf, dem Krankenhaus, von Ithim, von dieser Reise; ich müsste zugeben, ihn angelogen zu haben. Einer Frage allerdings konnte ich nicht widerstehen.

»Haben Sie die Leichen gesehen? Woher kamen sie?«

»Welche Leichen?«, fragte Mr Meeko sichtlich bestürzt. »Ich habe keine Leichen gesehen.«

»Sie können sie immer noch sehen«, sagte ich und deutete auf diejenige, die ihm am nächsten war, auf der Straße nahe beim Obstverkäufer, auf die kleine, schwarz und verkohlt.

Mr Meekos Blick folgte meinem Arm, und er schüttelte den Kopf. »Nein, Mr Jay, da ist nichts«, sagte er, »und bei so ernsten Dingen sollten Sie keine Scherze mit mir machen.«

Ich hätte ihn am Arm nach draußen ziehen können; wir hätten uns hinknien und die Leiche aus der Nähe betrachten können. Doch nein, ich konnte den Bus auf der anderen Straßenseite sehen, und wenn Mr Meeko, mein Freund, die Leichen nicht sah, nun, dann konnte ich kaum etwas daran ändern.

Bestimmt wurde er von der Sonne geblendet.

■ ■ ■

■

Ich bin die Fernsehleiche, die sie in den Nachrichten gezeigt haben, ich war sechsundzwanzig Jahre alt, ich habe nicht viel zu erzählen, meine Freundin hatte gerade Geburtstag, ich lebe, sagte sie, du bist tot, deshalb sollte ich dir an meinem Geburtstag etwas schenken, dann fühlst du dich besser, sagte sie, und sie schickte mir ein selbstgeschriebenes Gedicht:

»Nun habe ich kein Recht auf Angst und Tränen.
Ich muss lachen und froh sein.
Mich richtig satt essen.
Und die Nacht durchschlafen.

Ich lebe noch und bin unversehrt.
Mein Heim wurde weder geplündert noch in Brand gesteckt.
Auch wurde ich nicht vergewaltigt oder lebendig verbrannt.
Meine Familie ist noch bei mir.
Meine Freunde schrieben noch keinen Nachruf.

Nun habe ich kein Recht auf Angst und Tränen.
Ich muss lachen und froh sein.

Geburtstagsfeiern, Kuchen und Sahne.
Namenloses Überleben, unentdeckt, ungebrochen,
Noch ein paar Bilder für das Album
sind der einzige Widerstand.
Ein weiterer Tag mehrt das Leben.

Ich muss lachen und froh sein.
Nun habe ich kein Recht auf Angst und Tränen.
Ich muss mich richtig satt essen.
Und die Nacht durchschlafen.

Meine Eltern, meine Schwester, meine Onkel, meine Neffen, meine Tanten, meine Nichten, meine Freunde, meine alten Klassenkameraden, meine Lehrer, meine Nachbarn, sie alle leben, meine Freundin hat Recht, sie haben kein Recht auf Angst und Tränen, sie stehen nur Menschen wie mir zu.

KAPITEL FÜNFZEHN
Auf der Straße, im Einkaufszentrum

Nennen Sie es Zufall: In der gleichen Stunde, in der ich sah, wie die Leichen neben der Bushaltestelle auf die Straße fielen, nur Minuten nachdem ich die Botschaft von Miss Glas gelesen hatte, sah ich einen Mob, sah ich einige der Menschen, die für diese brennende Stadt verantwortlich waren. Und ich sah sie, nicht durch geschriebene Wörter oder gedruckte Bilder, nicht zwischen den Zeilen gedichteten Singsangs – mit ihren Reim-dich-oder-ich-fress-dich-Versen –, sondern in Fleisch und Blut, durch die Windschutzscheibe des Busses, in den ich nach dem Verlassen des Internetcafés gestiegen war. (Ringlinie Nr. 46; sie fährt zum Krankenhaus und dann zum Bahnhof, ich hätte den Bus verpasst, wenn der Fahrer nicht angehalten hätte, als er mich über den Mittelstreifen laufen sah, etwas an mich gedrückt, das für alle anderen wie ein recht unförmiges Bündel ausgesehen haben musste.)

Bis auf den Fahrer und mich (und natürlich Ithim) war niemand im Bus, und deshalb war das Geklapper beim Anfahren lauter als sonst, der Motorenlärm hallte im leeren Innenraum wider und wurde vom Zittern des altersschwachen Holzchassis und dem Poltern von abgenutztem Holz gegen das an mehreren Stellen verzogene und verbeulte Blech noch verstärkt. Ich setzte mich auf den Platz direkt hinter dem Busfahrer, hinter die Trennwand aus Aluminium, die ihn vom Fahrgastraum abgrenzte. Es erschien mir merkwürdig und ungewöhnlich, dass der Bus zu dieser Tageszeit leer und auch kein Schaffner an Bord war – bei wem würde ich den Fahrschein bezahlen? –, aber sobald ich saß und der Bus fuhr, fühlte ich mich sicher und beruhigt, im Wissen, dass der Busfahrer nur eine Armlänge von mir entfernt war und dass er, weil er angehalten hatte, um mich einsteigen zu lassen, unwissentlich zu einem Verbündeten auf meiner Reise geworden war.

Ich hatte den Sitz am Fenster genommen, mir die Tasche auf den Schoß gestellt und sah hinaus, während wir am Internetcafé und den ausgebrannten Geschäften vorbeifuhren, das Kinn auf die Holzleisten des Fensters gestützt. Seit meiner Kindheit mache ich das in Bussen gerne, ich stütze mein Kinn so auf, dass meine Zähne klappern, ich das Ruckeln des Fahrzeugs durch den ganzen Körper gehen fühle und dadurch eine Verbindung schaffe zwischen meinem Inneren, meinem Gesicht, meinen Lippen und Zähnen über die Achse und die Räder mit der Straße unter mir, und von dort aus mit der ganzen Stadt. Und während ich dort saß, beinahe erstarrt in dieser Position, und weil ich dort ganz allein war, ohne andere Fahrgäste, die ich ansehen oder von denen ich angesehen werden konnte, ohne ein Gesicht neben oder vor mir (bis auf den Fahrer), dachte ich: Warum sollte Ithim das nicht auch fühlen? Warum nicht wie der Vater, so der Sohn?

Ich hielt die Tasche dicht an den Rand des Sitzes, hob sie auf Fensterhöhe hoch und legte Ithims Gesicht frei. Er schlief, der verkohlte Streifen Haut auf seiner Stirn wirkte in der Morgensonne weicher. Während ich darauf achtete, dass das Handtuch, mit dem ich ihn eingewickelt hatte, nicht herunterrutschte, hob ich Ithim an das Fenster und hielt ihn, nur einen Moment lang, so, dass seine Wange eine der Holzleisten berührte. Er schlief weiter, verbunden mit der Stadt. Ich versuchte mir vorzustellen, was er gefühlt haben mochte, das Zittern des Busses an seiner jungen Haut, der Wind, der ihm über das Gesicht strich, das Sonnenlicht, das er durch die geschlossenen Augen gesehen haben musste, ein gelbes Dämmerlicht in der Dunkelheit.

»Wohin wollen Sie?«, fragte der Busfahrer laut, seine Stimme ließ mich fast aus dem Sitz hochschrecken. Ich bemerkte, dass er langsamer fuhr, damit ich ihn trotz des Lärms verstehen konnte.

Ich beeilte mich, Ithim wieder in die Tasche gleiten zu lassen, obwohl der Busfahrer ihn unmöglich gesehen haben konnte. »Zum Holy Angel Hospital«, sagte ich, woraufhin er nickte und geräuschvoll Gas gab.

»Warum ist der Bus so leer?«, fragte ich.

Er hörte mich nicht und fuhr weiter.

»Warum ist niemand im Bus?« Ich dehnte die Frage, unbeholfen, Wort für Wort, mit Pausen dazwischen: »Warum, ist, niemand, im, Bus?«

Dieses Mal hörte er mich. Und antwortete ohne einen Blick in meine Richtung. »Wo wir hinfahren, gibt es eine Ausgangssperre«, sagte er. »Niemand darf auf die Straße.«

»Beim Krankenhaus?«

»Nein, auf dem Weg dorthin.«

»Und warum sind Sie dann unterwegs?«

»Ich weiß, ich hätte mit dem Bus nicht rausfahren sollen, aber ich muss ihn zur Endstation bringen, wo die anderen Fahrzeuge von meinem Chef stehen. Mache ich das nicht, verliere ich einen Tagesverdienst. Aber keine Sorge, ich lasse Sie direkt vor dem Krankenhaus raus.«

Der Busfahrer saß mit geradem Rücken und geraden

Armen da, seine Hände umklammerten das Lenkrad, das für einen Mann seiner Statur beinahe zu groß war.

»Brennen die Feuer noch?«, fragte ich.

»Ja, gestern den ganzen Tag lang, dann letzte Nacht, und selbst jetzt noch brennen sie in der ganzen Stadt. Sie müssen Sie doch letzte Nacht gesehen haben.«

»Nein, ich war im Krankenhaus«, sagte ich, dann wurde mir klar, dass ich ihm das nicht hätte erzählen müssen. Sicher würde er mich jetzt fragen, warum ich im Krankenhaus war. Aber es schien, als hätte er mich nicht gehört.

»Letzte Nacht gab es viele Tote«, sagte er. »Hoffe, Ihr Kind ist in Ordnung, gut, dass Sie ihn in einer Tasche verbergen, man kann nie sicher sein.«

Dann hatte der Busfahrer Ithim also gesehen, vielleicht im Rückspiegel.

»Ja, ihm geht es gut, ich bringe ihn ins Krankenhaus«, sagte ich. »Geboren wurde er …«

»Runter«, schrie der Busfahrer, wie als Antwort.

»Runter«, sagte er, »runter und still liegen. Und bleiben Sie so, bis ich Ihnen Bescheid sage; nicht bewegen.« Ich duckte mich und kroch auf den Boden; Ithim in seiner Tasche lag noch auf dem Sitz, die Tasche war durch ihr Gewicht zu einer Seite umgeknickt. Ich war auf allen vieren, kauerte auf Händen und Knien; ich fühlte die Bewegungen des Busses durch meinen Körper jagen und versuchte, das Gleichgewicht zu halten, während wir hin und her schleuderten und schlingerten, doch ich gab bald auf und ließ mich mit dem Gesicht nach unten fallen.

»Nicht bewegen«, hörte ich den Busfahrer wieder rufen, »tun Sie, was ich sage.«

Noch immer auf dem Boden liegend sah ich auf, um nach Ithim zu schauen. Auf dem Sitz schien er sicher zu sein. Ich streckte eine Hand aus, kroch vorwärts und berührte die Tasche; ich konnte ihn durch den Stoff fühlen und behielt meine Hand dort, hielt ihn fest, ich fürchtete, ein plötzlicher Ruck könnte die Tasche auf den Boden schleudern.

»Okay, stehen Sie jetzt langsam auf, aber bleiben Sie unten, bleiben Sie geduckt«, sagte der Busfahrer, »kommen Sie zu mir, heben Sie den Kopf und sehen Sie.« Der Bus schlich nur noch vorwärts; der Busfahrer war an den Straßenrand gefahren und arbeitete sich zentimeterweise voran, der Motorenlärm nur noch ein sanftes Schnurren. »Passen Sie auf, dass die Sie nicht sehen.«

Ich tat genau, was er mir sagte.

Und ich sah den Mob.

Über dem Kopf des Busfahrers, über seinem zurückgekämmten Haar voller Pomade, über seinem weißen Hemdkragen voll grauer Schlieren sah ich deutlich den Mob wie eine dicke schwarze Linie am Saum zwischen dem Himmel und der Stadt, sie erstreckte sich von einer Straßenseite zur anderen, dicker als eine einfache Linie, eher wie eine Reihe von Linien, vielleicht zehn, wie die Barcodes, die man heutzutage auf Verkaufsware findet, jede dicht hinter der anderen gezogen, mit kaum vorhandenem Abstand. Jede bewegte sich, alle bewegten sich. Jede rückte vor, alle rückten vor.

Wie es schien, auf mich.

Auf den Bus. Und auf Ithim.

Und der Lärm? Keine Wörter, keine Sätze, keine Absätze, keine Interpunktion, der Mob benutzte eine Sprache, die ich nie zuvor gehört hatte, ein Summen, wie das statische Rauschen eines Radios von der Größe der Straße, wie flirrender Schnee auf einem Fernseher, mit einem Bildschirm so groß wie der Himmel. Aufsteigend und abfallend, wie eine Welle, rückte er auf uns zu und trug zerfetzte Stimmen, Rufe und Schreie mit sich, und das Scharren unzähliger Füße. Deutlich erkennen konnte ich nur, dass sie alle Männer waren, die meisten von ihnen in Hemd und Hose, einige mit um den Kopf gebundenen Halstüchern, die ersten zwei, drei Reihen der heranrückenden Kolonne bewaffnet, einige mit Stahlstangen, andere mit Holzstöcken und wieder andere mit Fackeln in den Händen, deren Flammen sich gelb und blau vom Himmel abhoben. Und weil der Morgen allmählich dem Tag wich, wirkten die Flammen schwach, wenn die Fackeln hoch gehalten, aber ungezügelt, wenn sie gesenkt wurden und über die Gesichter des Mobs flackerten, das Gelb und Blau auf dunkelbrauner Haut. Ja, ich verspürte Angst, aber unter dieser Angst, so wie Wasser unter Eis, spürte ich auch Ehrfurcht. Da waren Hunderte Männer, und die Tatsache, dass jeder von ihnen seinen Geist vorübergehend ausgeschaltet hatte, um sich etwas Größerem anzuschließen – darin lag die Macht des Mobs, seine bedrohliche Ordnung ging Hand in Hand mit dem Chaos, aus dem es seine Energie bezog. Wäre Ithim nicht gewesen, hätte ich vielleicht zugesehen, vom Straßenrand aus, hätte mich ihm vielleicht sogar angeschlossen.

»Sie müssen aussteigen«, sagte der Busfahrer. »Das könnte gefährlich werden. Ich lasse Sie in der Nähe vom Einkaufszentrum raus, dem Plaza, das müsste gerade geöffnet haben, also gehen Sie rein, dort ist es sehr sicher. Da werden zusätzliche Kräfte eingesetzt, viele Polizisten. Bleiben Sie eine Weile dort, sehen Sie sich um, warten Sie, bis der Mob weitergezogen ist, dann können Sie herauskommen und entweder den

46er oder den 56er zum Krankenhaus nehmen. Oder nehmen Sie ein Taxi, das wäre mein Vorschlag.«

Er setzte zurück, in eine Seitenstraße. Der Mob schien das nicht zu bemerken, und wenn er es doch tat, schien es ihn nicht zu kümmern. Vielleicht war ein leerer Bus, in dem nur der Fahrer saß, den Aufwand nicht wert. (Und hinter einem Mann mit einem deformierten Kind waren sie auch nicht her.) Ich nahm Ithim hoch und drückte ihn wieder fest an mich. Als ich in der Tasche nachsah, bemerkte ich, dass Ithims Augen offen waren; er zwinkerte. Seine Wimpern und Wangen waren trocken, also hatte er nicht geweint. Aber was hatte er durch die Tasche hindurch gesehen?

»Steigen Sie hier aus, los, los«, sagte der Busfahrer; der Bus hatte mitten auf der Straße vor dem Einkaufszentrum gehalten. Ein Mann in einem blauen Overall und gelben Gummistiefeln putzte die riesigen Glastüren, neben sich einen Eimer mit schmutzigem Wasser. Drei Polizisten saßen auf einer Bank, zwei von ihnen in tiefen Schlaf versunken.

»Gehen Sie«, sagte der Busfahrer, »machen Sie sich keine Sorgen wegen des Fahrscheins, gehen Sie einfach. Und sorgen Sie gut für das Kind.«

Bevor ich mich umdrehen konnte, um ihm einen letzten Blick zuzuwerfen, war er schon weg.

Und ich stand auf der Straße, direkt vor dem Plaza Einkaufszentrum, dem neuesten Vorzeigebau der Stadt, sicher und unberührt inmitten des Feuers.

Und er hatte Recht. Der Busfahrer hatte Recht. Denn als Ithim und ich hineingingen, durch die Glastür, die der Mann im Overall für uns aufhielt, wurde mir sofort klar, was er damit gemeint hatte, wir wären hier sicher: Die unzähligen Türen, vor denen ich nun stand, die mich einluden, die mir Orte boten, an denen ich mich verstecken, an denen ich suchen konnte.

Türen, aufgereiht, eine neben der anderen, die in hell erleuchtete Innenräume führten, als wäre es draußen zwar Morgen, doch drinnen Abend, als existierte das Einkaufszentrum in einer anderen Zeitzone innerhalb der Stadt. Anfangs war das sicherlich verwirrend – dies war mein erster Besuch im Plaza; obwohl meine Frau und ich bereits mehrmals geplant hatten hierherzukommen, war dies jedes Mal durch ihre Schwangerschaft verhindert worden –, aber bald wurde offensichtlich, dass es schwierig, wenn nicht gar unmöglich für jemanden sein würde, Ithim oder mich hier zu finden.

Wir waren sicher. Denn sehen Sie, was sich uns darbot, was uns auf den leisesten Wink hin zur Verfügung stand:

Nirvana Fitness Studio, verlieren Sie sicher und einfach an Gewicht, Fitnessangebote für die ganze Familie unter einem Dach, für Männer und Frauen, auch gemischt, spezielle Yoga-Kurse nach Vereinbarung

Viewfinder Optique (Optiker und Akustiker), preisgünstig, große Auswahl, Designergestelle, neueste Technik, Laser

Elegant Furnishers, Ihr Spezialist in Sachen Sofas und Vorhängen, Raffrollos, Gardinenstangen, Markisen, Sitzsäcken, Korbwaren und Stühlen

Smokin' Joe's, frische Pizza mit drei kostenlosen Belägen, lecker-lecker-lecker

Blooms 'n' Petals, Blumenlieferungen im ganzen Stadtgebiet

Travelbug World Tours, Sonderangebote für Paare und Familien, Europa, USA, Australien, Neuseeland, Mauritius, Singapur, Kuala Lumpur, Dubai, inkl. veg./nicht-veg. Essen, Angebot an veg. Gerichten für Dschainisten ohne Zwiebeln und Knoblauch

The Nike Store

Tia's Treasure House für traditionelle Bekleidung, Saris, Kurtas und Kurtis, für Partys, Hochzeiten, Verlobungsfeiern

Tommy Hilfiger, schon jetzt Angebote aus der Frühjahrskollektion

All dies auf gerade einmal der Hälfte des Erdgeschosses, schon während unserer ersten paar Minuten im Gebäude. Es gab drei weitere Stockwerke, untereinander mit Rolltreppen verbunden. Also musste ich nichts weiter tun, als von Geschäft zu Geschäft zu gehen, zu stöbern, die Schaufenster zu betrachten, Ithim in meiner Tasche – es gab sogar Bänke, falls ich mich setzen, einen Moment ausruhen, die Tasche von der Schulter nehmen wollte –, und die Stunden würden vergehen, der Mob würde weiterziehen, das Feuer erlöschen, die Sonne höher in den Himmel steigen, die heruntergefallenen Leichen würden auf Karren oder in Krankenwagen verladen und weggebracht werden, um begraben oder erneut verbrannt zu werden. Und dann würde ich zum Krankenhaus gehen.

Ich bezweifelte, dass sich der Zustand meiner Frau verändert hatte – es war nicht einmal zwölf Stunden her, seit ich sie zuletzt gesehen hatte –, aber falls es ihr durch ein Wunder oder einen Zufall besser ging, wollte ich nicht, dass sie aufwacht, nach dem Kind fragt, nach mir fragt, und erfährt, dass wir beide nicht in der Nähe sind. (Oder schlimmer, ich wollte nicht, dass die Oberschwester, Doktor Nr. 1 oder Doktor Nr. 2 ihr erzählen, was geschehen war, wer Ithim war, was für ein Kind sie zur Welt gebracht hatte.) Ich wollte der Erste sein, den sie an ihrem Bett sieht, wenn sie aufwacht. Ich wollte sie *vorbereiten*, ihr selbst die Nachricht überbringen, und obwohl ich kaum darüber nachgedacht hatte – ich hatte keine Ahnung, was ich ihr sagen würde, wie ich sie an Ithim heranführen würde (ob ich vielleicht warten sollte, bis es ihr wieder gut ging und sie nach Hause kam?) –, war ich mir einer Sache gewiss: Wenn sie die Augen öffnete und ich an ihrer Seite war, würde alles leichter sein.

(»Bleib bei mir«, das hatte sie in jener Nacht gesagt, bevor wir zum Holy Angel rasten, nachdem sie aufgewacht war und gesagt hatte, ihre Fruchtblase sei geplatzt.

Unterwegs, im Taxi, das Gesicht bleich, der Körper kalt, sagte sie immer wieder, sie würde in sich nichts spüren, das Baby sei vielleicht tot. Und wenn ich dem Taxifahrer nicht gerade sagte, er solle schneller fahren oder vorsichtig sein, drückte ich ihre Hände, erzählte ihr in einem Atemzug, das wäre normal, ich hätte irgendwo gelesen – was eine Lüge war, denn ich hatte nichts dergleichen gelesen –, dass in der letzten Stunde vor der Entbindung, wenn die Fruchtblase platzt, der Fötus unter schwerem Schock steht, da er weiß, dass seine Zeit gekommen ist, und dass dieses Trauma ihn ruhigstellt, ihn erstarren lässt während dieses Akts des Überlebens, den die Geburt im Wesentlichen darstellt. Kurz gesagt sei das, was sie in ihrem Leib fühlte, eine zu erwartende Ruhephase, ein Zeichen für das Überleben des Babys, nicht für das Gegenteil, wie sie befürchtete, für seinen Tod.

Natürlich, bei der Hektik jener Nacht, in der die Stadt an uns vorbeistürzte, während das Taxi zwischen Bussen und Lastwagen dahinraste, der Fahrer ununterbrochen die jaulende Hupe betätigte und sein Helfer neben ihm, ein Junge von kaum fünfzehn, sechzehn Jahren, die linke Hand hinausstreckte und als Warnung an vorbeifahrende Fahrzeuge, dass wir in einem Notfall unterwegs waren, mit einem roten Tuch wedelte, bezweifle ich, dass meine Frau auch nur ein Wort von dem hörte, was ich sagte. Ihre Augen waren geschlossen; sie hatte Schmerzen, hielt meine Hände umklammert, ihre Fingernägel gruben sich in meine Handflächen. In ihren schrecklich dünnen Armen konnte ich die Adern sehen, sogar in dem dämmrigen Licht, das von außen ins Taxi fiel. Ihre Adern, die mir als Erstes aufgefallen waren.

Als wir das Holy Angel erreicht hatten, als das Taxi uns an der Veranda vor dem Krankenhaus abgesetzt hatte, als ich sie zusammen mit dem Helfer des Fahrers hineingetragen hatte, seine rote Handtuchfahne jetzt als Kopftuch umgebunden, um seine Ohren vor der Kälte zu schützen, war meine Frau ohnmächtig. Und seitdem war sie nicht wieder aufgewacht.)

Und selbst wenn ihr Zustand sich nicht verändert hatte, was wahrscheinlich war (schließlich hatte Doktor Nr. 1 gesagt, er würde mehrere Tage anhalten), wollte ich sie sehen, bevor ich mich mit Ithim auf die Reise begab, ich wollte mich vergewissern, dass ich, obwohl ich mit ihm – ihrem Baby, unserem Baby – ohne ihr Wissen oder ihre Zustimmung wegging, allein dadurch, ihr Zimmer zu betreten, sie zu sehen, vielleicht ihre Hände zu halten, ihre Stirn zu berühren, zu sehen, wie ihre Brust sich hob und senkte, vielleicht sogar Ithim eine Weile daran ruhen, seine Haut ihre Haut berühren zu lassen, stärker und zuversichtlicher dem gegenüber sein würde, was uns bevorstand.

Ja, das würde ich tun.

Definitiv.

Zweifellos.

»Kommen Sie, Sir, hier herüber, Angebote, wir haben Angebote, Hosen und Hemden, genau in Ihrer Größe.« Die Stimme hinter meinem Rücken klang beharrlich.

Sie gehörte einem uniformierten Wachmann mit blauem Hemd und blauer Hose, ein Abzeichen war auf seine Brusttasche genäht, ein weißes Abzeichen mit vier aufgestickten Initialen: H A N G – die gleichen wie die des Krankenhauses, des Holy Angel and Nursing Graduate, die auf seinem Mützenschirm jedoch ausgeschrieben waren als *Housekeeping and Guarding*.

Er bewachte den Laden. Und spielte offenbar auch Verkäufer.

Ich ging hinein.

»Sie müssen die Tasche hier am Tresen lassen«, sagte der Plaza-Wachmann. »Ich gebe Ihnen eine Marke.«

»Ich kann die Tasche nicht abgeben«, antwortete ich.

»Keine Sorge, ich bin hier, ihr geschieht schon nichts.«

»Nein, ich kann die Tasche nicht hier lassen.« Auf keinen Fall würde ich mich von Ithim trennen, nicht einmal für ein paar Minuten.

Ich sah mich um, das Geschäft war leer bis auf eine junge

Frau in einer roten Jacke, die hinter der Kasse zu meiner Linken saß und den Wortwechsel zwischen dem Wachmann und mir nicht bemerkt hatte. Sie las etwas. Hemden und Hosen hingen an Reihen von Stahlstangen in der Mitte des Raums; die Damenbekleidung hing seitlich an der Wand. Neben dem Eingang stand ein Holzkasten, aufgeteilt wie ein Schuhschrank, aber mit höheren und tieferen Fächern; dort stand der Plaza-Wachmann, und dort sollten die Kunden ihre Taschen abgeben.

Aber ich würde nichts dergleichen tun.

»Wollen Sie, dass ich Ihr Geschäft betrete?«, sagte ich dem Plaza-Wachmann, mehr als Feststellung denn als Frage, »dann lassen Sie mich mit der Tasche rein.«

»Das muss ich mit der Madam abklären, Sir«, sagte er. Die Madam war offensichtlich die Frau mit der roten Jacke, vielleicht die Geschäftsführerin oder die Besitzerin oder die Tochter des Besitzers.

»Bitte warten Sie kurz hier«, sagte der Wachmann.

Ich wusste, dass die Madam zu mir herübersehen würde, deswegen holte ich ein Blatt Papier aus der Tasche und fing an, es zu lesen, ich musste ruhig wirken, ich musste es so aussehen lassen, als trüge ich nur eine ganz normale Tasche bei mir, mit ein paar wichtigen Papieren darin, Papieren, bei denen ich es mir nicht leisten konnte, sie abzugeben.

Ich hätte mich umdrehen und aus dem Geschäft gehen können, aber in diesem Moment erschien mir diese Möglichkeit wenig geeignet. Ich war bereits mehrere Schritte in den Laden hineingegangen, und ich musste dieses kleine Schauspiel veranstalten, weil ich keine Szene verursachen wollte, kein Aufsehen wegen der Tasche, die ich bei mir trug. Was, wenn ich damit Verdacht erregte?

Was, wenn der Plaza-Wachmann sagte, *da ist ein Mann in den Laden gekommen, und er will seine Tasche nicht abgeben, Madam, wir haben ihm gesagt, er muss sie aus Sicherheitsgründen draußen lassen, aber er sagt, nein, das macht er nicht, er ist deshalb sogar wieder gegangen, bitte rufen Sie die Polizei an, die Stadt steht in Flammen, und da ist ein verdächtiger Mann mit einer verdächtigen Tasche.* Ich hatte die Polizisten am Eingang gesehen, und ich konnte nichts weniger brauchen, als dass sie anfingen, Fragen zu stellen. Was hätte ich gesagt, wenn Ithim entdeckt worden wäre? Wenn sie gefragt hätten, warum haben Sie dieses Neugeborene in eine Tasche gesteckt? Sie hätten mich beschuldigt, ihn gestohlen zu haben. Oder noch schlimmer, sie hätten gesagt, seht euch diesen herzlosen Vater an, der sein Baby irgendwo loswerden will, vielleicht an dem großen Müllplatz hinter dem Einkaufszentrum, nur weil es missgebildet ist. An solch einem Tag, an dem die Stadt in Flammen steht.

Also stand ich da, starrte gebannt auf eine Seite von Miss Glas' Botschaft. Versuchte auszusehen, als sei die Tasche meine geringste Sorge.

Die Nummer zog.

»Kommen Sie bitte herein«, sagte der Plaza-Wachmann, »die Anprobe ist in der Ecke.«

Ich griff mir zwei Hosen, platzierte sie über meiner Tasche, um sie zu verdecken, und ging zur Anprobe. Die Madam las noch immer, sie hatte kein einziges Mal aufgesehen, nicht einmal, als sie mit dem Wachmann gesprochen hatte.

Als wäre sie eine Schaufensterpuppe.

■ ■ ■

■

Ich bin die Oberschwester, tut mir leid, dass ich so spät dran bin, ich war dreiundvierzig Jahre alt, ich habe fünfzehn Jahre lang im Holy Angel auf der Entbindungsstation gearbeitet, ich habe zwei Töchter, sechzehn und dreizehn Jahre alt, die ältere hat nächsten Monat ihre Abschlussprüfung, und sie will Ärztin werden, darum helfe ich ihr, sich auf die Aufnahmeprüfung vorzubereiten, ich habe sie für einen besonderen Fernlehrgang eingeschrieben, ich habe ihr gesagt, du solltest keine Krankenschwester werden, wenn du Ärztin werden kannst, und ich hatte Glück, weil sowohl Doktor Nr. 1 als auch Doktor Nr. 2, die beiden Ärzte, für die ich arbeite, gesagt haben, ich darf sie manchmal ins Krankenhaus mitbringen, wenn sie Hilfe beim Lernen braucht, beide Ärzte sind nett, und wir haben uns im Laufe der Jahre gut kennen gelernt, wer hätte gedacht, dass wir alle drei zusammen sterben würden, an diesem Nachmittag, ich habe von dem Mob recht früh gehört, etwa um die Zeit, zu der meine Kinder Schulschluss haben, jemand aus unserer Gegend hatte einen Patienten ins Krankenhaus gebracht und von der Menschenmenge erzählt, die Straßen blockiert und Läden und Häuser angezündet hat, also habe ich mir sofort die Erlaubnis von Doktor Nr. 1 geholt, in der Nähe vom Krankenhauseingang ein Taxi genommen, ich kenne den Taxifahrer, er kommt schon seit einer Weile regelmäßig zum Krankenhaus, niemand wollte mich fahren, aber weil ich diesen Fahrer kenne - ich schicke sogar viele Patienten zu ihm, das kurbelt sein Geschäft an -, sagte er, kein Problem, ich bringe Sie nach Hause, aber ich warte nicht, also beeilen Sie sich bitte, das war mir recht und als ich zu Hause ankam, sah ich, dass meine Kinder schon von der Schule zurück waren, der Mob war auseinandergetrieben worden, die Polizei war gekommen, deshalb sagte ich ihnen, sie sollen im Haus bleiben, ihr Vater, mein Mann, war nicht in der Stadt, er sollte nächste Woche zurückkommen, ich fuhr wieder ins Krankenhaus, weil so viel zu tun war, viele der Verletzten und Toten wurden zu uns gebracht, und am Abend gab uns das Krankenhaus einen Kleinbus, um nach Hause zu kommen, da ist es passiert, der Bus wurde angehalten, und obwohl Doktor Nr. 1 und Doktor Nr. 2 versuchten, mit dem Mob vernünftig zu reden, hörte bei dem Lärm niemand zu, das Feuer griff zu schnell um sich, ich konnte ihnen nicht einmal sagen, dass ich Christin bin, ich komme aus Kerala, mein Ausweis mit meinem Namen war in meinem Portemonnaie, aber ich glaube nicht, dass es geholfen hätte, weil sie zwei Jahre zuvor auch hinter Christen her waren, ich bin froh, dass meine beiden Töchter in Sicherheit sind, und wenn auch ihre Mutter nicht mehr da ist, haben sie wenigstens noch ihren Vater, und in gewisser Weise war es gut, dass ich dem Mob nicht von meiner Religion erzählt habe, das wäre sehr selbstsüchtig von mir gewesen, weil doch Doktor Nr. 1 und Doktor Nr. 2 auch in dem Bus saßen, und wenn sie mich hätten gehen lassen, hätten mich meine Schuldgefühle jeden Tag etwas sterben lassen.

■

KAPITEL SECHZEHN

Vater und Sohn, fünf Minuten in der Anprobe

Fünf Minuten blieb ich in der Anprobe, höchstens sechs, nicht länger, die meisten bleiben nicht länger dort, alles, was länger gedauert hätte, wäre sicher verdächtig erschienen. Nur eines noch, seien Sie bitte nachsichtig mit mir, ich habe eine kleine Bitte: Erlauben Sie mir, in die dritte Person zu verfallen, solange ich Ihnen erzähle, was in der Anprobe geschah. Eine Zeit lang, nur eine Zeit lang, lassen Sie mich das *Ich* verbannen, das *Er* verwenden.

Ja, ich weiß, es ist irgendwie seltsam, das jetzt und hier zu tun, und es mag Ihnen merkwürdig vorkommen, aber wie Sie sehen werden, ist es vollkommen angemessen.

Dieser Mann mag Anproben in Bekleidungsgeschäften, besonders in dieser Stadt, inmitten des Gewühls: Sie sind etwas Privates im scharfen Blick der Öffentlichkeit. Ihm gefällt dieser winzige, abgetrennte Raum, ein Raum, den er betreten und in dem er sich ohne jedes Zögern ausziehen kann. Er kann das Alte abwerfen, die Gegenwart, sie an die Wand hängen, auf den Boden fallen lassen, und herausfinden, wie er in dem Neuen aussieht, in der Zukunft. Wenn er in diesem Raum ist, hält er zum Beispiel nie inne und überlegt, wer vor ihm dieses spezielle Kleidungsstück anprobiert hat, die Hose oder das Hemd, in das er gerade geschlüpft ist. Wessen Haut hat es berührt? Über wel-

chen Teil des Körpers, des nackten Körpers, ist es gestreift? Wessen Schweiß hat es aufgesaugt, wessen Geruch aufgenommen? Fragen, die ihm normalerweise einen Schauer über den Rücken gejagt hätten, aber hier in der Anprobe ist es egal. Wie sehr er sich wünscht, für alles eine Anprobe zu haben, für jeden Gedanken, jedes Gefühl, damit er die alten abwerfen könnte, in die neuen schlüpfen, wenn auch nur für einen Augenblick, in den Spiegel sehen, prüfen, ob sie passen, bevor er sich entscheidet. An diesem Morgen jedoch betritt er die Anprobe aus keinem dieser Gründe, er geht wegen dieses Ortes hinein, diesem Geschenk der Einsamkeit inmitten der Stadt. Fernab des Mobs, der durch die Straßen zieht. Der Vater muss Zeit mit seinem Sohn verbringen. Nun soll der Countdown starten. In Minuten und Sekunden.

00.00: Er geht hinein, er sieht sich um, er untersucht die Anprobe. Der Raum ist kaum anderthalb mal anderthalb Meter groß, gute zwei Meter hoch, an allen vier Seiten hängen Spiegel, und in einer Ecke steht ein kleines Ledersofa. In die Decke sind zwei Lampen eingelassen, eine gelb, die andere weiß, beide matt, sie bilden einen seltsamen Lichtkegel über seinem Kopf, lassen jedoch einen Großteil des Raums im Schatten. Vier Haken reihen sich an einer Wand neben der Tür auf. Die Tür selbst schließt bündig mit dem Boden ab, so dass von außen niemand hineinsehen kann, sobald sie verschlossen ist, selbst dann nicht, wenn man sich hinlegen, die Wange auf den Boden pressen und versuchen würde hineinzuspähen. (Er findet das beruhigend.) An einem der Spiegel ist mit Klebeband ein kleines Plakat befestigt; es zeigt eine Frau, eine Blondine in einem schwarzen Rollkragenpullover, ihre Brüste zeichnen sich unter dem dünnen Stoff deutlich ab. Die Plakatfrau trägt einen Rock mit einem Schlitz am Knie, einen Wickelrock, der sich sanft an ihre Beine schmiegt. Sie scheint auf einer Parkbank zu sitzen, im Hintergrund sieht man Bäume, unscharf, und einen Weg aus Kopfsteinpflaster, der von der Bank zu dem unscharfen Bereich der Bäume führt. Der Mann schließt die Tür hinter sich, schiebt den Riegel vor, sieht in den Spiegel, geht mit dem Gesicht näher heran, um sich genau zu betrachten. Er hat Bartstoppeln, ist zerzaust, als wäre er bei heftigem Gegenwind gelaufen. Er trägt ein gestreiftes Hemd, einen blauen Blazer und eine dunkle Hose. Unterhalb der Haken befindet sich an der Wand ein Schalter für einen winzigen Ventilator an der Decke. Im Raum ist es kühl, der Mann braucht den Ventilator nicht, deshalb wirft er ihm nur einen Blick zu, sieht dann wieder weg. Schließlich ändert er seine Meinung, schaltet den Ventilator an. Vielleicht soll das Geräusch, soll das Surren den Raum erfüllen. Der Mann nimmt eine unförmige Tasche von der Schulter und stellt sie auf dem Ledersofa ab. Er hat zwei neue Hosen mit hereingebracht, die auf der Tasche liegen. Er hebt sie auf, lässt sie auf den Boden fallen, neben seine Füße. Er interessiert sich nicht für neue Kleidung. Er drückt das Ohr an die Tür, um zu hören, ob jemand auf der anderen Seite ist, ob jemand zuhört. Der Ventilator, das Geräusch der Hosen, die auf den Boden fallen. Er hört niemanden.

00.48: Der Mann sitzt auf dem Sofa, nahe am Rand, fern der Tasche, als wolle er Sorge tragen, sie nicht zu berühren, sie nicht im Geringsten zu stören. Ein Bein auf das Knie des anderen gestützt, fängt er an, sich die Schuhe auszuziehen. Sie sind mit Staub und Asche bedeckt. Schwarz. Er fährt mit einem Finger darüber, wischt ihn an seiner Hose ab. Die Schuhe fallen von seinen Füßen, ihr Aufschlag wird vom Geräusch des Ventilators überdeckt. Nun trägt er nur noch Socken. Er wackelt mit den Zehen, steht auf, lehnt sich an eine Spiegelwand, während er die Hose auszieht, hängt sie an den ersten Haken, betrachtet sich erneut im Spiegel. Er kann die blassweißen, trockenen Hautstellen sehen, die Haare auf seinen Waden, seine Knie. Er hat eine durchschnittliche Figur. Dann zieht er, statt sich zu bücken, um eine der neuen Hosen aufzuheben – wie wir es erwarten würden –, seinen Blazer aus, hängt ihn ebenfalls auf. Jetzt steht er wieder aufrecht, in seinem gestreiften Hemd, seiner Unterwäsche und seinen Socken. Das Hemd hatte er in die Hose gesteckt, denn nun kann man die Falten sehen, unten, wo es seine Schenkel bedeckt. Jetzt zieht er das Hemd aus, lässt es auf den Boden fallen. Er trägt ein Unterhemd, ein baumwollenes Unterhemd, eng geschnitten, aus geripptem Stoff. Er ist dünn, es sieht aus, als wäre das Unterhemd über seine Schlüsselbeine drapiert worden. Auch das zieht er aus, er streift die Socken ab, riecht an jeder, bevor er sie fallen lässt.

Jetzt ist er nackt. Der Mann, der Vater.

01.51: Nackt sitzt er auf dem Sofa, greift in die Tasche, und so vorsichtig, als würde er nach dem kostbarsten, dem zerbrechlichsten Gegenstand der Welt greifen, bringt er ein Bündel hervor. Ohne das Bündel knickt die Tasche ein, rutscht weit geöffnet zu einer Seite. (Ein Stapel Papier liegt noch in der Tasche. Sauber, weiß.) Mit dem Bündel in der Hand steht der Mann auf und blickt in den Spiegel, blickt auf seine unendlichen Spiegelbilder in den Wänden. Versucht zu zählen, wie viele er sehen kann, gibt aber bald auf. Er drückt das Bündel an die Brust, hebt es hoch zur linken Schulter, hält es, beide Arme um das Bündel gelegt. Ein Mann, der ein Kind hält. Er steht gerade da, betrachtet sich selbst und das Bündel erneut im Spiegel. Er verlagert das Bündel auf die rechte Schulter, und während er das tut, dreht er sich gleichzeitig nach rechts, so dass er vor dem zweiten Spiegel steht. Dann verlagert er das Bündel auf die linke Schulter und dreht sich wieder. Und ein viertes Mal, so dass er wieder am Anfang steht, einen kompletten Kreis vollendet hat, eine 360-Grad-Drehung.

02.46: Der Mann legt das Bündel auf das Sofa, dann stellt er den Ventilator ab. In der Stille, die den kleinen Raum erfüllt, kann er seine eigenen Bewegungen hören. Er überprüft den Riegel an der Tür, der noch sicher an seinem Platz ist, die Tür ist verschlossen. Er muss sich keine Sorgen machen. Er drückt das Ohr erneut an die Tür, um zu prüfen, ob jemand dort ist: Nichts. Er geht zum Sofa zurück, und nachdem er sich gesetzt hat, fängt er an, das Bündel auszuwickeln, eine Lage nach der anderen. Handtücher, kleine und große, Papiertücher, ein winziges, weißes Hemd. Ohne all dies ist das Bündel nun sein nackter Sohn. Der Mann nimmt die Ecke eines Handtuchs und beginnt, ihn sauberzumachen, seinen Sohn abzuwischen, um den Penis und den Anus herum, dann knüllt er das Handtuch zusammen und steckt es in die Tasche, zu den Papieren. Er steht auf, nimmt seine Hose vom Haken, holt ein Taschentuch heraus. Ein kleines Häufchen Talkumpuder steckt in dessen Falten; er taucht die Fingerspitzen hinein, trägt es auf das Gesicht, die Brust, den Bauch seines Sohnes auf. Er füttert seinen Sohn aus einer Flasche, mit einer Pipette, wischt seinem Sohn den Mund und das Gesicht ab, hält ihn dann in den Armen, ohne den Blick vom Spiegel abzuwenden.

03.50: Seinen Sohn noch immer im Arm, schiebt der Mann die Tasche auf den Boden, legt sich auf das Sofa. Das Sofa ist deutlich kleiner als er, deshalb muss er die Knie anziehen; er drückt sich fest nach hinten, damit er nicht herunterfällt. Der Mann liegt dort, außerhalb des Lichtkegels, im Schatten, und hält seinen Sohn hoch, die Handflächen um die Brust des Babys. Dann hält er das Kind nah an sein Gesicht, küsst es auf den schwarzen Streifen verkohlter Haut, der die Stirn des Babys bildet, küsst seine Augen, den Knubbel, der seine Nase, und den Schlitz, der seinen Mund ausmacht, küsst den Hautlappen des linken Ohres, die rechte Scite, an der keines ist, nur gespannte Haut. Er hebt ihn hoch, nimmt ihn wieder herunter, hebt ihn hoch, nimmt ihn herunter, betrachtet ihn, betrachtet seinen Sohn und dann auch wieder die Spiegel. Um ihre Abbilder zu sehen, den Vater zu sehen, der mit dem Sohn spielt. Ihm schmerzen die Hände, er legt sich seinen Sohn auf die Brust. Er schließt die Augen; der Raum erstrahlt in einem blendend weißen Licht, das einen Augenblick lang über ihm und seinem Sohn schwebt und dann zu Schwarz verlischt; er öffnet die Augen. Sowohl Vater als auch Sohn sind nackt, Haut an Haut, neugeboren an alt und müde. Und er liegt ruhig da, wartet darauf, das Herz seines Sohnes zusammen mit seinem eigenen schlagen zu hören.

Vater und Sohn, Sohn und Vater.

04.50: Seinen Sohn noch immer im Arm, bückt er sich. Plötzlich, dort, im Spiegel, kann er es sehen. Sein Sohn sieht. Sieht sich an, sieht den Vater an. Seine perfekten Augen haben sich geöffnet, er zwinkert. Der Vater hält ihn näher an den Spiegel, er kann seine perfekten Wimpern sehen, die perfekten Augenbrauen. Der Sohn wird jetzt nicht schlafen, er ist gerade erst aufgewacht, denkt der Vater, warum gehe ich nicht mit ihm im Park spazieren, dem Park auf dem Plakat hier am Spiegel, hinter der Plakatfrau, wo die Bäume gerade neue Blätter austreiben. Es ist der erste Märztag, im Park ist Frühling. Das Plakat löst sich unter dem Gewicht der neuen Blätter und dem Wiegen der Zweige. Ohne jedes Geräusch zerbirst der Spiegel, seine Glasscherben fallen auf den Boden. Das Plakat ist beinahe verschwunden, und die Plakatfrau sieht verwirrt aus. Sie steht auf und geht weg, folgt einem schmalen Weg zwischen den Bäumen hindurch, die neuen Blätter streifen ihre Schultern, das Gras hebt sich grün von ihrem schwarzen Rock ab, der sich enger als je zuvor anschmiegt. Die Plakatfrau ist verschwunden, der Weg aus Kopfsteinpflaster leer, der Park jetzt in voller Blüte, und der Vater geht spazieren, beobachtet seinen Sohn, lehrt seinen Sohn auf einem blauroten Fahrrad Rad fahren. Es schwankt, der Sohn lacht, Arme und Beine ausgestreckt, um seine winzige Gestalt im Gleichgewicht zu halten. Der Vater läuft ihm nach, hält das Rad am Sattel fest, damit das Kind nicht fällt, der Sohn wendet den Kopf, um den Vater anzusehen. »Sieh nicht zu mir«, sagt der Vater, »sieh nicht zu mir, guck nach vorne, kipp mit dem Fahrrad nicht um.« Der Sohn lächelt, zwinkert seinem Vater zu, das Fahrrad fährt weiter, und der Vater kann sehen, im Licht des Parks, sprenkelig durch die Blätter und Zweige an den Bäumen, wie die Griffe und Pedale des Fahrrads verschwinden. Verblassen, sich in Luft auflösen. Und seinen Sohn, ohne Arme und Beine, der sich immer noch vorwärtsbewegt, die Räder auf den Blättern leise knirschend. Dann beginnt der Sitz zu verschwinden, und mit ihm beide Reifen, bis Ithim in der Luft schwebt.

05.45: Der Plaza-Wachmann klopft an die Tür. »Sir, sind Sie fertig?«

Keine Antwort.

»Lassen Sie sich ruhig Zeit, kein Grund zur Eile, Sir, es ist noch niemand im Laden, niemand wartet.«

»Ich bin fertig, ich komme gleich raus«, stößt der Mann hervor.

»Soll ich Ihnen ein paar andere Hosen bringen, in anderen Farben?«

»Nein, schon in Ordnung«, sagt der Mann, »wir sind fertig.« Dann wird ihm klar, was er gerade gesagt hat. »Ich bin fertig«, korrigiert er.

Und mit Bewegungen, die er mittlerweile beherrscht, wickelt der Vater seinen Sohn wieder in die verschiedenen Lagen ein, legt ihn in die Tasche, zieht seine eigenen Sachen an, seine Socken und seine Schuhe, lässt die beiden neuen Hosen auf dem Boden liegen, geht hinaus.

Als ich aus der Anprobe kam, stand die Madam in einer Ecke des Geschäfts und arrangierte einen Stapel Kleidung in der Damenabteilung.

»Nichts für Sie dabei?«, fragte der Plaza-Wachmann.

»Nein, die Sachen sind gut, sie sitzen nur nicht.«

»Wir machen auch Änderungen, die Madam hat einige sehr gute Schneider, und Sie können die Sachen abends abholen.«

»Nein, ich sehe mich nur um, ich verlasse heute die Stadt«, sagte ich.

Warum sagte ich das? Es gab keinen Grund, das zu sagen.

»Wohnen Sie nicht hier?«, fragte er.

»Doch, ich fahre nur für ein paar Tage weg.«

Während ich mit dem Plaza-Wachmann sprach, sah ich in der Nähe die Madam an ihrem Regal – ich war nicht sicher, was sie dort ordnete, weil alles ordentlich aussah und bislang keine Kunden da waren –, und dann drehte sie sich um, sie fing meinen Blick auf und lächelte: »Kann ich Ihnen sonst noch etwas zeigen?«

»Nein, alles bestens, danke«, sagte ich.

»Ab nächsten Monat haben wir eine Babyabteilung«, bemerkte sie und stellte sich direkt neben mich.

Was meinte sie damit? Hatte sie Ithim gesehen?

»Das ist toll«, war alles, was mir einfiel, ich versuchte, keine Panik durchscheinen zu lassen oder die Anspannung, die kleine Klümpchen in meinem Magen verursachte und mein Herz rasen ließ. »Meine Frau und ich kommen dann wieder, danke.«

Als ich das Geschäft verließ, rief der Plaza-Wachmann mir hinterher. »Sir«, sagte er, »wenn Sie sich im Einkaufszentrum umsehen wollen, oben gibt es ein neues Kino, dort können Sie eine Weile bleiben.«

»Danke«, sagte ich.

Ich ging zur Rolltreppe, die Ithim und mich in den dritten Stock bringen würde, wo das Multiplex war. Ja, warum nicht, warum sollte Ithims erster Ausflug nicht auch seinen ersten Kinobesuch einschließen? In einem Kinosaal, dunkel, mit Samtvorhängen und einer flackernden Leinwand. Erst später wurde mir klar, dass ich einen Fehler machte, dass Ithims Deckung bald auffliegen sollte.

■ ■ ■

■

Ich bin der Fenstervorhang, ich war erst drei Monate alt, sehen Sie sich das Fenster auf dem Bild von Tariqs Haus an, das erste von links, neben dem Eingang, der Vorhang in diesem Fenster war ich, ich war blau, Tariqs Mutter hat mich vor drei Monaten aus einer alten Tagesdecke genäht, die zerrissen war, deshalb konnte sie daraus nur zwei Vorhänge machen, einer davon war ich, für das Fenster, der andere war für den Eingang, deshalb hatten wir nie das Gefühl, getrennt worden zu sein, wir waren beide Vorhänge im selben Haus, im selben Zimmer, wir konnten nachts miteinander reden, der Eingangsvorhang beschwerte sich immer darüber, dass ständig an ihm gezerrt wurde, viel mehr als an mir, und ich sagte ihm, nun, du bist größer, du musst auch zäher sein, aber um ehrlich zu sein, hatte keiner von uns, zäh oder sanft, eine Chance gegen das Feuer, obwohl der Eingangsvorhang überlebt hat, er wurde zerrissen, auf einen Haufen vor dem Haus geworfen, das war, als sie die Tür aufgebrochen haben, mit mir haben sie das auch gemacht, mit mir, dem es am Fenster besser gefallen hatte als auf dem Bett, die Fensterscheibe, vor der ich hing, war zerbrochen, deshalb bekam ich immer etwas Wind ab, selbst an ruhigen und heißen Tagen, als Tariqs Vater noch lebte, hat er seinem Sohn ein Spielzeugauto gekauft, Tariq spielt nicht mehr damit, er hat es auf meiner Fensterbank aufbewahrt, und weil ich länger war als das Fenster, um wenigstens fünf Zentimeter, hat Tariq manchmal, wenn es sehr windig war, meine

Kante umgelegt und das Auto auf mich gestellt, auf die Fensterbank, als ein Gewicht, damit ich nicht flattere, er wusste nicht, dass ich gerne im Wind flatterte, aber es machte mir nichts aus, das Auto und ich freundeten uns an, das Auto verbrannte in jener Nacht auch, viel an ihm war aus Plastik, aber ich kann nicht aufhören, mich schuldig zu fühlen, weil ich als Erster Feuer gefangen habe, ich war derjenige, der es verbreitet hat, sehen Sie die verkohlten Streifen neben meinem Fenster, sie stammen von den Flammen, die von mir ausgingen, ich liege nun über den ganzen Bürgersteig verstreut, im ganzen Viertel, meine Asche klebt an den Schuhen und Schlappen der Menschen, die vorbeigehen, und so werde ich eines Tages über die ganze Stadt verstreut sein, und was den Eingangsvorhang angeht, habe ich jemanden gesehen, der nachts gekommen ist und ihn mitgenommen hat, vielleicht wird er wieder eine Tagesdecke, in einem Haus, das den Flammen entkommen ist.

■

KAPITEL SIEBZEHN

Im Kino, Gutes Mädchen & Netter Junge

Wir wurden hinaufgetragen, Ithim und ich, immer weiter hinauf, sanft, wir glitten dahin, ritten auf den glänzenden Metallzähnen, schwarz und gelb, der neu eingebauten Rolltreppen, hinauf vom Erdgeschoss in den ersten Stock mit den Restaurants, alle geschlossen, die Stühle noch umgedreht auf den Tischen, zu früh für das Mittagessen. Vom ersten Stock in den zweiten mit den Schönheitssalons und den Friseuren und den Kofferläden und den Musikläden und den Handyläden und den Fernsehläden, die in aller Frühe schon geöffnet hatten und auf Kunden warteten. In den dritten, wo Ithim und ich blieben, den Stock mit sieben Leinwänden, dem Plaza Multiplex.

Um diese Tageszeit lief nur in einem der sieben Säle ein Film; er sollte in fünfzehn Minuten anfangen: ein englischer Film namens *Eisige Nacht*; auf dem Plakat waren mehrere Männer in Kampfanzügen zu sehen, die auf einem Panzer saßen, wild um sich schossen und grimmige Gesichter machten. Nicht gerade ein Film, wie ich ihn mir normalerweise aussuchen würde, aber er würde genügen.

Der Kartenschalter des Multiplex befand sich in einer Glaskabine, in der ich zwei junge Männer sitzen sah, mit Krawatte, in Uniform, jeder hinter einem Flachbildschirm, beide eingerahmt von einem riesigen HBO-Poster für den 8. März, ein

Special für den Internationalen Frauentag, *Die Macht der Weiblichkeit, HBO weiß, was Frauen wollen.*

Es standen nur zwei Leute an, eine junge Frau und ein junger Mann – ein Pärchen, Anfang zwanzig, attraktiv. Vielleicht Collegestudenten, die ihre Kurse schwänzten.

Das Gute Mädchen und der Nette Junge.

Ich wartete hinter ihnen.

Das Gute Mädchen und der Nette Junge nahmen ihre Eintrittskarten, und als das Gute Mädchen sich umdrehte, trafen sich unsere Blicke.

Ich trat an den Schalter.

»Reihe fünf, Sitz dreizehn, bitte«, sagte ich. Die Koordinaten von Miss Glas.

»Der Saal ist leer, Sir«, sagte der Kartenverkäufer, »Sie können sitzen, wo Sie wollen.« Er gab mir eine Eintrittskarte und das Wechselgeld und zeigte auf den mit Teppich ausgelegten Gang, der zum Eingang des Kinos führte.

Der Kartenverkäufer war ausgesprochen höflich, genau wie die Madam.

Während ich noch mein Wechselgeld zählte, ging ich in die Richtung, die er mir gewiesen hatte, den Blick gesenkt, vielleicht habe ich nicht hingesehen, auf jeden Fall stieß ich mit dem Guten Mädchen zusammen. Ich sah sie nicht, ich hatte keine Ahnung, dass sie so dicht hinter mir stand.

»Passen Sie auf, wo Sie hintreten«, sagte der Nette Junge, »sehen Sie nicht, wohin Sie gehen?«

Ich murmelte eine Entschuldigung. Ja, es war mein Fehler.

Das Gute Mädchen hatte meine Tasche gesehen, und ich weiß nicht wie, aber sie muss einen Blick auf Ithim erhascht haben. (Ich hatte ihn in der Anprobe sorgfältig bedeckt, so sorgfältig, dass selbst die Madam, direkt neben mir, nichts bemerkt hatte, aber vielleicht hatte sich, als ich gegen das Gute Mädchen gestoßen war, die Öffnung der Tasche geweitet, ohne dass ich es bemerkt hatte, und Ithims Decke war verrutscht.)

»Guck mal, was er in der Tasche hat, guck mal, guck«, rief das Gute Mädchen und machte einen Schritt zurück, »das ist irgendein Tier.«

Dann hielt sie sich mit den Fingern die Nase zu und zog eine Grimasse. »Das stinkt«, sagte sie, »und es sieht aus wie ein Affe.«

Der Nette Junge lachte. »Ist das der Affenmann?«

Der Kartenverkäufer sah in unsere Richtung, hatte aber durch das Glas kein Wort verstanden.

»Sag's ihm, frag ihn.« Das Gute Mädchen lachte jetzt so heftig, dass es über die Worte stolperte: »Frag ihn, frag den Affenmann… wenn er den Affen zum Tanzen bringt, geben wir ihm Geld.«

Obwohl sonst niemand in der Nähe war, fühlte ich, wie mir die Hitze von den Füßen bis ins Gesicht stieg. Wut, Scham, sogar Angst. Mit einer Bewegung, die sicher unbeholfen und plump wirkte, drückte ich die Tasche fester an die Brust und lief, rannte beinahe, den Gang hinunter, zum Eingang des Kinos, wollte verzweifelt hinein, in die Dunkelheit, das Lachen vom Guten Mädchen leckte mir wie Feuer über die Ohren.

»Keine Eile, der Film hat noch nicht angefangen«, sagte der Platzanweiser, der nach der Tasche überhaupt nicht fragte, als ich hineinging und mich auf E13 setzte, fünfte Reihe von der Leinwand, dreizehnter Sitz vom Rand aus.

Das Kino war vollkommen leer.

Ich zitterte. Ja, ich war wütend auf den Netten Jungen und das Gute Mädchen, die Wut erschwerte mir sogar das Atmen, aber noch lähmender war das Gefühl der Hilflosigkeit, einer

Machtlosigkeit, die mich gleichzeitig schwitzen und frieren ließ. Mit allem, was mir möglich war, hatte ich versucht, Ithim zu schützen, seit er mir im Holy Angel in den Arm gelegt worden war. Ich hatte diese Reise unter großen Gefahren angetreten und auf das vage Versprechen hin, ihm könne geholfen werden, aber ich würde nicht zulassen, dass jemand über ihn urteilte, bevor ich die Reise beendet hatte. Aber dann das. Es war der erste Blick der Außenwelt auf Ithim, und er bestand aus Spott und Lachen, Abscheu und Ekel. Und ich, der Vater, war der Affenmann.

»Frag ihn, ob er den Affen tanzen lässt, dann geben wir ihm Geld«, hatte sie gesagt.

Als ich mich im Kino hingesetzt hatte, senkte sich die Dunkelheit wie eine Decke, von der ich mich umhüllen ließ. Musik lief, die Leinwand war leer, der rote Samtvorhang noch zugezogen. Die Einsamkeit half mir, meine kochende Wut zu bändigen, half, das Zittern zu überwinden. Ich legte Ithim auf den Sitz direkt neben mir und rückte seine Tasche so zurecht, dass niemand, der hinter uns saß, sie sehen konnte. Nachdem wir uns so eingerichtet hatten, schloss ich die Augen und spürte die sanfte Kälte der Klimaanlage über mein Gesicht streichen.

Die Werbung fing an; ich hielt die Augen die ganze Zeit über geschlossen, während der Spots für Motorräder, für Coca-Cola und Pepsi, hielt sie geschlossen während der Vorschauen auf kommende Highlights, während sie ihr verbessertes Dolby-System mit dem Klang von Regen vorführten, von Wassertropfen, die von einem Ende des Kinos zum anderen wanderten. Ich hielt die Augen selbst dann geschlossen, als der Film begann. Ich hatte mich abgegrenzt, alle Türen und Fenster geschlossen, durch die die Welt eindringen konnte.

Als ich die Augen öffnete, lief der Film bereits eine Weile. Ich sah nach Ithim, griff in die Tasche, er war ruhig. Als ich mich umdrehte und hinter mich blickte, sah ich weiter hinten zwei Leute sitzen, mehrere Reihen hinter mir, vielleicht das Gute Mädchen und der Nette Junge, die beide still zusahen.

Das Gute Mädchen und der Nette Junge.

Wieder schloss ich die Augen.

Ich bin der Charme in Person, Edelsteine perlen mir von der Zunge, ungeschliffen, aber funkelnd, in leuchtenden Farben, sie fangen das Licht der versperrten Ladeneingänge und ihrer Schaufenster ein. Kaum jemand ist jetzt im Plaza Einkaufszentrum; es ist weit nach Mitternacht. Die Polizisten sind nach Hause gegangen, die letzte Vorführung im Multiplex ist vorbei, nur in einer Ecke fegt eine alte Frau den Boden, mit dem Rücken zu uns. Meine Edelsteine hüpfen, wenn sie mir von der Zunge perlen, das Gute Mädchen und der Nette Junge fallen deshalb auf die Knie, wie kleine Kinder, sie grapschen nach den Juwelen, während sie über den frisch geschrubbten Marmorboden rutschen.

Kommt, ich fahre euch nach Hause, sage ich zu ihnen.

Das Gute Mädchen kichert. (Der Nette Junge hört nicht zu, er jagt den Edelsteinen nach, die zwischen die Metallzähne der Rolltreppe gekullert sind.)

Wir rufen uns ein Taxi, sagt das Gute Mädchen, und ich sage, nein, die Stadt steht in Flammen, es gibt sicher eine Ausgangssperre, also lasst euch von mir nach Hause fahren. Du bist ein Gutes Mädchen, und er ist ein Netter Junge. Wie könnte ich euch allein lassen? Sie läuft zum Netten Jungen, zieht ihn am Arm, sagt ihm, er solle aufstehen, versucht ihm zu erklären, wie eine Mutter ihrem Kind, dass er nicht an die Edelsteine herankommt, weil sie in der ausgeschalteten Rolltreppe feststecken, und dass sie vielleicht am nächsten Morgen die Wartungsmonteure vom Plaza für ihn herausholen.

Der Nette Junge stolpert; ich halte ihn mit einer Hand fest, vermeide jede Berührung mit dem Guten Mädchen, ich gebe den Gentleman, sie lächelt mich an, berührt mich an der Schulter, nahe dem Träger von Ithims Tasche. (Das ist nicht die Stofftasche, mit der ich heute Morgen das Haus verlassen habe. Es ist eine edlere Tasche, wesentlich edler, aus hochwertigem Leder, Fell, mit weichem, warmem Futter.)

Das Gute Mädchen, der Nette Junge und ich steigen in den Wagen, und ich fahre sie nach Hause – zu mir nach Hause. Ich habe einen neuen Luxuswagen gekauft, mit Automatikschaltung, eigens importiert. Ich fahre damit durch diese ausgebrannte Stadt, an den Leichen vorbei, die am Tag vom Himmel gefallen sind, schließe die Fenster, damit der Geruch nicht eindringt. Ich fahre an Geschäften und Häusern vorbei, die jetzt schwarze, schwelende Rechtecke sind, in der Nacht nur durch den Rauch erkennbar, der sie hervorhebt; diese Gebäude waren hässlich, illegal gebaut, eher wie Slums, und jetzt wird die Stadt sich davon säubern. Ich fahre tote Straßen entlang – die Stadt sieht um so vieles besser aus, wenn alle zu Hause sind –, passiere schlafende Polizeibusse, die Wache halten sollten, fahre über allen möglichen Schutt, die Stoßdämpfer des Autos sorgen dafür, dass wir nichts davon spüren. Am Straßenrand sehe ich einige weinende Menschen, ich lasse sie in Ruhe.

Ich lasse sie die Straßen mit ihren Tränen reinwaschen.

Lasse die Elenden etwas Nützliches für diese Stadt tun.

Das Gute Mädchen und der Nette Junge finden mein Haus ungewohnt, aber einladend; sie erkunden es, während ich Ithim im Kinderzimmer, das meine Frau eingerichtet hat, in sein Bettchen lege, unter das Mobile mit fliegenden Fischen und schwimmenden Vögeln. Als ich zurückkomme, stehen beide an einem Fenster, deuten auf den zementierten Mittelstreifen auf der Straße, auf die Menschen, die auf dem Bürgersteig schlafen, Männer, Frauen und Kinder, Bündel in Reihen und Kolonnen, eines auf das andere gestapelt, gegen diese Hügel bin ich machtlos. Das Gute Mädchen und der Nette Junge machen ein Spiel, wer errät, welches Bündel sich als Nächstes bewegt, bekommt einen Punkt. Es ist ein dummes Spiel, aber sie sind eben noch Kinder, gerade mal im College. Ich sehe ihnen eine Zeit lang beim Spielen zu, mache sogar mit. (Ich fange an zu gewinnen, weil ich diese Bündel besser kenne als jeder andere.)

Dann sage ich ihnen, sie sollen sich beide ausziehen.

Das Gute Mädchen lacht, sagt, das tue ich bestimmt nicht, Sie machen wohl Witze.

Ich will, dass dein Herz sich ändert, möchte ich ihr sagen, aber ich spreche die Worte nicht aus, bewahre es als Überraschung.

Der Nette Junge glaubt auch, dass ich Witze mache, denn er lacht, ihm fallen die Augen zu, und er scheint einzuschlafen. In dieser Stadt ist es verboten zu trinken, aber vielleicht hatte er eine Flasche bei sich, vielleicht ist er betrunken, auch wenn ich nichts riechen kann. Er lässt zu, dass ich ihn am Stuhl festbinde.

Was machen Sie da?, fragt das Gute Mädchen, machen Sie meinen Freund los.

Ich sage ihr, sie soll sich keine Sorgen um ihren Freund

machen, ich werde mich um ihn kümmern. Ich habe ein Messer in der Hand – das habe ich geholt, nachdem ich Ithim in sein Bett gelegt hatte. Es ist ein Küchenmesser, und es wirkt derb, ich sollte etwas Eleganteres haben.

Doch es wird genügen.

Mit vorgehaltenem Messer bringe ich das Gute Mädchen dazu, sich auf das Bett zu legen, auf dem Ithim letzte Nacht geschlafen hat. Sie fängt an zu schreien, aber um diese Zeit ist niemand mehr wach, um es zu hören. Selbst wenn jemand wach wäre, schreien heute Nacht in der ganzen Stadt zu viele Menschen, als dass man sie bemerken würde. Ich sage ihr, sie soll sich von mir fesseln lassen, sowohl Füße als auch Hände. Dann fällt mir ein, dass es schwierig wäre, sie auszuziehen, wenn sie gefesselt ist, ihre Jeans und ihr Shirt und ihre Unterwäsche wären nur schwer runterzubekommen, wenn ich sie ihr nicht vom Leib schnitte, was ziemlich umständlich wäre, deshalb befehle ich ihr, sich erst auszuziehen, und binde sie dann fest. Vergewaltigen Sie mich nicht, sagt sie, sie glaubt, ich will Sex.

Will ein Vater an seinem ersten Tag mit seinem neugeborenen Kind, einem Kind, das jede Hilfe braucht, die es bekommen kann, will dieser Vater Sex?

Sie ist noch zu jung, sie weiß es nicht.

Ich habe so etwas noch nie gemacht, ich habe es nur in der (mittlerweile abgebrannten) Fleischerei Ahmed gesehen, also versuche ich mich zu erinnern und fange mit einem wahllosen Stich in ihren Bauch an. Sie schreit, was zwecklos ist. Ich will kein Risiko eingehen, also kneble ich sie mit ihrem Shirt, das Messer noch in ihrem Bauch, und während ich dabei bin, fängt sie an, den Kopf wild herumzuschleudern. Ich spüre ihr Haar an den Händen, zwischen den Fingern, ich fühle, wie es mich streift, weich und glatt. Ihr lege ihr eine Hand auf den Kopf (nein, dort ist es ruhig, kein Flattern wie bei Ithim). Mein zweiter Stich fällt fester aus, und obwohl ich nicht sonderlich stark bin, sehe ich, dass das Messer dieses Mal tiefer eingedrungen ist, was mich sehr erleichtert. Ich setze mein ganzes Gewicht ein und ziehe das Messer von dort aus bis hinunter zu ihrer Hüfte, bis unterhalb des Nabels, führe es dann wieder nach oben, bis zu ihren Brüsten, das Messer bewegt sich lautlos, gleichmäßig, bis auf ein lautes Knacken, als es auf ihre Rippenbögen trifft.

Der Nette Junge ist auf dem Stuhl fest eingeschlafen. Ich werde ihn später wecken.

Von meiner Position aus kann ich die Tür zu Ithims Zimmer sehen, und obwohl ich ihn selbst nicht sehe – er schläft sicher fest in seinem Bettchen, ohne zu ahnen, was sein Vater tut –, weiß ich, dass Ithim mein Babymodell ist, dass ich einen Ithim aus ihr machen muss, so ähnlich wie möglich.

Nein, er ist kein Affe, er ist ein wunderschönes kleines Kind.

Bedeckt mit dem Blut vom Guten Mädchen, genau wie in meinem Traum letzte Nacht, gehe ich in die Küche, ich hole den Stößel, den meine Frau manchmal für Gewürze benutzt – das meiste zerreibt sie in einem elektrischen Mixer, aber sie sagt, einige Sachen muss man mit der Hand bearbeiten, um die natürlichen Aromen zu erhalten – und fange an, damit das Gesicht und den Kopf des Guten Mädchens zu zermalmen. Durch das Shirt hindurch, mit dem ich sie geknebelt habe. Ein Mal, zwei, drei, vier Mal. Fünf, sechs, sieben, acht, neun, zehn, elf, bis ich das Knirschen ihrer Zähne höre, ihrer Lippen, ihrer Nase. Bis mir die Finger schmerzen, ebenso wie die Hände und Arme, von den Handgelenken bis zu den Ellbogen und hinauf bis in die Schultern, bis der Knebel rot ist und selbst der Stößel tropft.

Ich sitze auf dem Guten Mädchen, breitbeinig, ich mache mit dem Messer weiter. Jetzt fange ich an, ihr die Haut abzuziehen, rosafarbene Haut, weiche Haut, glatte Haut. Eine Sekunde lang, für den Bruchteil einer Sekunde, genauer gesagt für den Bruchteil des Bruchteils einer Sekunde will ich sie ficken, bei jeder Hautschicht, die ich abziehe, ich will durch den Schlitz in sie eindringen, den Schlitz in ihrem Bauch, den das Messer gerade geschaffen hat, ich will in ihre Eingeweide eindringen, aber ich bekomme mich unter Kontrolle.

Die Veränderung des Herzens? Ich hatte sie beinahe vergessen.

Bei dem ganzen Stoßen, dem Schneiden, dem Stechen, habe ich das Herz vom Guten Mädchen vergessen. Also zurück zum Messer, das mittlerweile doppelt, dreifach so viel wiegt, das bedeckt ist mit Blut und Fleisch und Haut.

Ich schneide sie unter den Brüsten; es geht langsam voran, denn Muskel und Knochen behindern das Messer auf seinem Weg. Ihr Blut schießt hervor wie aus einem Wasserhahn, und ich lasse es mir über beide Hände laufen, auf den hölzernen Griff des Messers fließen, ihre Brust hinunterrinnen, auf das Betttuch. (Ich sollte Angst haben, aber ich bin das alles mit Ithim im Traum durchgegangen, daher ist mir der Anblick vertraut, ich mache mir keine Sorgen, außer darum, dass es viel zu waschen und zu säubern geben wird, vielleicht lasse ich mir vom Netten Junge dabei helfen.)

Jetzt kann ich ihr Herz sehen, eine rotbraune Masse in ihrem Körper, ein Klumpen, eine Wucherung, zitternd wie ein Tier, dreieckig und deformiert. Weder Nase noch Ohren, weder Arme noch Beine, nur ein Torso, ähnlich meinem

Ithim. Aber nein, Ithim besitzt perfekte Augen, Ithim kann sehen; es besteht keine Ähnlichkeit mit ihm. Mit beiden Händen packe ich ihr Herz und ziehe. Das Gute Mädchen zuckt, aber ich kann ihr Gesicht nicht sehen, es ist völlig zerfleischt, mit dem Messer zerschneide ich die Stränge, die ihr Herz festhalten, ich schneide ihr Innerstes heraus.

Neben dem Bett habe ich ein Handtuch liegen, ein weiches Handtuch, wie die aus den teuren Hotels, weiß, saugfähig, die Art, die sie zusammenfalten und über geheizte Stahlrohre neben der Badewanne hängen. Oder zusammenfalten und in warme Weidenkörbe legen, zusammen mit grünen, weißen und blauen durchsichtigen Plastikfläschchen voller Pomade, Shampoo, Spülung und Feuchtigkeitscreme. Ich glaube, das ist angemessen, das Gute Mädchen verdient das Beste. Ich wickle das Handtuch zu einem Ball zusammen, wische das Blut auf, dass über ihre Brüste geflossen ist, und stopfe das vollgesogene Bündel dann in die Höhle, die ich gerade herausgeschnitten habe, die ich geschaffen habe. Sofort saugt sich mehr Blut in das Handtuch, das Weiße verfärbt sich rot, bis ich nur noch einen winzigen weißen Fleck sehe, und dann weiß ich, dass sich das Herz von dem Guten Mädchen verändert hat.

Ich habe währenddessen kein Wort gesagt, kein Flüstern kam mir über die Lippen. Ich sage ihr, dass sie in Ordnung sein wird, wenn ich fertig bin, nur ihr Herz ist anders, das alte, harte ist weg, und jetzt hat sie ein weicheres, jetzt ist sie ein Besseres Mädchen, nicht nur ein Gutes Mädchen. Sie wird meinen Ithim anschauen und keinen Affen sehen, sondern ein wunderschönes Kind.

Sie hört nicht zu.

Der Nette Junge ist aufgewacht, er starrt mich an.

Er starrt auf meine schwere Arbeit. Er ist faul.

Er sitzt noch immer auf seinem Stuhl, die Hände hinter dem Rücken gefesselt, und fängt an zu schreien. Ich will ihm befehlen aufzuhören, aber ich huste, ich würge, der Schleim kommt grau und grün, durchsetzt mit dem Ruß dieser hässlichen Stadt. Es tut mir Leid, sage ich zum Netten Junge, los, machen wir sie sauber, dann muss ich duschen, um mich frisch zu fühlen, ich habe mich seit beinahe zwei Tagen und zwei Nächten nicht mehr umgezogen, ich habe das Feuer durchgemacht, das Krankenhaus, den Bus, das Einkaufszentrum, und nun das hier, ich muss einfach das Wasser auf mir spüren.

Aber er sagt nein nein nein nein, ich will das nicht machen, er schüttelt den Kopf. (Er sieht aus wie einer von diesen braunen Spielzeughunden, die sich die Leute ins Auto hängen, an den Rückspiegel, und weil diese Stadt so viele Schlaglöcher hat, nicken diese Spielzeughunde ununterbrochen.)

Sir, sagt der Nette Junge, und er bringt die Worte kaum heraus, er stottert, Sir, lassen Sie mich gehen, sagt er.

Noch nicht, antworte ich, wir müssen das hier saubermachen.

Also gehen wir beide auf das Bett, der Nette Junge und ich (er ist groß, größer als ich, und er muss sich bücken, damit er nicht mit dem Kopf gegen die Decke stößt). Der Nette Junge ist nützlich – ich bin überrascht –, er arbeitet effizient, besser als ich, er ist stärker als der Affenmann. Ich wickle das Bettlaken um das Gute Mädchen, ebenso die Bettdecke. Auf der Matratze sind mehrere Flecken, ich werde sie austauschen müssen, genau wie die Kissen. (Vielleicht kaufe ich eine neue Garnitur und überrasche meine Frau damit, wenn sie nach Hause kommt.) Stöhnend hievt der Nette Junge das Bündel vom Bett auf den Boden hinunter.

Er weint, er sagt etwas, was ich durch sein Wimmern und das spielzeugartige Kopfschütteln nicht verstehe.

Ich liebe sie, sagt er.

Das macht mich wirklich wütend.

Wenn das stimmt, entgegne ich, warum hast du nicht einmal die Augen geöffnet, als ich bei ihr zugange war? Du hättest mich aufhalten können.

Er kann nicht antworten, der Nette Junge hat keine Antwort, er weint einfach nur weiter, wie ein Kind, stammelnd, zitternd.

Weißt du, warum das passiert ist?, frage ich ihn, und wieder starrt er mich an. Ich fasse ihn am Arm und führe ihn in Ithims Zimmer, an Ithims Bettchen, und während er dort steht, schlage ich das Tuch zurück, in das mein Kind gewickelt ist. Ich zeige ihm, dass das kein Affe ist. Das ist mein Kind, und es ist das schönste Kind auf der Welt.

Ja, Sir, sagt der Nette Junge.

Und ich bringe ihn dazu, sich vorzubeugen und Ithim sanft an der Stirn zu berühren, direkt über den Augen.

Ich bin versucht, ihn gehen zu lassen. Aber nein, ich bin sicher, sein Vater, und auch der Vater vom Guten Mädchen, sind VIPs, keine Rikschafahrer, pensionierten Lehrer oder einfache Mütter, ich bin sicher, sie wohnen in Villen mit Gärten davor, oder in Apartmentgebäuden mit Stromgeneratoren, sie können mit ein paar Telefonanrufen Fäden ziehen, sie können die Spur zurückverfolgen, obwohl niemand gesehen hat, dass ich sie mit nach Hause genommen habe. (Zumindest nehme ich nicht an, dass die alte Frau, die in der Ecke des Einkaufszentrums gefegt hat, etwas gesehen hat, aber warum ein Risiko eingehen?)

Deshalb sage ich zum Netten Jungen: Tut mir Leid.

Und ich fange auch bei ihm an, und jetzt, da ich es schon einmal gemacht habe, fällt es leichter; tatsächlich hätte ich nie gedacht, dass es so leicht ist, obwohl Feuer fraglos besser ist, Feuer ist schneller, wenn es erst einmal brennt, die Flammen lecken alles rein, lassen nichts zurück außer Rauch und Asche, die von der Sonne und dem Wind beseitigt werden. Jetzt liegen zwei Leichen auf dem Boden, und durch das Fenster kann ich sehen, dass die Bündel auf dem Bordstein noch immer dort sind, keines von ihnen hat sich bewegt. Auch Ithim schläft ruhig. Und als ich mich im Raum umsehe, das Bett sehe, den Boden, das Blut, das Fleisch, die Haut, den Netten Jungen und das Gute Mädchen, was ich gerade getan habe, spüre ich die Hitze der Wut in dieser brennenden Stadt, ein Glühen, das ich meine, schon zuvor verspürt zu haben.

»Wachen Sie auf.« Der Platzanweiser stand direkt neben mir und schüttelte mich an der Schulter. »Die Vorstellung ist seit zehn Minuten vorbei«, sagte er, »wir müssen für die nächste saubermachen. Wenn Sie bleiben wollen, holen Sie sich eine neue Karte.«

Die Lichter waren eingeschaltet, aber es waren nur kleine, in die Decke eingelassene Lampen, wie die Sterne in Ithims unbenutztem Kinderzimmer zu Hause. Der Gang war noch dunkel, die Leinwand leer. Ithims Tasche lag noch an ihrem Platz, auf dem Sitz neben mir. Sicher, unberührt, unbewegt. Schweiß lief mir den Rücken hinunter, den Hals, die Arme, sogar die Beine, so dass mir die Hose am Körper klebte.

»Einen Moment, bitte«, sagte ich, aber der Platzanweiser war bereits weggegangen.

Ich saß dort und wartete darauf, dass die kühle Brise des Ventilators und der Klimaanlage meinen Schweiß trocknete.

Als ich in die Tasche sah, schlief Ithim fest, aber ich konnte ihn riechen. Er hatte sich offenbar wieder eingemacht.

Von der Tür her hörte ich das Stimmengewirr der Menge, die ins Kino wollte. Das Einkaufszentrum war also gut besucht, vielleicht war auf den Straßen wieder alles normal, der Mob musste weitergezogen sein oder sich aufgelöst und verstreut haben, was bedeutete, dass ich das Plaza Einkaufszentrum endlich verlassen konnte.

Es war fast ein Uhr mittags, mehr als drei Stunden waren vergangen, seit ich in der Anprobe war. Mir blieben vier Stunden bis zum Zug, genug Zeit, um dem Krankenhaus einen Besuch abzustatten, nach meiner Frau zu sehen und dann zum Bahnhof zu gehen. Um Miss Glas zu treffen.

Der Traum vom Guten Mädchen und Netten Jungen hatte mich erschöpft, und erst, als ich sie in der Menge wiedersah, direkt vor dem Kino, wie sie sich das Schaufenster von Nike ansahen, lachten und miteinander redeten, wobei das Gute Mädchen sich an den Netten Jungen schmiegte, spürte ich einen Teil dieser Erschöpfung langsam von mir abfallen.

■ ■ ■

■

Ich bin die Schreiende Frau aus den Fernsehnachrichten, ich war sechsundzwanzig Jahre alt, so in etwa, ich bin nicht ganz sicher, ich hatte eine Tochter, ich habe in einer Großfamilie mit fünfzehn anderen Leuten gelebt, Tanten und Onkeln, Brüdern und Schwestern, wir lebten in einem Dorf zwei Stunden von dieser Stadt entfernt, jedes Haus mit dem anderen verbunden, wir stritten uns manchmal, aber wir fühlten uns auch sicher, weil so viele von uns unter demselben Dach lebten, mein Schwiegervater wohnte seit fünfundzwanzig Jahren hier und jeder im Dorf kannte uns, ich war als die Sportliche bekannt, weil ich als Mädchen ständig die Treppen rauf- und runterlief, über die Felder rannte, selbst als ich mit meiner Tochter schwanger war, und wenn jemand einen Karton oder Koffer von einem hohen Regal herunterholen wollte, haben sie mich raufklettern und ihn holen lassen, mein Mann hat in einer Fabrik gearbeitet, die Plastiktüten herstellt, er hat mir gesagt, er will aus dem Dorf wegziehen und in die Stadt gehen, um mehr Geld zu verdienen, und er hat gesagt, er wolle einen Sohn, aber jetzt ist das egal, in der Nacht, als der Mob kam, beschlossen wir, ins Nachbardorf zu laufen, wo noch mehr von uns waren, wir hätten nur zehn Minuten gebraucht, der Mond stand nicht am Himmel, was gut war, denn es war dunkel, und wir kannten die Strecke, ein schmaler Weg mitten durch die Felder, aber fünf Minuten nachdem wir losgelaufen waren, haben sie uns eingeholt, sie vergewaltigten mich, sie vergewaltigten meine Tante, sie vergewaltigten meine Schwägerin, meine Schwiegermutter, sie töteten uns alle, meine Tochter zuerst, wir wurden mit Messern aufgeschlitzt, sie vergewaltigten auch meine Schwester, sie töteten ihr dreijähriges Kind und dachten, sie wäre tot, aber meine Schwester überlistete sie, indem sie ganz still dalag, indem sie ihnen vormachte, sie wäre tot, obwohl sie es nicht war, und am Morgen kam die Polizei und holte unsere Leichen, sie bestreuten uns mit einer Menge Salz und begruben dann einige von uns und verbrannten die anderen, ich war unter denen, die begraben wurden, am nächsten Morgen suchte meine Schwester nach uns, mit einem Mann aus dem Dorf, sie fragten die Polizisten, wo wir wären, und die sagten, tut uns Leid, wir konnten die Leichen nicht auf dem Revier aufbewahren, weil es warm war und wir kein Eis hatten, sie erzählten ihnen nicht von dem Salz, wie es unsere Haut schneller zersetzte, so dass wir anfingen zu riechen und sie uns begruben, eine nach der anderen, sie schafften unsere Leichen fort, unsere anklagenden Körper, jetzt lebt mein Ehemann, und ich bin fort, ich werde anfangen, nach meiner Tochter und allen anderen zu suchen, denn jetzt sind wir alle zusammen, im Reich der Toten.

■

KAPITEL ACHTZEHN

Holy Angel fällt aus, Ithim verpasst das Treffen

Ithim und ich verließen das Plaza Einkaufszentrum und gingen hinaus in die sengende Sonne. Schlappen, Steine und zerbrochenes Glas lagen dort auf der Straße verstreut, wo der Mob offenbar mit der Polizei gekämpft hatte, während wir im Multiplex waren, denn die Gegend war jetzt ruhig, die Luft flimmerte in der Hitze, die jeden Rest der Kälte der vergangenen Nacht weggewischt hatte. Direkt am Ausgang, vor den Glastüren des Einkaufszentrums, sah ich ein privates Taxi, ein weißes Auto, das hinter den Polizeibussen parkte, die hintere Tür einen Spaltbreit offen, als wartete es auf mich und Ithim. Auf Vater und Sohn.

Ohne beim Fahrer nachzufragen, stieg ich ein und sagte: »Holy Angel. Ich brauche dort etwa zehn, fünfzehn Minuten, dann fahren wir zum Bahnhof. Fahren Sie bitte vorsichtig.« Mit Ithim in meiner Tasche konnte ich kein Risiko eingehen.

Durch das Taxifenster konnte ich Spuren der Feuer sehen, von denen einige noch immer schwelten. Ich sah ausgebrannte Geschäfte, eines um das andere; im Gegensatz zu meinem Viertel, in dem ich nur drei gesehen hatte, stand hier Reihe um Reihe schwarzer Rechtecke, so dass ich sie nach einer Weile nicht mehr zählen konnte, ich konnte nicht erkennen, wo ein Geschäft endete und das nächste begann. An einer Stelle sah es so aus, als hätte das Feuer den gesamten Block verschluckt, das ganze Viertel, und alle Grenzen und Abtrennungen ausradiert.

Ich sah Männer und Frauen, die den Schutt durchsuchten, die Ladenbesitzer und ihre Familien, die letzte Nacht hatten fliehen müssen und nun, im hellen Tageslicht, zurückkehrten, um nach Dingen zu suchen, die das Feuer nicht geraubt hatte. Mit kreischenden Sirenen und roten Blinklichtern raste ein Autokonvoi, angeführt von einer Flotte von Polizeifahrzeugen, vorbei und zwang das Taxi, an den Straßenrand zu fahren, um ihn passieren zu lassen. Ich nahm an, es waren VIPs aus Neu-Delhi, die den Schaden begutachten wollten, die sehen wollten, was letzte Nacht geschehen war und was nicht.

Und gerade, als sie an uns vorbeifuhren, sah ich eine schwarze Wolke den Horizont verdunkeln, der Rauch war nah dem Boden am dunkelsten und wurde immer heller, je stärker er sich mit dem Weiß-Blau des unnachgiebigen, unversehrten Himmels vermischte.

»Ist das ein weiteres Feuer?«, fragte ich.

»Ja, Sir, keine Ahnung, wann das aufhört«, sagte der Taxifahrer. »Vor etwa zwei Stunden hat die Polizei in der Nähe vom Plaza geschossen. Und jetzt sieht es aus, als wären sie näher beim Holy Angel.«

»Ist der Weg zum Krankenhaus frei?«

»Sir, wann geht Ihr Zug?«

»Um vier«, sagte ich und verschaffte mir ein Polster von einer Stunde.

»Mal sehen, ich werde versuchen, zum Krankenhaus durchzukommen, aber wenn die Straße gesperrt ist, sollten wir lieber über die Brücke und direkt zum Bahnhof fahren.«

Wie konnte ich ihm erzählen, was ich mir ausgemalt hatte, was ich tun wollte. In das Zimmer meiner Frau zu gehen, Ithim, in seiner Tasche, auf sie zu legen. Zwischen ihre Knöchel und Knie. Ich wollte sie in Ruhe betrachten, ihre Hände zu beiden Seiten, die Stellen an ihren Handgelenken, an denen die Schläuche angeschlossen waren, an denen ihre Haut durchstochen war. Ich wollte mir ihre Hände ansehen, die zu Fäusten geballt waren, genau wie letzte Nacht. Ich wollte eine Hand in diese Faust schieben und darauf warten, dass sich ihre Finger bewegten. Mit der freien Hand hätte ich ihre trockenen, rissigen Lippen berührt; mit den Fingern wollte ich die Konturen ihres Kinns nachfahren, ihrer Nase, ihrer Wangen, die Löcher in ihren Ohrläppchen berühren, aus denen man ihre Ohrringe entfernt hatte, bevor sie in den Kreißsaal geschoben worden war. Ich hätte hinabgesehen und zugeschaut, wie sich ihre Decke hob und senkte, jede Bewegung in perfektem Einklang mit dem Atem, den ich auf meinem Gesicht spürte. Ich wollte Bestätigung, einen unumstößlichen Beweis, dass meine Frau lebte. Denn dann hätte ich dem Sohn seine Mutter vorgestellt.

Ich wollte Ithim aus der Tasche nehmen, all die unförmigen Hüllen abstreifen, bis er nackt war – es war mir egal, wer ihn sah und wer nicht – und dann sein Gesicht an ihres halten, wollte den verkohlten Hautstreifen seiner Stirn ihre Nase, Lippen, Wangen, Augen berühren lassen. Ich wollte, dass meine Frau jeden von Ithims Gerüchen wahrnahm, die Babynahrung, das Talkumpuder, seine einen Tag alte Haut. Ich wollte seine Lippen, den Messerschlitz, auf ihre drücken, sein linkes Tunnelohr gegen ihre Lippen halten, damit er es hören konnte, falls sie ihm etwas zuflüstern wollte. Ich wollte ihr Ithim so auf die Brust legen, auf ihr Krankenhaushemd, dass sein Herz genau über ihrem lag und jedes das andere schlagen hören konnte.

»Sir, ich glaube, wir sollten nicht zum Holy Angel fahren.« Der Taxifahrer hatte angehalten.

Vor uns lag die Straße, die zum Krankenhaus führte, ihr Eingang war durch mehrere Polizeifahrzeuge versperrt.

Auf dem Boden lagen Glassplitter. Durch die geöffneten Türen eines Krankenwagens sah ich aufeinandergestapelte Bahren, eine über der anderen, auf jeder eine Leiche, alle so hastig mit Tüchern bedeckt, dass ich von vielen die Zehen, die Füße, einen Teil der Haare sehen konnte.

»Was ist hier passiert?« Ich drückte Ithim fester an mich.

»Muss ein anderer Mob gewesen sein, der ist jetzt weg, aber sie lassen keinen durch. Sie könnten versuchen, von hier aus zu laufen, ich versuche, auf Sie zu warten, wenn sie mich lassen. Sonst müssen Sie ein anderes Taxi nehmen.«

Direkt gegenüber von uns auf der anderen Straßenseite stand eine Telefonzelle. Ich beschloss, im Krankenhaus anzurufen, statt mit Ithim dorthin zu laufen. Was, wenn die Polizei mich anhielt und aufforderte, die Tasche zu öffnen? Beim Plaza-Wachmann hatte ich Glück gehabt, aber ein zweites Mal unentdeckt durchzuschlüpfen erschien unwahrscheinlich. Und ich wollte nicht riskieren, dieses Taxi zu verlieren.

Das hier ist meine Seite des Gesprächs von der Telefonzelle aus, soweit ich mich daran erinnern kann. Das ist für die Akten. (Die andere Seite ist unwichtig.)

»Hallo, Holy Angel and Nursing? Hier ist der Ehemann von Patientin Nummer 110742.«

»Ich rufe an, um zu fragen, wie es ihr geht, sie liegt auf der Entbindungsstation.«

»Gut, ich bleibe dran.«

»Entbindungsstation, Entbindungsstation, im sechsten Stock. Die Geburt war gestern Nacht.«

»Und wer hat die Unterlagen?«

»Ich sage Ihnen doch, die Geburt hat gestern Nacht stattgefunden.«

»Nein, ich sollte anrufen.«

»Doktor Nr. 1 hat mir gesagt, ich soll heute anrufen, er meinte, jemand aus dem Krankenhaus würde ihn anpiepsen. Und er würde mir sagen, wie es ihr geht.«

»Ich will wissen, wann sie entlassen werden kann, wann ich sie nach Hause holen kann.«

»Gestern Nacht. Sie wurde gestern Nacht aufgenommen.«

»Ich habe sie ins Krankenhaus gebracht. Die genaue Zeit weiß ich nicht.«

»Nummer 110742.«

»Ja, wie oft soll ich Ihnen die Nummer denn noch sagen?«

»Mrs Jay. Ja, J, A, Y. Gut, ich warte.«

Ich hörte, wie der Hörer auf den Tisch gelegt wurde. Ich hörte Husten, ich hörte jemanden etwas rufen.

Von der Telefonzelle aus, durch die Glastür, sah ich einen weiteren Polizeiwagen Richtung Krankenhaus fahren, ich sah den Taxifahrer, der mich ansah. Einen Moment noch, deutete ich ihm.

»Wann ist Doktor Nr. 1 da?«

»Können Sie ihn nicht anpiepsen?«

»Er sagte, er hätte einen Pager. Das hat er mir gestern Nacht erzählt.«

»Ausgeschaltet? Können Sie mir dann die Oberschwester geben, bitte?«

»Oberschwester.«

»Sie hat das Entlassungsformular für das Kind ausgefüllt.«

»I-t-h-i-m. Ithim.«

»Wann fängt ihre Schicht an?«

»Können Sie das nicht herausfinden?«

»Aber die Oberschwester kommt heute noch?«

»Ist da irgendein anderer Arzt, mit dem ich sprechen könnte?«

»Gut, ich warte.«

»Ja?«

»Ich habe gefragt, ob Sie in ihrem Zimmer nachsehen könnten.«

»Was meinen Sie damit, das würde nichts bringen?«

»Gibt es da keine Nebenstelle, an die Sie den Anruf weiterleiten können?«

»Nein, ich kann heute Abend nicht kommen, ich bin dann nicht hier, ich bin nicht in der Stadt.«

»Etwas Persönliches.«

»Haben Sie die private Telefonnummer von Doktor Nr. 1?«

»Es ist dringend.«

»Er meinte, sie steht für ein paar Tage unter Beobachtung.«

»Haben Sie eine Liste?«

»Ja?«

»Gut, ich warte.«

»Ja?«

»Mrs Jay, das habe ich Ihnen schon gesagt.«

»Sie steht nicht auf der Liste?«

»Ich rufe später wieder an.«

Und so stand es nun: Sie konnten nichts tun; die Oberschwester und Doktor Nr. 1 waren unauffindbar; niemand konnte hingehen und nachsehen, wie es meiner Frau ging. Wenn ich genauere Informationen haben wollte, musste ich abends nach sechs hingehen, wenn die Krankenschwestern die Nachtschicht begannen. Vielleicht wäre dann auch die Oberschwester da. Und nein, sie konnten mir nicht sagen, ob sie Dienst hatte oder nicht. Nein, sie konnten sie nicht erreichen. Sie hatten sie seit gestern Nacht nicht mehr erreichen können. Ja, allerdings gab es eine aktuelle Liste der Opfer im Holy Angel heute Morgen. Und nein, meine Frau stand nicht darauf. Patientin Nummer 110742 stand nicht auf der Liste. Das bedeutete, sie lebte noch, sie musste noch unter Beobachtung stehen. Genau, wie Doktor Nr. 1 es gestern Nacht gesagt hatte.

»Wir sind gleich an der Brücke«, sagte der Taxifahrer. »Hoffen wir, sie ist frei.«

Die Brücke. Meine Frau und ich hatten an einem Abend in jener Woche dort gestanden, nachdem ich um ihre Hand angehalten und sie ja gesagt hatte.

Der Sommer damals war brütend heiß, man befürchtete in der Stadt bis zu fünfzig Grad. Es war so heiß, dass es sogar nachts schien, als stünde die Sonne noch am Himmel, nur geschwärzt, durch die Hitze unsichtbar geworden. Die Brücke zu Fuß zu betreten war verboten – sie besaß keinen richtigen Gehweg, aber es gab einen gut einen Meter breiten Betonstreifen entlang beider Seiten, wahrscheinlich für das Wartungspersonal, falls und wenn es auf die Brücke gehen musste. Es herrschte wenig Verkehr, nur ein paar Lastwagen mit ihrer

Ladung, und ich hatte den Auto-Rikschafahrer gebeten anzuhalten. Er hatte unsicher gewirkt, bis ich ihm zusätzliches Geld angeboten hatte.

Wir waren auf der Brücke spazieren gegangen, meine Frau und ich, hatten die riesigen Metallplatten und die Winkel betrachtet, mit denen die Pfeiler an ihrem Platz gehalten wurden, sie waren mit Nieten befestigt, die so groß wie unsere Füße waren. Wir hatten uns die breiten Bögen angesehen, die sich am Himmel entlangschwangen, die Träger, die mit ihrem Eisen die Wolken durchschnitten. Das Flussbett lag ausgetrocknet unter uns, bloße Tümpel stehenden Wassers, in denen sich die glänzenden Lichter der Stadt spiegelten. Meine Frau hatte sich an meinem Arm festgehalten. »Die Brücke bewegt sich«, hatte sie mit einem Anflug von Angst und Überraschung bemerkt. Das tat sie wirklich.

Dieser Koloss bewegte sich, er pendelte hin und her wie das Spielzeug eines Kindes, ein paar gespannte Seile zwischen zwei Bäumen.

»Ich glaube, sie haben sie so gebaut«, hatte ich gesagt, »um die Vibrationen des Verkehrs abzufedern. Sie pendelt, weil sie dadurch sicher ist.«

»Wir sollten hierher zurückkommen«, hatte meine Frau gesagt.

»Sie ist frei«, sagte der Taxifahrer, »die Brücke ist frei. Wir haben heute Glück.«

Als das Taxi beschleunigte, drehte ich mich auf dem Sitz herum, weil ich versuchen wollte, die Stelle zu erkennen, an der wir in jener Nacht gestanden hatten, meine Frau und ich. Und dort war sie, deutlich sichtbar. Also hob ich Ithims Tasche hoch. Ließ auch ihn einen Blick darauf werfen.

Ich zeigte ihm die Stelle, und zum ersten Mal seit ich ihn nach Hause gebracht hatte, sprach ich mit ihm, mit meinem Kind. »Dort haben deine Mutter und ich einmal gestanden«, sagte ich.

Er konnte es nicht hören, es war nur für den Fall, dass er zusah, das Bild in einer Ecke seines Geistes speicherte, um sich eines Tages vielleicht daran zu erinnern, sogar darauf zu reagieren, wenn man ihn in Ordnung gebracht hätte – jetzt, da wir den letzten Abschnitt unserer Reise begannen.

■ ■ ■

TEIL DREI

Die folgende Nacht

KAPITEL NEUNZEHN
Bunthemd am Bahnhof

Als wir aus dem Taxi stiegen, schien es, als hätte die Stadt selbst, oder der Teil von ihr, der sich auf der Flucht befand, eilig zusammengepackt, was er zu fassen bekam, und wäre zum Bahnhof gekommen, bereit wegzufahren, zusammen mit Ithim und mir. Ein Meer von Kindern, Frauen und Männern, deren Gepäck sich über den Bahnsteig ergoss wie unzählige Schiffstrümmer. Verschnürt mit Plastikstricken oder Juteseilen, auf Schultern balancierte Bündel und Aktentaschen, hinterhergezogene Koffer, einige mit Rädern, andere ohne. Gefaltete Bettlaken und Steppdecken, zu Reisetaschen zusammengebunden. In Taschen gestopfte Tassen und Teller und Krüge und Dosen. Und all dies wurde von einer menschlichen Woge nach der anderen hin und her geworfen, ihre Wellenkämme und -täler so unberechenbar, dass ich weder waten noch schwimmen musste, geschweige denn dem entgegensteuern. Deutlich erkennbar in dieser sich unaufhörlich verändernden Woge waren bandagierte Gesichter, sogar einige auf Tragen, manche humpelten, die gebrochenen Arme und Beine eingegipst, Männer, Frauen und Kinder, an deren Füßen oder Armen harter Gips weiß aufblitzte. Alle saßen, gingen, humpelten, schmückten ihr Elend mit Zeichen und Symbolen. Ithim und ich wurden hineingesogen, mitgerissen von den anderen Passagieren, bis ich mich vor der Tafel mit den Ankunfts-

und Abfahrtszeiten wiederfand, deren grüne und rote Lampen wie Leuchtfeuer für jene brannten, die noch vor sich hin trieben.

Ich ging die Liste durch: Es gab Eilzüge und Regionalzüge, es gab die Super-Eilzüge und die S-Bahnen, Abfahrtsorte und Zielorte, mit ihren Bahnsteignummern und Zeitplänen. Und erst als ich dort stand und kaum wagte, mich zu rühren, wurde mir klar, dass ich gestrandet war und weder Karte noch Kompass besaß. Ich hatte keine Ahnung, wohin Ithim und ich unterwegs waren.

Am Telefon hatte Miss Glas gesagt, es sei nicht sehr weit. Ich ging ihre Nachricht noch einmal durch, falls sie den Zug erwähnt hatte, die Zeit, den Ort, vielleicht zwischen den Zeilen, an den Rändern, irgendwo, wo ich es überlesen hatte. Aber nein, nur diese vier Zeilen starrten mich an, verhöhnten mich beinahe mit ihrer Vagheit.

Alles wird gut für das Baby, das sagte ich gestern Nacht, Treffen am Bahnhof um fünf, so ist es ausgemacht… Und falls Sie mich nicht entdecken, in all dem verrückten Gedränge, wird jemand nach Ihnen rufen, inmitten der lärmenden Menge.

Die riesige Uhr an der Wand spendete etwas Trost, sie zeigte an, dass es kurz vor drei Uhr war – die Fahrt vom Plaza hierher hatte mehr als anderthalb Stunden gedauert, eine Fahrt, die an jedem anderen Tag nur die Hälfte der Zeit benötigt hätte. Der Zug, hatte Miss Glas gesagt, fuhr um fünf, also blieb Ithim und mir noch Zeit, genug Zeit, dachte ich, damit Miss Glas – oder die Person, die sie geschickt hatte – uns hier finden konnte, sogar aus Zufall.

»Miss Glas sagte mir,
Sie werden sicher kommen,

Mit dem Kind an Ihrer Seite
Und ein wenig beklommen.«

Nach mehr als vierzig Minuten Warten dann dieser hohe, jaulende Singsang, nasal, beinahe metallisch, wie die Töne in einer Zeichentrickserie. Die Wörter wurden so schnell heruntergerattert, dass sie miteinander verschmolzen, MitdemKindanIhrerSeite, einwenigbeklommen, KindanIhrerSeite, sie waren absolut undeutlich, und erst als die Zeilen wiederholt wurden, wieder und wieder, konnte ich sie verstehen.

Die Stimme kam von unten, von der Nähe meiner Füße, wo ich plötzlich fühlte, wie jemand an meiner Hose zupfte, auf meine Schuhe drückte, was mich annehmen ließ, es müsste ein Kind sein, aber als ich hinsah, war es kein Kind, als ich hinsah, sprang ich beinahe vor Entsetzen und Unglauben zurück.

Es war ein Mann, ein Zwerg, ein Gnom.

Fast kahl, das Haar auf seinem Kopf ein dünner, weißer Flaum, das Gesicht beinahe erdrückt von seiner dicken Brille, die zwei oder drei Nummern zu groß war und ihm ständig bis zur Nasenspitze rutschte, so dass er sie in scheinbar völlig sinnlosem Bemühen immer wieder nach oben schob. Er trug ein Kostüm. Als wäre er gerade aus einer Vorführung gekommen. Seine gelbe Röhrenhose saß eng am Bein bis hinunter zu den Knöcheln, wo sie plötzlich weiter und bauschig wurde und beinahe seine unverhältnismäßig großen Schuhe bedeckte, deren Schnürsenkel über den Boden schleiften.

Sein Gesicht war blass, beinahe weiß – ob dies seine tatsächliche Hautfarbe war oder Theaterschminke, konnte ich nicht erkennen –, jedenfalls wurde seine Blässe durch sein bis obenhin zugeknöpftes Hemd unterstrichen, dessen Kragen so breit war, dass der Saum ihm über die Schultern fiel. Und was für ein Hemd das war. Ein Übermaß nicht nur an Stoff, einem Stoff, der glänzte wie Samt und Seide, sondern auch an kräftigen Farben und überdrehter Asymmetrie: Blau und Rot und Grün und Gelb und Weiß und Schwarz, Streifen, Karos, Dreiecke, Kreise, Wirbel, Ellipsen, gerade Linien, Wellen. Und als wäre das nicht schon grell genug, um jede Aussage zu unterstreichen, die er vielleicht machen wollte, hatte er sich noch einen Schal um den Hals geschlungen. Einen schwarzweiß karierten Wollschal, offensichtlich keine Maßarbeit, denn die Enden hingen hinter seinem Rücken bis auf den Boden, so dass es aussah, als stünde er in einer großen, bunten Pfütze aus Hose, Schnürsenkeln, Schal und Schuhen, alles zusammengewürfelt, und alles offenbar kurz davor, ihn zu Fall zu bringen.

Aber das schien ihm vollkommen egal zu sein.

Stattdessen lief er auf der Stelle, stampfte und stapfte in dieser Pfütze, seine Kleidung flatterte wie riesige Tropenvögel, die sich auf ihm niedergelassen hatten. Er sprang auf und ab, die Ellbogen und Knie zuckten vor und zurück, ruhelos, ungeduldig, wie ein Sportler, der sich vor dem Spiel aufwärmt. Das Merkwürdigste allerdings war, wie natürlich alles aussah, was er tat, wie weich und elegant er seine ständige Bewegung wirken ließ, beinahe eins mit dem unerträglichen Gewühl um ihn herum auf dem Bahnhof. Und dass nicht einer der Vorübergehenden auch nur stehen blieb und einen zweiten Blick auf ihn warf, obwohl ein Mann mit seiner Erscheinung und seinem Auftreten in dieser Stadt normalerweise einen ziemlichen Auflauf verursachen würde.

»Gestatten, Bunthemd«, sagte er, »recht naheliegend, wie Sie sehen. Sie können mich Hemd nennen, oder Bunt, Sie können mich Witzbold nennen, oder Clown, was immer Ihnen gefällt, je nach Tages- oder Nachtzeit, sprechen Sie Hindi, sprechen Sie Englisch, manchmal Hindi, manchmal Englisch, kombinieren Sie beides. Geben Sie mir Schimpfnamen.« Endlich machte er eine Atempause. Und streckte mir die Hand entgegen.

Bunthemd war so plötzlich aufgetaucht, und seine Erscheinung war so ungewöhnlich, dass ich eine Weile brauchte, um mich von dem Schock zu erholen. Offenbar spürte er jedoch das Unbehagen, das ich empfand, als ich merkte, ich müsste mich hinunterbeugen, vielleicht sogar hinknien, wenn ich ihm die Hand geben wollte, denn er steckte eine Hand in die Hosentasche und holte, die ganze Zeit pfeifend, ein rotes Plastikrechteck hervor, das er zu einem Tisch auseinanderklappte, der kaum dreißig Zentimeter hoch war. Er stellte den Tisch hin, direkt neben mich, kletterte darauf und streckte mir erneut die Hand hin, die jetzt beinahe auf gleicher Höhe mit meiner war.

»Sie müssen sich nicht bücken, Mr Jay, ich kann mich mit jemandem wie Ihnen auf gleiche Augenhöhe begeben«, lachte er und präsentierte dabei zwei Reihen gelblicher Zähne.

»Stets zu Diensten«, fuhr er fort. »Denn Sie sind der Vater, Sie sind derjenige, der für Ithim gesorgt hat, folgen Sie mir, Sir.« Ebenso schnell, wie er hinaufgeklettert war, sprang er von seinem improvisierten Pult, faltete es zusammen, ließ es in der Tasche verschwinden und verfiel wieder in Reime.

»Ich bin doch nur ein Clown,
Deshalb tret ich so auf.
Immer, wenn Sie traurig sind,
Muntre ich Sie auf.

Sie sehen schrecklich müde aus,
Sie wirken sehr geschafft,
Wollen wir was essen gehen?
Das gibt uns wieder Kraft.«

Dann drehte er sich auf dem Absatz um, stampfte mit dem Fuß auf wie ein Soldat bei einer Parade und lief los.

Er ging, als wäre dort keine Menschenmenge, rempelte mit Wucht gegen die Leute, prallte gegen ihre Koffer und Bündel, stieß sich fast den Kopf an ihren Knien. Allerdings schien seine Strategie zu funktionieren, denn die Menge teilte sich vor ihm, zügig und spontan, und er ging, rannte, lief, als wäre dies ein Spielplatz und er ein Kind.

Aus der Entfernung sah er tatsächlich aus wie ein Kind, wenn man einen Moment lang den weißen Flaum auf seinem Kopf übersah, seine Kahlheit, seinen Leibesumfang – und zuerst versuchte ich, diese Entfernung beizubehalten, um jedem, der uns beobachtete (obwohl das niemand tat, wie ich zugeben muss) zu signalisieren, dass ich mit dieser merkwürdigen Gestalt nichts zu tun hatte. Mehrmals verlor ich ihn im wogenden Dickicht und Gewirr der vielen Beine, aber nach ein paar Sekunden tauchte er immer wieder auf, sein Hemd strahlte farbenfroh, die Hose schlug ihm gegen die Schuhe, sein Schal wehte hinter ihm her und ließ die Vorübergehenden zur Seite treten, damit sie nicht stolperten. Und er bewegte sich so zielgerichtet, ohne auf die Hindernisse zu achten, die auf seinem Weg lagen, dass ich schließlich laufen musste, um ihn einzuholen. »Wohin gehen wir?«, fragte ich.

Er blieb stehen und schien zu erstarren, als hätte er einen Schlag auf den Rücken bekommen, einen festen Schlag. Und dann stellte er sich mit einer übertriebenen Geste – er musste einfach ein Schauspieler sein, dessen war ich mir fast sicher – auf die Zehenspitzen, drehte sich zu mir um, legte einen Finger an die Lippen und flüsterte vernehmlich: »Sie sind bei Bunthemd, Sie sind glücklich, Sie sind in Sicherheit, keine Sorge.« Und fügte lauter hinzu: »Hier, geben Sie mir Ihre Tasche, Sir, Sie haben sie schon den ganzen Tag lang getragen. Ruhen Sie sich aus, lassen Sie mich eine Weile die Last tragen.«

Von dort, wo er stand, sprang er nach oben, in einer kreisförmigen Bewegung, so schnell, dass die Tasche bei ihm war, bevor ich mich rühren konnte (sogar, bevor mein Instinkt greifen und ich mich ducken konnte); ich hatte keine Ahnung, wie er es geschafft hatte, mir den Träger über den Kopf zu ziehen.

Als er merkte, dass die Tasche beinahe so groß war wie er selbst und den Boden berühren würde, wenn er sie so trug wie ich, verkürzte er den Träger durch einen doppelten Knoten, wobei sich seine Finger so schnell bewegten, dass sie beinahe verschwammen. Und die ganze Zeit über pfiff er, sah in die Tasche, gurrte dem Baby etwas vor: »Schönes Baby, schönes Baby, genau, wie ich dachte. Sir, wir stehen in Ihrer Schuld und danken Ihnen, dass Sie sich um dieses Kind gekümmert haben. Ich kann es kaum erwarten, mit ihm zu spielen. Baby, Baby, wunderschönes Baby, unser Baby.«

Ich streckte die Hand aus, um ihm die Tasche wegzureißen, aber es war zu spät, er hatte sich wieder umgedreht und war mit der schlenkernden Tasche losgelaufen, die Menge strömte zusammen, wie Wasser, um den Raum zwischen ihm und mir zu füllen.

Was zum Teufel war das, wer zum Teufel war das?

Wen hatte Miss Glas mir geschickt?

Dieser Clown, dieser unerhörte Possenreißer, dieser miese

Witzbold, was wusste er über Ithim, und wohin brachte er mich?

War Ithim bei ihm sicher? Was meinte er mit »unser Baby«?

Was, wenn er mir jetzt davonlief? DEFORMIERTES BABY VON ZWERG GEKIDNAPPT; wie würde mich das wohl aussehen lassen, wenn ich ihn bei jemandem anzeigen müsste.

Doch ihn in der Menge zu beobachten – er war jetzt langsamer, weil er immer wieder nach Ithim sah, einen Blick in die Tasche warf, Grimassen schnitt –, vertrieb meine Sorgen, wenigstens für den Augenblick. Denn er war der erste Mensch in dieser Stadt, der Ithim angesehen und weder Unglauben noch Mitleid gezeigt hatte, der reagiert hatte, als sei nichts falsch, als wäre er einfach ein Baby wie jedes andere auf dem Bahnhof an diesem Tag, oder vielleicht sogar mehr als das – ein besonderes Baby, ein Kind, auf dessen Bekanntschaft er sich gefreut hatte. Das verhalf mir, ebenso wie die Tatsache, dass ich meinen ersten Schock überwunden hatte, zu einer milderen Sichtweise dieses Clowns, als ich sah, wie er die Cafeteria des Bahnhofs betrat.

Hier die nächste Überraschung.

Bunthemd verschaffte sich einen großen Auftritt, er stolzierte hinein, blieb dann stehen, vollführte, Ithims Tasche fest umklammert, einen Freudentanz und wirbelte auf den Zehenspitzen herum. »Besondere Gäste heute«, rief er, »da ist mein Tisch, los.«

Und niemand beachtete ihn.

Kein einziger Kunde, keiner der Männer hinter der Theke, keiner der Keller, die das Geschirr abräumten, der Jungen, die den Boden fegten, zwischen den Tischen und Stühlen hin und her gingen, nicht einer von ihnen hielt inne und sah Bunthemd an, wie er in einem Gewirr aus Bewegung und Lärm den riesigen Speisesaal durchquerte und sich zu einer Ecke vorarbeitete, in der ich *seinen* Tisch sah.

Dieser Tisch konnte nur für ihn sein. Er teilte sich in zwei Ebenen auf, eine mindestens dreißig Zentimeter tiefer als die andere, mit zwei dazugehörigen Stühlen, einem hohen und einem niedrigen, alles aus edlem, dunklem Holz, das frisch poliert aussah. Dieses merkwürdige Arrangement war deutlich sorgfältiger und luxuriöser hergerichtet worden als jeder andere Essplatz im Saal, denn eine weiße Spitzendecke war auf dem Tisch ausgebreitet, und auf den Stühlen lagen passende Kissen.

»Ich habe ein Baby bei mir«, rief Bunthemd in den Raum, als er sich am niedrigeren Bein des Tisches vorbeischob, »also bringen Sie zuerst etwas abgekochtes Wasser und Milch für ihn und dann für uns Ihre Spezialität des Tages. Für den Sir und mich.«

Mir wurde erst klar, wie hungrig ich war, als das Essen gebracht wurde; das war meine erste Mahlzeit seit so vielen Stunden, dass ich sie nicht mehr zählen konnte. Es war Bahnhofsessen, fade und geschmacklos, serviert auf einem dampfenden Stahlblech mit Unterteilungen für Reis, Dal, vegetarisches Curry, ein Stück Hühnchen, Joghurt, Pickles, Salat; auf ihrer Reise vom Tresen zu unserem Tisch hatten sich die einzelnen Komponenten in den Händen eines ungeduldigen, tollpatschigen Kellners vermengt, die Unterteilungen erfüllten nicht ihren Zweck – aber das war völlig egal. Und da ich mich hemmungslos auf das stürzte, was vor mir stand, fiel mir erst nach der halben Mahlzeit auf, dass ich völlig vergessen hatte, nach Ithim zu sehen, geschweige denn nach Bunthemd.

Ich sah von meinem Teller auf, blickte über den Tisch hinweg, es gab keinen Anlass zur Sorge.

Denn Bunthemd hielt Ithim auf dem Schoß und fütterte ihn, seinen eigenen Teller noch unberührt auf dem Tisch. Während ich eifrig gegessen hatte, hatte er Ithim ausgewickelt und gesäubert, die Babymilch hervorgeholt, sich von den Mitarbeitern der Cafeteria eine Tasse in kochendem Wasser sterilisieren lassen, das Essen vorbereitet, die Pipette aus der Tasche geholt, Ithim auf den Schoß genommen und angefangen, ihn zu füttern. Und Ithim?

Mit zwinkernden Augen starrte Ithim Bunthemd an und schluckte jeden Tropfen, nicht einer rann vom Spalt seiner Lippen hinab. Etwa jede halbe Minute beugte Bunthemd sich vor und küsste Ithim auf den Kopf, die Stirn, das Ohr. Für einen Beobachter hätte es so ausgesehen, als sei Bunthemd der Vater und ich nur irgendein Gast, der am gleichen Tisch saß. Als wäre ich nur zufällig da. Er wirkte so natürlich, so ruhig und gefasst, geduldig und effizient, so fürsorglich, dass es schien, als kannten Bunthemd und Ithim einander schon lange, bevor ich selbst meinem Kind begegnet war.

Als Ithim gefüttert und gesäubert in Bunthemds Armen lag – der gesagt hatte, er soll ruhig eine Weile draußen bleiben, etwas frische Luft schnappen, er war den ganzen Tag in der Tasche, ein Argument, dem ich nichts entgegenzusetzen hatte –, wartete ich, bis Bunthemd gegessen hatte und stellte dann die ersten meiner zahllosen Fragen: Wohin gehen wir? Welchen Zug nehmen wir? Wie lange wird die Reise dauern? Wo ist Miss Glas? Wer ist sie, wie heißt sie wirklich? Wer sind Sie? Was wird mit Ithim geschehen?

Ohne den Blick vom Teller zu nehmen, hörte Bunthemd sich alles an, zögerte, trank einen Schluck Wasser, warf einen kurzen Blick auf Ithim auf seinem Schoß und wandte sich wieder seinem Essen zu.

Also ließ ich es darauf ankommen.

»Geben Sie mir meinen Ithim, und wir gehen zurück«, sagte ich, und lauter: »... wenn Sie mir nicht langsam ein paar Antworten geben. Mir reicht es jetzt, ich bin schon die ganze Zeit lang hingehalten worden.«

Bunthemd sah mich an, er blickte mir ohne jeden Anflug von Verlegenheit oder Abwehr direkt in die Augen. »Nur weiter so, Mr Jay, nur weiter so«, sagte er, »lassen Sie alles raus, liegt Ihnen noch etwas auf dem Herzen, das Sie fragen oder sagen wollen? Und machen Sie sich keine Gedanken, wenn Sie schreien wollen, schreien Sie einfach, so laut Sie möchten, niemand wird Sie auch nur hören. Denken Sie nur daran, dass ich auf Miss Glas' Anweisung hier bin.«

Erneut wandte er sich seinem Essen zu.

Der Ton, in dem er antwortete, überraschte mich, denn er war so anders als alles, was ich bisher gehört und worauf ich mich eingestellt hatte; seine Stimme klang ernsthafter und gewichtiger, als verstecke sich plötzlich hinter diesem grellen Äußeren, diesem merkwürdigen Aufzug, den Späßen und Witzen Reife, sogar eine gewisse Kultiviertheit.

»Woher weiß ich, dass Sie wirklich der sind, für den Sie sich ausgeben, dass Sie mich nicht anlügen?«

»Fragen Sie mich etwas«, sagte er, ohne vom Teller aufzusehen.

»Was denn? Ich habe Sie gerade eine ganze Menge gefragt.«

»Nein, nicht so etwas.« Er schob den Teller zur Seite und wischte sich die Hände an einem Handtuch ab, das ihm der Kellner gebracht hatte. »Fragen Sie mich nach dem Anruf, den Sie letzte Nacht erhalten haben, ich weiß darüber Bescheid.

Ich weiß, was Miss Glas Ihnen erzählt hat, ich weiß von der Botschaft, die sie Ihnen geschickt hat, den Bildern, ich weiß von Tariq, von Shabnam, von Abba. Ich weiß, dass Sie diese Botschaft in dieser Tasche bei sich tragen, was wollen Sie sonst noch wissen?«

Er stand vom Tisch auf, Ithim noch im Arm, das süßliche Lächeln war von seinem Gesicht verschwunden, an seine Stelle war ein entschlossener, beinahe triumphierender Blick getreten, als hätte er mich zum Schweigen gebracht, als hätte er seine Glaubwürdigkeit ein für alle Mal bewiesen.

»Aber ich hatte nicht damit gerechnet, jemanden wie Sie zu treffen.«

»Was meinen Sie mit ›jemanden wie mich‹, Mr Jay?«

Ich versuchte, höflich zu sein: »Nur Ihre Art, Mr Bunthemd, Ihre Kleidung, wie Sie reden, wie Sie gehen. Ich werde daraus einfach nicht schlau.«

»Es tut mir leid, Sir, ich kann nicht ändern, wie ich aussehe, oder? Ich bin nicht wie Ithim, unfertig. Ich bin alt, ich bin fertig, ich bin hinüber. Ich bin so, wie ich bin, und mir ist klar, wenn ich Sie nicht zum Lachen bringe, jage ich Ihnen einen Schauer über den Rücken. Und wenn ich schon nicht so bin, wie Sie es sich vorgestellt haben, dann warten Sie mal ab, wohin wir gehen, warten Sie nur, bis Sie die anderen treffen.«

»Genau danach habe ich Sie die ganze Zeit gefragt: Wohin gehen wir?«

»Ich bin Miss Glas' ergebener Diener, sie führt, ich folge. Sie befiehlt, ich gehorche. Und, Sir, vor letzter Nacht kannte ich sie nicht einmal, aber jetzt kann ich mir mein Leben ohne sie nicht mehr vorstellen. Das ist doch mal was.«

»Wo haben Sie sich kennengelernt?«

»Wir haben uns in der Stadt getroffen, im Rauch und im

Feuer. Mehr sage ich nicht, nur noch, dass alle auf Sie warten, auf Sie und Ithim.«

»Wer sind alle?«

»Sir, ich sagte bereits, meine Lippen sind versiegelt. Ich glaube, ich habe bereits mehr erzählt, als ich sollte, meine Aufgabe ist ganz einfach, ich bin bloß ein Handlanger. Ich sollte Sie hier abholen und dort hinbringen.«

»Wohin?«

»Das werden Sie bald sehen. Nicht sehr weit weg, ein schöner Ort, etwa sechs Zugstunden von hier. Ich habe für uns die besten Plätze reserviert, erste Klasse mit Klimaanlage, zwei Schlafwagenplätze, oben und unten, und eine Schiebetür, die wir schließen können, damit uns niemand stört. Sie sind sicher müde. Nach dem späten Mittagessen könnten Sie etwas Schlaf gebrauchen. Ich werde mich um Ithim kümmern. Sie beide sind jetzt in sehr sicheren Händen.«

Mir war völlig klar, dass meine unnützen Fragen mich nicht weiterbrachten, daher beschloss ich, es gut sein zu lassen und mich mit der Tatsache abzufinden, dass ich den gleichen unsicheren Weg – voller Hoffnung und blinden Vertrauens – weitergehen würde, der mich hierhergebracht hatte. Mit diesem Entschluss stand ich auf und wollte gerade zur Tür der Cafeteria gehen, als Bunthemd etwas murmelte.

»Seht dieses Kind an,
So süß und so stark,
Was ist so schlimm?
Ich find es nicht arg.

Seht dieses Kind an,
Wie ein Stern in der Nacht,

Soll man ihm helfen, Sir,
Haben Sie's bedacht?«

»Was meinen Sie damit?«, fragte ich. »Was haben Sie da gesagt? Dass ihm nicht geholfen werden muss?«

»Es tut mir leid, so hatte ich das nicht gemeint«, antwortete Bunthemd.

»Wie denn sonst? Sogar Sie, sehen Sie sich an, Sie haben Arme und Beine, Sie können gehen und sprechen. Mein Ithim hat nichts, Miss Glas hat gesagt, sie bringt Ithim in Ordnung, und nur deshalb bin ich mit ihm den ganzen Weg hierhergekommen.«

»Nein, Mr Jay, ich habe nur einen Gedanken geäußert, meine eigene, bescheidene Sichtweise. Was zwischen Ihnen und Miss Glas passiert ist, geht mich nichts an, Sir. Was Miss Glas Ihnen auch gesagt hat, müssen Miss Glas und Sie besprechen, nicht ich. Meine Aufgabe ist wie gesagt die eines Handlangers, eines einfachen Handlangers.«

Und mit glänzenden Augen deutete Bunthemd auf die weit entfernte Anzeigetafel:

»Der Zug ist hier,
Der Zug ist hier,
Es ist soweit,
Verschwinden wir.«

Halten Sie diesen Moment fest.

Nennen Sie ihn absurd, lächerlich, sogar schmerzlich, nennen Sie ihn, wie Sie wollen. Wenn Sie von oben herab auf die Menschenmenge gesehen, wenn Sie den Blick hätten über den Bahnhof schweifen lassen, wäre er sicherlich an diesem Zwerg hängen geblieben, diesem Farbklecks, diesem Zwerg mit einem Baby in einer Tasche, das nicht einmal einen Tag alt war. Und am Vater des Kindes, der ihm folgte, als wäre er selbst ein Kind, das fürchtete, sich in der Menge zu verirren. Bunthemd hatte mir nichts erzählt, was ich nicht schon wusste, er hatte mich als misstrauischen Zweifler hingestellt, er hatte sich aufgeführt, als sei es ein Verbrechen, ihn etwas zu fragen, er hatte mich als selbstverständlich hingenommen, er hatte vorausgesetzt, dass ich kein Recht hatte, ihn etwas zu fragen, dass ich keine Wahl hatte, dass ich ihm jetzt ausgeliefert war und nichts daran ändern konnte. Nun, Tatsache war, dass Bunthemd Recht hatte.

Ich hatte keine Wahl, jetzt, da ich so weit gekommen war, musste ich den Zug besteigen. Denn hatten Ithim und ich nicht genau darauf die ganze Zeit gewartet?

■ ■ ■

Wir alle werden jetzt schweigen, keine weiteren Ablenkungen, kein Geflüster mehr in den Fußnoten, Mr Jays Geschichte soll zu ihrem Ende finden, ruhig und ungehindert.

KAPITEL ZWANZIG

Nacht des Skorpions, Sprung aus dem Zug

Meine Mutter, mein Vater und die Nacht des Skorpions, sie alle schlüpften in den Zug, von einem Ort aus, der sehr weit entfernt und viele Jahre zurücklag. Ungeachtet des schwankenden, ruckelnden Zugs mussten sie gekommen sein, auf Zehenspitzen, ohne gehört oder gesehen zu werden, sie mussten einen Fuß auf die untere Koje gesetzt haben, in der Bunthemd und Ithim waren, und dann auf die obere Koje geklettert sein, in der ich lag, den Kopf auf der zusammengerollten Tasche, die mir als Kissen diente. Mehr als eine Stunde war vergangen, seit wir den Bahnhof verlassen hatten. Das rhythmische Rattern des Zugs, das weiche Polster der Koje unter meinem Rücken, das dämmrige Licht im Abteil, meine ausgestreckten Beine, mein Magen, noch voll von der Mahlzeit, die ich so hungrig verschlungen hatte, die Last, die mir von den Schultern fiel – dass ich endlich im Zug war –, und die gedämpften Laute von unten, von Bunthemd, der Ithim etwas vorsummte, das wie ein Schlaflied klang: Diese Dinge zusammengenommen hatten die gleiche Wirkung, als würde mir jemand sanft die Augen schließen. Und eine Pforte schaffen, durch die ein Traum hindurchschlüpfen konnte. Von meiner Mutter, meinem Vater, der Nacht des Skorpions und natürlich dem Regen.

Ich bin etwa neun, zehn Jahre alt, ich muss mich auf die Zehenspitzen stellen, um den Lichtschalter an der Wand zu erreichen. Es ist sehr früh morgens (vielleicht auch sehr spät abends), denn es ist noch dunkel. Es regnet in Strömen.

Der Abend war windstill und heiß gewesen, und als wir uns hinlegen wollten, war der Strom ausgefallen, deshalb schliefen Mutter, Vater und ich auf dem Schlafzimmerboden statt in unseren Betten, denn der Boden war aus Zement und fühlte sich kühler an. Der Regen musste später in der Nacht eingesetzt haben, nachdem wir eingeschlafen waren.

Beim Wachwerden konnte ich ihn laut hören: sein Trommeln auf den Asbestabdeckungen des nahen Slums, sein Gurgeln in den Rohren, die an der Wand unserer Wohnung entlang und bis zu dem Hof verliefen, in dem wir Kricket spielten.

Regen ist destilliertes Wasser, hat mein Erdkundelehrer gesagt, er besteht aus reinem, kondensiertem Dampf, erst auf seinem Weg hinunter durch die Luft nimmt er Dreck auf, den Rauch der Stadt, und sobald er den Boden berührt, nimmt er auch alles andere auf. Wenn man es also schafft, die Regentropfen in dem Moment aufzufangen, in dem sie ihre Reise zum Boden antreten, und sie nicht durch den Himmel fallen lässt, wenn man eine riesige Tasse oder einen Teller direkt unter die Wolken hält, dann bekommt man Wasser, das sauberer ist, als es irgendein Filter auf der Welt liefern kann.

Jetzt, so spätnachts, hängt kein Rauch über der Stadt und noch weniger Dreck in der Luft, deshalb stelle ich mir vor, wie der Regen noch sauber auf den Hof prasselt. Ich schließe die Augen und warte darauf, dass mich der Schlaf wieder in sein Reich zieht.

In diesem Moment höre ich Stimmen.

Mutter und Vater sind wach. Vater sagt etwas, seine Worte

sind bei dem lauten Regen undeutlich. Ich öffne die Augen, und langsam, wie Nebel in der Wintersonne, lichtet sich die Nacht und zeigt Vater, der auf dem Boden sitzt. Ich höre Mutter weinen. Der Strom ist noch nicht wieder eingeschaltet, und ich kann die Blätter des Deckenventilators sehen, matt und regungslos.

»In etwa einer Stunde wird es hell«, sagt Vater, »dann hole ich den Arzt.« Zuerst denke ich, Mutter hat Fieber und ist schwach, aber Mutter weint nie, wenn sie Fieber hat. Ihre Augen sind geschlossen, ihr Gesicht angespannt, als hätte sie wirklich starke Schmerzen.

»Was ist passiert?«, frage ich.

Ich sollte eigentlich schlafen, meine Frage kommt unerwartet, Vater zuckt zusammen und dreht sich um. »Warum bist du so spät noch wach? Leg dich wieder schlafen, es ist mitten in der Nacht.«

»Warum weint Mutter?«, frage ich.

Mutter streckt die linke Hand aus und hält meine Hand, ich bin jetzt wach, ich sitze auf dem Boden, und Mutter ist nun die Einzige, die liegt, zwischen Vater und Sohn.

»Geh wieder schlafen«, sagt sie, »Vater hat Recht, du musst morgen zur Schule.«

Ich will ihr sagen, nein, ich will wissen, was passiert ist, denn ich habe Mutter noch nie so weinen sehen. (Nur einmal habe ich sie weinen sehen, aber da war sie in der Küche, und als ich gefragt habe, sagte sie, es lag am Rauch.)

»Etwas hat sie gebissen, irgendein Insekt«, sagt Vater, »wenn du nicht mehr schlafen willst, dann setz dich neben sie, halt ihre Hand fest, neben dem Handgelenk, und drück fest zu. Sie wurde in den Finger gebissen, das Gift darf sich nicht ausbreiten. Ich geh und mach die Laterne an.«

Er steht auf und geht aus dem Zimmer. Als er die Tür öffnet, dringt das Geräusch des Regens herein, lauter jetzt und begleitet von einem Sprühregen, der mein Gesicht mit einer Million winziger, nasskalter Spritzer bedeckt. »Mach die Tür zu«, sagt Mutter zu Vater, »er wird noch krank, wenn er den Regen abbekommt.«

Und ich sitze dort, halte Mutters Hand, ihre Finger von ihren eigenen Schatten überzogen. Im Dunkeln kann ich keine Schwellung sehen, keinen Bluterguss, aber ich drücke mit ganzer Kraft auf ihr Handgelenk.

»Nicht so fest«, sagt sie, und ich lockere den Griff, übe weniger Druck aus, aber ich halte noch immer fest, ich habe Angst, die Aufgabe ist zu schwer für mich, die Verantwortung enorm. Nur die kleinste Veränderung, und Mutter könnte sterben. Denn wenn ich nicht vorsichtig bin, breitet sich das Gift aus, läuft von ihrem Handgelenk in die Venen und Arterien, kriecht die Arme hinauf, die Schultern, den Hals, dann wieder hinunter, zu ihrem Herzen und ihrem Magen, zu den Beinen dem Gesicht dem Kopf den Fingern und Zehen – der Eiter und das Schwarze Blaue Gelbe Grüne.

Deshalb drücke ich weiter auf ihr Handgelenk, bringe aber nicht den Mut auf, sie anzusehen, draußen regnet es noch immer, stärker jetzt, die Asbestplatten klatschen laut im Wind und Regen, eine Seite hat sich offenbar gelockert und schlägt jetzt gegen die Wand, die unseren Kricketplatz vom Slum trennt.

Vater ist zurück, mit einer Laterne und einer Schüssel mit warmem Wasser. Er setzt sich hin, und in dem gelben Licht sehe ich Mutters schmerzverzerrtes Gesicht, ihre geschlossenen Augen. »Drück weiter auf das Handgelenk«, sagt Vater, als er ein Handtuch ein Stück weit in das warme Wasser taucht, es beinahe trocken wringt und ihr dann auf den Kopf legt. Jetzt kann ich sehen, was ihr solche Schmerzen verursacht, ihr Daumen ist geschwollen, er ist blau und gelb, als wäre etwas in sie eingedrungen, ein Wesen mit einer gelben Zunge und blauen Augen und schwarzen Zähnen und würde dort sitzen, sich weigern herauszukommen, Gift in sie hineinatmen und warten, bis sein Atem durch ihren ganzen Körper gewandert ist, bevor es sich entscheidet, was es als Nächstes tut.

Wie lange wir dort sitzen, weiß ich nicht, ich halte Mutters Hand, und Vater betupft ihre Finger und ihre Stirn mit dem warmen Handtuch, doch die Nacht neigt sich langsam ihrem Ende zu.

Als das Wasser in der Schüssel kalt geworden ist, steht Vater auf, geht hinaus, kommt, angezogen mit Hemd und Hose, zurück. Er nimmt einen Regenschirm und trägt mir auf, neben Mutter sitzen zu bleiben, Wache zu halten, weiter festzuhalten, er sagt, er geht den Arzt holen.

Mutter ist mittlerweile eingeschlafen, und ich sitze dort, das spröde morgendliche Licht sickert ebenso durch einen Spalt in der Tür herein wie der Regen. Ich höre dem Regen zu, ich sehe das Licht an, meine Finger um ihr Handgelenk, wie ein Schraubstock, ich bin fest entschlossen, nicht einen Tropfen Gift in ihren Körper gelangen zu lassen. Wenn mir die Finger schmerzen, wechsle ich die Hände, aber ich mache das so schnell und so geschickt, dass ihr Handgelenk niemals schutzlos bleibt. Ich bin ihr Sohn. Es ist meine Pflicht, ihr das Leben zu retten.

Meine Augen fühlen sich an, als hätte jemand Steine an beide Lider gebunden, aber ich muss sie offen halten, bis Vater zurückkommt. Jetzt, da Mutter schläft, muss ich vorsichtiger sein. Ich befürchte, wenn ich die Augen zufallen lasse, auch nur um zu zwinkern, breitet sich das Gift aus. Und so sitze ich dort und warte, mir tun die Beine weh, der Boden ist kalt, draußen heult der Regen, der einzige Trost ist Mutters rasselnder Atem, der klingt, als würde ihr jeder Atemzug schwerfallen: Mutter lebt.

Der Doktor kommt mit einer Ledertasche, sein Haar nass vom Regen. Vater macht den Regenschirm zu und lehnt ihn gegen die Wand; im Licht der Laterne sieht er aus wie eine riesige, nasse Krähe, die in einer Pfütze steht. Der Doktor setzt sich neben Mutter und bittet mich loszulassen. »Prima, das hast du gut gemacht«, sagt er, und ich sehe zu, wie er eine Spritze vorbereitet. Ich wende den Blick ab. Vater schickt mich aus dem Zimmer. Von der Veranda aus kann ich Mutter schreien hören.

Ich stehe neben der Tür, das Ohr an die Wand gedrückt, mein Herz rast, eine Seite meines Körpers ist durchnässt vom Regen, der nicht nachlassen will. »So, geschafft«, sagt der Doktor zu Vater, »die Gefahr ist überstanden, ich habe ihr eine Salbe verschrieben, die müssen Sie holen, sobald die Geschäfte öffnen. Und ich habe ein paar Tabletten mitgebracht, die sie sofort nehmen sollte.«

»Was war es?«, frage ich, als ich hineingehe.

»Ich habe deinem Vater gesagt«, antwortet der Doktor, »es sieht nach einem Skorpion aus. Es hätte gefährlich werden können, aber zum Glück hat dein Vater mich geholt; auch nur eine Stunde länger, und ich weiß nicht, was passiert wäre. Der Skorpion dürfte allerdings mittlerweile tot sein. Such ihn, wenn es hell ist.«

Ich schwänze heute die Schule, bleibe zu Hause. Vater ebenfalls.

Zusammen mit der regenverhangenen Sonne kommt der Strom zurück, und sobald der Deckenventilator läuft und die feuchte Luft aus dem Zimmer bläst und Mutter nach der Beruhigungsspritze fest schläft, ihre Hand auf die doppelte Größe angeschwollen und in eine weiße Bandage gehüllt, schlafe auch ich ein. Während dieses Tages, an dem es unaufhörlich regnet, stehe ich mehrmals auf, um an Mutters Seite zu wachen, und einmal, um vom Balkon aus in den Hof zu blicken, der jetzt fast dreißig Zentimeter unter Wasser steht. (Heute wird kein Kricket gespielt.)

Später am Nachmittag, als das Dienstmädchen kommt, um den Abwasch zu erledigen, findet sie den Skorpion draußen in der Regenrinne, direkt neben dem Schlafzimmer. Nachdem er Mutter gestochen hat, muss er dorthin gekrochen und gestorben sein. (Sie ruft mich zu sich, damit ich ihn mir ansehe, und ich bin überrascht, wie klein er ist. Ich hatte Bilder in Büchern gesehen und mir den Skorpion immer als Monster vorgestellt, mit riesigen Giftsäcken, die bis auf den Boden hängen. Doch nun liegt er da, ein winziges Insekt, nicht länger als mein kleiner Finger.)

Das Dienstmädchen holt einen Hammer aus der Küche und schlägt auf den Skorpion ein. Eine grünliche Flüssigkeit spritzt heraus. »Das ist das Gift«, sagt sie, »man muss das machen, damit die anderen Skorpione es sehen und nicht hier ins Haus kommen.«

Ich glaube ihr.

Es erscheint mir absolut logisch. Dass man dieses Wesen umbringen muss, es unbarmherzig, gnadenlos töten muss, mit einem Hammer, um den anderen eine Lektion zu erteilen.

Also nehme ich dem Dienstmädchen den Hammer ab und zertrümmere den Skorpion, ich hämmere auf ihn ein, bis ein Stück vom Zementboden absplittert, ich hämmere auf ihn ein, bis der grünliche Schleim austrocknet und verkrustet, bis der

Körper des Skorpions zu Brei wird, bis das Dienstmädchen zu mir gelaufen kommt und sagt, hör auf, du weckst noch deine Mutter, ich töte den Skorpion, bis mir die Hände schmerzen, bis ich sicher bin, dass alle Skorpione in der Stadt gesehen haben, was ich gerade getan habe. Schweiß rinnt mir den Rücken hinab.

Am Abend wacht Mutter auf; das Dienstmädchen hat Essen zubereitet, Suppe und etwas Reis und Fisch. Mutter sitzt auf dem Bett, und ich sehe ihr beim Essen zu. Sie streckt die bandagierte Hand aus und legt sie mir auf den Kopf. »Ich hatte so viel Glück«, sagt sie, »dass der Skorpion nicht dich erwischt hat.«

Ein paar Jahre später bekam ich in der Schule ein neues Lehrbuch für Lyrik, in dem ganz vorne ein Gedicht mit dem Titel *Die Nacht des Skorpions* stand, von Nissim Ezekiel. Und bis heute kann ich die Zeilen auswendig: *Ich erinnere mich an die Nacht, in der meine Mutter von einem Skorpion gebissen wurde. Zehn Stunden stetigen Regens hatten ihn unter einen Sack Reis getrieben. Sich trennend von seinem Gift – teuflischer Stachel in der Dunkelheit aufblitzend – wagte er sich wieder in den Regen.* Und das Gedicht beschreibt weiter, wie einheimische Bauern das Tier suchten und *den Namen Gottes hundert Mal anriefen, um den Erzfeind zu bannen.* Wie ihre Kerzen und Laternen *riesige Skorpionschatten an die ausgedörrten Wände warfen.* Der Vater in dem Gedicht, *Skeptiker, Rationalist, versuchte jeden Fluch und Segen*, er schüttete der Mutter sogar Petroleum auf die Zehen und zündete es an. *Ich sah die Flammen sich von meiner Mutter nähren*, endet das Gedicht, *ich sah den heiligen Mann und seine Rituale, um das Gift mit Beschwörungen zu zähmen. Nach zwanzig Stunden verlor es seinen Stachel. Meine Mutter sagte nur: Gott sei Dank hat der Skorpion mich genommen und meine Kinder verschont.*

Ich weiß noch, wie ich an diesem Nachmittag mit dem Gedicht nach Hause lief und es meiner Mutter vorlas, die zuhörte und mich dann bat, es ihr noch einmal vorzulesen. Zum ersten Mal in meinem Leben hatte ich ein Gedicht über etwas gelesen, das geschehen war, das mir geschehen war. Ich fragte sie, wie die Mutter des Dichters genau dasselbe hatte sagen können wie sie, meine Mutter, in jener Nacht. Sie antwortete lächelnd: »Alle Mütter sind gleich; sie denken immer zuerst an ihre Kinder.«

»Geht es Ihnen gut, Mr Jay? Sie haben im Schlaf geredet, beinahe geschrien.« Es war Bunthemd, der auf der unteren Koje stand und zu mir heraufstarrte. Ich konnte seinen Schweiß riechen, ich konnte die Farben seiner Kleidung sehen, die im Dämmerlicht der Glühbirne in unserem Abteil fahl wirkten.

»Wie lange noch?«

»Nur ein paar Stunden«, sagte er, schwang sich herauf und setzte sich mir zu Füßen auf die Koje. »Und keine Sorge wegen Ithim, er schläft fest. Ich habe ihn schon gewickelt und noch mal gefüttert, also müssen wir uns bis morgen früh um nichts kümmern. Ich habe eine Decke über ihn gelegt, ich wollte, dass sie die Klimaanlage runterdrehen, aber sie meinten, das geht nicht.«

»Wo sind wir?«, fragte ich, stützte mich auf einen Ellbogen und versuchte, durch das Fenster unter meiner Koje zu blicken. Ich konnte nur ein schwarzes Rechteck sehen, Streiflichter, vielleicht ein Dorf oder einen Bahnhof, an dem der Zug planmäßig nicht hielt. Ich sah auch Wasser, das außen am Fenster herunterlief. Vielleicht war es kondensiertes Wasser, vielleicht auch Regen.

»Wie gesagt, Sir, noch etwa zwei Stunden entfernt. Ich wecke Sie auf, wenn es so weit ist, Sie können sich wieder schlafen legen.« Und dann fügte er fast beiläufig hinzu: »Eine Sache wollte ich Ihnen noch sagen. Wir steigen nicht an einem Bahnhof aus, sondern zwischen zwei Bahnhöfen.«

»Was soll das heißen, zwischen zwei Bahnhöfen?«

»Um Zeit zu sparen. Ich ziehe die Notbremse und springe dann aus dem Fenster.«

»Aber die Fenster sind verschlossen.«

»Nein, ich habe einen Weg nach draußen gefunden, im nächsten Abteil, da ist ein Fenster, das man öffnen kann, und dort wird mich niemand sehen, weil alle tief und fest schlafen. Ich ziehe die Notbremse und springe mit Ithim in seiner Tasche raus. Keine Sorge, ich schaffe das, bei meiner Größe. Sie sollten allerdings am Einstieg stehen. Sobald ich die Notbremse ziehe, wird der Zug langsamer; warten Sie nicht, bis er ganz anhält, sondern bis er langsam genug fährt, mit einer Geschwindigkeit, die Sie sich zutrauen, und dann springen Sie. Ich warte auf Sie, dann können Sie mir folgen. Wir werden schnell gehen, die ersten Minuten vielleicht sogar laufen müssen.«

»Aber warum? Warum können wir nicht an einem Bahnhof aussteigen und einen Bus oder so von da aus nehmen? Das ist zu gefährlich.«

»Ist es nicht, ich mache das heute zum zehnten Mal. Dadurch sparen wir mehr als drei Stunden, weil der nächste Halt mindestens hundertfünfzig Kilometer weit von unserem Ziel entfernt liegt. Außerdem ist es dunkel, niemand wird uns sehen, die Leute in den Abteilen werden nicht einmal wissen, dass der Zug angehalten hat. Und bis der Wachmann aufwacht und herausbekommt, dass die Notbremse in unserem Abteil gezogen wurde, ist es zu spät, dann sind wir längst weg. Er kann uns höchstens verfluchen und beschimpfen. Aber es ist mitten in der Nacht, er wird dem Lokführer mit seiner grünen Fahne winken, wieder in sein Abteil gehen und einschlafen.«

Hätte früher (genau gesagt, noch vor ein paar Stunden, bevor ich Bunthemd traf) jemand so etwas vorgeschlagen, hätte ich ein Machtwort gesprochen und gesagt, auf keinen Fall, sind Sie verrückt? Aber ich hatte auf dem Bahnhof beschlossen, wenn ich mich führen lassen wollte, dann würde ich mich nicht von Zweifeln und Ängsten entmutigen lassen. Sicher, ich wusste genau, dass ich mit diesem Entschluss einen riesigen Sprung wagen und einfach vertrauen musste, aber hatte ich diesen Sprung nicht schon heute Morgen gewagt, als ich mit Ithim in einer Tasche das Haus verließ? (Das Problem war, dass ich den Sprung gewagt hatte und mich noch in der Luft befand, die Erde raste auf mich zu, und ich hielt mich zurück. Nun, jetzt würde ich es geschehen lassen, ich würde mir gestatten, dort zu landen, wohin die Schwerkraft der Erde oder die Schwingen an meinen Füßen mich trugen.)

Also lächelte ich Bunthemd an und sagte: »Wie Sie wollen.«

»Das ist die richtige Einstellung, Sir«, sagte er, ohne im Geringsten von meinem bereitwilligen Einverständnis überrascht zu sein, und kletterte hinunter in seine Koje. »Versuchen Sie, noch etwas zu schlafen. Ich wecke Sie, wenn es so weit ist.«

Doch der Schlaf kam nicht.

Ich saß in der Koje, mein Kopf berührte beinahe die Decke. Links von mir sah ich ein Hinweisschild, mit roter Farbe geschrieben, die am unteren Rand der Buchstaben ungleichmäßig zu kleinen Klümpchen geronnen war. *Sichern Sie Ihr Gepäck mit den Drahtseilen, die unter den Sitzen bereitliegen. Für einen Nothalt ziehen Sie an der Kette. Benutzung ohne nachvollziehbaren und ausreichenden Grund wird mit einer Strafe bis zu 1000 Rupien und/oder einem Jahr Gefängnis belegt.* Bunthemd wusste das alles natürlich, und ich war bereit, für ein Jahr ins Gefängnis zu gehen.

Hellwach schloss ich die Augen und bedeckte sie mit dem rechten Handrücken. Wieder sah ich Mutter auf dem kalten Zementfußboden schlafen, ich hörte den Regen draußen im Dunkeln rauschen, ich sah den toten Skorpion, seine von der Wucht des Hammers zermalmten Scheren. Das war kein Traum, davon war ich überzeugt – es war mit Sicherheit eine Erinnerung, aber warum war sie mir jetzt ins Gedächtnis gekommen? Was konnte der Auslöser sein? Sosehr ich es auch versuchte, ich konnte sie nicht einordnen.

(Ich erinnere mich daran, wie ich beim Tod meiner Mutter nach der Bestattung, nachdem wir sie verbrannt hatten – ich hatte die ganze Zeit über vorn gestanden, und statt von Tränen war ich von Angst gepackt gewesen, dass die Holzscheite, die auf ihr gestapelt lagen, herunterfallen würden und ich sehen müsste, wie sie verbrennt –, nach Hause kam, das Haus voller Freunde und Verwandter sah und hoffte, dass sie meine Trauer hinausdrängen würden. Sie sagten mir, was für ein verantwortungsvoller Sohn ich gewesen sei, wie gut ich mich um meine Mutter gekümmert hätte, nachdem mein Vater gestorben war, wie stark ich sei und wie sehr ich ihrem Andenken gerecht würde. Und als sie gegangen waren, als ihre Worte an meinem Körper hinabgeglitten waren und sich in traurigen, kleinen Häufchen auf dem Boden angesammelt hatten, zusammen mit dem Staub von ihren Schuhen und den Blütenblättern der Blumen, die Mutters Körper bedeckt hatten, empfand ich noch stärker als die Trauer ein erdrückendes, beständiges Gefühl des Verlusts: Die einzige Person auf der Welt war fort, die jedes Mal, wenn sie mich ansah – völlig egal, wie alt ich war –, ein Kind sah, jemanden, den niemand anders je sehen würde oder könnte. Ich habe diesen Verlust nicht verwinden können, und ich glaube nicht, dass mir das je gelingen wird, obwohl ich mich frage, warum ich noch immer als Kind gesehen werden will, da ich doch jetzt selbst Vater bin. Vielleicht hatte mich die Möglichkeit, dass ich meine Frau verlieren konnte, dass Ithim seine Mutter verlieren konnte, in jene Nacht zurückversetzt, als ein Junge während des Regens auf dem Boden saß und versuchte, seiner Mutter das Leben zu retten. Oder vielleicht war es andersherum, vielleicht waren mir, weil ich meine Frau noch nicht über Ithim hatte sprechen hören, Mutters Worte aus der Nacht des Skorpions wieder eingefallen, als sie sagte: *Alle Mütter sind gleich, sie denken immer zuerst an ihre Kinder.*)

Oder vielleicht waren das auch nur Spielereien.

Mit meinen Gedanken. Vielleicht ließ ich durch meine gesteigerte Erwartung von dem, was vor mir lag, zu, dass mein Geist den Zug widerspiegelte. Durch die Dunkelheit rasend, schwankend, schaukelnd, immer in Gefahr, einen anderen Weg einzuschlagen, zu entgleisen, abzuspringen. Als Haufen verbogenes Metall und Schutt auf dem Boden zu landen. Ich musste ihn zügeln, ihn wieder auf den richtigen Weg bringen. Dazu würde ich die Botschaft von Miss Glas noch einmal lesen. Den Stapel Papier in meiner Tasche.

Die Botschaft von Miss Glas. Ja, genau, sie würde mir helfen, mich zu konzentrieren, dieses Durcheinander zu beseitigen. Ich nahm die Blätter aus der Tasche und hängte die Tasche an den Haken unter dem Hinweisschild, wo sie im Einklang mit dem Zug hin und her pendelte. Und noch einmal las ich die Botschaft von Miss Glas.

»Bitte lesen Sie sie sorgfältig; Sie brauchen dazu Zeit und Konzentration. Es wird Ihnen helfen, und mir auch, wenn Sie alles gelesen haben, bevor Sie den Bahnhof erreichen…« In Mr Meekos Internetcafé hatte ich diese Seiten bereits gelesen, aber die Details waren im Strudel der folgenden Ereignisse untergegangen. Da ich jetzt hier festsaß – es blieben mir mindestens zwei Stunden, bis ich aus dem Zug springen musste (ich konnte nicht glauben, dass ich Bunthemds schriller Idee zugestimmt hatte) –, konnte ich die drei Botschaften genauso gut noch einmal lesen. Und ich beschloss, sie dieses Mal so zu lesen, als sei ich bei der Arbeit, im Büro, und würde Untersuchungsberichte studieren. Mit einem klaren Blick für Fakten, Zahlen und Daten.

Ich fing mit dem ersten Anhang an, über Tariq und seine Mutter, und ich betrachtete das Bild, das dem Text voranging, das verkohlte Haus, die Brandspuren an den Fenstern und das fehlende Dach. Und dort war er, starrte mich an, ich brauchte nicht einmal eine Minute, um ihn zu bemerken: den Bürgersteig.

Ich betrachtete etwas, das ich bereits einmal gesehen hatte, lange bevor Miss Glas mir die Botschaft geschickt hatte, genauer gesagt sogar, bevor Miss Glas in jener Nacht angerufen hatte. Es war das Bild, das ich in ihrem Zimmer auf der Verbrennungsstation gefunden hatte.

Hier war das vollständige Bild.

Sollte das heißen, was ich im Krankenhaus gesehen hatte, deutete bereits auf spätere Ereignisse hin?

Mein Blick huschte über die Seiten und über die Wörter, über die Beschreibung der rennenden Shabnam, die mit brennenden Füßen an Ahmeds Fleischerei vorbeilief, am Schuhgeschäft und an der Schneiderei Rehman, den drei Geschäften, die ich an diesem Morgen gesehen hatte, verkohlt und ausgebrannt. War sie letzte Nacht also in meiner Gegend gewesen?

Und dann die Gedichte.

Vierzeilige Strophen, deren zweite und vierte Zeile sich reimten, einfache Sätze, in der Botschaft von Miss Glas, in allen drei Anhängen. In Tariqs: *Mach dir keine Sorgen, Mama, du wirst den Schmerz nicht fühlen, das Feuer wird erlöschen, der Regen wird uns kühlen.* In Shabnams: *Zauber schwarz, Zauber weiß, Zauber braun und blau, ich kriege euch in jedem Fall, und seid ihr noch so schlau.* Und im ganzen dritten Anhang. *Bringen wir es hinter uns, und schaffen wir ihn weg, wie den Rikschafahrer und die Frau in ihrem Versteck.*

Solche Reime hatte Bunthemd auch benutzt, als ich ihn am Bahnhof getroffen hatte. Seine albernen Gedichte über *Sie wir-*

ken sehr geschafft, das gibt uns wieder Kraft und über *Ithim als Stern in der Nacht, und hatte ich's bedacht?* Das gleiche Schema, der gleiche banale Ton. Wer hatte also diese drei Botschaften verfasst?

Miss Glas hatte darüber nichts gesagt, sie hatte erzählt, sie hätte ein paar Bilder gemacht. Vielleicht stammten sie von Bunthemd selbst. Bunthemd, diesem Witzbold, diesem Possenreißer, der jetzt seelenruhig schlief?

Was als Versuch begonnen hatte, alles zu entwirren, hatte nun dazu geführt, dass ich mich immer tiefer in die Sache verstrickte, und es warf Fragen auf, aus denen sich neue Fragen ergaben, bis ich die Augen schließen musste und offenbar vergeblich versuchte, dem verwirrenden Kreislauf zu entrinnen, in dem ich mich hoffnungslos gefangen sah.

Ich versuchte, alles zu durchdenken, Logik in die Gleichung zu bringen, aber selbst wenn ich davon ausging, mit meiner Ahnung richtig zu liegen, selbst wenn ich der Hypothese folgte, dass es eine Verbindung zwischen den drei Ereignissen gab, den drei Morden, was hatte das alles mit Miss Glas und ihrer Botschaft zu tun? Abgesehen von der Tatsache, dass ich in dem Viertel wohnte, durch das Shabnam – vielleicht – mitten in der Nacht gerannt war, während Ithim und ich schliefen? Und was hatte das alles mit Ithim zu tun? Und dieser Reise? Und damit, ihn in Ordnung zu bringen?

»Es ist gleich so weit,
Sie müssen vom Zug springen,
Wenn Sie an der Tür sind,
Werd ich ihn zum Stehen bringen.

Sorgen Sie sich nicht, Sir,
Ganz sicher ist Ihr Ithim,

Wohin wir auch gehen,
Sie bleiben stets bei ihm.«

Wieder dieser schreckliche Singsang, dieses nasale Gejammer, diese Reime, Bunthemd war aufgestanden, strich sich glättend über das Hemd, über die Haare, rückte seine Brille zurecht, lächelte mich an.

»Sie haben kein bisschen geschlafen«, sagte er.

»Nein, ich habe Miss Glas' Botschaft gelesen. Verraten Sie mir eines, Bunthemd, haben Sie das geschrieben?«

Nein, dieser Clown würde nichts verraten.

»Geben Sie die Tasche her,
Dann leg ich Ithim rein,
Warten Sie nur, was geschieht
Und lassen das Fragen sein.«

Damit kletterte er auf meine Koje, um die Notbremse zu ziehen.

Alles lief genau so ab wie geplant.

Auf dem Weg durch den Waggon zum Einstieg traf ich eine alte Frau, die von der Toilette zurück zu ihrem Abteil ging. Sie drehte sich zur Seite, um mich vorbeizulassen, wir sahen uns nicht einmal in die Augen. Und mir wurde klar, dass Bunthemd tatsächlich seine Hausaufgaben gemacht hatte. Wie er gesagt hatte, schliefen alle; es war kurz vor Mitternacht, und in unserem Waggon mit Klimaanlage waren alle Fahrgäste hinter dicken, schweren Vorhängen verborgen, die durch Stoffschlaufen so festgehalten wurden, dass sie trotz der Bewegung des Zugs an Ort und Stelle blieben. Das gefahrlose Durchqueren des Zugs, das mir diese Vorhänge ermöglichten, wurde durch die schummrige blau-grüne Notbeleuchtung noch sicherer.

Als ich das Ende des Waggons erreichte und die Tür öffnete, konnte ich nichts erkennen als die vorbeirauschende Schwärze, die Umrisse von Bäumen, Telegrafenmasten und etwas, das wie eine Hügelkette in der Ferne aussah, die sich vom Himmel abhob. Ein schmaler Lichtstreifen aus dem Inneren des Waggons raste über den Splitt auf dem Bahndamm; wir fuhren offenbar durch freie Felder, denn ich konnte keine einzige Straßenlampe oder ein erleuchtetes Fenster sehen. Woher wusste Bunthemd, wo er den Zug anhalten musste? Hier war nirgends ein deutlicher Orientierungspunkt.

Doch beinahe wie aufs Stichwort erklang ein grelles Zischen, als würde eine hydraulische Monstermaschine unter extremem Druck Dampf ablassen. Bremsen kreischten, das Rattern des Zugs nahm langsam und stetig bis zu einem Knarren und Quietschen ab, und der Zug wurde langsamer.

Ich spähte hinaus, die Luft schlug mir hart ins Gesicht, zerrte an meinen Haaren. Ich sah Bunthemd und Ithim, die schon halb aus dem Fenster geklettert waren; Bunthemd winkte mir zu und deutete, ich sollte springen. Aber wie konnte ich? Der Zug fuhr noch immer zu schnell. Dann sah ich ihn springen, ein bunter Farbklecks in der Dunkelheit.

Also folgte ich ihm.

Der Zug fuhr noch, als ich durch die Luft flog.

Er fuhr immer noch, als ich auf dem Boden aufschlug.

■ ■ ■

KAPITEL EINUNDZWANZIG
Wasser und Leinwand

Und ich landete im Wasser, obwohl es sich beim ersten Aufprall überhaupt nicht wie Wasser anfühlte; es gab weder ein Klatschen noch ein Plätschern, keine Nässe, keinen Widerstand. Doch es war Wasser, daran bestand kein Zweifel. Wasser, das mir bis zu den Knien ging, Wasser, das sich so weit mein Auge reichte erstreckte, zu beiden Seiten, vor und hinter mir, seine Oberfläche dehnte sich wie Glas, schwarz, glänzend und endlos.

»Sehen Sie nicht zurück, gehen Sie einfach weiter«, sagte Bunthemd, der ein paar Schritte entfernt stand, seine lebhaften Farben strahlten im Dunkeln, das Wasser ging ihm bis zur Brust, nur Zentimeter entfernt von Ithim in seiner Tasche.

Aber ich hatte mich bereits umgedreht und einen Blick zurückgeworfen. Der Zug war mittlerweile zum Stehen gekommen, und ich sah, wie er sich im Wasser spiegelte, eine Komplettansicht des Zugs, oben und unten, seine Fenster, die Milchglasscheiben in den Waggons der ersten Klasse, die vergitterten Fenster in den anderen, eine Reihe von Lichtern, trübe und gelb, winzige Rechtecke, in einer geraden Linie angeordnet. Seine blauen Waggons hoben sich nun als schwarze Rechtecke vom Himmel ab. Das Wasser und mit ihm die Reflektion des Zugs war so still, dass es schien, als würde ich ein Bild betrachten, vielleicht *Stillleben, Zug bei Nacht*, die schwarze Leinwand straff von einem Ende des Himmels zum anderen gespannt. Dieser Eindruck wurde von der Ruhe und der sonderbaren Farbe des Himmels unterstrichen, der nicht schwarz war wie in der Stadt, sondern eher von einem dunklen Violett, wie eine überreife Pflaume, und mit Sternen wie Puderzucker bestreut. Selbst der niedrig stehende Mond funkelte, als wäre jemand hinaufgeklettert und hätte ihn saubergeschrubbt; er zeigte keinen einzigen dunklen Fleck.

»Wo sind wir?«, fragte ich Bunthemd; meine Stimme wurde durch die Stille so verstärkt, dass ich überrascht war, wie laut sie klang.

»Gehen wir«, erwiderte er anstelle einer Antwort, »lassen Sie uns verschwinden, bevor die Wache etwas merkt. Gehen Sie weiter, und beeilen Sie sich.«

Ich drehte mich um, wandte dem Zug jetzt den Rücken zu und machte den ersten Schritt nach vorn. Auf der ausgedehnten Wasserfläche war kein Anzeichen von einem Pfad oder einer Straße zu erkennen, an der ich mich hätte orientieren können, aber Bunthemd übernahm die Führung, und ich folgte. Er schien zu gleiten, mit einer amphibienhaften Leichtigkeit und Anmut, als würde er jeden Quadratzentimeter dieses Geländes kennen, über und unter Wasser. In der Stadt bin ich schon durch überflutete Straßen gegangen, aber hier brauchte ich eine Weile, um meinen Rhythmus zu finden und weiterzugehen, ohne ständig nach unten blicken und nachsehen zu müssen, wohin ich trat. Denn erstens war jeder meiner Schritte geräuschlos, was es mir schwer, wenn nicht sogar unmöglich machte zu glauben, dass ich wirklich ging. Und zweitens war die Wasseroberfläche so klar, so durchsichtig, dass ich bei dem weichen Licht des geschrubbten Mondes und der verstreuten Sterne nicht anders konnte, als mir immer wieder anzusehen, was darunterlag. Deshalb war ich hin und her gerissen, hinunterzublicken und nach vorn zu sehen, stehen zu bleiben und weiterzugehen.

Und ironischerweise wurde mir beim Hinunterblicken klar, dass ich keinen Kompass brauchte, keinen Orientierungssinn. Denn anstelle dessen, was ich erwartet hatte zu sehen – Trampelpfade, Gras, Morast, Schösslinge, Steine –, erblickte ich unter meinen Füßen ein Band aus Beton, schwarz und eben, mit unterbrochenen, weißen Linien. Genau wie die neuen Highways, die außerhalb der Stadt wie Pilze aus dem Boden schossen. Dieser schwarze Streifen war sogar mit Reflektoren und Katzenaugen versehen, die im Dunkeln glitzerten wie die Korallen auf dem Meeresgrund, die ich einmal im Fernsehen gesehen hatte.

»Wo sind wir?«, fragte ich Bunthemd wieder, mittlerweile fühlte ich mich auf dem Untergrund sicherer.

»Miss Glas nennt es ›Die Zuflucht‹«, sagte er, blieb stehen und wartete höflich darauf, dass ich ihn einholte. »Hierher werden sie kommen, das hoffen wir wenigstens, diejenigen, die aus der brennenden Stadt weglaufen. Diejenigen, die laufen können, und die, die es nicht können. Die Stadt hat Unterkünfte für die Lebenden errichtet, die Hilfslager, aber als Miss Glas sie sich angesehen hat, fand sie weder Hilfe noch ein Lager. Nur offene Räume, die in der Hitze schmorten, vollgestopft mit Männern, Frauen und Kindern, mehr Frauen und Kindern als Männern. Sie ging über den harten Steinboden, sie sah Fliegen, die sich in ihrem Haar verfingen, sie sah Kinder in tragbaren Toiletten Verstecken spielen, die vor Gestank und schmutziger Brühe überquollen. Sie sah Essen, das in Backöfen zubereitet wurde, Essen, das niemand anzufassen wagte, weil es auf offenen Flammen gekocht worden war. Sie sah die Angst vor dem Feuer in ihren Augen, und sie sagte, wir brauchen diesen Ort, wir brauchen die Zuflucht. Deshalb haben wir beschlossen, dass hier Wasser sein wird, wohin man auch sieht, damit es auf keinen Fall ein Feuer gibt. Niemals. Selbst, wenn es jemand versuchen sollte, wird hier kein Funken zünden, keine Flamme wird brennen. Deshalb stammt hier im Dunkeln das einzige Leuchten von den Menschen selbst, von ihrer Kleidung und ihrer Haut und den Dingen im Wasser. Selbst der kleinste Unfall muss vermieden werden, deswegen haben die Häuser hier auch keine Stromleitungen, und mit Funken dürfen wir nicht das geringste Risiko eingehen, besonders nicht bei dem vielen Wasser. Gehen wir ein Stück weiter, dann sehen Sie, was wir gemacht haben, was sie gemacht hat, Miss Glas. Sie ist erstaunlich, sie ist unsere Retterin, sie ist unser Engel.«

Diese Worte stürzten nur so hervor, aber in einem gedämpften Flüsterton, als würde Bunthemd in der Dunkelheit niemanden stören wollen. Seit unserem Treffen war dies das Längste, was er am Stück gesagt hatte, und als würde ihm dies auf einen Schlag deutlich bewusst, verfiel er in Schweigen, drehte sich um und ging weiter, ohne abzuwarten, wie diese Worte auf mich wirkten.

Als ich sie gerade anfing zu begreifen, seine bizarre Erklärung, hörte ich ein Geräusch hinter mir. Es stammte vom Zug, dessen Räder sich wieder in Bewegung setzten, ebenso wie seine Reflektion auf dem Wasser, beide gewannen an Fahrt, bis auch dieses Geräusch in der überwältigenden Stille verklang, welche nun über Der Zuflucht hing.

Wie lange wir unterwegs waren, konnte ich nicht mehr einschätzen, sicher war ich mir aber darüber, wie sich eine weitere Erinnerung an meine Mutter einstellte; diesmal war es beim ersten Blick auf das erste Haus. Von meinem Standpunkt aus wirkte es wie eine ganz gewöhnliche Behausung in einem abgelegenen Dorf oder einer Stadt, ein gedrungener Ziegelsteinbau, der sich in der Dunkelheit erhob, umgeben von Wasser. Beinahe genau wie das Haus, in dem meine Eltern gewohnt hatten, bevor sie in die Stadt zogen. Meine Mutter hatte mir ein Bild davon gezeigt und mir seine Geschichte erzählt, wie es einmal bei einem Monsun neun Tage lang ununterbrochen geregnet hatte, wie der Fluss über die Ufer getreten war und die Flut das gesamte Erdgeschoss und einen Teil der ersten Etage überschwemmt hatte, und meine Eltern, meine Mutter war damals mit mir schwanger, drei Tage und Nächte lang auf dem Dach verbringen mussten, wo sie den Himmel nach einem Armeehubschrauber – sie nannten ihn Großer Vogel – absuchten, der Pakete mit Reis und Zucker auf den Dächern abwarf. Und wenn die Pakete stattdessen im Wasser landeten, sagte meine Mutter, dann brach ihr das Geräusch, welches sie dabei machten, das Herz, denn sie wusste, dass ich – der noch in ihr war – nun hungrig bleiben musste. (»Mütter denken immer zuerst an ihre Kinder«, hatte sie gesagt.)

»Sehen Sie.« Bunthemd deutete auf das Haus, das im Dunkeln aufragte, als sei es dort, direkt vor unseren Augen, gerade entstanden. »Diese Häuser haben wir erst letzte Nacht gebaut, als wir erfuhren, dass die Anzahl der Toten noch steigen würde. Sind sie nicht etwas Besonderes?« Die Bewunderung in seiner Stimme war nicht zu überhören.

Und sie war berechtigt.

Denn ich hatte noch nie etwas wie dieses Haus gesehen. Was auf den ersten Blick wie ein normaler Ziegelsteinbau aussah, in etwa wie der auf Mutters Foto, war tatsächlich mit akribischer, und wenn ich das so sagen darf, skurriler Sorgfalt entworfen worden. Es befand sich nur einige Zentimeter oberhalb des Wasserspiegels, so dass Wasser gegen seine Türen und Wände schwappte und es so aussah, als stünde das Haus auf einer winzigen, unsichtbaren Insel. Als ich näher herangging, fast bis zur Tür, als wollte ich klopfen – »Keine Angst, gehen Sie einfach rein, und sehen sich um«, ermunterte mich Bunthemd –, bemerkte ich, dass sich das Wasser nicht nur um das Haus herum befand, sondern auch im Haus.

Dies war ein Haus aus Luft und Wasser, Luft draußen, Wasser drinnen, Wasser, das die Wände erzittern ließ, als sei das Haus ein lebendiges Wesen, das nur an die Oberfläche gekommen war, um Atem zu holen, bevor es wieder in die Tiefe abtauchte.

»Sie sind hier wirklich glücklich«, sagte Bunthemd, der so dicht hinter mir stand, dass ich den Lufthauch seiner Worte spüren konnte.

Sie waren drei Menschen, eine Familie: eine Mutter, ein Vater und ein Kind. Ob Sohn oder Tochter, konnte ich nicht erkennen, als ich durch das Fenster blickte. Die Fensterscheiben bestanden aus hellblauem Glas, durch das ich ein weiches, gelbes Licht sehen konnte, das den Innenraum erfüllte. Er glich einem Becken oder einem riesigen Bassin, in dem sie schwammen, getaucht in das Leuchten und das leise Plätschern des Wassers. Ich sah die anmutigen Bewegungen ihrer Beine, ihrer Arme, mit denen sie sich fortbewegten, ihr Haar bauschte sich in perfekten Wogen, wie im Film, kleine Luftbläschen lösten sich von ihren Lippen.

»Wer sind sie?«, fragte ich, und Bunthemd zuckte mit den Schultern, glitt leichtfüßig weiter. »Wir können sie nicht mehr zählen«, sagte er, »wir haben den Überblick über die Namen, über die Details verloren. Wir bekommen jede Stunde, jede Minute Neue rein. Diese drei wurden letzte Nacht getötet, sie haben alle geschlafen, als das Haus angezündet wurde. Das Feuer hat sich so schnell ausgebreitet, dass das Kind nicht einmal aufgewacht ist.«

Er vollendete den Satz, und das zweite Haus tauchte auf, es ließ mich wie angewurzelt stehen bleiben. Ich schwankte, fiel fast mit dem Gesicht voran ins Wasser, stolperte über etwas Ungesehenes, Ungefühltes. Zum ersten Mal, seit ich von der Stadt in Flammen gehört hatte, fühlte ich, wie mich ein kalter Schauer von den Zehen aufwärts überlief, so stark und so tief, dass sich durch ihn sogar das Wasser um mich herum, an meinen Knien und Waden, kälter anfühlte. Dort, in einem Haus genau wie dem vorherigen, in einem Haus, innen erleuchtet und voller Wasser, war direkt vor mir die Küche, die ich vor wenigen Stunden im Zug gesehen hatte, in der Botschaft über den alten Lehrer, im dritten Anhang, den Miss Glas geschickt hatte.

Dies war Abbas Küche.

Allerdings war diese Küche beinahe perfekt hergerichtet, mit den gleichen Gegenständen wie die Küche auf dem Bild, den gleichen Tassen und Tellern, den gleichen Schüsseln, dem gleichen Kessel, den gleichen Kleidungsstücken an der Wand, den beiden Regalen an zweien der Wände, an einer das winzige zweibrettrige Regal mit dem weißen Rahmen, dem Gehstock auf dem Boden, einem verkohlten Holzscheit in der Mitte, aber alles war mit einem strahlenden indirekten Licht überzogen, wie man es in Zeitschriftenfotos von Modellküchen findet. Und natürlich war alles unter Wasser. Während ich in diesen Raum starrte, fröstelnd vor Unglaube, schwamm eine Frau hinein, eine junge Frau, deren Gesicht ich nicht sehen konnte. Sie schwamm, sie glitt, sie huschte an einer Wand entlang, von einer Seite zur anderen, nahm Gegenstände aus den Regalen, stellte sie hin, stellte sie dann anders hin, als würde sie in der Küche kochen, ließ aber, was mich überraschte, die Gegenstände auf dem Boden unberührt liegen.

»Kommt Ihnen das bekannt vor, Mr Jay?« Bunthemd lächelte, und in seine Augen trat ein Glanz, den ich zuvor noch nicht gesehen hatte. »Sehen Sie in das andere Zimmer«, sagte er und zeigte auf den nächsten Raum des gleichen Hauses, in dem eine andere Frau, älter und schwerer, ebenfalls Dinge ordnete, etwas, das wie eine Schultasche aussah, und Bücher auf einem Tisch. Sie trug einen blauen Sari, und ihr langes schwarzes Haar breitete sich hinter ihr im Wasser aus. War sie die Frau aus dem ersten Anhang, war sie Tariqs Mutter? Bunthemd hatte in die Tasche gegriffen und den Papierstapel herausgenommen, Miss Glas' Botschaft. »Möchten Sie das noch einmal lesen?« Ich riss ihm die Seiten aus der Hand; ich brauchte sie nicht zu lesen, ja, das waren die Bilder, die ich im Zug gesehen hatte.

Und hier, in der Zuflucht, hatten diese Bilder ein Eigenleben gewonnen.

Genau an diesem Punkt hätte ich es beenden sollen, hier hätte jeder Mann, jede Frau mit einem Gefühl dafür, was wahr ist und was nicht, es beendet.

Ich hätte den Kopf frei kriegen müssen, ich hätte einen Schritt zurücktreten müssen, die ganze Absurdität durchschauen, ich hätte Bunthemd sagen müssen, dass ich ihm das alles nicht abkaufte, dass alles hier gar nicht geschah, dass dieses Konstrukt, diese Erscheinung, wie man es auch nennen mochte, wenig mehr als ein Traum sein konnte. (Vielleicht war ich immer noch im Zug und schlief.) Genau an diesem Punkt hätte ich ihm sagen sollen, dass ich meinen Ithim wiederhaben will. Und ich hätte mich umdrehen und zurück zu den Bahngleisen gehen sollen und ihnen zum nächsten Bahnhof folgen, und dort hätte ich auf den nächsten Zug in die Stadt warten und nach Hause fahren sollen. Sechs Stunden hin, sechs Stunden zurück, am Morgen wäre ich wieder in meinem Zimmer gewesen, Ithim wohlbehalten auf dem Bett.

Doch ich tat nichts davon.

Wir hatten uns bereits von den beiden Häusern entfernt, und die Räume, die ich gerade gesehen hatte, schienen sich so rasch und mühelos im Wasser aufzulösen, dass mir keine Zeit blieb, länger bei ihnen zu verweilen, ich konnte den Blick schon nicht mehr von dem abwenden, was vor uns lag, der Anblick war von solch einzigartiger Schönheit, dass ich, statt meine Vernunft Oberhand gewinnen zu lassen, sie wieder zurückdrängte und Bunthemd bat, Ithim sehen zu lassen, was ich sah. Ich wollte es mit meinem Kind teilen.

Bunthemd sagte, Ithim sei hellwach und betrachte tatsächlich ebenfalls die Nacht, das Wasser, die Häuser voller Luft und Wasser und die Menschen, die darin schwammen. Vielleicht sind wir hier richtig, dachte ich, vielleicht wird Ithim an diesem Ort in Ordnung gebracht, an diesem Ort, der Die Zuflucht genannt wurde, an dem es so besonderes Wasser gab, dass Menschen darin leben konnten. An dem Bilder, leblos und schwarzweiß, sich in die Orte verwandelten, die sie darstellten, mit prächtigen Farben. Der Glaube daran, eine fest verankerte Überzeugung, dass die perfekten Augen meines Sohnes dieses wunderbare Schauspiel betrachteten und man ihn bald in Ordnung bringen würde, ließ mich – anstatt zurückzukehren, wie ich es hätte tun sollen – noch einen Schritt machen, noch einen Schritt und noch einen Schritt, wobei das Wasser vor meinen Füßen wich, sich wieder schloss, wich und sich wieder schloss.

Ich wurde in meinem Glauben durch das bestärkt, was ich jenseits der Häuser sah: spielende Kinder, unter Wasser. Fünf, sechs, sieben Jahre alt, manche sogar jünger, zwei oder drei, eines war fast noch ein Baby, ich glaube, wenige Monate älter als Ithim, ihre Gesichter waren durch das Wasser verschwommen, ihre Kleidung aus einem Material, das im Dunkeln leuchtete. Sie waren in einem Park, auf einem Spielplatz. Dort spielten Kinder auf knallbunten Schaukeln, die mit jedem Schwung mühelos das Wasser durchschnitten, manche spielten auf Rutschen, die sich sanft und doch unaufhörlich verschoben. Alle Kinder schwammen, an den Seiten ihrer Köpfe befand sich etwas, das wie Kiemen aussah, winzige, hauchdünne, schimmernde, durchsichtige Ohren, die im Wasser zitterten und sie vorwärtstrieben. Wenn diesen Kindern Kiemen gewachsen waren und sie sich dem Wasser angepasst hatten, dann hatte das Wasser vielleicht tatsächlich magische Kräfte, Kräfte, die, wie Miss Glas gesagt hatte, Ithim in Ordnung bringen konnten.

Während ich die Kinder beobachtete, sah ich auch, wie sich die Gegend unter der Wasseroberfläche veränderte. Zu beiden Seiten des schwarzen Zementstreifens, auf dem ich ging, erstreckte sich eine Landschaft voller Bäume und Pflanzen, Farne und Muscheln in schillernden Farben. Fische schwammen zwischen den Blättern umher, manchmal kamen sie an die Oberfläche, wo sie sich in Vögel verwandelten und in die Dunkelheit flogen, hinter sich eine Spur funkelnder Wassertropfen in der Luft. Unter dem zwetschgenfarbenen, purpurnen Himmel.

»Miss Glas steckt hinter allem, was Sie hier sehen«, sagte Bunthemd. »Sie hat diesen Ort ausgesucht, weil er nicht weit von der Stadt entfernt liegt, ihn dort aber trotzdem niemand kennt. Und tatsächlich ist hier auch nichts, wenn man tagsüber herkommt: Das Wasser verschwindet, und vom Zugfenster aus betrachtet sieht diese Gegend hier aus wie jede andere. Ein Ort, an dem man vorbeifährt, ohne einen zweiten Blick daran zu verschwenden.«

»Was geschieht tagsüber mit den ganzen Leuten, den Häusern, den Kindern?«, fragte ich, dabei war mir klar, dass jede mögliche Antwort Logik und Vernunft ebenso widersprechen würde wie es die Landschaft vor mir tat.

»Sie gehen irgendwohin, wohin sie wollen. Ein paar ruhen sich in den Bäumen aus, die Kinder tanzen auf den Spitzen der Blätter oder verstecken sich unter Grashalmen. Einige der Erwachsenen durchstreifen die Stadt und sehen nach, ob in den verbrannten Häusern noch etwas übrig ist. Sie durchsuchen den Schutt, sie nehmen manches mit, lassen anderes zurück. Vielleicht haben Sie heute Nachmittag, auf dem Weg vom Einkaufszentrum zum Bahnhof, ein paar von ihnen gesehen.«

»Geben Sie mir meinen Ithim«, rief ich – schrie ich – und brachte Bunthemd damit zum Schweigen, er machte ein verdutztes Gesicht bei diesem plötzlichen Ausbruch, der überhaupt nicht zu dem passte, was er gerade erzählt hatte.

Oder doch?

Seit Stunden schon, seit er mir nachmittags am Bahnhof Ithim abgenommen hatte – ruhen Sie sich eine Weile aus, hatte er gesagt, ich werde ihn tragen –, hatte ich meinen Sohn nicht mehr in den Armen gehalten. Sogar im Zug war ich in die obere Koje geklettert und eingenickt, bei dem sicheren

Gedanken, Bunthemd würde sich gut um Ithim kümmern. (Was er zweifellos tat. Tatsächlich war mir sogar mehrfach, als ich die beiden beobachtete, die außergewöhnliche Zärtlichkeit in Bunthemds Zuneigung aufgefallen, beinahe eine Art Vertrautheit, die vielleicht nicht einmal ich besaß. Genau das mochte der Grund sein, aus dem ich Ithim bei mir haben wollte. Denn wenn die Ereignisse der letzten paar Stunden – oder waren es die letzten paar Minuten? Das werde ich nie wissen – mich zu etwas gebracht hatten, dann dazu, an allem zu zweifeln, was mir bisher selbstverständlich erschienen war, sogar an der Tatsache, dass Ithim mir gehörte und bei mir bleiben würde. Der Anblick meines Kindes bei Bunthemd weckte deswegen in mir die Furcht, ich könnte nicht nur meine Beherrschung, sondern auch meinen Sohn verlieren.)

»Hier, nehmen Sie ihn«, sagte Bunthemd, »ja, ich glaube, Sie sind an der Reihe, ich habe diesen jungen Mann jetzt schon eine ganze Weile herumgetragen.«

Ich zeigte Ithim, der immer noch in die Tasche gehüllt war – weil ich ihn nicht einmal einem versehentlichen Wasserspritzer aussetzen wollte –, den Spielplatz unter Wasser, ich zeigte ihm die Fische, den schwarzen Zement, die unterbrochene weiße Linie, die den Pfad markierte. Ich blieb vor einem Fenster stehen und zeigte ihm das Innere eines Hauses, das Kinderzimmer dort, das Bettchen und die bunten Wände, das umhertreibende und schwimmende Spielzeug. Ich zeigte ihm eine Mutter, die, wie die Mütter in englischen Kinderbüchern, in einem Schaukelstuhl saß und ein Kind auf dem Schoß wiegte; ich wusste, dass Ithim nicht hören konnte, aber ich erzählte ihm trotzdem, dass seine Mutter im Krankenhaus auf ihn wartete und sie das auch so machen und ihm Geschichten erzählen würde. Und ich sagte ihm, dass seine die allerbeste

Geschichte sein würde. Er hatte gesehen, was noch kein anderes Kind gesehen hatte, außer in Filmen oder Comics; er hatte ein Märchenland gesehen, und ihm gehörten nun alle Geschichten.

Ithim zwinkerte zu mir hoch, und ich sah seine Wimpern feucht glitzern und wusste, das waren Tränen der Freude, des Erstaunens. Vielleicht war auch ihm klar, in seinem einen Tag alten, noch unfertigen Kopf, in dem sich unter der Haut noch die Knochen bewegten, dass die Zeit gekommen war, ihn in Ordnung zu bringen.

Vom scheinbar Erhabenen zum offensichtlich Lächerlichen, anders lässt sich nicht beschreiben, was als Nächstes geschah. An die Stelle Der Zuflucht trat bald Das Zelt, das Wasser hörte ebenso abrupt auf wie es begonnen hatte, es versandete in einem Kreis aus Matsch und Schlamm, der auf die Ränder eines ausladenden Zelts spritzte, das sich kaum von den Tausenden von Zelten unterschied, die in der Stadt zur Hochzeitssaison auf Rasenflächen und in Parks hervorsprossen. Dieses jedoch besaß keine solchen Ambitionen. Es war ein Zelt, schmucklos und einfach und behelfsmäßig, nackte Glühbirnen hingen an Stromdrähten von Bambuspfosten herab, ein weiteres Indiz dafür, dass wir Die Zuflucht verlassen hatten, wir hatten die Welt hinter uns gelassen, in der es kein Feuer gab, nicht einmal Funken.

Es ließ sich allerdings nicht leugnen, dass diese scheinbare Normalität hinsichtlich des Schauplatzes, wenn auch nicht hinsichtlich der Umstände, nach Der Zuflucht ein großer Trost war. Doch als Bunthemd den Vorhang aus Leinwand vor dem Eingang zurückschlug und Ithim und ich hineingingen, sah ich, dass dieses Zelt nicht für Versammlungen gedacht war;

es glich eher einem Ort für Darbietungen, für Shows: Eine um die andere Sitzreihe stand dort, lauter Plastikstühle mit Armlehnen, auf eine Bühne hin ausgerichtet.

Die roten Stühle standen der Bühne am nächsten, sie waren in sieben konzentrischen Halbkreisen aufgestellt. Hinter ihnen war der blaue Abschnitt, weitere konzentrische Halbkreise, dieses Mal vielleicht zehn oder elf oder vielleicht sogar ein Dutzend, und hinter den blauen standen die weißen – die gleichen Stühle in allen drei Abschnitten, nur in unterschiedlichen Farben –, und ganz hinten, wo die letzte Reihe weißer Stühle endete, fing die Galerie an. Stufenweise angelegte Holzbohlen mit freien Zwischenräumen, wie eine gestaffelte Arena, mit etwa einem Dutzend Rängen. Und während die Stühle leer blieben, die roten, blauen und weißen, konnte ich sehen, dass die Galerie gut besucht war, beinahe überfüllt. Als wir hereinkamen, war die Innenbeleuchtung bereits ausgeschaltet worden, nur die Bühnenlichter brannten noch. Der rote Abschnitt blieb dadurch als einziger hell, die Galerie lag im Schatten.

»Wir sitzen hier.« Bunthemd deutete auf einen Stuhl in der allerersten Reihe. »Das sind besondere Plätze, von hier aus kann man alles gut sehen.«

»Bitte haben Sie Geduld mit mir, Sir, ich bitte Sie.« Bunthemd sprach in dem gleichen süßlichen, entschuldigenden Tonfall wie schon am Bahnhof, als wir uns trafen. »Außer Miss Glas und mir weiß niemand hier etwas über Sie oder über Ithim, oder dass Sie mit mir hier sind. Bevor wir anfangen, müssen wir noch eine Geschichte für das Publikum bringen, um es zu unterhalten.«

Ich brachte kein Wort über die Lippen: Ich hätte nicht gewusst, welches Wort.

»Keine Sorge«, sagte Bunthemd. »Mr Jay, es dauert vier oder fünf Minuten, nur ein Mann und eine Frau. Und dann ein kurzes Stück, in dem all Ihre Fragen beantwortet werden. Hier, lassen Sie mich Ithim nehmen. Ich glaube, er muss gewickelt und gefüttert werden. Ich bringe ihn gleich zurück, wir lassen ihn die Show auch sehen.«

Seine Stimme klang so tröstlich und beruhigend, dass ich gar nicht darüber nachdachte. Ich, der ich Ithim gerade erst zurückbekommen und gefürchtet hatte, ihn zu verlieren, lehnte mich jetzt einfach auf dem roten Stuhl zurück und gab mein Kind weg, ließ es gehen. Von hinten, von der Galerie her, hörte ich Geräusche, Klatschen, Lachen, ein gedämpftes Stimmengewirr wie bei einer Kricketübertragung im Radio.

Zuerst dachte ich, die Vorführung hätte noch nicht begonnen, weil ich mehrere Leute auf der Bühne sah und keiner von ihnen wie ein Darsteller wirkte, keiner trug ein Kostüm – genauer gesagt schien Bunthemd der Einzige zu sein, der sich dem Anlass entsprechend gekleidet hatte. Es waren Männer und Frauen, jung und alt und arm, mit zerrissenen Kleidern, abgehärmten Gesichtern, einige wischten den Boden, andere zogen an einer dicken Nylonschnur, die einen Flaschenzug hoch über dem Boden betätigte, wieder andere schleppten Tische und Stühle auf die Bühne oder von ihr herunter.

Einige deuteten auf die Band oben auf dem Balkon über der Bühne: vier Männer, einer mit einer Gitarre, einer mit einem Synthesizer, der dritte an den Drums und der vierte mit einer Flöte. Sie stimmten ihre Instrumente, richteten ihre Lautsprecherboxen und Lampen aus. Und all das geschah vor den Zuschauern, direkt vor ihren Augen, bei geöffneten Vorhängen wurde die Bühne vorbereitet und wurden die Requisiten verteilt.

Wohin hatte Bunthemd Ithim gebracht?

Plötzlich wurde ich von der Angst gepackt, Ithim sollte vorgeführt werden, vielleicht hingen die Flaschenzüge dort, um ihn auf einer Plattform nach oben zu ziehen, die dann herumschwenken und jedem einen guten Blick auf seine zwinkernden, perfekten Augen und seinen deformierten Körper verschaffen würde. Wie bei dem Mann aus der Ukraine und der Frau aus Korea.

(Ich hatte gehört, dass in manchen Dörfern nahe der Stadt solche Vorführungen stattfanden, und vielleicht hatten sie mich mit Ithim hierhergelockt, um ihn mir wegzunehmen, für immer. Und ja, so, wie Ithim war, würden die Leute von überall her kommen, um ihn sich anzusehen, sogar wenn sie pro Karte zehn, fünfzehn Rupien zahlen mussten. Sie würden kommen und auf ihn zeigen und sagen, seht nur, seht euch diesen Jungen an, kann er schreien und weinen? Schau mal, ob er zuckt, kann er etwas fühlen? Fass ihn an, streich ihm mit dem Finger über die verkohlte Stirn, guck mal, ob er riechen kann, halt ihm ein brennendes Streichholz vor das Gesicht, sieh mal, ob er das Feuer riechen kann, ob er vor der Hitze zurückschreckt, sieh dir seine Augen und seine Wimpern und seine Augenbrauen an, er sieht aus wie ein Affe, kann er springen, kann er Grimassen machen, kann er mit diesen Augen weinen, los, schlagen wir ihm ins Gesicht und sehen, ob das Affengesicht losheult.)

Ich konnte Bunthemd nirgends sehen; nur die Gestalten in der Galerie, Köpfe und Arme und Beine, im Dunkeln war keines der Gesichter im Publikum zu erkennen. Bunthemd hatte gesagt, niemand wüsste von mir, aber sie mussten gesehen haben, wie ich hereingekommen war, wie ich mich in die erste Reihe gesetzt hatte, wo es hell war. Aber nein, das war unwahrscheinlich, da ich jetzt im Dunkeln saß, unsichtbar, und niemand, weder auf der Galerie noch auf der Bühne, auch nur mit der kleinsten Geste meine Anwesenheit zur Kenntnis nahm.

Applaus unterbrach meine Gedanken, Beifallsrufe brandeten hinter mir auf, zu beiden Seiten neben mir und sogar vor mir, sie vereinten sich dort, wo ich saß, zu einem Wirbel, bildeten Strudel und Strömungen, schäumten über, die Gischt und der Schaum ertränkten jede Befürchtung und Sorge, die ich haben mochte. Die Bühnenlichter wurden schwächer, und der erste Darsteller trat für eine Ankündigung an das Mikrofon, so krächzend und laut, begleitet von einer schrillen Rückkopplung, dass ich kein einziges Wort verstehen konnte.

Der Mann war dünn und drahtig, mit schmalen Augen und glattem Haar, das weiße Hemd, die schwarze Hose und der lange, weiße Mantel wurden durch einen Bowler vervollständigt, er trug einen Schnurrbart wie Charlie Chaplin, und auch seine Hose hatte diese weite, schlechte Passform, an den Knien war sie zerknittert und unten warf sie Falten. Der Schnurrbart in dem ausdruckslosen Gesicht zuckte beständig, als hätte er ein Eigenleben. Seine Füße trommelten, tanzten, scharrten pausenlos, dabei verbeugte er sich, und, begleitet von einem Trommelwirbel, liefen vier Clowns auf die Bühne, alles Zwerge, die dem Mann kaum bis zum Knie reichten. Sie umringten ihn, zeigten immer wieder auf ihn und lachten.

Von meinem Platz in der ersten Reihe aus konnte ich sehen, dass die Farben der Kostüme, welche die Clowns trugen, verblasst waren, die Schminke auf ihren Gesichtern war uneben und rissig, an einigen Stellen hell, an anderen dunkel. Einer der Clowns drehte dem Publikum den Rücken zu, er machte eine Geste, als würde er sich die Hose herunterziehen und stürzte die Menge wieder in stürmischen Beifall.

Aus seinen Hosentaschen, einer vorn und einer hinten, nahm Clown Nr. 1 dann vier bunte Bälle und warf sie dem Mann zu, der nach vorn torkelte und anfing, mit ihnen zu jonglieren. Innerhalb weniger Minuten warf Clown Nr. 2 dem Jongleur einen weiteren Ball zu, der jetzt mit fünf fertig werden musste, und dann machte Clown Nr. 3 es ihm nach, dann Clown Nr. 4 und Clown Nr. 5, bis der Jongleur sich rasend schnell und verbissen bewegte, die Musik dröhnte vom Balkon, der Jongleur hielt acht Bälle in der Luft, sein Schnurrbart zuckte beständig, bis plötzlich alles langsamer wurde, die Musik eingeschlossen, und Stille sich über das Publikum senkte, als es einen weiteren Clown sah, Clown Nr. 6, der die Bühne betrat, eine lodernde Fackel – ein in Benzin getauchter Stofffetzen, der offenbar um einen kurzen Bambusstock gewickelt war – in der einen Hand und einen Stoß riesiger Stahlringe um den anderen Arm.

Auch der Jongleur war langsamer geworden, die Bälle flogen noch immer durch die Luft, aber sie bewegten sich merklich träger, als wäre die Luft selbst dicker, zähflüssiger geworden. Clowns Nr. 1 bis 5 saßen jetzt auf der Bühne in einem Kreis um den Jongleur herum, machten besorgte Gesichter, zogen die Augenbrauen hoch, nickten, stülpten die Lippen vor, stützten das Kinn in die Hand, als dächten sie nach, als überlegten sie, was Clown Nr. 6 tun würde. Diese gespielte Sorge ließ die Menge kichern, doch es lag fraglos eine gewisse Spannung in der Luft.

Clown Nr. 6 fing an, dem Jongleur einen Ring nach dem anderen zuzuwerfen, jeder Ring mit einem Durchmesser von etwa eineinviertel Metern, jeder Ring so gezielt geworfen, dass er über den Kopf des Jongleurs fiel, über seine Brust hinunterrutschte, und sobald der Ring seine Taille erreichte, wiegte der Jongleur sich immer schneller von einer Seite zur anderen, damit der Ring nicht bis hinunter zu seinen Füßen glitt, und dabei jonglierte er noch immer mit den acht Bällen.

Clowns Nr. 1 bis 5 starrten den Jongleur mit übertriebenem Staunen an, während er die Hüften kreisen ließ, um die Ringe oben zu halten, mit den Armen durch die Luft wirbelte, um die Bälle nicht auf den Boden fallen zu lassen, den Kopf neigte, um beides im Gleichgewicht zu halten, mit den Füßen scharrte, bis seine Bewegungen verwischten, sein Gesicht, sein Kopf, sein Hals, seine Schultern, seine Brust, seine Taille, seine Beine, seine Knie. Die Menge war aufgesprungen, sie jubelte dem Mann zu, der horizontal jonglieren konnte, vertikal, im Kreis, zur Seite, rauf und runter. Und als in der Galerie Rufe laut wurden, er sollte aufhören, ihm nur zuzusehen würde einen schon schwindlig machen, trat Clown Nr. 6 an den vorderen Bühnenrand, schlich sich von hinten an den Jongleur heran, hielt ihm die brennende Fackel an die Füße und steckte seine Hose in Brand.

Zuerst war die Flamme winzig, sie leckte über den Hosensaum des Jongleurs, tanzte beinahe über seine Schuhe, wie im Gleichschritt mit ihm, und dann breitete sie sich aus. Über seine Waden, sich an seine Hosenbeine klammernd, über seine Oberschenkel bis zum Mantel, sprang auf die Hemdsärmel über, bis der Jongleur selbst brannte, bis die Flammen seinen ganzen Körper umschlossen. Der Jongleur schrie, aber der Applaus war jetzt so ohrenbetäubend, dass ihn niemand hörte, Clown Nr. 6 tanzte und deutete immer wieder auf das Feuer, Clowns Nr. 1 bis 5 saßen noch im Kreis da und starrten den Jongleur mit offenem Mund an.

Nacheinander fielen die Bälle zu Boden, ebenso die klappernden Stahlringe, und der Jongleur lief von einem Ende der Bühne zum anderen, hell lodernd, er scharrte immer noch mit den Füßen, vollführte sein Trommeln und Tanzen, als gäbe es die Flammen nicht. Der Geruch nach verbranntem Gummi lag in der Luft, als der Jongleur hinfiel und sich tot stellte, die Clowns fingen an zu weinen, ihre Tränen vermischten sich mit der Schminke auf ihren Gesichtern, als sie eine seiner Hände, die noch immer brannten, hochhoben und sie wieder fallen ließen, als gehörte sie einer Leiche.

Sie zerrten seine brennende, leblose Gestalt über die Bühne, über das Sägemehl, sie zerrten ihn hinter sich her wie einen Sack, seine Arme schlackerten neben ihm, jemand trat auf sein Gesicht und bearbeitete es mit den Schuhen, und die ganze Zeit über lachte das Publikum, und das Feuer brannte.

Clown Nr. 6, der in eine Ecke der Bühne geschlichen war, trat nun wieder in Aktion, aber dieses Mal kam er mit leeren Händen, er stand neben dem brennenden Jongleur, dann kniete er nieder und fing an, die Flammen aufzulecken. Clown Nr. 6 war zum Feuerschlucker geworden.

Wie ein Hund, der auf der Straße an einer Tüte schnuppert oder knabbert, fing Clown Nr. 6 bei den Füßen des Jongleurs an. Mit hervorschnellender Zunge, das Gesicht durch die Schminke angespannt, schweißgebadet und mit leuchtenden Augen aß Clown Nr. 6 das Feuer, schluckte die Flammen. Die mittlerweile stehende Menge in der Galerie hinter mir jubelte ihm zu, und die anderen Clowns standen applaudierend in einer Reihe, während Clown Nr. 6 an den Beinen nach oben ging, über die Knie über die Taille den Mantel das Hemd den Hals das Haar. Und seine Lippen und seine Zunge hinterließen Rauchschwaden auf der Gestalt des Jongleurs, bis die letzte Flamme aufgeleckt war.

Der Jongleur stand auf, seine Kleidung versengt, sein Gesicht erstaunlicherweise unberührt, umarmte Clown Nr. 6 und verließ gemeinsam mit ihm die Bühne in einer blauschwarzen Rauchwolke. Clown Nr. 6 warf den Kopf in den Nacken und ließ Rauchringe von dem Feuer aufsteigen, das er gerade verschlungen hatte.

Weiterer Applaus.

»Sie hätten nicht gewollt, dass Ithim das sieht, oder?«

Bei der ganzen Aufregung war mir gar nicht aufgefallen, dass Bunthemd wieder da war und neben mir saß, ohne Ithim.

»Er schläft, Mr Jay, keine Angst, ich wollte ihn bei diesem Lärm nur nicht hierher mitnehmen. Er hat einen langen Tag hinter sich«, sagte Bunthemd.

Er lächelte. »Entschuldigen Sie, Mr Jay, ich habe ihnen gesagt, das ist eine dumme Idee, aber Miss Glas meinte, sie sollten das ruhig machen, es wäre zumindest eine Ablenkung, um die Leute hier zu unterhalten, um ihnen zu zeigen, dass sie keine Angst vor dem Feuer haben müssen. Im nächsten Akt geht es um Sie, Mr Jay, darin werden all Ihre Fragen beantwortet, die Fragen, die Sie die ganze Zeit mit sich herumtragen. Also hören Sie gut zu. Und Sie müssen mich entschuldigen, weil ich dabei mitwirke. Ich treffe Sie hinter der Bühne, sobald die ganze Sache vorbei ist. Und machen Sie sich keine Sorgen wegen Ithim, er ist gut aufgehoben.«

Bunthemd stand auf, blieb nach ein paar Schritten stehen, drehte sich um und sagte: »Und Miss Glas macht dabei auch mit, Mr Jay, Miss Glas, unser Engel, den Sie letzte Nacht getauft haben.« Und dann verschwand er im Dunkeln.

Was als Nächstes geschah, werde ich nicht beschreiben, ich werde nur davon berichten.

Ich werde es nicht kommentieren, damit Sie mir später keine Täuschung vorwerfen.

Ich werde nichts tun, um Sie zu beeinflussen. Darum muss ich die Erzählung verändern, muss das Geschehene so darstellen, wie es sich ereignet hat. Sozusagen der letzte Akt in diesem absurden Drama.

Ein Schauspiel, in zwei kurzen Aufzügen.

■ ■ ■

KAPITEL ZWEIUNDZWANZIG

Der letzte Akt – I

Als sich der Vorhang hebt, gibt er den Blick auf eine in Dunkelheit getauchte Bühne frei. Das Publikum ist still, man hört nur das Rascheln des Vorhangs und das Geräusch des Wassers, das plätschert, schwappt, fließt, gurgelt. Manchmal leise, manchmal auch laut. Clowns Nr. 1, 2 und 3 gleiten geräuschlos durch das Wasser, jeder trägt einen Hochstuhl mit einer kleinen Rückenlehne. Sie stellen die Stühle ab und verlassen die Bühne. Man kann sehen, dass sich auf jedem Stuhl etwas befindet, aber noch nicht erkennen, was es ist. Als der Vorhang vollständig aufgezogen ist, gehen die Lichter an, grell leuchtend, drei Deckenscheinwerfer, die nach unten ausgerichtet sind, jeder auf einen der Stühle. Und dann bewegen sich die Lichtkegel. Sie wandern umher, um zu zeigen, dass die ganze Bühne überflutet ist, das Wasser ist beinahe knietief, genau wie in Der Zuflucht; es schwappt gegen die Stuhlbeine, gegen das niedrige Mäuerchen, das die Bühne umgibt, damit das Wasser nicht überläuft. Dann gleitet das Licht hinter die Stühle, die Wand hinauf, wohin das Wasser nicht gelangen kann, wo man drei Bilder sieht, die Bilder, die wir aus den Anhängen kennen: Tariqs ausgebranntes Haus, die ausgebrannte Auto-Rikscha von Shabnams Vater und Abbas ausgebrannte Küche. Die Bilder wurden allerdings vergrößert, beinahe auf Lebensgröße, so dass man Details erkennen kann, die vorher unsichtbar waren. Wie die Anzahl der Blätter an dem Schössling auf dem Bürgersteig vor dem Haus: vierzehn. Die Ziffern auf dem Nummernschild der Auto-Rikscha: GJ 4291.

Das eingeätzte Muster auf den unversehrten Tassen in der Küche: gelbe Blumen mit weißen Stängeln. Die Farbe der Hose, die an der Küchenwand hängt: Grau. Nachdem die Augen diese drei Bilder wahrgenommen haben, kann man deutlich erkennen, was auf jedem Stuhl liegt. Auf dem Stuhl ganz links ist ein BUCH, *eine* UHR *befindet sich in der Mitte und ein* HANDTUCH *auf dem rechten Stuhl, die Beine der drei Stühle sind in das Wasser getaucht, auf dessen Kräuselwellen sich die Scheinwerfer widerspiegeln.*

Aus dem Off erklingt eine Stimme.

Sie ist eine Frauenstimme und gehört eindeutig MISS GLAS.

Sie bleibt die ganze Zeit über im Off.

MISS GLAS. Verzeihen Sie die Überschwemmung; wir mussten das tun, damit sich alle hier sicher fühlen, genau wie wir es in Der Zuflucht getan haben. Denn jeder hier sagte, wir werden nirgendwo hingehen, wir werden uns nirgendwo setzen, wenn wir nicht sicher sind, dass dort Wasser ist, mindestens knietief. Damit wir die Kälte spüren, damit wir die Nässe fühlen. (*Man hört Plätschern.)* Denn wir haben noch nie gehört, dass jemand Wasser in Brand gesetzt hat. *(Einen Augenblick lang wird das Plätschern lauter, ein Raunen geht durch das Publikum, bevor wieder Stille eintritt.)*

BUCH. *(Raschelt mit ein paar seiner Seiten, spricht mit einer Jungenstimme.)* Miss Glas, ich brauche kein Wasser, es dauert zu lange, bis meine Seiten trocknen. Was das Feuer angeht – wenn ich geschlossen bin, kommt keine Luft an meine Seiten, sie kann die Flammen nicht nähren. Meine Kanten können natürlich verkohlen. So wie letzte Nacht.

UHR. *(Spricht mit einer Männerstimme.)* Vom Feuer schmilzt mein Armband, aber vom Wasser beschlägt mein Uhrenglas. Am besten lässt man mich hier hängen, im Trockenen.

(Beide sehen hinüber zum HANDTUCH, *das schweigt.)*

MISS GLAS. Nehmt euch ein Beispiel am Handtuch, das weiß, wann es sprechen soll und wann es nicht stören soll. Lasst mich ausreden. Wir beginnen heute Nacht mit drei Charakteren, die etwas Besonderes sind, etwas Besonderes durch das, was sie erleiden mussten, bevor wir sie fanden. Sehen Sie sich die Bilder an der Wand an, das ausgebrannte Haus, die ausgebrannte Auto-Rikscha, die ausgebrannte Küche, diese drei hier haben das alles überlebt. Nun, beinahe. Wenn man über die verkohlten Ohren vom Buch hinwegsieht, über das zerbrochene Glas der Uhr und das Loch im Handtuch. Etwas Stutzen und Einbinden, etwas Polieren und Festziehen, etwas Nähen und Waschen, und die drei sind so gut wie neu. Sie sind hier, weil sie Augenzeugen sind und weil sie Ohrenzeugen sind. Und im Gegensatz zu uns, zu Menschen, die getötet wurden, sind diese drei hier Objekte. Deshalb wird ihre Geschichte objektiv sein. Und ihre Worte werden daher mehr Gewicht haben. Das Buch soll anfangen. Die Uhr macht weiter, dann kommt das Handtuch.

(Die Bühne wird wieder dunkel, jetzt hört man Wind wehen. Ein Scheinwerfer bleibt eingeschaltet, sein Strahl fällt auf das BUCH, *die beiden anderen werden ausgeschaltet. Das Wasser ist jetzt still. Das* BUCH *fängt ein wenig Wind ein, hebt seinen Deckel an, lässt ihn wieder zufallen, beginnt zu erzählen.)*

BUCH. Ich heiße *Learning to Communicate*, ich wurde in Neu-Delhi herausgegeben und illustriert, zahlreiche meiner hundertvierundzwanzig Seiten wurden ursprünglich in London geschrieben, ich wurde in Mumbai verpackt, in diese Stadt kam ich in einem Pappkarton, auf einem Zug, wir waren fünfhundert. Es hat geregnet, und man hatte uns in Plastik und Drillich gepackt, damit kein Wasser durchsickerte. Als wir die Stadt erreichten und den Bahnhof, war da ein Mann von der Schule, der uns abgeholt hat. Wir sind alle woanders hingekommen, ich landete bei einem Jungen namens Tariq. Soviel als Einleitung. Nun zu jener Nacht. Genauer gesagt war es früh am Morgen, sehr früh. *(Der Wind wird lauter, das Wasser ist still.)* Tariq hatte mich auf Seite dreiundvierzig aufgeschlagen, er musste Hausaufgaben machen. Er hat den Ventilator eingeschaltet, und damit meine Seiten nicht flattern, hat er mir einen Bleistift über den Rücken gelegt, meinen Lieblingsbleistift. Tariq lernt nie am Schreibtisch, er legt sich auf den Boden, stützt den Kopf auf einen Ellbogen, genau wie an dem Morgen, als er anfing, die Fragen auf einer meiner Seiten zu beantworten. Das Kapitel, an dem er gearbeitet hat, hieß *Feuer im Hotel*. Es ging um einen Mann namens John Brown und einen Hund namens Chum.

John Brown ist blind, und Chum ist sein Hund, sein Blindenhund. Eines Tages beschloss Mr Brown, dass er Urlaub brauchte, und deshalb fuhren er und Chum mit dem Zug ins Dorf. Wie gesagt, dieses Kapitel wurde in London geschrieben, hier geht es also um ein englisches Dorf mit sanft geschwungenen Hügeln und Wäldern und Auen und einer schmalen Landstraße, eben, ohne Schlaglöcher, ohne Dreck, anders als in dieser Stadt …

UHR. Schon gut, wir haben's verstanden, ein englisches Dorf. So was kennen wir aus dem Fernsehen. Es gab mal ein ganz ähnliches Bild in einer Anzeige für mich, von einer Frau, die vor der Tür steht, auf ihre Uhr sieht und auf den Schulbus wartet. Sie war Engländerin.

BUCH. Davon weiß ich nichts, aber ich habe hier, auf Seite fünfundvierzig, ein Bild von dem Dorf, vielleicht kann mich nachher jemand dahin umblättern. Nun, kurz gesagt, nach einem entspannenden Tag sitzt Mr Brown in einem Stuhl und genießt den Wind auf seinem Gesicht, den Geruch des Grases. Chum hat Hasen und Schafe und Schmetterlinge gejagt. Und sie sind beide sehr müde.

UHR. Sind wir das nicht alle?

(Wieder erklingt aus dem Off eine Stimme, es ist MISS GLAS.*)*

MISS GLAS. *(Deutlich ermahnend.)* Bitte, Uhr, lass ihn zu Ende erzählen. Zu viele Unterbrechungen. Du kommst auch noch dran. Buch, mach bitte weiter.

BUCH. An diesem Abend gingen Mr Brown und Chum müde zu Bett. Weil er ein Hund war, roch Chum ihn zuerst, den Rauch, und fing an zu bellen. Das Hotel stand in Flammen. *(Der Wind wird lauter, kleine Wellen bringen die Wasseroberfläche durcheinander.)* Chum bellte und bellte, bis Mr Brown voller Angst aufwachte. Er war schon mit fünf oder sechs Jahren blind geworden und hatte deshalb noch nie ein Feuer gesehen. Es war mitten in der Nacht, die Hotelangestellten schliefen schon fest. Keiner von ihnen hatte das Feuer gehört oder den Rauch gerochen. Mit Hilfe von Chum, der ihm immer wieder seine feuchte Schnauze gegen das Bein drückte, ging Mr Brown zum Fenster und machte es weit auf, um Luft hereinzulassen. Aber das Feuer war auf dem Gang, der Rauch kam durch die Türritze. Jeder andere Hund hätte sich unter dem Bett versteckt, aber Chum war nun mal Chum. Für ihn war nur wichtig, dass es seinem Herrchen gut ging, also sprang er auf das Bett und fing an, an dem Bettlaken zu kratzen. Als Mr Brown die Hand ausstreckte, um den Hund zu streicheln, fühlte er das Bettlaken, und ihm wurde klar, was Chum tat. Er ging ins Badezimmer, Chum an seiner Seite, machte das Bettlaken und ein Handtuch nass und stopfte sie in die Ritze unter der Tür. Das Feuer konnte nicht durch das Wasser im Handtuch und im Laken dringen. Der Rauch konnte nicht herein, und durch die frische Luft vom Fenster her war Mr Brown in Sicherheit. Chum wedelte mit dem Schwanz. Mittlerweile war die Feuerwehr eingetroffen.

UHR. Das war eine nette Kindergeschichte, Buch.

BUCH. *(Ignoriert diese Unterbrechung.)* Tariq hatte diese Geschichte wieder und wieder gelesen, er hatte die Zeilen auswendig gelernt. Als Hausaufgabe musste er drei Fragen beantworten. Wohin fuhren Mr Brown und Chum in den Urlaub? Was machten sie mit dem Handtuch und dem Bettlaken? Und beschreibe Chum in fünfzig Wörtern. Der Junge kannte alle Antworten. Wenn der Wind heute Nacht stark genug weht, lasse ich meine Seiten umschlagen, dann könnt ihr sehen, dass sein Lehrer immer ein Sehr gut an seine Hausaufgaben geschrieben hat, er war ein kluger Junge. Aber bevor er diese Fragen beantworten konnte, kamen sie.

UHR. Wer kam, wer kam, wer, wer, wer? Sag es uns, Buch.

BUCH. Wenn du ständig dazwischen redest, komme ich nie dazu.

HANDTUCH. *(Spricht zum ersten Mal; die Stimme ist überaus sanft.)* Uhr, im Gegensatz zu dir kann ich nicht sehr gut hören, ich bin ganz zusammengefaltet, und ich bin auch am weitesten von Buch entfernt, ich muss mich anstrengen, um alles zu verstehen. Lass das Buch zu Ende erzählen, und dann kannst du Fragen stellen.

BUCH. Danke, Handtuch, ich werde versuchen, lauter zu sprechen. Ich hörte Tariq schreien, ich hörte ihn rennen, ich hörte, wie die Mutter ihm zurief, er solle weglaufen und sich verstecken. Der Bleistift, den Tariq auf meine Seiten gelegt hatte, damit sie nicht umblätterten, fiel heraus. Dann kamen sie herein, ich konnte ihre Füße sehen, ihre Beine, ihre Hosen, ihre Schuhe, manche aus Gummi, manche aus Leder. Ich bewegte mich nicht, ich hielt so angestrengt den Atem an, dass die Seiten nicht mehr raschelten. Ich wollte sie nicht auf mich aufmerksam machen, denn dann hätten sie mich aufgeschlagen auf dem Boden liegen sehen und gewusst, dass ein Junge im Haus war. Ich spürte etwas Nasses und Kaltes, das war das Kerosin, das sie auf den Boden geschüttet hatten. Ich sah die Flammen. *(Das Wasser steigt an den Beinen des Stuhls empor, auf dem das* BUCH *sitzt.)* Ich hörte einen von ihnen lachen, dann wurde ich kräftig getreten, bis an die Tür, dort trat er mich noch einmal, hinaus auf die Straße. Mittlerweile hatten meine Ohren angefangen zu brennen, von Seite vierundsiebzig an. Aber sobald ich draußen war, wurde es besser, der Wind war nicht allzu stark, die Flammen erstarben, sie hatten nur meine Kanten angesengt. Ich weiß nicht, wie ich es sagen soll, es klingt so egoistisch, aber wisst ihr, was mir in dem Moment durch den Kopf schoss?

MISS GLAS. *(Aus dem Off.)* Du bist hier unter Freunden, Buch, sag einfach, was dich beschäftigt, kümmere dich nicht darum, wie es wirkt. Wir sind nicht hier, um zu urteilen.

BUCH. Danke, Miss Glas. Als im ganzen Zimmer Rauch war, als ich Tariq schreien hörte, als ich seine Mutter schreien hörte, als ich die Flammen sah, als ich die Männer sah, dachte ich nur an eines, ich dachte an den kleinen Bleistift. Ich dachte daran, wie das Holz des Bleistifts brennen würde. (Das Blei hat vielleicht nicht gebrannt, wer weiß.) Ich wünschte, sie hätten den Bleistift hinausgeworfen. Wisst ihr, der Bleistift war mein bester Freund. Wir waren immer zusammen. Selbst wenn ich in Tariqs Tasche war und er in seinem Etui, waren wir uns nah.

(Das BUCH *schweigt. Wieder hört man das Geräusch des Wassers auf der Bühne.)*

UHR. Bist du noch da, Buch?

BUCH. Wo war ich stehen geblieben? Ach ja, ich lag draußen auf der Straße. Und spätabends, als ihr beide, Uhr und Handtuch, zu mir gestoßen wart, genauso wie die anderen, der Vorhang, die Schlappen, als wir alle auf einem Haufen lagen, kam Tariq. Er weinte nicht, ich glaube, er hatte für einen Tag genug Tränen vergossen. Ich wünschte so sehr, da wäre Wind gewesen, der meine Seiten flattern ließ, dann hätte er mich bemerkt, er hätte mich aufgehoben. Mich nach Hause gebracht, zu meinem Freund, dem Bleistift. Aber da war nichts. Ich gab mein Bestes, um eine Seite umzublättern, aber ich konnte mich ohne Wind keinen Millimeter bewegen.

UHR. Hast du sie gesehen? Hast du ihre Gesichter gesehen?

BUCH. Ich habe sie gesehen. Ich kann ihre Gesichter nicht vergessen. D griff sich die Mutter, B sah nur gradaus, C legte das Feuer, A trat mich hinaus.

(Das Licht geht aus, die Bühne liegt im Dunkeln, wieder das Geräusch von Wind und Wasser. Nach einer Pause von vielleicht fünfzehn Sekunden geht der zweite Scheinwerfer an, dieses Mal wird die UHR *gezeigt.)*

MISS GLAS. *(Aus dem Off.)* Uhr, du bist jetzt dran. Und bitte, keine Unterbrechungen.

UHR. Zeit ist und war immer wesentlich für mich. Anders als das Buch werde ich sie deshalb nicht verschwenden und meine Familiengeschichte erzählen, wo ich geboren wurde, welche Stadt, welche Maschine, welcher Uhrmacher, welcher Lagerraum, welche Kiste, welch ein Quatsch. Ich fange gleich mit der Stunde, der Minute, der Sekunde an, in der es geschah, in der sie mich Vater vom Handgelenk rissen. Selbst Shabnam, die Tochter, die daneben stand, genau daneben, kennt nicht die Einzelheiten, die ich euch jetzt erzählen werde. Vater hatte seine Auto-Rikscha geparkt und war ins Haus gegangen. Den ganzen Tag lang war ich an seinem Handgelenk durch die Stadt gefahren, ich hatte jedes Mal gezittert, wenn er einen

Gang einlegte, ich war von seinem Schweiß durchnässt, mein Glas war mit Staub bedeckt.

BUCH. Hier geht es nicht um dich, Uhr, erzähl uns, was mit Vater passiert ist.

UHR. *(Ignoriert diese Unterbrechung.)* Vater ging ins Haus und direkt in die Küche, wo Mutter war, und sagte, die Stadt stünde in Flammen, und dass ein wütender Mob seine Auto-Rikscha angehalten hatte, ein Mob mit Benzinkanistern, dass einer von ihnen schon seine Windschutzscheibe hatte einschlagen wollen, und dass sie ihn erst, als er ihnen gesagt hatte, wie er hieß, und dass er einer von ihnen war, durchgelassen hatten. Mutter sagte, sie hätte gehört, was am Morgen mit der Mutter von diesem kleinen Jungen passiert war, nur ein paar Häuser weiter, und sie hätte Angst, der Mob würde auch sie holen wollen, und Shabnam. Vater sagte ihr, sie solle keine Angst haben, in ihrer Straße würde ein wichtiges Oberhaupt der Gemeinde wohnen, ein früheres Parlamentsmitglied, und solche Leute würde man nicht einfach umbringen. Solche Leute haben Einfluss. Auf seinem Heimweg, erzählte Vater ihr, hatte er vor dem Eingang vom Haus des Oberhaupts angehalten, und das Oberhaupt hatte ihm gesagt, machen Sie sich keine Sorgen, bleiben Sie einfach zu Hause, ich habe die Polizei angerufen, ich bin ein VIP. Aber Mutter war nicht überzeugt, und während Vater ihr das alles erzählte, hielt sie seine Hand, ihre zitternde Hand lag auf meinem Uhrenglas. Ich konnte durch die Lücken zwischen ihren Fingern sehen; ich sah ihr verängstigtes Gesicht, ich sah Shabnam, die im Nebenzimmer auf und ab ging, die Augen geschlossen, und betete. Vater sagte, ich möchte mich jetzt waschen, ich habe Hunger. Aber Mutter ließ seine Hand nicht los, ich zählte die Sekunden, einunddreißig, zweiunddreißig, vierzig, fünfundvierzig, und sie hielt sein Handgelenk weiter umklammert, die Finger fest auf mein Glas gepresst, so dicht, dass die Lücken verschwunden waren, ich konnte nichts sehen, ich konnte nicht atmen. Vater machte sich dann von ihr los, nahm mich ab und legte mich auf einen Beistelltisch direkt unter eine Lampe. Ich mag das nicht, Vater hat das abends immer gemacht, er hat das Licht direkt auf mein Gesicht scheinen lassen.

BUCH. Vater und Mutter werden gleich getötet, und du machst dir Sorgen, weil ein bisschen Licht auf dein blödes Gesicht fällt.

UHR. Es ist sehr wichtig, das alles detailliert zu erzählen. Wegen dem, was später geschah. Vater kam aus dem Badezimmer, Hände und Gesicht noch feucht, und zu meiner Überraschung hob er mich auf, wischte mich mit einem Handtuch ab, so dass ich frisch und sauber war, und legte mich wieder an. Er ging in die Küche, wo Mutter gerade Teig knetete. Er ging zu ihr und schlang die Arme um sie; mein Armband drückte gegen ihren Bauch, direkt vor mir sah ich die Flammen des Gasherds und den Dampfkochtopf, von dem mein Glas beschlug. Dann legte er ihr eine Hand auf den Kopf, ich war ganz von ihrem Haar bedeckt, ich roch das Shampoo an ihrem Haar, die Seife an seinem Handgelenk. Mutter sagte zu ihm, Vorsicht, Shabnam ist nebenan. Und genau in diesem Moment, siebenunddreißig Minuten nach sieben, meine beiden Zeiger standen fast übereinander, zusammengerückt, Richtung Südosten, kamen sie. *(Die* UHR *hört plötzlich auf zu sprechen.)*

(Eine Pause. Das BUCH *sagt untypischerweise nichts, ebenso das* HANDTUCH, *wie immer. Sogar der Wind hat sich gelegt. Das strahlende Scheinwerferlicht, das auf die* UHR *fällt, lässt das gekräuselte Wasser auf der Bühne glitzern.)*

BUCH. Bist du noch da, Uhr? Wir hören zu, wir warten.

UHR. *(Schweigt immer noch, ein Tropfen fällt von dem Armband, das über die Stuhlkante hinausragt. Er trifft hörbar auf das Wasser.)*

BUCH. Komm schon, Uhr, erzähl mir nicht, du weinst.

UHR. *(Schweigt.)*

BUCH. Du bist aus Stahl, Glas, Leder, du hast eine Batterie, warum weinst du? Es ist alles vorbei, wir versuchen jetzt nur, uns zu erinnern. Wir sind unter Freunden, wir haben Wasser, wir finden jederzeit Zuflucht. Bring es einfach hinter dich. Je länger du zögerst, desto schwerer wird es.

UHR. Ich weiß, Buch, ich weiß, aber der nächste Teil fällt mir schwer. Sie kamen ins Zimmer, und Vater kniete sich hin, Vater betete, ich wurde jetzt mit dem Glas gegen den Boden gedrückt, sie zwangen ihn aufzustehen und sagten ihm, er soll sich ausziehen, ich berührte seine Hose, als er sie aufknöpfte, ich schloss die Augen, ich betete darum, dass sich meine Zeiger schneller bewegten, damit ich nichts würde sehen können, ich hörte sie sagen, ja, genau hinter ihm sind wir her, dann sagten sie ihm, er soll aufstehen und den Mund aufmachen und seine Zunge mit der linken Hand festhalten, und da war ich, an seinem Handgelenk, ich war dort, ich war genau dort, nur ein paar

Zentimeter von Vaters Zunge entfernt, ich war dort, als sie das Messer herausholten, ich war dort, als sie damit schnitten, überall war Blut auf mir, und dann hat mich einer von ihnen abgerissen, er hat nicht einmal das Armband aufgemacht, nur kräftig gezogen, mich von Vaters Handgelenk gerissen, und die ganze Zeit konnte ich Shabnam im Zimmer stehen sehen, ich sah sie weinen, ich sah sie zittern, als wäre sie krank, ich hörte Mutter in der Küche schreien, und dann waren sie bei ihr, sie gaben Mutter den gleichen Befehl, sie musste sich auch ausziehen und ihre Zunge herausstrecken. Dann warfen sie mich aus dem Fenster. Noch in der Luft sah ich Vaters Auto-Rikscha, die schon brannte, die Windschutzscheibe fehlte, ich war so nah bei den Flammen, dass ich dachte, ich würde auf dem Dach der Rikscha landen, mein Ende wäre gekommen. Aber als ich landete, spürte ich Stein, ich spürte die Straße, auf ihr zerbrach mein Glas, aber ich lebte. Durch mein zerbrochenes Uhrenglas sah ich das Feuer, ich sah Shabnam weglaufen. Und später, viel später, sah ich dich, Buch, nicht weit von mir.

BUCH. Schön, dass ich dir aufgefallen bin, aber hast du sie gesehen, Uhr? Hast du ihre Gesichter gesehen? Durch das Blut auf deinem Glas?

UHR. Ich habe sie gesehen. Ich kann ihre Gesichter nicht vergessen. A hielt Vater fest gepackt, B sah rüber zu mir, D holte sich die Mutter, C ging mit dem Messer zu ihr.

(Wieder werden die Deckenscheinwerfer ausgeschaltet, es ist dunkel. Dieses Mal dauert die Pause länger, beinahe dreißig Sekunden, in denen man etwas tropfen hören kann – die Tränen der UHR*. Der dritte Scheinwerfer geht an, dieser hängt über dem* HANDTUCH.*)*

MISS GLAS. *(Aus dem Off.)* Handtuch, du bist zuletzt dran. Und, Buch, hör bitte zu, Handtuch hat dich auch nicht unterbrochen.

HANDTUCH. *(Spricht mit einer Frauenstimme, leiser als das* BUCH *oder die* UHR, *mit einer Pause nach jedem Wort, als würde es jemandem diktieren.)* Ich habe euch beiden gut zugehört, Buch und Uhr, obwohl es schwerfiel. Seht ihr, ich bin wie gesagt zusammengefaltet, manchmal wurden eure Stimmen durch die Falten gedämpft, aber ich glaube, das Loch hat geholfen, das Loch, das sich in meine Mitte gebrannt hat. Dadurch konnte ich hören.

BUCH. Warum hast du das nicht gesagt, Handtuch? Miss Glas hätte den Wind verstärken können, dann hätte er unsere Stimmen besser getragen. Aber du warst auffallend ruhig. Selbst auf der Straße, als wir alle auf einem Haufen lagen, hast du still und zusammengeknüllt in einer Ecke gelegen.

HANDTUCH. Weil ich im Gegensatz zu euch, Buch und Uhr, nicht nur zugesehen habe, ich habe ihnen beim Töten geholfen. Ich bin eine Mörderin, an mir klebt Blut, das Blut einer Frau, einer jungen Mutter, von Abbas Schwiegertochter. *(Wasser plätschert.)*

BUCH. Jetzt übertreibst du aber, erzähl uns einfach deine Geschichte, und lass uns entscheiden.

HANDTUCH. Ich lag auf dem Boden, in der Küche, direkt neben der Schwiegertochter, während sie Kartoffeln schälte, da kamen sie herein. Sie hatten sie nicht gesehen, aber die

Schwiegertochter konnte alles hören. Sie stand auf, ging zur Küchentür und hörte zu, natürlich ohne hinauszugehen. Sie sprachen mit Abba. Genauer gesagt redete er die meiste Zeit über. Sie hörte ihn betteln, sie hörte ihn bitten und flehen. Abba ist ein stolzer Mann und sagt solche Sachen nie, deshalb wusste sie, dass etwas Schreckliches passieren würde. Und sie konnte nichts anderes tun als mich aufzuheben und mich zusammen- und wieder auseinanderzuknoten, mich um ihre Finger zu wickeln, wieder loszulassen, zum Fenster zu laufen, um zu sehen, ob dort jemand war, den sie um Hilfe bitten konnte, aber dort war niemand. Und dann lief sie wieder zur Tür und hörte weiter zu. Als ihr klar wurde, dass sie nicht zuhörten, versuchte sie, sich in der Küche zu verstecken, aber wie ihr auf dem Bild seht, gab es nichts, wo sie sich hätte verstecken können. Sie drückte sich an die Wand, neben dem Regal, und sah, wie zwei Männer hereinkamen. Neben ihnen sah Abbas Schwiegertochter wie ein Kind aus, kaum mehr als ein kleines Mädchen. Einer der Männer sagte, bringen wir's hinter uns, bevor sich das Feuer ausbreitet. Der andere Mann lachte und sagte, du hältst doch ohnehin nicht länger durch. Der eine Mann hob mich vom Küchenboden auf, der andere packte die Schwiegertochter. Ja, sie kämpfte, die Schwiegertochter kämpfte, sie versuchte zu entkommen, aber sie war sehr schwach, sie trug ein Baby in sich. Ich sah, wie Abbas Schwiegertochter an der Wand zu Boden glitt, und wie der Mann mit ihr hinunterging, ich sah, wie sie die Augen schloss und wie der Mann mit einer Hand seine Hose aufmachte, während er ihr die andere Hand auf den Mund presste. Aber sie schrie nicht, sie biss nicht einmal, sie schloss nur die Augen. Der andere Mann ging mit mir zu ihr hinüber und setzte sich neben ihren Kopf. Als der Mann, der sie am Boden hielt, die

Hand von ihrem Mund nahm, musste ich sie ersetzen. Es war meine Aufgabe, ihre Schreie zu ersticken, ich wurde ihr auf das Gesicht gedrückt und dann in den Mund gesteckt, ich fühlte ihre Lippen, ihre Zunge, ihre Zähne. Nachdem der erste Mann fertig war, kam der andere dran. Dann haben mich beide benutzt, um sich abzuwischen.

(Das HANDTUCH *unterbricht sich. Das* BUCH *hört zu, alle Seiten geschlossen, ganz still.)*

UHR. *(Sanft, so leise, dass das Publikum sich anstrengen muss, es zu verstehen.)* Weißt du, du musst uns nicht alles erzählen, wenn du nicht willst.

BUCH. Was soll der Blödsinn, Uhr? Wenn du es nicht erträgst, rutsch einfach vom Stuhl ins Wasser. Mach weiter, Handtuch, du hast Recht, deine Geschichte scheint am schwersten zu erzählen zu sein, aber wir sind hier, um das Unaussprechliche auszusprechen. Wir sind keine Menschen, wir sind Objekte, wir müssen uns nicht an ihre Regeln halten.

HANDTUCH. Ich half dabei, die Schwiegertochter zu töten. *(Laut und deutlich, mit einer Pause nach jedem Wort. Der Wind hat aufgefrischt, er lässt die Seiten vom* BUCH *flattern, das* HANDTUCH *erzittern, das Wasser steigt an allen drei Stühlen hoch.)*

BUCH. Man hat dich als Knebel benutzt, Handtuch, niemand ist deinetwegen gestorben, niemand stirbt, weil man ihm ein kleines Handtuch in den Mund stopft.

HANDTUCH. Ich habe geholfen, Abbas Schwiegertochter zu töten, Buch, ich habe geholfen, sie zu töten. Glaub mir, ich weiß, wovon ich spreche. Weil ich nicht nur als Knebel benutzt wurde, danach haben sie mich als Schlinge benutzt. Denn als sie mit dem Vergewaltigen fertig waren, nachdem sie sich mit mir abgewischt hatten, knieten sie sich wieder auf den Boden. Der Sari von Abbas Schwiegertochter war ihr bis zur Taille hochgerutscht, sie gab kein Wort von sich, keinen Schrei, kein Weinen, und dann legten sie mich ihr um den Hals, beide zusammen, und dann haben sie sie mit mir gewürgt, ihren Kopf gegen den Boden geschlagen. Dann haben sie ein Messer genommen und sie aufgeschnitten, sie haben das Messer in meinen Falten abgewischt, dann haben sie ihr den Bauch aufgeschnitten und das Baby rausgeholt, das Baby war noch nicht ausgebildet, es war noch nicht bereit, hervorgeholt zu werden, sie haben fast alles abgeschnitten, was dem Baby schon gewachsen war, sogar seine winzigen Arme und Beine. Es hat nicht lange gedauert. Mittlerweile war ein weiterer Mann in den Raum gekommen, und als er sah, was geschehen war, als er das Blut sah, als er das Fleisch sah, musste er sich übergeben, sie lachten ihn aus, sie gaben mich ihm, um sich das Gesicht abzuwischen, aber er warf nur einen Blick auf mich, sah das Blut und ließ mich fallen.

(Das Wasser auf der Bühne bewegt sich jetzt in kleinen Wellen von den Stühlen bis zum Rand der Bühne. Als hätte jemand einen großen, unsichtbaren Stein in das Wasser geworfen, ohne dabei den kleinsten Laut zu verursachen.)

BUCH. Hast du sie gesehen, Handtuch? Hast du ihre Gesichter gesehen?

HANDTUCH. Ich habe sie gesehen. Ich kann ihre Gesichter nicht vergessen. A kaut auf den Lippen, B atmet tief aus, D kämmt sein Haar, und C blickt aufs Haus. Aber wartet, das Wichtigste habe ich euch noch nicht erzählt, es geht um das Baby. Das Baby hat gelebt.

BUCH. Du hast doch gerade gesagt, sie haben die Schwiegertochter aufgeschlitzt, sie haben das Baby rausgenommen.

HANDTUCH. Ich sage doch, das Baby hat gelebt. Ich habe es gesehen.

UHR. Jetzt komm aber, Handtuch, da könnte ich genauso gut sagen, ich laufe noch, tick tack tick tack. Wie hätte das Baby in dem ganzen Feuer, bei dem vielen Blut noch leben können?

HANDTUCH. Das Baby hat gelebt.

BUCH. Entschuldige, Handtuch, ich wollte das eigentlich nicht sagen, aber du lässt mir keine Wahl. Ich bin derjenige, in dem die Geschichten stehen, ich habe hier die Fragen und Antworten, ich habe mehr mit Vernunft zu tun als jeder andere hier. Uhr hat Recht, wie hätte das Baby leben können?

HANDTUCH. Das Baby hat gelebt. Das Baby hat gelebt, das Baby hat gelebt, das Baby hat gelebt.

BUCH. In Ordnung, Handtuch, wenn das Baby also gelebt hat (tun wir einfach mal so, nehmen wir dich beim Wort), wie hat es ausgesehen? Hat es ausgesehen wie das Glaxo-Baby, die zarten Hände um die Dose mit dem Milchpulver gelegt? Oder sah es aus wie das Baby in meiner Geschichte, mit einem rosa Gesicht und blauen Augen, wie ein Baby aus London?

HANDTUCH. So ein Baby habe ich vorher noch nie gesehen. Ich habe ja schon erzählt, dass es nicht ganz ausgebildet war, seine Zeit war noch nicht reif, es hätte noch nicht auf die Welt kommen sollen. Ich konnte keine Details erkennen, nur einen schwarzen Hautstreifen auf seiner Stirn und auf dem Bauch, als hätte es die Hitze des Feuers aufgenommen. Und, ihr werdet das nicht glauben, aber ich habe es gesehen, es hatte Augen, und es zwinkerte damit. Es zwinkerte während des Mordes, des Rauches, während sich die Männer in der Küche übergaben.

(Das HANDTUCH *hält inne, der Wind hat sich gelegt, das Wasser ist still, beinahe spiegelglatt. Das Licht, das von oben auf das* HANDTUCH *fällt, ist jetzt weicher, eher gelb und orange als weiß. Das* BUCH *ist ungewöhnlich ruhig, benommen vor lauter Unglauben. Die* UHR *durchbricht leise die Stille.)*

UHR. Und?

BUCH. Ja, und? Erzählst du uns jetzt noch, das Baby hätte Flügel gehabt und wäre geflogen? Das erfindest du doch, Handtuch, ich glaube, das Feuer hat dir zu schaffen gemacht. *(Raschelt mit den Seiten.)*

HANDTUCH. Ich verstehe das, Buch, ich verstehe das vollkommen, ich hätte auch nicht anders reagiert. Ich weiß nicht, was danach passiert ist, ich wurde von jemandem getreten, genau wie du und Uhr, so lange, bis ich vor dem Haus auf dem

Gehweg lag, nicht weit von euch entfernt. Mittlerweile hatte ich aber auch etwas Feuer gefangen, ihr seht ja noch die Spuren. Und bis Bunthemd gekommen ist und mich aufgehoben hat, lag ich da und dachte nur an das Baby. Das Baby hat gelebt. Ich bin mir da sicher.

UHR. Und was ist mit dem Baby passiert? Haben sie es mitgenommen? Hast du gesehen, wie sie es mitgenommen haben?

BUCH. Oder ist das Baby von allein weggekrabbelt? Das würde mich nicht wundern, es hörte sich bei dir wie ein Superbaby an.

HANDTUCH. Ich weiß es nicht, Buch, ich weiß es nicht. Ich habe doch schon gesagt, zu dem Zeitpunkt lag ich draußen auf der Straße, zusammen mit euch. Aber Miss Glas weiß es, sie wird uns sagen, was mit dem Baby passiert ist.

(Die Deckenscheinwerfer werden allmählich dunkler, der Wind ist auffallend laut, ein Raunen geht durch das Publikum. Jemand weint. Die Bühne ist wieder dunkel, so wie sie es war, als sich der Vorhang hob, von den Stühlen sind nur die Umrisse zu erkennen. Das Publikum wird unruhig, man hört, wie Menschen aufstehen, die Geräusche werden umgehend von einer vertrauten Stimme, wieder aus dem Off, unterbunden.)

MISS GLAS. Danke, Handtuch, für diese Geschichte. Und ja, ich weiß, was als Nächstes geschah. Das gehört in den letzten Akt, meine Damen und Herren. Bitte danken wir noch einmal gemeinsam diesen drei besonderen Charakteren.

(Lauter Applaus erklingt; die Bühne ist jetzt stockdunkel, bis auf einen schwachen Lichtschein in den Kulissen. Das Wasser ist wieder ruhig, ich sitze da und warte, ohne Ithim an meiner Seite. Es ist absolut still, ich höre nicht den geringsten Laut hinter mir, von der Galerie her, als wären alle Menschen dort eingefroren, zu Stein erstarrt.)

■ ■ ■

KAPITEL DREIUNDZWANZIG

Der letzte Akt – II

(Dieser Lichtstrahl ist so schwach, so diffus, dass er zunächst nicht Teil der Vorführung zu sein scheint. Vielleicht ist in den Kulissen ein Zimmer, dessen Tür geöffnet wurde, und das Licht kommt von dort. Zufällig, nicht absichtlich. Allerdings reicht es aus, um das Wasser zu sehen. Und um zu erkennen, dass das Wasser stetig gestiegen ist, während die drei Objekte gesprochen haben, bis jetzt mit jeder kleinen Welle etwas Wasser über die Mauer schwappt, die den Bühnenrand umgibt. Das BUCH, *die* UHR *und das* HANDTUCH *sitzen noch dort, so still wie sie es waren, als sich der Vorhang hob. Dann wird der Lichtstrahl immer heller, bis er als blendender, leuchtender Bogen die Bühne von einem Ende zum anderen überspannt. Wie ein Regenbogen spannt er sich über die drei Stühle und das schwarze Wasser. Jemand aus dem Publikum klatscht. Dieser Regenbogen, über die ganze Bühne hinweg, bleibt für den Rest des Aktes bestehen.)*

MISS GLAS. Handtuch hat Recht, das Baby hat gelebt. Und um uns von ihm zu erzählen, kommt nun der letzte Redner des heutigen Abends, Bunthemd. Danke, dass ihr die meisten Lücken geschlossen habt, Buch, Uhr und Handtuch. Von hier an macht Bunthemd weiter, er übernimmt den Rest. Ich weiß, dass wir alle zurück zur Zuflucht wollen, bevor die Sonne aufgeht. Deshalb habe ich ihn gebeten, sich mit seinen Reimen zurückzuhalten und bei der Sache zu bleiben.

(An einer Seite der Bühne, beim Anfang des hellen, weißen Lichtbogens, regt sich etwas. In einem Schwall aus plätscherndem Wasser und Farbe tritt BUNTHEMD *auf. Genau wie im Bahnhof betritt er die Bühne unter Tanzen und Wirbeln, bis zur Hüfte im Wasser.)*

BUNTHEMD. *(Steht neben den Stühlen, links vom Handtuch, so dass alle vier eine gerade Reihe bilden. Seine Bewegungen hören auf, er steht dort wie zum Appell.)* Genau wie ihr drei, Buch, Uhr und Handtuch, waren auch wir letzte Nacht zusammen, nachdem wir getötet worden waren. Wir, die Menschen. Es gab viele von uns, ich kann sie nicht mehr zählen. Und genau wie ihr auf dem Gehweg wurden auch wir aufeinandergeworfen. Zu Stapeln, in den Krankenhäusern. Ich fand mich auf der Verbrennungsstation vom Holy Angel wieder. Miss Glas war ebenfalls dort, welch eine Ehre. Eine Krankenschwester war da, zusammen mit zwei Ärzten, die alle in dem Krankenhaus gearbeitet hatten, bevor sie ermordet wurden, ein paar Wachleute waren da, Abbas Schwiegertochter mit ihrem Baby war dort. Der gerade Geborene war dort, und die gerade Gestorbenen. Was Tariqs Mutter und Shabnams Eltern angeht – wir suchen noch, man hat sie wohl an einen anderen Ort geschickt. Wir waren alle erschüttert, aber Abbas Schwiegertochter hörte nicht auf zu weinen und sagte, sie sei sicher, ihr Baby würde leben.

HANDTUCH. Seht ihr, hab ich doch gesagt. Danke, Bunthemd.

BUNTHEMD. Gern geschehen. Da waren wir also, zusammen im Holy Angel, wir lagen auf dem Boden und versuchten, durch die weißen Baumwolltücher zu sehen, die unsere Körper bedeckten (die weißen Laken waren übrigens brandneu). Und bei uns war diese junge Frau, die weinte und weinte. Sie sagte, ihr Baby sollte die Welt der Lebenden kennenlernen. Und sei es auch nur für einen Tag, eine Stunde, auch nur für fünf Minuten. Sie wollte, dass ihn jemand festhält, so wie sie es tun würde. Sie sagte, es wäre so unfair, dass er in unsere Welt direkt aus der Welt der Ungeborenen kommt. Sie sagte, ihr Baby müsse doch wissen, wie es sei, zu leben. Und dann geschah etwas sehr Merkwürdiges. Ihr werdet es nicht glauben. Sogar du, Buch, mit all deinen Geschichten und deinen Seiten, sogar du hast so etwas noch nicht gehört.

BUCH. *(Offenbar begeistert, wieder im Mittelpunkt zu stehen.)* Überrasch mich, Bunthemd, ich warte schon darauf. Ehrlich gesagt bin ich diese Kindergeschichten aus London ein wenig leid.

BUNTHEMD. Durch das weiße Tuch, das auf ihrem Gesicht lag, sah ich die Schwiegertochter zittern und beben. Zuerst dachte ich, sie weint wieder wegen ihres Babys, aber als das Zittern nicht aufhörte, fragte ich sie, ob etwas nicht stimmte, und sie meinte, sie hätte Angst, große Angst. Ich sagte ihr, sie bräuchte vor nichts mehr Angst zu haben, es wäre alles vorbei. Und sie sagte, nein, das wäre es nicht, denn als sie die Treppen heraufgetragen worden war, hatte sie einen Mann gesehen, der mit seiner schwangeren Frau in das Krankenhaus kam. Sie war sich sicher, dass er zu den vier Männern gehörte, die früher am Abend in ihr Haus gekommen waren.

BUCH, UHR, HANDTUCH. *(Alle zusammen, sie rufen, schreien beinahe.)* Wer war es? A? B? C? D? Sag es uns, sag es uns, wir müssen es wissen, wir erinnern uns an die Gesichter. An jedes einzelne.

BUNTHEMD. Bitte, lasst mich ausreden. Ich erzählte Miss Glas davon. Miss Glas, Miss Glas, Miss Glas. Unserem Engel, der Retterin, ihr, die von überragender Intelligenz ist, von erhellendem Scharfsinn, der Anmutigen, der Gütigen …

MISS GLAS. *(Aus dem Off.)* Das reicht, Bunthemd, erzähl weiter. Wenn du willst, kannst du mich später lobpreisen; wir haben alle Zeit der Welt. Wie oft muss ich dir das noch sagen?

BUNTHEMD. Entschuldigen Sie, Miss Glas, das musste ich mir vom Herzen reden, wo es doch bald untertauchen wird; das Wasser steigt. Nun, ich erzählte Miss Glas, was die Schwiegertochter gerade gesagt hatte, und sofort, im gleichen Augenblick, innerhalb einer Sekunde, sie musste nicht einmal überlegen, die scharfsinnige Miss Glas, sie und die Schwester und die Ärzte steckten die Köpfe zusammen, und dann rief sie mir zu: »Wir haben eine Menge Arbeit vor uns, bist du bereit?« Ich sagte, ich fühle mich geehrt, ich stehe stets zu Diensten, nichts macht mich glücklicher, ich …

BUCH. *(Ruft.)* Vorsicht, da kommt ein Reim, da kommt gleich ein Reim. Bleiben Sie bei der Sache, Mr Bunthemd.

BUNTHEMD. Tut mir Leid. Nun, Miss Glas hatte einen Geistesblitz. Die Ärzte hatten gesagt, das Baby würde den Tag nicht überleben – schon jedes Zwinkern sei ein Wunder für sich. Und die Frau, die gerade in der Entbindungsstation aufgenommen worden war, würde wenigstens ein oder zwei Tage in den Wehen liegen. Deshalb sagte Miss Glas, wollen wir doch mal sehen, ob der Gentleman dieses Kind als sein eigenes annimmt. Wir werden ihm nichts sagen, wir gehen nur mit dem Bündel zu ihm. Vielleicht können wir einer jungen Mutter ihren Totenwunsch erfüllen. Das Baby soll gehalten werden, geliebt werden, die Welt der Lebenden erfahren. Und wer wäre besser geeignet als dieser Gentleman? Er ist ideal, er hat unserem Sterben beigewohnt, jetzt wartet er auf eine Geburt. Welch schreckliche, anmutige Symmetrie, sagte sie.

HANDTUCH. Wie konntet ihr so sicher sein, dass ein solcher Mann sich um das Baby kümmern würde?

BUNTHEMD. Das ist eine sehr gute Frage, Handtuch. Aber vertraue darauf, dass Miss Glas das herausbekommen hatte. Auf ihre Anweisung hin nahmen die Krankenschwester und die Ärzte das Kind und gingen weg. Sie waren in ihrem Krankenhaus, sie kannten sich dort aus. Fragt mich nicht, was sie als Nächstes taten, aber nach ein paar Stunden kamen sie zurück und sagten, es gäbe keinen Grund zur Besorgnis. Der Gentleman hätte das Baby als sein eigenes angenommen und wäre ein liebevoller Vater. Davon waren sie überzeugt.

BUCH. Die Wege der Lebenden sind sonderbar, wenn ihr mich fragt.

UHR. Dich hat aber niemand gefragt, Buch. Lass ihn ausreden.

BUNTHEMD. Nun, als das Baby erst einmal bei dem Gentleman war, mussten wir uns alle an die Arbeit machen.

HANDTUCH. An welche Arbeit? Was habt ihr gemacht?

BUNTHEMD. Das kann ich nicht sagen, meine Lippen sind versiegelt. Aber ich kann mit Freude verkünden, dass der Plan aufgegangen ist. Vollkommen. Und alles wegen Miss Glas. Das Baby ist jetzt wieder bei uns, bei seiner Mutter. Es kam vor wenigen Minuten in unsere Welt, es wurde uns von dem Gentleman selbst übergeben. Das Baby lebte beinahe einen Tag lang. Es sah die Nacht, es sah den Morgen, es sah den Nachmittag, es sah die Stadt. Es bekam sogar einen Namen, und es wurde geliebt. Das war alles, worum seine Mutter gebeten hatte.

BUCH. Aber wie ist das Baby hierhergekommen? Was ist passiert, als der Gentleman das Baby mit nach Hause genommen hat? Warum hat er sich um das Baby gekümmert? Warum hat er das Baby nicht einfach getötet, so wie er die Mutter getötet hat?

BUNTHEMD. Das werden wir nur erfahren, wenn der Gentleman es uns selbst erzählt. Das heißt, falls er das je tut.

UHR. Kannst du uns sagen, wer er war, kannst du ihn uns beschreiben, damit wir wissen, ob es A, B, C oder D war?

BUNTHEMD. Was glaubt ihr, wer es gewesen sein könnte?

UHR. *(Nach langem Schweigen.)* Wenn du mich fragst, dann sage ich B, der mit dem gestreiften Hemd. Der, der nur zugesehen hat. Der zu mir gesehen hat, der zugesehen hat, als Tariqs Mutter angegriffen wurde, der zugesehen hat, als Abbas

Schwiegertochter getötet wurde. Vielleicht ist noch etwas Gutes in ihm, und deshalb ist er ein liebevoller Vater. Was glaubst du, Buch?

BUCH. Ich wünschte, ich könnte mir da so sicher sein wie du. Handtuch, was ist mit dir?

HANDTUCH. Ich weiß es nicht, ich kann es auch nicht raten, sie sind alle gleich. Wer war er, Bunthemd?

BUNTHEMD. Tut mir Leid, das kann ich nicht sagen. Strikte Anweisung von Miss Glas. Dieses Versprechen haben wir uns selbst gegeben; wenn er sich um das Baby kümmert, lassen wir ihn in Ruhe.

BUCH. Also kommt er so davon? Er kümmert sich ein paar Stunden lang um das Kind, noch dazu, weil man ihn glauben gemacht hat, es wäre sein Kind, ein Kind, dessen Mutter er und seine Freunde getötet haben. Und er kommt davon? Was ist mit Tariq und seiner Mutter?

UHR. Und Shabnam und ihren Eltern? Was werdet ihr ihnen sagen?

BUNTHEMD. Diese Frage wird Miss Glas beantworten.

MISS GLAS. *(Aus dem Off.)* Was mit Tariq, Shabnam und Abba ist, mit denen, die leben? Wenn die Welt, wie man so sagt, ein Dorf ist, dann dürfte die Stadt bloß ein winziger Fleck sein. Deshalb hoffen wir, dass der Gentleman sie eines Tages in einer Menschenmenge sieht, wie in der, die jeden Morgen auf dem

Mittelstreifen vor seinem Haus auf eine Lücke im Verkehr wartet. Vielleicht treffen sich ihre Blicke. Aber du hast Recht, Buch, die Wege der Lebenden sind sonderbar. Wir haben den Gentleman mehrmals an seine Schuld erinnert, während er für das Baby gesorgt hat; wir haben ihm ein Bild von euch dreien auf dem Schutthaufen geschickt, wir haben ihm die Bilder geschickt, die ihr über der Bühne seht. Er hat sie lange angeschaut, aber er hat es nicht gesehen. Wir haben ihm Botschaften geschickt, die all das und noch mehr ausführlich beschrieben haben, was ihr gerade erzählt habt. Er hat jedes Wort gelesen, aber er gibt es nicht zu, nicht einmal sich selbst gegenüber. Ich bezweifle, dass er das je tun wird. Es ist, als hätte er keine Erinnerung an die drei Ereignisse, als hätte er in seinen Kopf gegriffen und den Teil seines Gehirns herausgenommen, der sie aufgezeichnet hat.

UHR. Und welchen Zweck hatte das Ganze dann? Ihm für einen Tag und eine Nacht das Kind zu überlassen, wenn er seine Schuld nie zugeben wird?

MISS GLAS. Das Baby ist etwas, das er nicht leugnen kann, das er nicht vergessen kann. Einen Tag und eine Nacht lang hat er in dieser brennenden Stadt dieses Kind geliebt, weil er dachte, es sei sein eigenes, er wäre sein Vater. Deshalb drückte er es an sich, sorgte für das Baby, fuhr mit ihm durch die Stadt. Und jetzt, da er weiß, wer das Baby ist, wie es in die Welt der Lebenden gezwungen wurde, wie seine Mutter getötet wurde, wie er daran beteiligt war, wird er jedes Mal, wenn er an das Baby denkt, an das Feuer denken müssen, an das Töten. Jedes Mal, wenn er sein eigenes Kind ansieht, von dem wir mittlerweile wissen, dass es ihm im Krankenhaus gut geht, wird er sich an dieses erinnern. An das deformierte Kind, an das verbrannte, dessen Haut an Stirn und Bauch verkohlt war und das doch dem Feuer widerstanden hat. Und doch kann er mit niemandem darüber reden; er muss die Last einer Geschichte tragen, die er nie erzählen kann. Einer Geschichte seiner Liebe, die in sich die Geschichte seines Hasses trägt. Ich schätze, das ist Gerechtigkeit. Nicht die beste, nicht die sauberste, wenn ihr mich fragt, aber ich glaube, sie ist die beste, die wir, die Toten, erreichen können.

BUCH. Nun, wenn Sie es sagen, Miss Glas. Uhr, was meinst du?

UHR. Ich wünschte, Miss Glas könnte etwas Ähnliches für Shabnams Eltern tun. Und für Tariqs Mutter. Vielleicht haben sie auch Wünsche. Du hast Glück gehabt, Handtuch.

HANDTUCH. Ich verstehe viele Dinge nicht, ich bin nur ein dummes Stück Stoff mit einem Loch in der Mitte. Aber ich bin froh, dass das Baby einen Tag leben konnte, dass der Wunsch einer Mutter erfüllt wurde. Ich habe ja gesagt, das Baby hat gelebt.

BUCH. Nun, Handtuch, du hattest Recht. Ich kann nur hoffen, dass der Gentleman irgendwo im Publikum sitzt. Verrate uns seinen Namen nicht, lass sein Gesicht im Dunkeln, Bunthemd, aber ich hoffe, er hat uns alle gehört. Nur darauf kommt es an.

(Der blendend helle Regenbogen verblasst allmählich, und während es immer dunkler wird, rutschen das BUCH, *die* UHR *und das* HANDTUCH *einer nach dem anderen von ihren Stühlen und fallen*

ins Wasser. BUNTHEMD *schließt sich ihnen an, er schwimmt in dem Wasser, das mittlerweile so weit angestiegen ist, dass es den Platz zwischen der Bühne und der ersten roten Stuhlreihe ausfüllt. Es plätschert vier Mal, dann senkt sich der Vorhang. Es gibt vereinzelt Applaus, jemand sagt, klatscht nicht, das Publikum steht auf und wartet darauf, einer nach dem anderen hinaus in Die Zuflucht zu gehen.)*

■ ■ ■

KAPITEL VIERUNDZWANZIG

Vorhang

Genau das habe ich Ihnen schon ganz am Anfang gesagt, hören Sie nicht auf die Toten, HÖREN SIE NICHT AUF DIE TOTEN – egal, was sie Ihnen sagen, wie sie es Ihnen sagen, ob von der Bühne oder aus dem Off, zwischen den Zeilen oder in den Fußnoten, schreiend oder flüsternd, bei steigendem oder sinkendem Wasser, egal, welchen ausgefallenen Namen oder Nicht-Namen sie sich auch zulegen. Denn wenn Sie ihnen einmal Gehör schenken, was ich eindeutig getan habe, werden sie Sie verschlingen, mit Haut und Haar. Denn sie wollen nichts anderes, als sich gegen mich zu stellen und Sie dann aufzufordern, zwischen uns zu wählen, zwischen den Toten und mir zu wählen. Deshalb sagte ich Ihnen gleich zu Anfang, Sie müssten alles, was Sie hören, anzweifeln anfechten abwandeln abstreiten, neunundneunzig Komma neun neun Prozent davon, es im Boden vergraben, es mit Kies, Dreck, toten Blättern, verwelkt und faulend, zuschütten, sich abwenden, niemals zurücksehen, nie und nimmer, oder alles auf einen Haufen werfen und anzünden und in der Nacht den Flammen zusehen, oder es einfrieren unter einem Gletscher, weiß, hart und massiv.

Deshalb lief ich weg.

Und falls das Weglaufen einen zum Angeklagten macht, dann ist es eben so. Es war mir egal. Bereits in jener Nacht im

Holy Angel haben sie mir eine Falle gestellt und mich hineingelockt. Sie haben mich aufgespürt, bei meiner Frau auf der Entbindungsstation, hier, haben sie gesagt, sie haben mir das Bündel gegeben, haben mir Ithim gegeben, das Kind meiner Buße, meiner Bestrafung, für das ich sorgen sollte. Für einen Tag und eine Nacht, um ihn danach wieder zurückzugeben. Sie schrieben auf Glas, sie zerrten mich aus meinem Heim durch eine brennende Stadt, mit einem falschen Versprechen für ein falsches Kind, ich habe ihretwegen mein Leben riskiert, sie haben Objekte auf Stühle auf einer Bühne gesetzt und sie sprechen lassen, sie haben mich sogar von einer toten Frau schuldig sprechen lassen, ja, durch die Worte einer toten Frau, sie haben gesagt, *er ist ideal, er hat unserem Sterben beigewohnt, jetzt wartet er auf eine Geburt. Welch schreckliche, anmutige Symmetrie.* Symmetrie, so ein Quatsch.

Nein, ich würde nicht länger in dieser Falle hocken bleiben.

Ganz sicher nicht.

Deshalb lief ich weg.

Der Vorhang hatte sich noch nicht ganz gesenkt, das Buch, die Uhr, das Handtuch und Bunthemd waren gerade ins Wasser geglitten, als ich davonlief.

Niemand hielt mich auf, niemand folgte mir, niemand sah mich auch nur, als ich im Dunkeln durch den Vorhang am Zelteingang jagte. Niemand hörte mich bei dem Applaus. In der Ferne konnte ich den Mondschein auf den Bahngleisen sehen, und was mir vor Stunden wie eine lange Reise durch das Wasser vorgekommen war, schien plötzlich geschrumpft zu sein, sowohl hinsichtlich der Zeit als auch der Entfernung. Vielleicht ging die Nacht zu Ende, und ich konnte Die Zuflucht deshalb nicht sehen; dort waren weder Wasser noch diese Häuser aus Luft, keine erhellte Wasserfläche durch weiches Licht, auch keine schwimmenden Menschen. Hier waren keine Kinder, die unter Wasser schaukelten, keine schwimmenden Vögel, keine fliegenden Fische. Ich ging wieder zurück und sah kein Zelt, keine nackten Glühbirnen, die von Stangen hingen, hörte nicht das leiseste Geräusch einer Menschenmenge, kein Klatschen, kein Jubeln.

Stattdessen war der Grund unter meinen Füßen trocken, ich konnte festen Boden spüren, die weiche Erde; der Mond war so schmutzig wie immer, sein Glitzern war verschwunden, der violette Himmel war mit Grau durchzogen.

Nein, dies schien nicht der Ort zu sein, an den ich vor wenigen Stunden gelangt war.

Deshalb lief ich weg.

Ich erreichte die Bahngleise, ich folgte ihnen, ihr nächtliches Schimmern war meine einzige Orientierung. Ich stolperte über Löcher im Boden, die ich nicht sehen konnte, über verborgene Steine; ein oder zwei Mal fiel ich hin, aber ohne das Gewicht auf meinem Rücken, ohne Ithim, Ithim war fort, nur die leere Tasche flatterte auf meinem Rücken, es war, als hätte ich Flügel.

Ich flog an Dörfern vorbei, die fest schliefen, an Männern, Frauen und Kindern, die neben ihren ausgebrannten Hütten kauerten, ich konnte sie weinen hören. Ich wollte ihnen sagen, weint weiter, sammelt eure Tränen, um das Feuer zu bekämpfen, denn es gibt hier kein Wasser, es gibt keine Miss Glas, es gibt keinen Bunthemd und auch keine Zuflucht. Oder falls doch, geht dorthin, geht spielen, geht und seht euch den Zirkus an, seht euch den Jongleur an, sitzt nicht nur einfach da und weint.

Ich erreichte etwas, das wie ein Bahnsteig aussah und bis auf einen schlafenden Hund unter einer Laterne leer war. Dort stand eine Eisenbank, auf die ich mich setzte, um wieder zu

Atem zu kommen; ich sah Züge vorbeirasen, in Richtung Stadt, Lichtstreifen im Dunkeln, kein einziger hielt. Ich stellte mich direkt an den Rand des Bahnsteigs und ließ einen Zug in einem Gewirr aus Lärm und Wind vorbeifahren, der mir über das Gesicht strich und meinen Schweiß trocknete, das Rattern klang mir in den Ohren und vertrieb alles, was ich Augenblicke zuvor gehört hatte. Die Züge hielten vielleicht nicht, aber die Gleise führten sicher zurück zur Stadt, sie würden mich nach Hause bringen, davon war ich überzeugt. Ich zweifelte nicht daran, nicht im Geringsten.

Bahngleise verlaufen in einer geraden Linie.

Deshalb lief ich weg.

Ich folgte den Gleisen. Wie lange, kann ich nicht mehr mit Sicherheit sagen, aber bald schlugen die Gleise an einer Kreuzung eine andere Richtung ein, dort wich der unebene Boden einem glatten, harten Untergrund; hier fing die Straße an. Und zu beiden Seiten erstreckte sich die Nacht, und in der Mitte stand ein Bus, mit laufendem Motor, ZURÜCK IN DI STADT stand in riesigen schwarzen Buchstaben auf seiner Seite, das E fehlte, aber jeder Buchstabe war von unzähligen winzigen Lämpchen eingefasst, die im Dunkeln blinkten. Wie die festlichen Lichter an Diwali in den Läden der Innenstadt. Ich stieg in den Bus und suchte mir einen Fensterplatz, genau wie am Morgen.

Die Zugfahrt mit Bunthemd hatte etwa sechs Stunden gedauert, und ich nahm an, der Bus würde länger brauchen – allerdings war ich auch schon eine beachtliche Strecke gelaufen. Ich versuchte, es im Kopf auszurechnen, Entfernung, Geschwindigkeit, Zeit, aber ich gab schnell auf, schloss die Augen und lehnte den Kopf an das Fenstergitter, ich spürte das willkommene Beben, den Wind in meinem Haar.

Meine Mutter saß neben mir.

Ich bin wieder gesund, sagte sie, der Arzt war gut, der Skorpion ist tot, sieh mal, meine Finger sind schon beinahe wieder normal, die Schmerzen sind verschwunden, du hast die ganze Nacht über mein Handgelenk gehalten, du hast mir das Leben gerettet.

Sie sind hinter mir her, erzählte ich ihr, sie kriegen mich auf jeden Fall, egal, was ich mache.

Und sie sagte, nein, keine Angst, ich kenne sie, wir leben alle zusammen, sie können nichts tun, das ist nur Gerede, du bist in Sicherheit.

Sie legte ihre Hände in meine und flüsterte mir ins Ohr, als wäre ich wieder ein Kind, erzähl mir, was an diesem Nachmittag passiert ist, versuch dich zu erinnern, du hattest immer so ein gutes Gedächtnis, denk mal daran, wie du mit dem Gedicht über den Skorpion von der Schule nach Hause gelaufen bist, du wusstest noch genau, was ich all die Jahre zuvor gesagt hatte (sogar ich hatte es vergessen, bis du mir davon erzählt hast), also sag mir, was an diesem Nachmittag passiert ist, an diesem Abend und in dieser Nacht, bevor du mit deiner Frau ins Krankenhaus gegangen bist.

Jetzt, da meine Mutter zurück war, war ich wieder ein Kind, sieben oder acht, neun oder zehn, ich konnte den Lichtschalter an der Wand nicht erreichen, und ich erinnerte mich nur noch an die Nacht des Skorpions, den strömenden Regen, der mein Gesicht benetzte, an Vaters Regenschirm auf der Veranda, und dieses Mal war ich es, der auf dem Boden lag, Mutter hielt meine Hände, meinen Daumen und meine Finger, sie drückte fest zu, sie hatte Angst, wenn sie losließe, würde das Gift durch mich hindurchströmen, grün, schwarz und gelb, *teuflischer Stachel in der Dunkelheit aufblitzend*, an Vater, der ihr sagte, sie müssten auf den Morgen warten, und dann, dass er den Arzt holt, ich hörte seine Stimme, ich hörte das Schlagen des Hammers, das Zermalmen des Skorpions, die Arme taten mir weh, Mutter drückte zu fest zu, und ich hörte sie wieder fragen: Was ist mit Ithim?

Ja, Ithim.

Ja, Mutter, ich habe ihn nach Hause gebracht, ja, ich habe ihn gewickelt, ihn mit einer Pipette gefüttert, ich habe auf seine Tränen geachtet, ihn sorgfältig zugedeckt, ihn eng an mich gedrückt, als wir durch die Stadt fuhren, ich habe etwa fünf Minuten lang mit ihm gespielt (er saß sogar im Park auf einem Fahrrad), aber jetzt ist er nicht mehr bei mir. Sie haben ihn mir wieder weggenommen, und wenn sie meinen, was sie sagen, Mutter, wenn alles eine Lüge ist, dann bedeutet das, es gibt keinen Ithim, und das bedeutet, die ganze Zeit zu Hause, im Bus, in der Stadt, bei der Anprobe, im Kino, im Bahnhof, im Zug bestand nur aus Schemen und Schatten. Das ist gut so, Mutter, jetzt können meine Frau und ich ein gesundes Kind haben, du wirst einen wunderhübschen Enkel bekommen, einen Baby-Satz, der einen vollkommenen Sinn ergibt. Keinen Zylinder, der mit Fleisch und Haut umhüllt ist, kein Gemüse, kein Insekt mit abgerissenen Beinen und Fühlern. Keine Raupe, auf dem Kopf kein mützenartiges verkohltes Fleisch. Jetzt wird das Kinderzimmer, das meine Frau eingerichtet hat, auch benutzt werden – alles darin, das Spielzeug wird von kleinen Fingern gehalten werden, an das Geländer werden sich winzige Hände klammern, und wir werden unser Kind hoch über den Kopf heben, damit er, falls es ein Junge wird, oder sie, bei einem Mädchen, hinauflangen und die fliegenden Fische und schwimmenden Vögel an der Decke berühren kann.

Mutter jedoch hörte nicht zu; sie war gegangen, ich konnte fühlen, wie sich das Gift in mir ausbreitete, der Bus war völlig leer, und durch das Fenster sah ich weitere Dörfer, weitere Feuer, weitere Tränen, sie rasten vorbei, rauschten vorbei, als würde ihre Rückwärtsbewegung den Bus auf die Stadt zutreiben.

Als ich das Holy Angel betrat, war es früh am Morgen, und das Krankenhaus war noch nicht ganz aus dem Schlaf der letzten Nacht erwacht. Die Neonröhren in der Eingangshalle und im Flur waren noch eingeschaltet, sie strahlten heller als das Sonnenlicht. Ich lief an Putzleuten vorbei, die mit halb geschlossenen Augen am öffentlichen Wasserhahn auf dem Rasen ihre Eimer füllten, ich stellte mich an, ich streckte die Hand unter den Wasserhahn, ich spürte das Wasser, das war kein Traum, ich war wach.

Ich lief die Treppen hinauf, alle sechs Etagen, ich beugte mich vor, um eine der Stufen zu berühren, ich spürte die Staubschicht, die Kälte des Marmors, das war kein Traum, ich war wach.

Ich lief an den Pflegern aus der Frühschicht vorbei, ich streifte sie absichtlich, damit ich ihren Schweiß riechen konnte, damit ich ihre weißen Kittel, dreckig von der Arbeit der vergangenen Nacht, sehen und spüren konnte, sie lebten, sie waren nicht tot, das war kein Traum, ich war wach.

Ich lief an einem Jungen vorbei, etwa in Tariqs Alters, er ging mit dem Frühstückstee für die Wachleute die Treppe hinauf, in einer Hand trug er einen Kessel, auf der anderen balancierte er ein Tablett mit einem Dutzend kleiner Gläser. Ich berührte ihn am Kopf, er drehte sich um und sah mich an, er lächelte, ich lächelte zurück, er lebte, er war nicht tot, ich war wach. Ich ließ meine Finger über die Wand des Treppenhauses gleiten, ich kratzte mit den Nägeln am Putz, er bröckelte ab, ich war wach.

Nein, das war kein Traum.

Ich traf den Mann und seine Frau, die ich vorletzte Nacht gesehen hatte, ich blieb stehen, ich stellte mich direkt vor sie, als wollte ich ihnen den Weg versperren. »Erinnern Sie sich an mich?«, fragte ich. »Ich war der Vater, der auf sein Kind gewartet hat, und ich habe Sie beide gesehen, ich habe die weiße Plastiktüte zwischen Ihren Füßen gesehen. Ich habe gesehen, wie Sie den Kopf auf seine Schulter gelegt haben, Sie haben versucht zu schlafen.«

Der Mann und die Frau sahen einander an, die Frau bat mich mit einer Handbewegung, zur Seite zu treten, und ging weiter die Treppe hinunter. Ich wollte ihnen bis zum Ausgang folgen, bis zu ihrem Zuhause, und, falls nötig, sie bitten, mich zu berühren. Mir zu sagen, dass ich wach war, dass sie nicht tot waren. Doch sie waren verschwunden, und dort stand ich nun, im Eingangsbereich der Entbindungsstation.

Das Fenster, an dem ich gestanden hatte, war noch da, unverändert, der Rahmen immer noch voller Staub. Das Gebäude auf der anderen Seite des Rasens, die Verbrennungsstation, war noch dort, aber alle Fenster reflektierten jetzt das erste Licht des Tages. Ich versuchte, das Zimmer von Miss Glas zu finden, fünfter Stock, dreizehntes Fenster von der Seite aus, aber ich konnte nur einen weißen Streifen sehen, hell und glänzend.

Ich drehte mich um und wollte in Richtung Kreißsaal gehen, in dessen Nebenzimmer ich meine Frau zuletzt gesehen hatte, wo ich mit Doktor Nr. 1 und 2 gesprochen hatte, wo die Oberschwester das Entlassungsformular ausgefüllt, wo ich seinen Namen aufgeschrieben hatte: Ithim. Richtig, ich musste dieses Formular noch in meiner Tasche haben, und ich würde es dem Wachmann oder der Schwester zeigen, doch gerade, als ich mich vom Fenster wegdrehte, um den ersten Schritt zu machen, fiel mir die Stille auf der Entbindungsstation auf.

Und in dieser Stille sah ich die Leichen.

Es waren so viele, dass ich auf Zehenspitzen gehen musste, um sie nicht zu berühren. Sie lagen auf dem Boden, einige lehnten an Türen, manche neben den Fahrstühlen, andere auf dem Treppenabsatz oder im Schwesternzimmer. Alle Leichen waren mit weißen, nagelneuen Leichentüchern bedeckt. (Ich sah den Namen der Fabrik, die den Stoff geliefert hatte, den blauen Aufdruck, das goldene Foliensiegel auf den Tüchern, bei manchen nahe der Füße, bei anderen in der Nähe des Kopfes oder direkt auf der Brust, als hätte jemand den Toten einen Stempel aufgedrückt: *Hergestellt aus 100% Baumwolle, gekämmt, gebleichtes Leinen. Texmark Nr. 22. Silver Dew. Finleys Feinstes Leinen, Mohar Gold Mills (U.C.), Bombay 14. NTC, National Textiles Corporation.)*

Diese Tücher waren so weiß – und wirkten unter den Neonröhren noch weißer –, dass mir davon die Augen geschmerzt hätten, wenn nicht ein weicherer Farbton das Strahlen gemildert hätte: Zwischen den Leichen standen gewaltige Eisblöcke.

Nein, das war kein Traum: Ich berührte das Eis, es war kalt, ich kratzte ein wenig mit den Nägeln ab, ich sah es auf den Boden fallen. Zwischen den aufgereihten Leichen gingen die Trauernden auf und ab. Sie suchten sich ihren Weg an den Eisblöcken vorbei, Männer und Frauen, mit gesenkten Köpfen, manchmal knieten sie nieder, um den Saum eines Tuchs anzuheben. Um in ein Gesicht zu blicken, um nachzusehen, ob es ein Familienmitglied oder ein Fremder war. Die Stille zerbrach, ich konnte es hören, zuerst durch das Geräusch ihrer Schuhe und Schlappen auf dem Marmorboden, ihre hastigen Atemzüge, und später durch das Weinen.

Eine Mutter weinte, eine Schwester weinte, ein Bruder weinte, eine Ehefrau weinte, ein Vater weinte, ein Ehemann weinte, ich hörte, wie ihre Tränen fielen, wie sie ihnen die Gesichter hinunterliefen, auf ihre Kleider, auf den Boden fielen, das Eis berührten.

Ich wollte ihnen von Bunthemd erzählen, ich wollte ihnen von Miss Glas erzählen und den Häusern aus Luft und Wasser, die sie für all ihre Toten gebaut hatte, in denen sie sicher waren, von denen aus sie hinauf in den Himmel blicken und einen sauber geschrubbten Mond sehen konnten, ein knietiefes Meer, sogar einen kompletten Zirkus mit einem feuerfesten Jongleur und einem halben Dutzend Clowns.

Eine Zeit lang ging ich mit ihnen, angezogen vom Klang ihrer Tränen und dem Scharren ihrer Füße. Ich zählte die Leichen, zehn, elf, zwölf, dreizehn, vierzehn, fünfzehn, sechzehn, siebzehn, achtzehn, neunzehn, ich hörte auf zu zählen, ich hatte mich verzählt.

Ich war am Ende des Flurs angekommen, bei den Fahrstühlen. Ich sah mich nach dem Wachmann von jener Nacht um. Er war nicht dort; an seinem Platz stand jemand anders, mit der gleichen Uniform, aber ohne Namensschild.

»Ich möchte mich nach meiner Frau erkundigen, ich war vorletzte Nacht hier, auf der Entbindungsstation.«

»Sehen Sie auf der Liste nach«, sagte er.

Er deutete auf ein Blatt Papier, das an der Wand neben dem Aufzug hing.

Ich sah auf der Liste nach, ich las die Namen und Zahlen, Menschen und Altersangaben. Ich las Ahmed, Muhammad, Ramesh, Imran, Shameena, Nafitullah, Qasimbhai, Ehsan, Omar, Hossain-ur, Siraj, Ibrahim, Andaleeb, Sajjad, Firoze, Dimple, Bakhtiyar, Shakeela, Babu, Bashir, Syed, Javed, Rehman, Bilkis, Ishfaq, Farooq, Jalla, Rizwan, Zahra, Yasmin, Posha. Zu jedem Namen gehörte ein Alter, einstellig, zweistellig. 26, 28, 71, 64, 44, 23, 27, 5, 26, 43, 2, 31, 9, 4, 4, 2, 19.

Und so weiter und so weiter und immer so weiter.

»Meine Frau steht nicht dabei«, sagte ich zu dem Wachmann.

»Das sind gute Neuigkeiten, Sie sollten sich freuen. Dann muss sie auf einer der Stationen in der Nähe vom Kreißsaal sein.«

»Wo ist der Stationswachmann, der neulich Nacht hier war?«, fragte ich.

»Weiß ich nicht«, antwortete er.

»Kann ich mit der Oberschwester sprechen? Mit Doktor Nr. 1 und 2? Sie wussten über meine Frau Bescheid.«

»Die Oberschwester sollte eigentlich hier sein, aber sie wird vermisst, ebenso wie die Ärzte und zwei Wachleute; sie sind an dem Abend, an dem die Feuer anfingen, mit einem Bus nach Hause gefahren, und wir wissen nicht, was passiert ist, sie sind nicht zurückgekommen.«

Nein, das konnte nicht wahr sein. Ich griff in meine Taschen, ich wollte ihm das Entlassungsformular zeigen, das die Oberschwester ausgefüllt hatte, seine Lüge aufdecken, ich wollte ihm sagen, dass ich schon vorher hier im Krankenhaus war und ihm zum Beweis das Bild zeigen, das ich in jener Nacht in Miss Glas' Zimmer gefunden hatte, den zerknüllten schwarzweißen Fetzen, aber er hatte sich umgedreht und ging weg.

»Jetzt ist ohnehin keine Besuchszeit«, rief er mir über die Schulter zu, »kommen Sie in drei Stunden wieder.«

Nein, ich würde nicht länger warten.

Ich musste auf die Station neben dem Kreißsaal und meine Frau sehen; ich lebte, ich war wach, niemand, ob lebend oder tot, würde mich jetzt davon abbringen. Als ich dann die Schreie zweier Kinder, zweier Jungen hörte, die auf einer Trage von der Notaufnahme hochgebracht wurden, wusste ich, dass meine Chance gekommen war.

Vor mir ging es hektisch zu.

Eine Familie folgte den beiden Pflegern, die mit den Jungen zum Kreißsaal gingen. Ich schloss mich der Gruppe an und reihte mich hinter dem Mann ein, den ich für den Vater hielt. Niemand stellte mir Fragen, alle hatten nur Augen für die beiden Kinder, von denen sich eines vor Schmerzen wand, während das andere reglos dalag. Beide hatten Verbrennungen am ganzen Körper; jemand hatte sie mit einem dünnen Baumwolltuch zugedeckt – ich nehme an, um eine Infektion zu verhindern –, aber jede Berührung des Stoffs brachte das eine Kind zum Schreien. Durch das Tuch hindurch konnte ich ihr verbranntes Fleisch sehen, ich konnte sehen, was das Feuer angerichtet hatte, es hatte ihre Haut abgelöst, ich sah Rot und Blau und Weiß, geronnenes Blut, Adern, Muskeln und Fett. Die Trage hielt vor dem Eingang zum Kreißsaal an, jemand öffnete die Tür, und bevor der Vater und die beiden Pfleger mit der Trage sie passieren konnten, schlüpfte ich hindurch.

Ich sah eine Reihe von Betten an der Wand, alle waren belegt. Alle Patienten waren zugedeckt, bis auf zwei Männer, beide fest eingeschlafen, deren Köpfe verbunden waren. Eine Krankenschwester zog die Betttücher zurecht, sie stand mit dem Rücken zu mir. Als sie hörte, wie ich näher kam, drehte sie sich um.

»Sie können hier nicht reinkommen«, sagte sie.

»Bitte, ich brauche Ihre Hilfe, ich habe schon so lange gewartet. Meine Frau ist hier, ich muss sie sehen.«

»Sagen Sie mir ihren Namen, dann sehe ich mal im Patientenverzeichnis nach.«

Ich sagte ihr den Namen meiner Frau, ihre Nummer, 110742, sie schrieb sich alles auf die Handfläche und ging durch eine schmale Tür am anderen Ende des Raums hinaus.

Während ich dort wartete, sah ich, wie weitere Menschen hereingebracht wurden, mit Verbrennungen, mit Verletzungen, einige bedeckt mit Baumwollgaze, rot und durchnässt von Mercurochrom, andere nackt. Und immer mehr weiße Bündel, die alle auf dem schwindenden Platz zwischen den Eisblöcken aufgereiht wurden.

»Das dritte Zimmer von der Ecke aus, auf der linken Seite«, sagte die Schwester, als sie zurückkam, und lächelte: »Herzlichen Glückwunsch, Mr Jay, Sie sind Vater geworden.«

Und dann deutete sie durch die Tür auf das Zimmer meiner Frau.

Hier endete der Albtraum also.

Meine Frau hatte unser Kind geboren, ich würde sie gleich sehen, ich konnte jetzt hineingehen, sie in den Arm nehmen, unser Kind in den Arm nehmen. Was hatte Miss Glas hinter dieser Bühne gesagt? Sie hatte gesagt, ich würde Ithim niemals vergessen, aber hier stand ich nun, nur Augenblicke davon entfernt, meine Frau zu sehen, Ithim eine Erinnerung, ein Schatten, ein Geist, und mit jeder Sekunde, die verstrich, mit jedem Schritt, den ich machte, entfernte er sich immer mehr.

Miss Glas hatte falsch gelegen.

Sie hatte gesagt, ich würde die Last von Ithims Geschichte mein Leben lang mit mir herumtragen müssen, ich würde sie nie erzählen können. Wieder falsch. Denn ich glaube, eines Tages, wenn meine Frau unserem Kind etwas vorliest, werde ich es ihr gleichtun, ich werde ihnen von dem Gesicht am Fenster erzählen, das eines Nachts etwas auf das Glas schrieb, von Kindern, die unter Wasser spielten, von Eltern, die umherschwammen, während die Stadt in Flammen stand.

Ich trage keine Last, egal, was die Toten sagen. Denn ich lebe, ich kann wählen, woran ich mich erinnere, ich kann wählen, was ich vergesse.

Ich stand im Eingang zum Zimmer meiner Frau, es war ein Doppelzimmer, aber das Bett neben ihr war leer. Meine Frau lag auf der Seite, mit dem Gesicht zur Wand, den Rücken der Tür und mir zugedreht. Der weiße Knoten des Krankenhaushemds drückte sich ihr in den Nacken, das Bettlaken war bis zur Taille hochgezogen.

Ich wollte sie überraschen, deshalb blieb ich ruhig stehen, ohne hineinzugehen, ohne das leiseste Geräusch zu machen. Ich konnte ihren rechten Arm sehen, der Ärmel reichte ihr fast bis zum Ellbogen. Ich sah, wie er sich mit jedem Atemzug hob und senkte, ich hörte ihre Stimme, geflüsterte Wortfetzen; sie sprach mit ihrem Kind, mit unserem Kind, das ich nicht sehen konnte. Vielleicht bewegte ich mich, ohne es zu merken, vielleicht machte der Vorhang ein Geräusch, oder meine Schuhe schabten über den Marmorboden – meine Frau drehte sich um.

Ich war etwa sieben Schritte von ihrer Bettkante entfernt.

Nicht einmal drei Meter, dafür sollte ich nur ein paar Sekunden brauchen.

Ich sah den Dreck auf meinen Schuhen, Matsch und Wasser und Asche. Ja, wir würden heute Abend nach Hause gehen; nein, ich würde sie keine Minute länger als nötig im Krankenhaus lassen; wir würden zusammen das Kinderzimmer betreten, meine Frau und ich, ich würde ihr helfen, das Spielzeug herunterzuholen, das Känguru, die Maus, die Ente, den Fisch, den Bären, das grüne Kissen in der Form einer Schildkröte.

Ich ging auf das Bett zu, war nur noch drei Schritte von meiner Frau entfernt – so nah, dass ich den Fleck auf der Rückseite ihres Krankenhaushemds deutlich erkennen konnte, neben ihrer linken Schulter –, als sich der Boden vor meinen Füßen auftat, wie das Universum selbst.

Schwarz, kalt und unendlich.

Doch nach all dem, was ich durchgemacht hatte, war ich mir sicher, dass dies nur eine Ablenkung sein konnte, eine Erscheinung, die bald vorübergehen würde. Ich musste nur darüber hinweggehen, und ich würde darüber hinweggehen. Ich war nachts aus einem fahrenden Zug gesprungen, ich war durch das Wasser gelaufen, ich war durch das Feuer gegangen, ich konnte ganz bestimmt auch dies tun. Es waren nur drei Schritte, eins, zwei, und drei.

Also machte ich den ersten Schritt.

Und fiel.

Ich fiel immer tiefer, ich schrie den Namen meiner Frau, aber von unten antwortete nur das Echo einer Stimme, die weder ihr noch mir gehörte. Sie glich eher einem Summen, einer Totenklage am anderen Ende der Dunkelheit, gedämpftem Flüstern und Schreien der Toten und der Sterbenden, und ich hatte dem nichts entgegenzusetzen als das hohle Schlagen meines Herzens. Und ich konnte nichts sehen als die Dunkelheit, die von unten auf mich einstürzte, auf meiner linken und auf meiner rechten Seite, unter und über mir.

Ich fiel immer tiefer, und als meine Augen begannen, sich an die Dunkelheit zu gewöhnen, langsam, so wie nachts Wolken von einem sanften Windhauch auseinandergetrieben werden, um den Blick auf den Mond und die Sterne freizugeben, begann auch die Dunkelheit zu weichen, und ich sah Tariqs Mutter, das Blut auf ihrer Stirn jetzt zu einer dünnen, unterbrochenen Linie geronnen, ihr Sari war zerrissen, Asche hatte sich in ihren langen schwarzen Haaren festgesetzt, das Grau ließ sie älter aussehen, als sie war. Ich fiel weiter, ich begegnete Shabnams Eltern, beide stumm, nackt, die Lippen rot verkrustet, sie drückten sich an etwas, das wie eine Mauer ohne Anfang und ohne Ende aussah, die Mutter hinter dem Vater. Ich sah Abbas Schwiegertochter, Ithim jetzt in ihren Armen, ein klaffendes Loch dort, wo ihr Bauch hätte sein sollen, der verbrannte Streifen auf Ithims Stirn so groß wie der Ring um einen Planeten. Sie alle waren stumm und reglos, und obwohl nicht der geringste Vorwurf in ihren Augen schimmerte, brannten ihre Blicke so grimmig, dass ich wegsehen musste.

Als ich gerade an Ithim vorübergezogen war, wurde ich ohne erkennbaren Grund langsamer und hielt plötzlich an, als wäre eine unsichtbare Ebene entstanden, um meinen Fall aufzuhalten. Und ich hatte kaum Atem geschöpft, als ich merkte, dass ich nach oben gezerrt wurde, als würde ich an Fäden aus einem bodenlosen Brunnen gezogen.

Auf dem Weg nach oben begegnete ich ihnen erneut, und dieses Mal hörte ich anstelle des Summens der Toten nur eine Stimme, es war meine Stimme, dessen war ich mir sicher, obwohl nicht ich derjenige war, der sprach. Meine Lippen bewegten sich von allein, die Wörter nahmen von selbst Gestalt an. Eines nach dem anderen, drei Wörter, Wörter, die ich bis zu diesem Moment kein einziges Mal ausgesprochen, nicht einmal gedacht hatte, Wörter, die nicht gleichmäßig herausdrängten, sondern die sich streckten, dehnten, jedem folgte ein Moment der Stille: *Ich bin schuldig.* Ich hörte es, als ich an Abbas Schwiegertochter und Ithim vorüberzog, ich hörte es wieder, als ich bei Shabnams Eltern war, ich hörte es ein drittes Mal bei Tariqs Mutter, die Stimme wurde immer lauter, während ich weiter durch die Dunkelheit hinaufgehoben wurde, höher und höher, auf die Kante zu, über die ich gerade gestürzt war, und neben der, wie ich wusste, das Krankenhausbett stand. Das Bett, in dem meine Frau und mein Kind lagen.

Dann war ich wieder im Krankenzimmer, ich stand am Fuß des Bettes, beide schliefen tief und fest. Mein Kind, ein Bündel in einem weißen Tuch, hielt die Augen geschlossen; meine Frau lag auf der Seite. Ich beugte mich vor, um unser Kind zu betrachten; alles war da, alles war normal: Augen, Nase, Mund, Lippen, Ohren, winzige Wimpern, die in tiefe Falten gelegte Stirn.

Ein Baby-Satz, der einen perfekten Sinn ergab.

Doch ich zitterte heftig, als würde sich die Erde tatsächlich bewegen; ich bebte, ich war starr vor Angst, der Abgrund, in den ich gerade gefallen und aus dem ich herausgehoben worden war, könnte sich plötzlich wieder öffnen, und ich würde dieses Mal in die Schwärze fallen und nicht zurückkehren. Die Menschen, die ich dort gesehen hatte, könnten sich an meine Füße klammern, Abbas Schwiegertochter und Ithim, Shabnams Eltern, Tariqs Mutter, und mich nicht wieder bis zur Kante aufsteigen lassen. Mir sackten die Beine weg, ich versuchte mich zu beruhigen, indem ich mich auf den Marmorboden setzte und mit beiden Händen das eiserne Bettgestell umklammerte, eiskalt und direkt unter den warmen, weißen Laken, unter denen meine Familie lag. Ich konnte das Desinfektionsmittel des Krankenhauses in den Fußbodenritzen riechen, und in den Falten der Bettlaken.

Während meine Frau und mein Kind durch die Welt ihrer Träume reisten, Hand in Hand miteinander verbunden, ein Finger meiner Frau fest umschlossen von der winzigen Faust meines Babys, saß ich auf dem Boden, eine Handbreit von ihnen entfernt, und wagte nicht die kleinste Bewegung.

Vom Schreien dieser inneren Stimme schmerzte mir die Brust, selbst mein Atem schien sich verirrt zu haben, ich hatte die Augen weit geöffnet, aber statt des Tageslichts, das nun von der Stadt her durch das Fenster hereinströmte, glänzend auf das Haar meiner Frau fiel und einen Streifen gelben Sonnenscheins auf das Gesicht meines Babys zeichnete, konnte ich kaum mehr als Schemen sehen. Auf meine Augen hatte sich ein feiner, hauchdünner Schleier gelegt, meine ungeweinten Tränen.

Ich schloss die Augen und hoffte, dies sei nichts weiter als ein Albtraum, ich würde die Augen öffnen und der Schleier wäre verschwunden, aber sobald ich das getan hatte, war die Stimme wieder da, dieses Mal als ein Flüstern, sanft und leise, *ich bin schuldig*, als hätte sie bewusst die Lautstärke gesenkt, um meine Frau und mein Kind nicht zu stören. Von draußen hörte ich durch die einen Spaltbreit offene Tür das Rascheln der Leichentücher, die über die Toten gebreitet wurden, das Quietschen der Rolltragen, die jemand hin und her schob, die Schritte von Patienten und Besuchern, während immer mehr Leichen von letzter Nacht hereingebracht wurden, und Rufe, den Weg frei zu machen. Doch trotz dieser Geräusche und des Lärms, obwohl niemand da war, der hätte hören können, was meine Stimme gesagt hatte, wusste ich, dass die Toten es gehört hatten.

Wo sie auch waren: Im Abgrund unter mir, jenseits des Fensters in der brennenden Stadt, in den Flammen und dem Rauch, weit weg in Der Zuflucht, im Wasser, das gegen den Bahndamm schwappte, oder auf der hell erleuchteten Bühne, in den dunklen Gerippen ihrer Häuser, in denen Geister von der Tür zum Fenster huschten, vom Fenster zur Tür. Ich wusste, dass die Toten es gehört hatten, ich war mir sicher, denn als ich die Augen öffnete, war das Sonnenlicht im Zimmer hell und strahlend, der Boden unter mir war so fest, wie er es nur sein konnte, meine Frau und mein Kind wachten gerade auf, der Schleier hatte sich von meinen Augen gehoben und meine Tränen flossen.

■ ■ ■

EPILOG

(SCHLUSSBEMERKUNG)

Wir, die Unterzeichneten, bekunden in dieser Schlussbemerkung Ihnen, dem Leser, gegenüber feierlich Folgendes:

1. Dass dies Mr Jays Geschichte ist. Wir haben seine Erzählung nicht verändert, kein einziges Wort. Bis auf seinen Namen. Denn wenn wir namenlos bleiben, ist es nur gerecht, dass auch er es bleibt. Allerdings, so Miss Glas, ist er unsere Hauptfigur, Anonymität könnte als Täuschung aufgefasst werden, sogar als Respektlosigkeit. Deshalb nannten wir ihn Mr Jay.

2. Dass sie insgesamt 12000 Häuser niedergebrannt haben, in denen wir lebten, 14000 Geschäfte, in denen wir unseren Lebensunterhalt verdienten. Es gibt jetzt viele leere Häusergerippe, Rechtecke und Plätze. An manchen Orten wurde die Asche weggeräumt, manche Gebäude wurden wieder weiß gestrichen (mit einem Schuss Blau in der Farbe, um das Weiß noch weißer wirken zu lassen). Doch viele bleiben unverändert.

Vielleicht, damit wir darin umherhuschen und durch die Räume wandern können, in denen wir einst lebten. Damit wir durch die Fenster auf die Straßen sehen können, die wir einst entlanggingen. Und nach dem Regen und Sonnenschein und der Hitze und Kälte so vieler Jahreszeiten sagen viele, diese Lücken sehen aus, als wären sie durch Zeit und Verwahrlosung entstanden, nicht durch Feuer und Hass.

Wie leicht es den Lebenden doch fällt, sich selbst zu belügen.

3. Dass wir zuweilen müde und ungeduldig werden. Wir sollten uns Neuem zuwenden, sagen wir dann, wir sollten akzeptieren, dass die Stadt, dass das Land vergessen muss. Und dass wir am Ende die Sanftmütigen sind und es immer sein werden, wir werden nichts besitzen.

4. Dass in solchen Momenten Miss Glas hereinstürmt und sagt, reißt euch zusammen, hört auf zu jammern. Es sind die Lebenden, die sich Neuem zuwenden sollten, sagt sie, weil ihnen nicht mehr viel Zeit bleibt – wir, die Toten, haben die Ewigkeit. Mit Miss Glas kann man nicht streiten.

5. Dass Miss Glas sagt, sie hätte noch viel Arbeit vor sich. So, wie wir Ithims Mutter halfen, indem wir Mr Jay dazu brachten, seine Schuld einzugestehen, müssten wir auch Tariqs und Shabnams Mutter helfen. Wir holen uns die anderen, sagt sie. Ich werde mich um jeden Einzelnen von euch kümmern, sagt sie, um alle, die in dieser Geschichte nur flüstern konnten, in den Fußnoten. Ich werde mit dem Stationswachmann anfangen und mich dann durch die Liste arbeiten. Um einen nach dem anderen, ich kümmere mich um jeden der Eintausend.

6. Aber das wird lange dauern, sagen wir Miss Glas. Selbst, wenn Sie für jeden einen Tag und eine Nacht rechnen, wie für

Ithim, und jeweils einen Tag dazwischen, um sich auszuruhen, dauert es neun, zehn Jahre.

Na und?, sagt sie. Wozu die Eile, wir sind alle tot.

Bei dieser Bemerkung lacht sie, während sie die Stufen des Wolkenschlosses hinabgeht und mit Bunthemd an ihrer Seite hinunterfliegt zu der verbrannten Stadt. Wie ein Engel, der hoch oben aus dem Himmel kommt, aus dem Reich in der Ferne, gefeit gegen das Feuer.

■ ■ ■

…so wie ein Mann, der danach strebt, an einen geliebten Ort zurückzukehren und absichtlich ein Buch, einen Korb, eine Brille vergisst, damit er eine Entschuldigung hat, an den geliebten Ort zurückzugehen.

So lassen wir Dinge hier zurück.
So lassen uns die Toten zurück.

Jehuda Amichai

ANMERKUNGEN DES AUTORS

Eine Zusammenfassung der Ereignisse in Gujarat

Die Gewalttätigkeiten begannen am 27. Februar 2002, als ein Zug, der Sabarmati Express, in der Nähe der Stadt Godhra, etwa hundertfünfzig Kilometer entfernt von Gandhinagar, der Hauptstadt des Bundesstaates Gujarat, angehalten und überfallen wurde. Die genauen Ereignisse im Zusammenhang mit dem Überfall und ihre Abfolge sind immer noch nicht geklärt, da sich widersprechende Untersuchungskommissionen widersprüchliche Berichte ablieferten. Während die Nanavati-Shah-Kommission (benannt nach zwei Richtern im Ruhestand), eingesetzt durch die Regierung des Bundesstaates, von Beweisen ausging, die auf eine Verschwörung hindeuteten, bezeichnete ein anderes, aus einem Richter bestehendes Komitee, welches durch eine rivalisierende Regierung eingesetzt worden war, die Ereignisse als einen »Unfall«. Den Unterlagen der Polizei von Gujarat zufolge verbündeten sich mehrere Muslime, um den Zug anzugreifen und in Brand zu stecken.

Gesichert ist allerdings, dass neunundfünfzig Passagiere, ausschließlich Hindus, getötet wurden, als in dem Waggon S-6 Feuer ausbrach. Unter den Getöteten befanden sich mehrere »Aktivisten« auf dem Rückweg von Ayodhya (im nördlichen Staat Uttar Pradesh), wo sie sich für den Bau eines Tempels eingesetzt hatten, der auf dem Platz einer Moschee, der fünfhundert Jahre alten Babri Masjid, entstehen sollte, die 1992 illegal zerstört worden war. (Bereits diese Zerstörung hatte landesweit Gewalttaten zwischen Hindus und Muslimen ausgelöst, bei denen Hunderte von Menschen starben.)

Der Vishwa Hindu Parishad (der Welt-Hindu-Rat, eine 1964 gegründete »religiös-kulturelle Vereinigung«) rief am nächsten Tag in Gujarat einen Streik aus, um gegen den Angriff auf den Zug in Godhra zu protestieren. Unterstützt wurde der Streik durch die Bharatiya Janata Party, die BJP, welche in Gujarat und damals auch landesweit die Regierung stellte.

Vom 28. Februar 2002 an erlebten Städte und Dörfer im ganzen Staat eine beispiellose Welle der Gewalt, die sich gegen Muslime richtete und beinahe einen Monat lang anhielt. Es gibt eindeutige Beweise, dass die Polizei in vielen Fällen zwar nicht zum Komplizen wurde, aber doch wegschaute, während die Massaker andauerten. Mehr als eintausend Männer, Frauen und Kinder wurden ermordet, mehr als siebzig Prozent von ihnen waren Muslime.

Sieben Monate nach den Gewalttaten wurde die BJP-Regierung auf Bundesebene mit einer erdrutschartigen Mehrheit wiedergewählt. Die BJP-Regierung in Neu-Delhi jedoch erlitt zwei Jahre später, im Mai 2004, eine Niederlage.

▪

Die neuesten Zahlen:

Gesamtzahl der Getöteten: (Offizielle Zahlen der Regierung) 784 Muslime, 258 Hindus. Das Islamic Relief Committee, die Dachorganisation für die Rehabilitation der Opfer von Unruhen, schätzt die Zahl auf beinahe 2000.

Anzahl der zerstörten Häuser: 12000
Anzahl der geplünderten und verbrannten Geschäfte: 14000
Anzahl der betroffenen Dörfer: 993
Gesamtzahl der zur Anzeige gebrachten Fälle: 4252
Fälle, in denen Anklage erhoben wurde: 2037
Fälle, die laut Polizei aus »Mangel an Beweisen« eingestellt wurden: 2032
Indiens Oberster Gerichtshof übte sich mustergültig darin, die bundesstaatlichen Institutionen zu einer tatsächlichen Rechtsprechung zu drängen. Auf seine Anweisung hin wurden mehrere Fälle in einen anderen Staat verlegt, um ein offenes und gerechtes Verfahren zu garantieren. Und es gibt Anweisungen, alle Fälle, auch die bereits eingestellten, zu überprüfen.
Die Prozesse wegen des Angriffs auf den Zug und des Massakers von Gulbarga liegen zurzeit auf Eis und erwarten die Anweisungen des Obersten Gerichtshofs.
Bis zum März 2005 kam es lediglich in sieben Fällen zu einer Verurteilung.
Nur eine betrifft den Mord an zehn oder mehr Menschen.
Bei allen bis auf einen wurde bei einem höheren Gericht Berufung eingelegt.

■

Die Fotografien in diesem Buch sind Zeitungsbilder von den Unruhen in Gujarat. Der Kontext, in dem sie verwendet werden, ist jedoch fiktional. Sie stammen von den Fotografen Javed Raja und Harsh Shah vom *Indian Express* und wurden mit ihrer Genehmigung abgebildet.

Einige der Anweisungen zur Säuglingspflege in den Kapiteln 4 und 6 stammen von babycenter.com.

■

Das Gedicht »Geburtstagsgeschenk« in Kapitel 16 hat Ayesha Khan verfasst, meine Kollegin in Gujarat. Ich danke ihr für ihr Einverständnis.

■

Der Dichter Nissim Ezekiel, an dessen Gedicht »Die Nacht des Skorpions« sich Mr Jay im Zug erinnert, starb am 9. Januar 2004 in Mumbai. Abdruck des Auszugs mit freundlicher Genehmigung von Oxford University Press India, Neu Dehli.

■

Die Gewalt in Gujarat brach in der gleichen Nacht aus, in der dieser Roman beginnt, aber alle Namen von Figuren, Produkten und Marken, alle Orte und Ereignisse sind erfunden oder werden in einem fiktiven Zusammenhang benutzt. Jede Ähnlichkeit mit lebenden oder toten Personen, Ereignissen oder Orten ist zufällig.

■

Mein Dank gilt:
Dem *Indian Express* und meinen Kollegen, außergewöhnlichen Journalisten, Fotografen und Herausgebern, die

Tatsachen über die Unruhen von Gujarat aufdeckten, die in diesen Roman eingeflossen sind.

Meinem Chefredakteur Shekhar Gupta – Kopf und Herz des *Indian Express*.

Der Yaddo-Stiftung in Saratoga Springs, New York. Ein Geschenk, von dem Autoren träumen: Zeit und Raum in einem Zimmer mit Blick auf ein Schneetreiben.

Gillon Aitken, meinem Agenten, und dem Verleger Andrew Kidd von Picador, für ihr fortdauerndes Vertrauen.

Sam Humphreys, Lektorin bei Picador. Das Leuchtfeuer des Buches – wäre sie nicht gewesen, hätte sich *Die durchs Feuer gehen* im Rauch verirrt.

Shruti Debi bei Picador India, für ihre unerschöpfliche Energie und ihren steten Zuspruch.

Sujata Bose, die mir das erste und wichtigste Feedback gibt. Für meine Fakten, meine Fiktion und alles dazwischen.